KIO MOONFLEUR

MAEVE

SAND UND STEIN

Achtung!

Aufgrund von möglichen Spoilern befindet sich eine **Triggerwarnung** am Ende des Buches.

Außerdem gibt es dort auch ein **Glossar** und die **Spotify-Playlist** zum Buch.

Die einzige Konstante im Universum ist die Veränderung.

- Albert Einstein

PROLOG

Die Absätze ihrer Schuhe knirschen auf dem Schotterweg, als Susan die Einfahrt entlanggeht. Das weiße Holzhaus sieht mit seiner Veranda und den leuchtend blauen Fensterrahmen gemütlich und einladend aus - würde hinter ihm nur nicht der dunkle Wald so bedrohlich wirken. Die Sonne ist bereits hinter den Baumwipfeln verschwunden. Susans Schritte werden langsamer, zögerlicher. Am liebsten würde sie einfach umdrehen und wieder gehen. Doch sie hat einen Auftrag.

Während sie die wenigen Stufen zur Veranda emporsteigt, streicht ihre Hand über das hölzerne Geländer, die andere umklammert den braunen Umschlag. Oben auf dem Treppenabsatz atmet sie tief durch und klemmt ihre kurzen Haare hinters Ohr. Dann schüttelt sie ihre rechte Hand aus, als müssten ihre Muskeln gelockert werden, bevor sie den kleinen runden Klingelknopf betätigt.

Es dauert nicht lange, bis sich das milchige Sichtfenster erhellt. Darauf folgt ein Klimpern, als die Sicherheitskette gelöst wird, schließlich öffnet sich die Tür. Für einen Moment stockt Susan der Atem. Der Mann vor ihr ist nicht sonderlich groß, aber kräftig und mit seinen schulterlangen Haaren und dem Bart, der eher nach zehn als nach drei Tagen aussieht, wirkt er gefährlich. Kein Wunder, dass über ihn Geschichten erzählt werden.

»Ähm ...«, beginnt Susan. Für einen Moment hat sie vergessen, weswegen sie überhaupt hier ist. Der Mann vor ihr zieht die Augenbrauen leicht nach oben, während sein rechter Arm am Türrahmen lehnt. So wirkt er noch einschüchternder. »Hier.« Prompt hält sie ihm den Umschlag hin. Der Mann nimmt diesen irritiert entgegen.

»Was ist das?«

»Das sind alle Informationen zu Maeve Dawson.«

»Und was soll ich damit?«

Susan atmet wieder tief ein. Das hier ist wirklich nicht leicht. »Maeve Dawson soll in dein Team. Aber egal, was ich gemacht habe - sie lässt sich nicht überzeugen. Jetzt bist du an der Reihe. Sie ist ziemlich schwierig, also überleg dir vorher, wie du die Sache angehst.« Susan unterdrückt ein Seufzen - endlich sind die Worte gesagt. Der Mann starrt nachdenklich auf den Umschlag, während Susan ihr Gewicht auf das linke Bein verlagert.

»Du bist Susan Wood, richtig?« Er schaut auf, sieht ihr direkt in die Augen.

Susan blinzelt. »Ja.«

Er nickt. »Mit welcher Methode hast du es denn versucht?«

Sie schluckt, weil sie sich wie ein Schulkind fühlt, das vor der ganzen Klasse die richtige Antwort geben muss. Hitze schießt ihr in die Wangen, jedoch zwingt sie sich, ihm fest in die Augen zu schauen.

»Du musst mich nicht kontrollieren. Ich bin ausgebildet«, antwortet sie etwas zu schnippisch.

Jetzt wird er ungehalten. »Ich frage nicht, weil ich dich kontrollieren will. Ich will nur wissen, welche Methode bei Dawson nicht funktioniert.«

Susan wird kleinlaut. »Ach so ... Ich habe mit Beobachtung angefangen, war dann als Sucherin zum Gespräch bei ihr zu Hause und habe es schließlich auf Augenhöhe als Freundin versucht. Aber sie lässt sich einfach nicht überzeugen. Selbst mit Hartnäckigkeit nicht.

Egal, ob ich nur für sie oder für alle sichtbar bin, sie will nichts von mir wissen und vertraut mir nicht.« Susan atmet tief durch, kann ihre Verärgerung über Maeves Unbeugsamkeit nur schwer verstecken.

»Womit hast du angefangen?«

Irritiert schiebt Susan ihre Augenbrauen zusammen. »Habe ich doch schon gesagt. Mit Beobachtung.«

»Und wer konnte dich dabei sehen?«, will er genervt wissen und rollt zusätzlich mit den Augen.

»Nur Maeve Dawson«, antwortet Susan verunsichert.

Der Mann schüttelt mit geschlossenen Augen den Kopf. »Du brauchst doch erst mal eine Vertrauensbasis, bevor du sie mit deiner Unsichtbarkeit schocken kannst.«

Für Susan hören sich die Worte wie ein Tadel an. Sie beißt sich auf die Unterlippe. Jetzt ist der Moment gekommen, um sich zu behaupten.

»Ich bin hier die Sucherin. Und ich wähle die Methoden aus.« Sie ist stolz auf sich. So souverän hat sie noch nie geantwortet.

Der fremde Mann öffnet die Augen und starrt sie ungläubig an. »Du bist eine blutige Anfängerin! Du hast noch nicht mal deine Kennnummer genannt! Also hör gefälligst auf das, was Ältere dir sagen, und lerne aus deinen Fehlern!«

Ein Tropfen Speichel ist auf Susans Wange gelandet, so sehr hat sich der Mann in Rage geredet. Erschrocken und angeekelt schließt sie die Augen. Ein dumpfer Knall sagt ihr, dass die Haustür vor ihrer Nase zugeschlagen wurde. Sie fühlt sich gedemütigt und bloßgestellt. Was hat er für ein Recht, so mit ihr umzugehen? Er gehört schließlich nicht zu den Suchern!

Als sie die Augen wieder öffnet, ist ihr Blick verschwommen, Tränen beißen in ihren Augenwinkeln, denn sie weiß genau, dass Lorcan Chester jedes Recht hat, sie zurechtzuweisen. Immerhin steht er in der Rangliste über ihr. Auch wenn das die Demütigung nicht besser macht.

Mit zitternden Knien stolpert sie die Treppenstufen hinunter und auf dem Weg nach Hause schwört sie sich, dieses Grundstück nie wieder zu betreten.

KAPITEL 1

Nach einem tiefen Atemzug öffne ich die Augen und stoße einen leisen Seufzer aus. Von meinem Platz im Klassenzimmer aus überblicke ich den gesamten Schulhof sowie die Straße davor. Die ausladende Eiche auf der gegenüberliegenden Straßenseite wird von der Frühjahrssonne wie von einem Scheinwerfer angestrahlt. Autos fahren nur vereinzelt vorbei, was daran liegt, dass sich unsere Schule in einem verkehrsberuhigten Bereich in Swansea befindet. Ich mag diese ruhige Ecke hier. Abgesehen von den am Straßenrand parkenden Wagen ist niemand zu sehen.

»Dawson.«

Unwillkürlich zucke ich zusammen, während mein Blick den meiner Lehrerin trifft.

»Ähm ... Ich ... Tut mir leid ...«, stottere ich. Die anderen Schüler in der Klasse lachen. Meine beste Freundin Joyce sieht mich aus zusammengekniffenen Augen an.

»Dawson, ich möchte, dass du nach dem Unterricht kurz zu mir kommst.« Der eindringliche Blick meiner Lehrerin lässt mich schlucken.

Während des restlichen Unterrichts kann ich mich immer noch nicht konzentrieren, doch diesmal ist das bevorstehende Gespräch daran schuld. Der tiefe Gong erlöst mich aus meinen düsteren Gedanken, auch wenn es meine Übelkeit schlagartig verstärkt. Wehmütig sehe ich Joyce hinterher, wie sie gemeinsam mit den anderen den

Raum verlässt. Dass sie sich dabei nicht einmal zu mir umdreht, versetzt mir einen Stich. Doch vorerst habe ich ein dringenderes Problem.

Meine Lehrerin hat bereits ihren mitfühlenden Blick aufgesetzt, so als wüsste sie genau, wie es in mir aussieht. Dabei weiß sie gar nichts.

Widerwillig begebe ich mich zu ihrem Pult.

»Du bist eine sehr gute Schülerin«, beginnt sie mit ihrem Plädoyer. »Und bis vor wenigen Wochen warst du die Klassenbeste. Ich frage mich, was dich so aus der Bahn geworfen hat. Wenn das so weitergeht, kann ich dir keine Eins mehr geben. So weit ich weiß, brauchst du gute Noten fürs Studium. Es sind nur noch zwei Monate bis zu den Abschlussprüfungen und ich will, dass du endlich wieder mehr Einsatz zeigst.« Offenbar enttäuscht von meinem Verhalten schüttelt sie den Kopf.

Das hat gesessen. Ich muss mich wirklich anstrengen, schließlich will ich Psychologie studieren und dafür brauche ich einen guten Notendurchschnitt. Ich darf mich nicht von irgendwelchen Hirngespinsten ablenken lassen.

»Willst du mir deine Gedanken mitteilen?« Ihr Blick ist prüfend und ich weiche ihm aus.

»Nein«, sage ich knapp.

Meine Lehrerin seufzt und entlässt mich schließlich mit dem Angebot, jederzeit zu ihr kommen zu können, falls ich es mir anders überlegen sollte.

Hastig stürme ich die breiten Treppen hinunter. Ich muss Joyce unbedingt einholen. Die Funkstille zwischen uns ertrage ich nicht länger. Schnell überquere ich die Eingangshalle und laufe auf den Hof.

»Ey Dawson!«

Mein Kopf schnellt herum und meine Füße bleiben abrupt stehen. Sofort ärgere ich mich, dass ich auf diese blöde Stimme überhaupt reagiere. Keine zwei Meter entfernt stehen meine Mitschüler Tom und Peter, lässig gegen die Gebäudewand gelehnt. Beide feixen.

»Na, wie war dein Gespräch? Hast du eine Lektion erteilt bekommen?« Sowohl Peter als auch Tom lachen lauthals.

Genervt wende ich mich zum Gehen. Joyce ist wichtiger als diese Idioten.

»Ey Dawson!«, ruft Peter erneut. »Ich will dir ja nicht zu nahe treten, aber man sieht deine hässliche Narbe. Das ist echt abartig, weißt du das? Du solltest mal über eine Schönheits-OP nachdenken.« Wieder grölen beide und ich spüre, wie mir die Schamesröte ins Gesicht schießt. Ich muss hier weg!

Hastig setze ich meinen Weg fort, doch zu meinem Leidwesen folgen sie mir. Schnell fahre ich mir mit den Händen zum Scheitel und streiche die Haare auf der rechten Seite in die richtige Position, damit meine halbrunde Narbe verdeckt wird. Seit meinem sechsten Lebensjahr zieht sie sich hellgräulich und sichelförmig von meiner rechten Schläfe hinunter bis zur Wange. Ich weiß nicht, woher ich sie habe. Geblieben sind mir nur Erinnerungen an Hänseleien, an Mutproben, die daraus bestanden, meine Narbe zu berühren, während ich mich dagegen gewehrt habe. Erinnerungen an Schimpfwörter und Beleidigungen.

»Weißt du, wenn du kein Geld für eine OP hast, kannst du dir ja welches bei deinen Alten pumpen.«

Am liebsten würde ich mir die Ohren zuhalten, doch vermutlich müsste ich dazu auch noch aus voller Kehle singen, damit ich Peters Stimme nicht mehr höre.

Unerbittlich redet er weiter, während er mittlerweile neben mir hergeht. »Ach warte mal«, überlegt er laut und wirft dabei einen Blick nach hinten zu Tom. »Da war doch irgendwas ... Ach ja! Dein Dad ist

Alkoholiker und deine Mum vor Scham abgehauen. Richtig! Also an deiner Stelle würde ich Schluss machen. Hässlich, arm und ungeliebt. Aber, hey, du kannst ja einen Spendenaufruf starten. Ich wäre sogar gnädig und würde fünf Pence beisteuern.« Peter grinst und hinter uns wiehert Tom vor Schadenfreude.

Mein Gesicht muss inzwischen die Farbe von überreifen Kirschen haben, so heiß fühlt es sich an. Normalerweise steht mir Joyce in solchen Momenten bei, doch ich kann sie zwischen den anderen Schülern noch immer nicht ausmachen. Die meisten tummeln sich auf dem Bürgersteig und warten allein oder in Grüppchen auf den Bus. Mein Blick wandert über die vielen Gesichter und als ich mir sicher bin, dass Joyce nicht hier ist, sehe ich die Straße hinunter. Endlich kann ich ihre hochgewachsene Figur ausmachen. Ihre langen Schritte tragen sie schnell von mir fort. Ich lasse Peter und Tom stehen und ignoriere ihre hämischen Rufe, als ich anfange zu laufen. Ich muss sie unbedingt einholen!

Nebenbei werfe ich einen prüfenden Blick zu der Eiche gegenüber unseres Schultors und sofort spüre ich das vertraute Holpern meines Herzens. Schon wieder steht *sie* dort. Lässig lehnt sie am Stamm und beobachtet mich, die kurzen Haare hinters Ohr geklemmt, die Arme vor der Brust verschränkt. Ich versuche, sie zu ignorieren, doch meine Gedanken wirbeln umher. Vorhin waren der Schulhof und der Platz unter der Eiche leer. Sie kann also noch nicht lange dort stehen.

Verzweifelt schüttle ich den Kopf und laufe schneller, um meine beste Freundin einzuholen.

»Joyce!«, rufe ich ihr zu.

Ihr Kopf dreht sich zu mir herum und mit einem sichtbar genervten Gesichtsausdruck bleibt sie stehen. Nach wenigen Metern bin ich endlich bei ihr und hole japsend Luft.

Mit geschürzten Lippen wartet sie darauf, dass ich etwas sage, und wirft dabei ihre schwarzen Haare über die Schulter.

»Hör mal, Joyce …«, fange ich nach einer Weile an, als ich wieder normal atmen kann. »Wollen wir nicht zusammen nach Hause gehen? Ich weiß, dass ich in letzter Zeit etwas schwierig bin, aber -«

»Etwas schwierig?« Joyce stößt einen ungläubigen Lacher aus. Sie dreht sich kurz weg, atmet tief durch und sieht mir anschließend wieder in die Augen. »Du willst mit mir zusammen nach Hause gehen? Du willst auf einmal Zeit mit mir verbringen? Nachdem du vier Wochen lang Ausreden gesucht hast, um nicht mit mir reden zu müssen? Dann sag mir verdammt noch mal, was mit dir los ist!«

Sie legt ihre Hände an meine Oberarme, als wollte sie so die Wahrheit aus mir herausbekommen, ihr Gesicht nur wenige Zentimeter von meinem entfernt. Ihre großen braunen Augen blicken in meine hellblauen, wahrscheinlich sucht sie nach Antworten.

Unbehaglich beiße ich mir auf die Unterlippe. Ich weiß, dass ich an der Funkstille zwischen uns schuld bin. Ich will diese Stille nicht mehr, aber ich kann ihr auch nicht einfach so den Grund dafür sagen, er will nicht über meine Lippen. Ihn laut auszusprechen würde bedeuten, dass ich mir selbst eingestehen muss, krank zu sein. All die Jahre habe ich gehofft, dass es kein genetischer Defekt ist. Doch mittlerweile bin ich mir sicher, dass ich die psychische Erkrankung meines Vaters geerbt habe.

Bei dieser Erkenntnis steigen Tränen in mir hoch und das Gesicht meiner besten Freundin verschwimmt vor meinen Augen. Nicht hier, nicht jetzt! Auf einmal spüre ich Joyces Arme. Sie drückt mich an sich, hält mich fest, während ich in Tränen ausbreche. Ich klammere mich an sie, will sie nie wieder loslassen. Mit Gewalt hat die Angst Herrschaft über mein Innerstes gewonnen, sie quetscht mir die Luft ab und ich japse und schluchze. Minutenlang stehen wir mitten auf dem Gehweg, bis meine Schluchzer leiser werden. Schließlich lösen wir uns voneinander und Joyce kramt ein Taschentuch aus ihrer Jacke für mich hervor. Ich wische mir damit über meine verquollenen Augen und atme tief durch, um die Angst wieder zurückzujagen. Wo auch immer sie herkommt.

»Wollen wir nach Hause gehen?«, fragt Joyce sachte und entlockt mir damit ein Lächeln. Sie drückt mich ein letztes Mal an sich und dann setzen wir uns in Bewegung. An der nächsten Biegung kann ich nicht anders, ich muss einen Blick zurückwerfen. Das ungute Gefühl ist noch immer da, mein Herz stolpert noch immer beim Gedanken an *sie.*

Der Platz unter der Eiche ist leer. Mein Puls rast. Ist sie uns gefolgt? Hastig scanne ich die Umgebung ab, entdecke sie jedoch nirgends. Die Frau ist einfach fort.

Ich wende mich Joyce zu. Wenn nicht jetzt, wann dann? Jetzt habe ich die Zeit und die Gelegenheit, ihr alles zu erklären. Ich muss es einfach. Sie ist meine einzige und beste Freundin. Ich will sie nicht verlieren, und ich weiß, dass sie nicht über mich lachen wird.

»Möchtest du auf eine Zitronenlimo zu mir kommen?« Meine Stimme zittert leicht.

Sie lächelt und nickt mir zu. »Sehr gern.«

Dann nimmt sie meine Hand.

Wir haben es uns mit Decken und Kissen auf dem Boden in meinem Zimmer bequem gemacht. Jede von uns hält ein großes Glas mit selbstgemachter Limonade in der Hand. Für einen Moment hört man nur unser Schlürfen an den Strohhalmen und gedämpft die Motorengeräusche unten auf der Straße. Mein Blick wandert an den Wänden mit den vielen Fotos von Joyce und mir entlang, an mein schmales Bücherregal, in dem sich hauptsächlich Schul- und Kochbücher stapeln, bis hin zu meinem aufgeräumten Schreibtisch mit den dunklen Dachbalken darüber. Dort steht mein Lieblingsbild, auf dem Joyce und ich auf einer Wiese liegen und in die Kamera grinsen. Ich mag diese Unbeschwertheit auf unseren Gesichtern. Eigentlich war es ein ganz normaler Tag. Aber vielleicht war er auch deswegen so besonders, weil wir keine Sorgen hatten. Wir haben uns über Schokolade unterhalten und Joyce fing plötzlich damit an, meine Haare zu kategorisieren und sie der Farbe *Vollmilchschokolade* zuzuordnen. Daraufhin erklärte ich ihr, dass ihre Haarfarbe mindestens fünfundachtzig Prozent Kakao enthielt und damit im krassen Kontrast zu ihrer blassen Haut stehen würde.

Ich spüre, wie sich ein Grinsen auf mein Gesicht schleichen will, doch als ich daran denke, dass dieses Foto auch an dem Tag geschossen wurde, an dem ich diese merkwürdige Frau das erste Mal gesehen habe, vergeht mir die gute Laune. Ernst setze ich mein Glas ab und schaue Joyce an. Sie trinkt mit einem fragenden Blick weiter.

»Ich habe Halluzinationen«, eröffne ich ihr. Das Schlürfen verstummt. Langsam zieht auch Joyce den Strohhalm aus ihrem Mund und senkt das Glas.

»Inwiefern?«

»Ich sehe öfter eine Frau, die nicht existiert.« Ein Kloß bildet sich in meinem Hals und erschwert mir das Atmen. Wieder spüre ich Tränen, doch ich blinzle sie weg.

»Woher willst du wissen, dass sie nicht existiert, wenn du sie siehst?«

Ich deute auf mein Lieblingsfoto. »Erinnerst du dich, als wir dieses Foto im Park gemacht haben?« Meine Stimme ist belegt.

Joyce nickt.

»Da habe ich dich gefragt, warum wir von der Frau beobachtet werden. Und du meintest, du würdest dort niemanden sehen.«

Joyce kneift die Augen zusammen. »Und aufgrund dieser einen Situation schließt du auf Halluzinationen? Hast du dich deswegen zurückgezogen? Dass ich niemanden gesehen habe, kann alle möglichen Erklärungen haben.«

»Es war nicht nur diese eine Situation«, sage ich mit Nachdruck. »Die Frau ist ständig da. Meistens wartet sie schon, wenn wir Schulschluss haben, und folgt uns bis zu mir nach Hause. Aber das ist noch nicht alles. Vor zwei Wochen hat sie an unserer Haustür geklingelt und sich als Susan Wood vorgestellt. Was mir allerdings richtig Angst macht, ist die Tatsache, dass mein Vater sie ebenfalls sehen konnte.«

»Als er dir von seinen Halluzinationen erzählt hat, hat er da die Frau mal erwähnt?«

»Nein. Meistens sind es Stimmen, die er hört. Die ihm Befehle geben und ihn überwachen.«

Joyce sieht nachdenklich aus. »Was wollte diese Susan Wood von dir?«

»Sie meinte, sie käme von einer geheimen Organisation und wolle, dass ich dort eine Ausbildung mache. Sie hat mir erzählt, wie toll es ist, unsichtbar zu sein, und angeblich könnte ich mich ebenfalls unsichtbar machen, wenn ich mich für die Ausbildung entscheide.« Immer noch fassungslos über dieses skurrile Angebot schüttle ich den Kopf.

Joyces Blick wird skeptisch. »Unsichtbar? Das ist doch völliger Quatsch! Niemand kann sich unsichtbar machen. Das ist physikalisch gar nicht möglich. Und was soll das für eine Organisation sein?«

Ich beiße mir auf die Lippe. »Ich weiß es nicht genau. Wenn ich ehrlich bin, war ich mehr damit beschäftigt zu überlegen, wie ich sie wieder loswerde, als dass ich ihr richtig zugehört hätte. Ich glaube, die Organisation hatte irgendetwas mit Außerirdischen zu tun.«

Lachen bricht aus Joyce hervor und auch ich muss grinsen. Das Ganze klingt so unglaublich, dass es nur eine Halluzination sein *kann.* Joyce ringt nach Atem und wischt sich eine Träne aus dem Augenwinkel.

»Okay«, sagt sie schließlich, wechselt in den Schneidersitz, stellt ihr Glas vor sich auf dem Boden ab und legt ihre Fingerkuppen aneinander. »Versuchen wir, mit Ernst an die Sache zu gehen. Was sagt denn Dr. Google dazu?«

Ich verziehe das Gesicht. »Er sagt, es sei ziemlich ungewöhnlich, dass zwei Menschen die gleiche Halluzination haben. Ausschließen wollte er es jedoch nicht.«

»Vielleicht solltest du ihn um Adressen von Psychologen bitten, die sich in diesem Fachgebiet besser auskennen?«

»Habe ich schon«, antworte ich zerknirscht. »Aber die meisten Praxen sind überfüllt und wenn ich dann doch die Möglichkeit habe, mein Anliegen vorzutragen, versagt mir die Stimme und ich lege wieder auf.«

»Maeve Dawson, fang nicht so an wie dein Vater.« Mit dem Zeigefinger fuchtelt meine beste Freundin vor meinem Gesicht herum.

»Ich schaffe es doch kaum, mit dir darüber zu reden. Und dir vertraue ich mein Leben an!«

Joyce presst ihre Lippen aufeinander. »Das ich dir auch schon oft genug gerettet habe«, sagt sie leise und ich drücke in Dankbarkeit ihre Hand. Vielleicht hat sie nicht direkt mein Leben gerettet, aber indirekt bestimmt hundertfach, wenn sie mich vor anderen Schülern beschützt oder mir Essen oder Geld zugesteckt hat, in den Zeiten, in denen wir keines vom Amt bekommen haben, und ich meinen Nebenjob noch nicht hatte.

Nach einer längeren Pause sagt Joyce: »Ich fürchte, mir fällt nichts mehr ein. Alles, was mir durch den Kopf geht, haben wir irgendwann schon mal für deinen Vater nachgeschaut oder ausprobiert. Wir könnten natürlich noch mal von vorne beginnen. Immerhin schätze ich dich deutlich kooperativer ein als Dylan.« Sie sieht mich fragend an.

Ich schenke ihr ein Lächeln. »Ich habe nicht erwartet, dass du sofort eine Lösung für mich hast. Danke für –«

Joyce und ich zucken beide zusammen, als ein lautes Klirren aus der Küche ertönt. Ich spüre, wie mir das Blut aus dem Gesicht weicht. Schnell stehe ich auf, haste in die Küche und verharre im Türrahmen. Nur der bronzefarbene Wuschelkopf meines Vaters ragt knapp über die Tischplatte. Dann erhebt er sich und legt einen abgebrochenen Flaschenhals auf den Tisch.

Ich verschränke die Arme vor der Brust. Dieses Etikett kenne ich. Wut macht sich in meinem Magen breit. Ich konzentriere mich darauf, ruhig zu atmen, doch inzwischen wabert der Gestank nach Bier zu mir herüber. Schon wieder hat er es geschafft, sich von irgendwoher Alkohol zu besorgen, ohne dass ich es mitbekommen habe. Mein Vater scheint mich gar nicht zu bemerken. Seelenruhig bückt er sich immer wieder, hebt Scherbe für Scherbe auf und legt sie auf den Küchentisch. Bis er sich an einer schneidet.

»Verdammt!« Er lässt die Scherbe fallen und steckt sich augenblicklich den Finger in den Mund. Wie ein kleines Kind nuckelt er daran.

Ich senke den Kopf und starre auf meine Füße. Die Wut hat sich bereits wieder verzogen und stattdessen ein leeres Gefühl zurückgelassen.

»Soll ich dir helfen oder lieber gehen?« Joyces Stimme ist leise und lässt mich aufblicken.

»Geh ruhig«, sage ich zu ihr. »Das hier kriege ich allein hin.«

Joyce drückt mich schnell und fest an sich, bevor sie aus der Haustür verschwindet. Ich schlucke die aufkommenden Tränen hinunter, gehe zu meinem Vater und führe ihn vorsichtig aus der Küche ins Wohnzimmer.

Um kurz nach halb zehn verlasse ich das Restaurant, um Feierabend zu machen. Mein Blick gleitet als Erstes zur Straßenlaterne gegenüber, doch auch heute steht dort niemand. Seit ich Joyce vor über einer Woche davon erzählt habe, plagen mich keine Halluzinationen mehr. Tief atme ich ein und ein Lächeln breitet sich auf meinen Lippen aus. Ich fühle mich befreit.

Auf dem Weg nach Hause frage ich mich, ob mein Vater heute die Finger vom Alkohol lassen konnte. Da er gestern schon so betrunken war, stehen die Chancen gut, dass er einigermaßen nüchtern ist. Es ärgert mich, dass er es immer wieder schafft, sich irgendwo sein Bier oder seinen Wodka zu besorgen. Und meistens dann, wenn ich nicht da bin. Doch egal, wie oft oder wie lange ich über diese Problematik nachdenke, ich finde keine Lösung.

Plötzlich höre ich Schritte hinter mir. Erst jetzt registriere ich, wo ich mich befinde. In Gedanken versunken bin ich bereits in die schmale Gasse hinter der leerstehenden Häuserzeile getreten. Hier gibt es keine Straßenlaternen, lediglich die beiden an den jeweiligen Enden der Gasse spenden Licht. Die Mitte ist jedoch schlecht ausgeleuchtet. Da ich durch diese Abkürzung einige Minuten an Zeit spare, ist sie Teil meines täglichen Nachhauseweges geworden. Begegnet bin ich hier bisher niemandem.

Doch jetzt bin ich definitiv nicht die Einzige hier in dieser Gasse. Die Straßenlaterne am Eingang wirft nicht nur meinen langen Schatten vor mich, sondern auch die zweier weiterer Personen. Instinktiv drücke ich meine Handtasche fester an mich. Meine Hand gleitet unbemerkt hinein und greift vorsichtig nach den Wohnungsschlüsseln. Mein Herz pocht schnell und kräftig in meiner Brust. Vermutlich sind die beiden harmlos, aber ein mulmiges Gefühl schleicht sich trotzdem in meine Glieder. Ich beschleunige hoffentlich unauffällig meine Schritte und nähere mich dadurch zügig der Mitte der Gasse. Würde ich umkehren wollen, würde das bedeuten, an den beiden Personen hinter mir vorbei zu müssen. Und davor habe ich noch mehr Angst, als weiterhin diese Gasse zu benutzen und am Ende vor ihnen auf die belebte Querstraße zu treten.

Kaum, dass ich die Mitte erreicht habe, fallen die Schatten durch das Licht der Straßenlaterne am Ende der Gasse hinter mich. Jetzt kann ich nicht mehr abschätzen, welchen Abstand die beiden Personen zu mir haben. Automatisch wandert mein Blick zu den leeren und dunklen Fenstern hoch. Selbst wenn es in den baufälligen Wohnungen Obdachlose geben sollte, so zeigen sie sich nie, wenn ich hier entlanggehe.

Obwohl meine Schritte nun eindeutig hastig sind, werden die der beiden Personen hinter mir immer lauter. Die rettende Straßenlaterne und damit das Ende der verlassenen Gasse ist noch so weit entfernt ...

Auch wenn es vielleicht bescheuert aussieht und völlig unnötig ist, fange ich an zu laufen. Ich will nur hier weg.

Plötzlich werde ich an der Jacke gepackt und nach hinten gerissen. Ich verliere das Gleichgewicht und meine Handtasche, doch den Schlüsselbund habe ich fest in meiner Faust. Bevor ich fallen kann, werde ich von jemandem aufgefangen. Hässliches Lachen hallt durch die Gasse, während mich kräftige Arme von hinten gefangen halten. Einen der beiden kann ich sehen, ein großer, schlaksiger Mann. Er schlendert auf uns zu und mir wird bewusst, dass ich jetzt sofort handeln muss.

Ohne zu überlegen, trete ich meinem Peiniger kräftig auf den Fuß. Überrascht lockert er für eine Sekunde den Griff und das nutze ich aus, um mich herauszuwinden und herumzudrehen. Mit der Faust schlage ich ihm blitzschnell ins Gesicht, wobei seine Nase knackt und sich meine Schlüssel in seine Wange bohren. Er schreit laut auf und fährt sich mit der Hand an die Nase.

Ich drehe mich herum und will wegrennen, doch der Schlaksige versperrt mir den Weg. In seiner Hand blitzt ein Messer auf.

Mein Herz pulsiert schnell und kräftig gegen meinen Kehlkopf. Ich weiß nicht, was ich tun soll. Der Mann mit dem Messer kommt mir immer näher und ich weiche zurück, bis mich der andere wieder greift und seinen Griff dabei so verstärkt, dass es mir wehtut.

Mein Blick huscht hinüber zu der leeren Häuserzeile. Vielleicht ist das hier meine einzige und letzte Chance. So laut ich kann, schreie ich um Hilfe. Doch ich schaffe es noch nicht einmal, das Wort zu Ende auszusprechen, als sich auch schon eine Hand auf meinen Mund und meine Nase presst und dadurch meinen Schrei erstickt. Widerlicher Gestank nach Schweiß und Dreck spült Übelkeit durch meinen Körper. So fest ich kann, beiße ich zu und sofort erfüllt der Geschmack von Eisen meinen Mund.

Jetzt ist es nicht mehr mein Schrei, der durch die Gasse hallt, sondern der meines Angreifers. Für den Bruchteil einer Sekunde bin ich frei. Ich muss würgen, doch bevor ich mich übergeben kann, hat mich der Schlaksige gepackt und mit einem Mal drückt mir die Messerspitze gegen meinen Hals. Alles wird ruhig und ich spüre, wie mir kalter Schweiß den Nacken hinabläuft. Der andere presst seine Finger zusammen, aber er schreit nicht mehr. Erst jetzt erkenne ich sein ungepflegtes Gesicht und seine stämmige Figur. Der Schlaksige haucht mir seinen feuchten Atem auf die Wange, während er mich mit dem freien Arm fest an sich drückt. Mein Herz droht, in meiner Brust davonzulaufen.

»Und jetzt«, keucht er mir ins Ohr, »wirst du alles tun, was wir dir sagen. Sonst kann es passieren, dass mein Messer abrutscht ...« Ich kann mir sein fieses Grinsen am Klang der Stimme bildlich vorstellen.

»Das würde ich lassen.« Eine dunkle Stimme irgendwo aus dem Schatten der Häuserwand lässt uns alle gleichermaßen zusammenzucken. Es folgt eine angespannte Stille. Der Mann, dem ich die Nase gebrochen habe, blinzelt und sucht mit seinen Augen die Umgebung hinter mir und dem Schlaksigen ab. Doch die Stimme kam eindeutig von weiter oben, vermutlich aus einer der Wohnungen.

Der Stämmige brüllt: »Wer spricht da? Zeig dich gefälligst, du Feigling!«

Ein knarzendes Geräusch ertönt und plötzlich reißt mich der Schlaksige mit sich herum. Die Messerspitze sticht unangenehm auf meiner Haut und ich wage kaum, zu atmen.

»Zeig dich mit erhobenen Händen oder ich schlitze ihr die Kehle auf!« Das Zittern in der Stimme ist fast nicht wahrnehmbar und doch ist es mir aufgefallen. Der Schlaksige hat Angst.

Sofort wirbeln meine Gedanken umher, aber bevor ich diesen Umstand zu meinem Vorteil nutzen kann, bemerke ich eine kurze Bewegung.

Auf den rostigen Müllcontainern an der Häuserwand hockt jemand. Im schwachen Licht der entfernten Straßenlaterne blitzt etwas auf. Ein zweites Messer. Auch der Schlaksige muss es gesehen haben, denn er drückt die Messerspitze stärker an meinen Hals. Ein Stich durchzuckt mich und ich beiße mir auf die Zunge, um einen

Schmerzlaut zu unterdrücken.

»Leg es auf den Boden.« Die Stimme des Fremden ist vollkommen ruhig.

Der Stämmige fängt an, irre zu lachen, während der Schlaksige mich nur noch fester packt. Schnaufend schlägt sein heißer Atem gegen mein Ohr - und im nächsten Moment kreischt er wie eine Sirene. Ohne zu wissen warum, bin ich plötzlich frei und verliere beinahe mein Gleichgewicht. Ich stolpere einige Schritte zur Seite, bevor ich mich herumdrehe. Der Anblick treibt mir meine Übelkeit mit ungeahnter Heftigkeit die Kehle hoch. Mein Angreifer hat mich nicht freiwillig losgelassen. In seinem Fuß steckt ein Dolch, so als hätte Neil Armstrong gerade die amerikanische Flagge in den Untergrund des Mondes gerammt. Sein Schrei verstummt, aber das Gesicht hat er weiterhin zu einer schmerzverzerrten Fratze verzogen, während er am Boden hockt und sich offensichtlich nicht traut, seinen Schuh zu berühren.

»Ich habe dir gesagt, du sollst es weglegen.« Noch immer hockt der Fremde auf den Containern und schaut seelenruhig zu, wie sich der Schlaksige am Boden krümmt, während der Stämmige aufgelöst von einem Fuß auf den anderen tritt.

Auf einmal hechtet er nach vorne, greift sich das Messer seines Komplizen und stürmt auf die Container zu. Doch zu meiner Überraschung zieht der Fremde ein weiteres Messer unter seinem Pullover hervor. Der Stämmige überlegt es sich im Bruchteil einer Sekunde anders und läuft davon. Während der Fremde unbeeindruckt vom Container springt, stehe ich weiterhin wie versteinert da, als er auf mich zukommt. Ich bin unfähig, meinen Blick von ihm abzuwenden. Mit seinen schulterlangen Haaren sieht er wild aus, aber nicht wie ein Obdachloser.

In den Augen des Schlaksigen ist die blanke Panik zu sehen. Schweißperlen glänzen auf seiner Stirn. Der Fremde bleibt direkt vor ihm stehen, dann packt er seinen Dolch am Griff und zieht ihn mit einem Ruck aus dem Fuß heraus. Der Schlaksige schreit vor Schmerzen erneut auf, doch den Fremden scheint es nicht zu kümmern. Einen Moment schaut er auf ihn herunter, schließlich sagt er nur ein Wort: »Lauf.«

Das lässt sich der Schlaksige nicht zweimal sagen. So schnell er kann, rennt er humpelnd davon, und verschwindet kurze Zeit später hinter der nächsten Straßenlaterne. Ich möchte auch davonlaufen, doch meine Beine zittern so stark, dass sie mich keine zwei Meter tragen würden. Der Fremde flucht leise, während er seinen Dolch betrachtet. Dann dreht er sich zu mir um. Mein Herz schlägt so heftig, dass ich den Puls in meinem Kehlkopf spüre.

»Hast du vielleicht ein Taschentuch?«

Ich kann ihn nur anstarren. Mit allem habe ich gerechnet, aber nicht mit so einer belanglos gestellten Frage. Vorsichtig schaue ich mich um. Irgendwo hier in der Nähe muss meine Tasche liegen. Doch bevor ich sie finden kann, sagt der Fremde: »Du hast sie hier verloren.« Nach wenigen Schritten beugt er sich hinunter und hebt meine Tasche auf. Mit ausgestrecktem Arm kommt er auf mich zu und hält sie mir entgegen.

Ich nehme sie an mich, kann jedoch nicht aufhören, ihn anzustarren. Wenn er gewusst hat, wo ich sie verloren habe, bedeutet das doch, dass er die ganze Zeit zugesehen hat, oder? Warum ist er dann nicht früher eingeschritten? Bei dem Gedanken, dass er mit den Tätern unter einer Decke stecken könnte, wird mir abwechselnd heiß und kalt. Auf der anderen Seite hat er sein Messer nach dem Schlaksigen geworfen ... Das hätte er bei einem Komplizen bestimmt nicht getan, oder?

Der Fremde hebt eine Augenbraue und sieht mich fragend an. Was wollte er noch mal?

»Taschentuch?«, fragt er und deutet auf meine Hände.

Ich sehe herunter und stelle fest, dass ich meine Tasche umklammert halte. Peinlich berührt öffne ich sie. Das Herausfischen eines so alltäglichen Gegenstandes gibt mir wieder ein Gefühl von Realität. Stumm beobachte ich, wie er damit die Klinge seines Dolches abwischt.

»Ich mag es nicht, wenn Blut daran klebt.«

Bei dieser einfachen Erklärung belässt er es. Ich wage nicht, darauf zu antworten. Nachdem er das Tuch und den Dolch unter seinen Pulli hat verschwinden lassen, schaut er mich wieder an. »Du solltest dir ebenfalls eins nehmen.« Er deutet auf meinen Hals.

Schnell fasse ich mit der Hand an die Stelle und fühle sofort Blut an meinen Fingerkuppen.

»Ansonsten scheinst du in Ordnung zu sein. Du hast dich gut geschlagen.« Er nickt mir zu. »Mit der richtigen Technik und ein bisschen Übung hättest du die Kerle auch allein in die Flucht geschlagen.«

Will er, dass ich darauf antworte oder darüber lache? Niemals hätte ich es mit den Typen aufnehmen können, selbst wenn das Zittern in meinen Beinen inzwischen nachgelassen hat. Vielleicht liegt es daran, dass ich die tödlichen Waffen des Fremden nicht mehr sehe, die nun unter seinem Pullover verborgen sind.

»Ich bin übrigens Lorcan Chester.« Er hält mir die Hand hin, mit der er vor wenigen Minuten noch einen Dolch so präzise geworfen hat.

»Maeve«, sage ich knapp und schüttle die angebotene Hand.

»Gut. Ähm …« Nervös stopft er die Hände in seine Hosentaschen. »Das soll jetzt nicht irgendwie komisch klingen oder so … Obwohl ich befürchte, dass es das tut. Aber egal. Ich würde dich gern zum Essen einladen. Freitagabend, um sieben bei Tony's.« Gespannt schaut er mich an, die Schultern hochgezogen und die Arme durchgestreckt.

Ich antworte nicht. Meine Beine fühlen sich schwach an, mein Herz rast noch immer und meine Hände sind schweißfeucht.

»Ich will gar nichts von dir«, fügt er hinzu. »Ich dachte nur, ich kann dir vielleicht eine Möglichkeit geben, wie du aus solchen Situationen selbst herauskommst.«

Mit ihm essen gehen? Niemals. Er ist mir vollkommen unheimlich. Eben noch hat er einen Mann mit dem Messer attackiert, jetzt wirkt er nervös und unsicher. Er scheint unberechenbar zu sein. Ich will mir gar nicht ausmalen, was passiert, wenn ich nein sage. Deshalb zwinge ich mich zu einem Nicken und tue so, als wollte ich sein Angebot zum Essengehen annehmen.

»Gut. Dann sehen wir uns Freitag.« Mit einem letzten Blick auf mich geht er an mir vorbei und verschwindet kurz darauf am Ende der Gasse.

Ich presse meine Hand auf die Brust, atme bewusst langsam. Endlich kann mein Herz sich wieder beruhigen. Dass mir dieser Chester Verteidigungstechniken beibringen will, halte ich für eine Ausrede. Soll er ruhig glauben, ich würde freiwillig mit ihm essen gehen. Ich weiß jedenfalls, was ich Freitagabend nicht tun werde.

Mit noch immer schwachen Gliedern mache ich mich auf den Weg nach Hause.

KAPITEL 2

Joyce war geschockt, als ich ihr am Tag darauf von dem Überfall in der Gasse erzählt habe. Sie hat mir zugestimmt, bloß nicht zu dem Treffen mit dem Fremden zu gehen, was sowieso mein Plan war und mich nur bestätigt hat. Deswegen bleibe ich heute demonstrativ in Jogginghose und einem Schlafshirt zu Hause. Der Abend gehört mir und meinem Dad.

Dieser sitzt auf dem zerknautschten Sofa, in der rechten Hand die Fernbedienung. Sein Kopf ist ihm auf die Brust gesackt, während der Fernseher weiterhin läuft. Wenn ich glücklich bin, nenne ich ihn *Tad* - das walisische Wort für Vater. An anderen Tagen sage ich bloß Dad zu ihm. Meine Mum habe ich immer Mam oder Mami genannt - bis zu dem Tag, an dem sie verschwunden ist.

Seufzend lasse ich mich neben ihm nieder. Vielleicht wacht er ja bald wieder auf. Dann könnten wir zusammen eine Partie Schach spielen oder uns mit einem großen Eis unter der Kuscheldecke verkriechen, während im Fernsehen ein Actionfilm läuft. Als ich noch ein Kind war, haben wir uns manchmal mehrere Packungen Eis gekauft und dann so viel davon gegessen, bis wir Bauchschmerzen bekommen haben. Das war an den guten Tagen. Wenn er gerade nicht damit beschäftigt war, sich im Bett zu verstecken, um den lauten Stimmen in seinem Kopf zu entfliehen.

An manchen Tagen hat er mir auch Angst gemacht, wenn er alle Vorhänge zugezogen und die Haustür abgeschlossen hat, damit wir nicht mehr beobachtet werden können – dabei liegt unsere Wohnung direkt unterm Dach und beim Blick aus dem Fenster konnte ich niemanden erkennen, der uns ausspioniert. Ihn in solchen Momenten zu beruhigen ist noch immer sehr kräftezehrend.

Vorsichtig nehme ich ihm die Fernbedienung aus der Hand und stelle die Nachrichten leiser. Nur nebenbei registriere ich, dass es in dem Bericht um einen mysteriösen Mord in Australien geht. Dads Zeigefinger zuckt kurz. Wenn ich mich nah zu ihm beuge, kann ich seine regelmäßigen Atemzüge hören. Er riecht gut. Vor zwei Stunden hatte ich ihm ein Bad eingelassen. Langsam lehne ich meinen Kopf an seine Schulter, schließe die Augen. An der Stirn spüre ich seine Locken. Ich lächle. Heute war ein guter Tag.

In der Küche brutzelt der Fisch in der Pfanne. Sein Duft macht sich in der gesamten Wohnung breit. Ich linse um die Ecke. Mam steht in der Tür, einen Pfannenwender in der Hand. Sie mahnt mich, noch nicht zu gucken, schließlich macht sie eine Überraschung ins Essen.

Plötzlich werde ich gepackt und hoch in die Luft geworfen. Ich schreie, erst vor Schreck und dann vor Glück. Mami lacht. Sie hat das schönste Lachen der Welt. Tads starke Arme fangen mich auf. Er drückt sein Gesicht auf meinen kleinen Bauch und prustet los. Ich kreische noch lauter, kann mich kaum beruhigen. Nicht nur seine vibrierenden Lippen kitzeln mich, auch seine Haare piksen in meiner Nase. Doch dann hebt er seinen Kopf, sieht glücklich auf mich herunter und gibt mir Zeit, Luft zu holen. Mit der Hand berühre ich seine Wange und er schmiegt sich an, schließt dabei die Augen. Nach wenigen Momenten drückt er mir einen sanften Kuss auf die Stirn.

Und mit einem Mal sehe ich wieder Mams Gesicht vor mir. Mami mit ihren hüftlangen glänzenden Haaren und ihren leuchtenden Augen.

Als es an der Tür klingelt, schaut sie nur mich an. Alles andere ist ihr egal. Wieder klingelt es.

Und dann dringen Töne an mein Ohr, die mich zurück ins Hier und Jetzt reißen.

Erschrocken öffne ich die Augen. Ein paar Mal blinzle ich, bis ich registriere, dass ich mich in der Gegenwart befinde und noch immer der Fernseher läuft. Mein Vater gibt einen unregelmäßigen Schnarchlaut von sich, bevor er wieder ruhig wird. Erneut klingelt es an der Tür und ich richte mich hastig auf. Das muss Joyce sein. Mit Schlaf in den Gliedern schleiche ich zur Tür, um sie zu öffnen.

Aber es ist nicht Joyce, die davor wartet – es ist der Fremde.

»Hallo«, begrüßt er mich wie eine alte Freundin.

Ich bin perplex. Plötzlich wird mir bewusst, dass der Fremde vor *meiner* Tür steht. Der Fremde, der beim letzten Mal Waffen bei sich getragen hat und weiß, wie er sie einsetzen kann. Er muss mir gefolgt sein. Woher sollte er sonst wissen, wo ich wohne? Angst kriecht mir unter die Haut. Als ich sehe, wie mich dieser Lorcan mustert, fällt mir wieder ein, dass ich meine Wohlfühlklamotten anhabe. Er hingegen hat sich seine Haare zu einem Zopf gebunden und seinen Bart getrimmt. Er trägt Jeanshosen und ein schlichtes graues T-Shirt. In dieser Aufmachung wirkt er weder wild noch gefährlich.

»Ich dachte, ich hole dich ab«, sagt er. »Aber wie ich sehe, bist du noch nicht fertig.«

Wenn ich nicht das Bild von dem Dolch vor Augen hätte, würde ich sagen, er scheint ein netter Kerl zu sein.

Nach einer Weile fügt er hinzu: »Ich kann gern hier auf dem Flur warten, während du dich umziehst.«

Ich räuspere mich. »Ich werde nicht mitkommen.«

»Hm. Ich dachte, du wärst einverstanden. Das Essen im Tony's ist wirklich gut.« Er schaut mich fragend an, sodass ich mich hastig um eine Ausrede bemühe.

»Mein Vater sieht es nicht gern, wenn ich mit einem Mann ausgehe. Noch dazu mit jemandem, den er nicht kennt.«

Schweigen drängt sich zwischen uns. Mein Herz pocht schon wieder viel zu deutlich. Ich hoffe, dass er nicht gleich sein Messer zieht und mich damit bedroht. Vielleicht sollte ich einfach die Tür vor seiner Nase zuknallen. Doch ich weiß genau, dass ich dann nicht mehr ruhig aus der Wohnung gehen könnte.

»Guten Abend. Wer sind Sie denn?«

Ich zucke zusammen, als mein Vater plötzlich hinter mir steht. Ich trete einen halben Schritt zur Seite, um ihm Platz zu machen.

»Lorcan Chester. Sehr erfreut.« Er reicht meinem Vater die Hand.

»Dylan Dawson. Habe ich richtig gehört? Sie wollen mit meiner Tochter ausgehen?«

Bei dieser direkten Frage breitet sich eine unangenehme Wärme in meinem Körper aus. Ob ich einfach im Flur verschwinden kann, um von diesem peinlichen Gespräch nichts mitbekommen zu müssen?

»Ausgehen ist das falsche Wort. Ich lade Ihre Tochter zum Essen ein, um ihr die Möglichkeiten einer erfolgreichen Zukunft aufzuzeigen.«

Erstaunt drehe ich meinen Kopf zu ihm. Eine erfolgreiche Zukunft? Was genau meint er damit? Seine Mimik verrät nichts. Soll das eine Ausrede sein, um meinen Vater zu beruhigen, oder meint er es wirklich ernst mit dem Verteidigungskurs?

»Nun, wenn es um ihre Zukunft geht, können Sie das auch hier besprechen.« Mein Vater deutet mit seinem Arm einladend auf die Tür zum Wohnzimmer. Gespannt warte ich auf Lorcans Reaktion. Seine Mundwinkel ziehen sich leicht Richtung Ohren. Dann kneift er kurz die Lippen zusammen.

»Das würde ich tatsächlich tun. Allerdings hatten wir uns bereits im Tony's verabredet und ich habe dort einen Tisch bestellt, deswegen -«

»Im Tony's?« Mein Vater zieht überrascht die Augenbrauen hoch. »Soweit ich weiß, ist das Restaurant immer voll, kaum eine Chance dort einen Tisch zu bekommen ...« Er schaut kurz zu mir und wendet sich dann wieder dem Fremden zu. »Und Sie und meine Tochter kennen sich bereits?«

Lorcan Chester nickt. »Wir sehen uns nicht zum ersten Mal.«

Mein Vater strafft die Schultern. »Dann wissen Sie auch, wie alt sie ist?«

»Achtzehn.«

»Und was ist ihre Lieblingsfarbe?«

Lorcan stutzt kurz. »Hellblau.«

»Lieblingszahl?«

»Fünf.«

Mit großen Augen schaue ich den Fremden an, während mir eine Gänsehaut über die Arme kriecht. Auch mein Vater ist überrascht.

»Nein. Ihre Lieblingszahl ist die Drei«, behauptet er.

Ich schaue zu meinem Vater und schüttle kaum merklich meinen Kopf. »Fünf. Es ist schon lange die Fünf.«

Irritiert sieht er mich an. »Wir waren zu dritt. Deswegen fandest du die Drei immer am schönsten.«

»Wir sind die längste Zeit meines Lebens nicht mehr zu dritt.«

Lorcan meldet sich zu Wort. »Fünf wegen der vier Elemente Erde, Wasser, Luft und Feuer. Und dem Geist als fünftes Element.«

Mein Vater schaut ihn mit großen Augen an. Er fängt an, mit den Füßen zu wippen, während er überlegt. Schließlich wendet er sich mir zu.

»Ich wollte deine Mutter immer ins Tony's einladen und habe es nie geschafft … Möchtest du mitgehen? Wenn ja, dann genieß das Essen und berichte mir hinterher von seinem beruflichen Angebot.«

Ich bin wie versteinert. Dad erlaubt mir, mit einem Mann essen zu gehen? Seine Reaktion überrascht mich, wenngleich ich sie noch nie ausgetestet habe, da es einfach nie jemanden gegeben hat, mit dem ich mich zum Essen hätte verabreden können.

Was mich besonders berührt, ist die Tatsache, dass er mich wählen lässt. Ich könnte auch Nein sagen und zu Hause bleiben.

»Sie hieß Juna, richtig?«, durchbricht der Fremde meine Überlegungen.

Dad und ich sind gleichermaßen perplex. Mein Vater bejaht.

Und plötzlich schieben sich Fragen in meinen Kopf, die alle anderen Gedanken übertönen: Weiß er, wer sie ist und vor allem, warum und wohin sie verschwunden ist? Weiß er deswegen auch so viel über mich, weil er meine Mutter kennt?

Ich schlucke, bevor ich verkünde, dass ich mich umziehen gehe. So viel Zeit habe ich schon damit verbracht, herauszufinden, was mit meiner Mutter passiert ist. Vielleicht ist er der Schlüssel zu den Antworten.

Während der Fahrt schweige ich. Der alte Pick-up ist geräumig. Ein Duftbaum baumelt am Rückspiegel hin und her, scheint aber keinen besonderen Duft mehr zu versprühen. Vielmehr riecht es nach Abgasen.

»Wie war deine Woche?« Lorcan schaut mich nicht an, als er die Frage stellt, sondern konzentriert sich auf den Verkehr.

»Ganz gut.« Ich schaue aus dem Seitenfenster.

»Was macht die Wunde?«

»Sie verheilt.«

Schweigen. Es ist nicht mehr weit bis zum Restaurant.

»Du bist so still. Hast du Angst vor mir?«

Für einen kurzen Augenblick treffen sich unsere Blicke.

Ich überlege, was ich ihm antworten soll, und entscheide mich schließlich für die Wahrheit. »Du weißt persönliche Dinge über mich, du kennst den Namen meiner Mutter, du beobachtest mich offensichtlich und kannst verdammt gut mit Waffen umgehen. Also ja, diese Umstände machen es mir nicht gerade leicht, keine Angst vor dir zu haben.«

»Das nenne ich ehrlich. Aber eines vergisst du dabei.« Er macht eine Pause, als er abbiegen muss. Erst danach spricht er weiter. »Ich habe dich mithilfe meiner Waffen aus dieser Situation befreit. Wäre ich nicht gewesen, hätten diese Typen sonst was mit dir angestellt. Ich bin also eigentlich dein Retter.«

Mein Blick heftet sich aufs Armaturenbrett. Lorcan hat recht. Auch ich will nicht wissen, was passiert wäre, wenn er mich an diesem Abend nicht beobachtet hätte. Trotzdem ist es unheimlich, dass er so viel über mich weiß, und deswegen muss ich unbedingt herausfinden, warum.

Das Tony's ist ein beliebter Treffpunkt mit gemütlichem Ambiente, nicht ganz billig und tatsächlich immer ausgebucht. Wir werden zu einem Tisch in der Mitte des Raums geführt. Meine Handtasche stelle ich neben meinem Stuhl auf den Boden, während Lorcan mir gegenüber Platz nimmt. Um uns herum vermischen sich die vielen Gespräche mit der Hintergrundmusik zu einem angenehmen monotonen Geräusch.

Lorcan empfiehlt mir das Tagesgericht: gratinierten Hummer in Morchelrahm. Bestimmt ist er nicht das erste Mal hier. Ich schweige vorerst und vertiefe mich in die Menükarte. Doch nach nur wenigen Sekunden senke ich diese bereits wieder und schaue zu Lorcan. Er muss meinen Blick gespürt haben, denn er hebt den Kopf und erwidert ihn.

»Was ist?«, will er wissen.

»Das ist alles so teuer hier.«

»Mach dir darüber keine Gedanken. Ich lade dich ein und ich habe mehr als genug Geld.« Er schaut wieder auf die Karte in seiner Hand.

Doch ich kann nicht aufhören, ihn anzustarren. Genug Geld für Gerichte, die so teuer sind, dass ich davon mehrere Tage leben könnte? Er muss einen echt gut bezahlten Job haben.

Nach wenigen Minuten hebt Lorcan erneut seinen Kopf und zieht die Augenbrauen hoch. »Noch eine Frage?«

Ich kann es mir nicht verkneifen. »Wo arbeitest du?«

Er antwortet ohne zu Zögern: »Im Auge.«

»Wo?« Ich muss mich verhört haben.

Lorcan lehnt sich in seinem Stuhl zurück und sieht mich skeptisch an. »Hat Wood dir nichts vom Auge erzählt?«

Mir stockt der Atem. »Wer ist Wood?«

»Susan Wood. Der Name müsste dir eigentlich bekannt sein.«

Ich spüre, wie mir die Farbe aus dem Gesicht weicht. Unbemerkt klammere ich mich an der Tischkante fest. Mein Mund wird auf einmal trocken und ich habe das Gefühl, nicht richtig Luft zu bekommen.

»Alles in Ordnung mit dir?«

Plötzlich stolpert jemand direkt neben unserem Tisch. Aufgeschreckt drehe ich mich zu dem Störenfried, der sich sofort entschuldigt. Er bückt sich bereits nach meinen Habseligkeiten, die aus meiner

Tasche geflogen sind, als er mit dem Fuß daran hängen geblieben ist. Der junge Mann richtet sich auf und will mir die Sachen auf den Tisch legen. Da erkennt er mich und ich ihn. Peter. Sofort bildet sich ein spöttisches Grinsen auf seinen Lippen.

»Mensch, Dawson, du hier in so einem teuren Restaurant?« Sein Blick huscht kurz zu Lorcan. »Sag bloß, du hast ein Date? Ist ja nicht zu fassen!«

»Könnte ich bitte meine Sachen wiederhaben?« Ich strecke meine Hand aus und ignoriere wie üblich seine Bemerkungen. Etwas widerwillig legt er Handy, Deo, Portemonnaie und Schlüssel neben meine Hand auf den Tisch. Dann grinst er mich wieder frech an.

»Wir sehen uns Montag in der Schule, Dawson.«

Es klingt fast wie eine Drohung. Ich funkle ihn verächtlich an. Er wendet sich zum Gehen, doch plötzlich packt Lorcan ihn am Oberarm, und zwar so fest, dass Peter sich nicht befreien kann. Langsam steht Lorcan auf. Obwohl er ein paar Zentimeter kleiner als Peter ist, hinterlässt seine Ausstrahlung zweifellos Eindruck bei ihm. Auch jetzt bleibt Lorcan wieder ruhig, als er spricht.

»Ich glaube, du solltest dir mal die Ohren waschen. Maeve hat gesagt, du sollst ihr ihre Sachen wiedergeben.«

Ich bin überrascht, denn das hat Peter gerade getan. Gebannt beobachte ich die Szene, ohne einzugreifen. Normalerweise ist Peter derjenige, der andere einschüchtert, ihn jetzt in der Defensive zu sehen, tut einfach gut.

Er scheint zu überlegen. Lorcan lässt ihn noch immer nicht los. Schließlich dreht sich Peter zu mir um und legt einen rostroten Stein zu den anderen Sachen auf den Tisch. Kaum, dass Lorcan ihn losgelassen hat, entfernt sich Peter rasch von unserem Tisch. Während Lorcan sich wieder setzt, betrachte ich fassungslos den Stein, der gerade so groß ist, dass man ihn gut in der Hand verstecken kann. Er bedeutet mir unglaublich viel. Meine Finger streichen über die raue Oberfläche.

»Woher hast du den Stein?«, will Lorcan wissen.

»Von meiner Mutter«, sage ich und beobachte gespannt seine Reaktion. Doch da gibt es kein Aufblitzen in seinen Augen oder sonst eine Spur der Erkenntnis. »Weißt du, ob dieser Stein besonders ist?«, frage ich schließlich, um ihm noch ein paar Informationen zu entlocken.

Er streckt mir seine Hand entgegen und ich lege ihm den Stein behutsam hinein. Lorcan besieht ihn sich genau, dreht ihn von links nach rechts, bevor er ihn mir zurückgibt.

»Glaubst du an Außerirdische?«

Perplex über diese Frage starre ich ihn an. Erstens hat das überhaupt nichts mit meinem Stein zu tun und zweitens klingt das viel zu sehr nach Susan Wood. Dabei ist sie doch nur eine Halluzination oder?

Erst nach einigen Sekunden gelingt es mir, meine Zunge wieder zu benutzen. »Du lenkst vom Thema ab«, werfe ich ihm vor.

»Nein, das tue ich nicht. Beantworte mir meine Frage.« Sein Blick ist mit einem Mal so intensiv, dass mir ein Prickeln über die Haut läuft. Erst jetzt fallen mir seine interessanten Augen auf. Sie erinnern mich an Waldboden, moosgrün mit kleinen braunen Flecken. Ich muss mich zusammenreißen und konzentriere mich schnell wieder auf das Gespräch.

»Ob ich an Außerirdische glaube? Nein. Was hat das mit dem hier zu tun?« Ich drehe den Stein in meiner Hand, sodass er ihn gut betrachten kann.

»Das erkläre ich dir gleich.« Bevor Lorcan weitersprechen kann, nimmt ein Kellner unsere Bestellung auf. Ich habe ganz vergessen, mir die Gerichte anzuschauen, und bestelle deswegen einfach das Tagesmenü. Kaum, dass der Kellner mit seinem Notizblock verschwunden ist, richte ich meine Aufmerksamkeit wieder auf Lorcan. Ich will wissen, was er zu sagen hat.

»Wie viele Planeten gibt es in unserem Sonnensystem?«, fragt er mich schließlich.

»Acht?«, frage ich irritiert.

»Unser Sonnensystem gehört zur Milchstraße. Das ist unsere Galaxie. Was meinst du, wie viele Galaxien es im Universum gibt?«

Ich verziehe ratlos den Mund. »Ich vermute mehrere tausend oder hunderttausend?«

»Hundertmilliarden reichen nicht aus. Gut, es müssen natürlich auch einige Bedingungen erfüllt sein, damit Leben wie auf der Erde existieren kann. Der Planet muss einen bestimmten Abstand zur Sonne haben. Es muss Wasser geben und die Atmosphäre muss stimmen. Bei, sagen wir, achthundertmillarden Planeten ... wie groß ist da die Wahrscheinlichkeit, dass wir das einzig existierende Leben auf der Welt sind?« Er grinst, während ich sprachlos dasitze. »Kannst du dir jetzt vorstellen, dass es Außerirdische gibt?«

Eine Kellnerin bringt uns die Getränke und ich bin froh über diese kurze Unterbrechung. Bevor ich Lorcan antworte, nehme ich einen Schluck von meinem Wasser.

»Wenn es tatsächlich Außerirdische gibt, warum wissen wir dann nichts von ihnen? Wir haben weder von ihnen gehört, noch haben wir sie gesehen. Woher -«

»Nur weil *du* bisher nie etwas von ihnen gehört oder gesehen hast, heißt das nicht, dass auch alle anderen nichts von ihnen wissen«, unterbricht mich Lorcan. »Vorhin habe ich dir vom Auge erzählt.« Er sieht sich um, doch alle anderen Gäste in unserer Nähe sind in ihre eigenen Gespräche vertieft. »Das Auge ist eine Geheimorganisation, die sich um die Außerirdischen kümmert, die hier auf die Erde kommen.«

»Okay, stopp! Das reicht.« Ich strecke meine Hand abwehrend in seine Richtung. »Diese komische Susan Wood wollte mir schon weismachen, dass es so eine Organisation gibt. Aber daran glaube ich nicht. Ich will einfach nur wissen, wieso du meine Mutter kennst und was es mit diesem Stein auf sich hat.« Auffordernd hebe ich eine Augenbraue.

Lorcan atmet tief durch. »Ich habe die Vermutung, dass dein Stein nicht von hier ist.«

»Was soll das heißen?«

»Dass dein Stein von einem Planeten in einer weit entfernten Galaxie stammt. Genauer gesagt von Tenal 14b.« Er macht eine Pause, während ich erneut sprachlos bin. Von so einem Planeten habe ich noch nie gehört. Ich kann mir nicht vorstellen, dass dieser Stein, den ich seit zwölf Jahren mit mir herumtrage, nicht von der Erde sein soll. Andererseits ... Ich habe nie einen zweiten Stein wie diesen gefunden.

»Ich habe keine Beweise dafür, aber die Oberfläche zeigt Strukturen auf, die ich auch schon bei anderer außerirdischer Materie gesehen habe.«

Außerirdische Materie. Ich lasse die Wörter in meinem Kopf hin und her wabern, doch noch immer weiß ich nicht, was ich dazu sagen soll.

Lorcan nimmt einen Schluck aus seinem Glas und lässt dabei den Blick durch den Raum schweifen. Erst als ich mich räuspere, wendet er sich mir wieder zu.

»Wenn das stimmt, was du sagst«, beginne ich vorsichtig, »woher sollte meine Mutter dann diesen Stein haben?«

Lorcan kratzt sich am Kinn und unwillkürlich frage ich mich, wie sich der getrimmte Bart wohl unter seinen Fingerspitzen anfühlt. Doch schnell verwerfe ich den Gedanken - es gibt bedeutend Wichtigeres.

»Wenn ich ehrlich bin, habe ich keine Ahnung. Aber ich glaube, dass er wertvoll ist. Du solltest ihn gut aufbewahren. Vielleicht brauchst du ihn eines Tages.«

Das Tagesmenü sieht fantastisch aus. Ich hatte bislang erst einmal in meinem Leben die Möglichkeit, Hummer zu essen, umso mehr genieße ich nun den ersten Happen. Egal wie gern und wie oft ich koche, ich hätte es selbst nicht besser hinbekommen. Erst als ich hinuntergeschluckt habe, merke ich, dass ich alles um mich herum ausgeblendet habe. Jetzt stelle ich fest, dass mich Lorcan halb belustigt, halb gespannt mustert.

»Schmeckt's?«

Ich kann nicht anders, ich muss grinsen. Mit einem Schmunzeln langt auch Lorcan zu. Einige Minuten essen wir schweigend. Ich warte darauf, dass er unser Gespräch fortsetzt, doch das tut er nicht. Wie ich scheint er das Essen zu genießen.

Schließlich stelle ich die Frage, die mir seit seiner Bemerkung im Flur unter den Fingern brennt. »Weißt du mehr über meine Mutter?«

Lorcan hält mitten in der Bewegung inne und lenkt seinen Blick von der Gabel zu mir. »Was meinst du? Warum sollte ich etwas über deine Mutter wissen?«

»Weil du ihren Namen kennst.«

»Den kenne ich aus deiner Akte.«

Ich spüre, wie ich blass werde. »Was für eine Akte?«

»Wie in jedem Unternehmen gibt es auch im Auge Personalakten. Der Unterschied ist nur, dass diese schon angelegt werden, bevor die betreffenden Personen dem Auge beitreten.«

»Und wenn sie nicht wollen?«

Lorcan schaut mich einen Moment nachdenklich an. »Das ist ihnen egal«, sagt er schließlich. »Nach außen hin sieht es so aus, als hätte jeder die Wahl, zu entscheiden. Aber in Wirklichkeit ist es anders. Wenn sie sich einmal für dich entschieden haben und du dich weigerst, werden sie Mittel und Wege finden, um dich zu überzeugen. Und glaub mir: Es ist deutlich einfacher zu akzeptieren als zu rebellieren.«

Meine Augen verengen sich. »Wen meinst du mit *sie*?«

»Die Neuner.« Lorcan seufzt, als ich ihn fragend anschaue, und beugt sich zu mir herüber. »Im Auge gibt es hierarchische Strukturen. Eine Neun ist das Höchste, das du werden kannst. Und einer Neun darf sich niemand widersetzen. Sie dürfen jedem Befehle erteilen, außer dem Regenten. Und wenn sie erfahren, dass sich jemand weigert, dann werden sie ihm das Wichtigste in seinem Leben nehmen. Ich vermute mal, das wäre bei dir dein Vater.« Lorcan lehnt sich in seinem Stuhl zurück und wartet auf meine Reaktion.

Ich fürchte, der Hummer verlangt nach Freiheit. Möglichst unauffällig presse ich die Hände unter dem Tisch auf meinen Bauch.

»Das soll also heißen, dass diese Susan Wood wirklich existiert und dass sie mit allem recht hatte?«

»Dachtest du, sie wäre eine Halluzination?« Lorcans Stimme hat einen belustigten Unterton, der mich verletzt.

»Steht das nicht zufällig auch in der Akte drin? Dass mein Vater psychisch krank ist und ich diese Krankheit geerbt haben könnte?« Ich funkle ihn an, während meine Hände zu zittern beginnen.

An seinem Gesichtsausdruck stelle ich fest, dass er sofort wieder ernst wird.

»Doch«, gibt er zu. Seine Finger spielen mit dem Besteck auf seinem Teller. Für einen Moment glaube ich, dass er sich entschuldigen will, aber stattdessen sagt er: »Ich weiß nichts weiter über deine Mutter oder deinen Vater. Das Einzige, das noch in deiner Akte steht, ist, dass deine

Mutter verschwunden ist, als du sechs warst.«

Sein Blick ist offen und ich glaube ihm. Doch wenn er mit seiner Vermutung recht hat und mein Stein tatsächlich außerirdischen Ursprungs ist, dann ist er vielleicht ein Hinweis meiner Mutter, wo ich sie finden kann. Sie ist bestimmt nicht freiwillig gegangen und ich glaube, dass Lorcan mich dorthin bringen kann, wo sie sich befindet: im Auge.

Doch noch habe ich zu viele Fragen und zu viele Zweifel. In meinem Kopf herrscht Chaos und um den Überblick nicht zu verlieren, fange ich mit meinen Fragen beim Anfang an.

»Wer genau ist Susan Wood und warum kann nur ich sie sehen und niemand sonst?«

Lorcan wirkt überrascht. »Ich dachte, dass sie dir alles Wichtige erklärt hat. Komisch, dass sie dabei nichts über sich selbst erzählt hat …« Grübelnd fährt er sich mit der Hand durch den Bart.

Peinlich berührt sage ich: »Bestimmt hat sie mir auch erklärt, wer sie ist. Aber wenn ich ehrlich bin, habe ich ihr gar nicht richtig zugehört, sondern überlegt, wie ich sie am Schnellsten wieder loswerde …«

Ein Grinsen huscht über sein Gesicht, doch dann steckt er sich rasch ein Stück Hummer in den Mund. Ich warte geduldig, bis er aufgekaut und heruntergeschluckt hat.

»Susan Wood gehört zu den Dreiern und ist Sucherin. Sie ist dafür zuständig, neue Schüler ausfindig zu machen und sie davon zu überzeugen, im Auge eine Ausbildung anzutreten.«

Das stimmt, erinnere ich mich, denn sie hat von einer Ausbildung gesprochen. Eine Ausbildung zur Kämpferin …

»Kann man sich aussuchen, was für eine Ausbildung man machen möchte?«

»Nein. Jeder hat bestimmte Fähigkeiten und Talente. Außerdem werden in den verschiedenen Bereichen unterschiedlich viele Leute gebraucht. Du bist für die Ausbildung als Kämpferin vorgesehen. Das ist der Bereich, bei dem wir die meisten Mitglieder brauchen.«

»Und Kämpferin bedeutet, dass ich gegen Außerirdische kämpfen muss?«

»Wenn sie auf die Erde kommen, ja.«

»Wie oft passiert das?«

»Unregelmäßig. Aber im Groben kann man sagen, dass sie alle zwei Jahre hier landen.«

»Und dann müsste ich sie töten?«

»Ja.«

Für einen Moment bleibe ich stumm, mustere Lorcan nur aus großen Augen. Schließlich sage ich: »Ich kann niemanden töten. Auch keinen Außerirdischen.«

»Das lernst du in der Ausbildung.«

»Aber ich will es nicht lernen.«

Lorcan seufzt. »Wie gesagt, eine Wahl hast du nicht.«

»Warum ausgerechnet ich?«, will ich von ihm wissen.

»Weil du ein bestimmtes Enzym im Blut trägst - ein Enzym, das von den AIs abstammt.«

»Von wem?«

»AI ist die Abkürzung für Außerirdische.«

Ein Taubheitsgefühl breitet sich in meinen Gliedern aus. »Ich soll von Außerirdischen abstammen?«

»Ja und damit gehörst du zu den Auserwählten.« Lorcan beobachtet jede Regung in meinem Gesicht.

Das kann nicht stimmen. Das kann einfach nicht stimmen! Meine Mutter soll eine Außerirdische sein? Das ist lachhaft! Ich habe vielleicht nicht viele Erinnerungen an sie, aber die, die ich habe, sind klar. Und in keiner einzigen ist sie eine Außerirdische.

»Ich kann förmlich sehen, wie es hinter deiner Stirn rattert«, reißt mich Lorcan aus meinen Gedanken. »Bevor du die wildesten Vermutungen anstellst, will ich dir etwas erklären.«

Er schiebt sich den letzten Bissen Hummer in den Mund und spült ihn mit einem Schluck Wasser hinunter, bevor er sein Besteck ordentlich auf den Teller legt und anfängt zu erzählen.

»Die Tenaler sind schon vor sehr langer Zeit hier auf die Erde gekommen. Ihre Absichten waren anfangs friedlich, sie haben sich mit Menschen zusammengetan und Nachwuchs gezeugt. Das ging so lange gut, bis sie unsere wertvollen Rohstoffe entdeckt haben - und die Tatsache, dass sie hier auf der Erde wesentlich älter werden können als auf ihrem Heimatplaneten. Deswegen wurde das Auge gegründet - um die Erde von den Tenalern zu befreien und zu verhindern, dass neue hierherkommen.«

»Das verstehe ich nicht«, schiebe ich sofort hinter seine Erzählung. »Sehen die Tenaler denn so aus wie wir? Oder warum haben sich die Menschen nicht von Anfang an gegen sie gewehrt?«

»Das Aussehen eines Tenalers passt sich unserem immer mehr an, je länger er auf der Erde ist. Dadurch ist es für einen Laien schwer zu erkennen, ob er einen Tenaler oder einen Menschen vor sich hat.«

Unwillkürlich bildet sich eine Gänsehaut auf meinen Armen. Ich sehe mich im Restaurant um und frage mich, wie viele der Menschen hier gar keine Menschen sind.

»Meinst du, meine Mutter hat mir den Stein gegeben, um mir mitzuteilen, dass sie eigentlich gar kein Mensch ist?«

»Deine Mutter war bestimmt ein Mensch«, sagt er und mir fällt sofort die Vergangenheitsform auf. Wieso benutzt er sie, wenn es gar keine Beweise für ihren Tod gibt? »Ich vermute, dass sie oder dein Vater zu einem kleinen Prozentsatz von Außerirdischen abstammt, so wie du auch.«

Mir ist schlecht. Die Vorstellung, dass in mir außerirdische Gene schlummern, ist völlig grotesk. Mit zitternder Hand nehme ich mein Glas Wasser und trinke einen Schluck. Sofort spüre ich, wie die kühle Flüssigkeit meinen Magen erreicht und ihn ein wenig beruhigt. Mein Verstand kann nicht glauben, was Lorcan mir erzählt.

»Und zu deiner anderen Frage: Susan Wood kann sich unsichtbar machen mithilfe von außerirdischer Materie.«

»So wie mein Stein?«

»Nein, die I-Materie ist anders.«

»Es gibt also unterschiedliche Arten von außerirdischer Materie?« So langsam habe ich das Gefühl, dass mein Kopf zum Bersten voll ist und nicht mehr viele Informationen hineinpassen. Noch immer weiß ich nicht, was ich von all dem halten soll. Ob ich das alles glauben soll, was Lorcan mir erzählt.

»Ja. Materienkunde ist ein eigenes Fach während deiner Ausbildung.«

Als Zeichen, dass ich ihn verstanden habe, nicke ich lediglich. Mir fallen längst keine Worte mehr dazu ein.

»Ich glaube, es wäre alles einfacher gewesen, wenn Wood eine andere Methode gewählt hätte, als sie zu dir Kontakt aufgenommen hat. Aber sie ist noch jung und muss aus ihren Fehlern lernen.«

Er lehnt sich entspannt in seinem Stuhl zurück, sein Wasserglas in der Hand. Während ich vergeblich versuche, irgendwie meine Gedanken zu ordnen, betrachtet er mich. Da fällt mir noch etwas ein.

»Du hast vorhin von hierarchischen Strukturen gesprochen. Auf welcher Ebene stehst du?« Neugierig beobachte ich seine Reaktion. Er bleibt weiterhin entspannt.

»Ich gehöre zu den Vierern. Das sind die Ausbilder. Wenn du die Ausbildung antrittst, gehörst du zu den Einern und nach einem Jahr würdest du aufsteigen zu den Zweiern, den Prüflingen.«

»Bist du dann mein Ausbilder?«

»Ja.« Sein Finger kreist um den Rand seines Glases.

»Findest du gut, was das Auge macht?«

Lorcan stoppt in der Bewegung und scheint die Luft anzuhalten. Sein Blick hält mich gefangen. Schließlich, nach einem gefühlt ewig andauernden Moment, antwortet er mir. »Nicht alles«, sagt er und in diesen zwei Worten schwingt eine unausgesprochene Bedrohung mit.

»Warum bist du dann überhaupt im Auge?«, frage ich.

»Weil ich keine Wahl habe. So wie du deinen Vater hast, habe ich meine drei Brüder. Und jeder von ihnen hat Familie. Ich riskiere nicht, dass ihnen etwas geschieht.« Lorcan verzieht den Mund und richtet seinen Blick auf den leeren Teller vor ihm.

»Deine Familie muss dir sehr wichtig sein.«

Er schaut auf und mir direkt in die Augen. »Du würdest für deinen Vater auch alles tun, oder?«

Ich antworte nicht, schicke ihm nur einen Blick voller Verständnis.

Lorcan stellt sein leeres Glas zurück auf den Tisch. »In zwei Wochen müssen wir ins Hauptquartier zu wichtigen Tests.«

»Was meinst du damit?«

»Blutabnahme, Gesundheitscheck und ein paar Tests in Bezug auf deine Fähigkeiten. Das Ganze hat nämlich auch positive Seiten. Eine deiner Fähigkeiten kann am Ende deines ersten Ausbildungsjahres verstärkt werden.«

»Wie soll das denn funktionieren?«

»Mithilfe von außerirdischer Materie.« Er grinst und unwillkürlich frage ich mich, welche Fähigkeit wohl bei ihm verstärkt wurde und was mit dieser außerirdischen Materie noch alles möglich ist.

»Wollen wir?«, fragt er und hebt bereits seine Hand, um einen Kellner an unseren Tisch heranzuwinken.

Ich nicke. Mein Kopf ist viel zu vollgestopft. Alles, was ich jetzt will, sind mein Bett und Ruhe.

KAPITEL 3

»Seine Augen sind der Wahnsinn! Ich könnte den ganzen Tag nichts anderes tun, als ihn anzustarren. Und seine Lippen ...« Joyce schließt gedankenverloren ihre Lider und öffnet leicht ihren Mund. Ich schnappe mir ihren Arm und ziehe sie in meine Richtung, bevor sie gegen einen Laternenpfosten knallen kann. Erschrocken reißt sie die Augen auf und bleibt stehen.

»Maeve! Ich frage mich die ganze Zeit, wie sich seine Lippen wohl anfühlen. Ob er gut küssen kann?«

Halb genervt, halb belustigt schiebe ich sie weiter Richtung Schultor. Das gesamte Wochenende hat sie über nichts anderes geredet als diesen Typen, den sie beim Einkaufen aus Versehen angerempelt und anschließend als Entschuldigung auf einen Kaffee eingeladen hat. Von Anfang an fand sie ihn gutaussehend und sie behauptet, es wäre Schicksal, dass er ihretwegen gegen das Konservenregal gefallen ist und sich mehrere blaue Flecken zugezogen hat. Schließlich hat sie sonst immer Kleingeld für einen Einkaufswagen dabei, nur an diesem Tag nicht, weswegen sie ihre Arme so vollgeladen hatte, dass sie den Mann namens Brad schlichtweg nicht sehen konnte.

Während sie weiter von ihm schwärmt, hänge ich meinen eigenen Gedanken nach. Seit dem Treffen mit Lorcan trage ich ein Notizbuch mit mir herum, in dem ich alle Fragen hineinschreibe, die mir einfallen. Schon jetzt sind mehrere Seiten vollgekritzelt.

»Oh da ist sie ja! Unsere erfolgreiche Dating-Queen!« Peter kommt breit grinsend auf uns zu, seine Freunde im Schlepptau. Joyce hat mit ihrem Monolog aufgehört und sieht stattdessen fragend zu Peter.

»Oder war es etwa nicht erfolgreich?« In gespieltem Entsetzen bleibt er vor uns stehen.

»Jedenfalls erfolgreicher als du es warst, bei deinem Versuch zu klauen«, kontere ich.

Das Grinsen aus Peters Gesicht verschwindet. Er schaut mich wütend an, bevor er sich umdreht und mit seinen Freunden weitergeht. Ich atme tief durch. Joyce zieht mich am Ärmel zur nächsten Ecke, weit entfernt von den anderen Schülern.

»Was war das denn eben?«, will sie von mir wissen.

»Was? So spektakulär war das nun auch wieder nicht«, sage ich schulterzuckend. »Du hast mir doch Tipps gegeben, wie ich mich besser wehren -«

»Das meine ich nicht! Peter hat von einem Date gesprochen. Was für ein Date? Warum weiß ich davon nichts?«

Plötzlich fühle ich mich, als hätte jemand einen Eimer heißen Wassers über mir ausgeleert. »Du hast die ganze Zeit so von Brad geschwärmt, dass ich das Gefühl hatte, du könntest dich gar nicht auf ein anderes Thema konzentrieren«, verteidige ich mich.

»Dann erzähl es mir jetzt«, fordert mich Joyce auf. »Ich will wissen, was für ein Date du hattest.« Ihre Augen fangen an, zu leuchten, was mir gar nicht gefällt. Ich sehe schon vor mir, wie sie Pläne schmiedet, um mich und mein angebliches Date zu verkuppeln. Das muss ich verhindern.

»Erinnerst du dich an den Überfall?«, frage ich sie deswegen.

»Was hat das denn mit deinem Date zu tun?« Joyce ist sichtlich irritiert.

»Na ja ...« Ich reibe mir über den Nacken. »Der Typ, der mir das

Leben gerettet hat, hat mich doch zum Essen eingeladen.«

»Und du bist hingegangen? Ich dachte, das wolltest du nicht.« Joyce ist fassungslos.

»Richtig. Er stand plötzlich vor meiner Tür, um mich abzuholen, und eigentlich wollte ich nicht mitgehen, aber dann hat er einen Satz über meine Mutter fallen gelassen.«

Joyces Augen werden groß. »Er kennt deine Mutter?«

»Genau das wollte ich herausfinden.« Ich schaue auf die Uhr. Uns bleiben nur noch wenige Minuten, bis der Unterricht beginnt. »Um es kurz zu machen: Er weiß nicht viel mehr über sie als ihren Namen. Aber ich habe einen neuen Anhaltspunkt, wohin sie verschwunden sein könnte. Und Lorcan hat mir einen Ausbildungsplatz angeboten sowie die Möglichkeit zu lernen, wie ich mich besser verteidigen kann. Es war also kein Date, sondern eher so etwas wie ein Geschäftsessen.«

»Einen neuen Anhaltspunkt? Du musst mir alles erzählen! Und was soll das für eine Ausbildung sein?«

Ich zögere. Soll ich ihr wirklich von der Geheimorganisation berichten? Soll ich ihr sagen, dass meine Halluzinationen keine waren, sondern dass Susan Wood sich unsichtbar machen kann? Und dass ich von Außerirdischen abstamme und meine Mutter mir als Hinweis außerirdische Materie hinterlassen hat?

Ich will gerade zum Sprechen ansetzen, als mir einfällt, dass Lorcan mich darum gebeten hat, mich bedeckt zu halten, was das Auge angeht, kurz bevor er mich zu Hause abgesetzt hat. »Hm, über den Anhaltspunkt kann ich dir noch nichts Genaues sagen. Und über den Rest darf ich dir nicht viel erzählen, weil es um eine Geheimorganisation geht«, versuche ich, ihrer Frage auszuweichen, ohne sie dabei anlügen zu müssen.

Joyce starrt mich mit offenem Mund an. »Der Typ ist also so etwas wie ein Geheimagent?«

Geheimagent passt zwar nicht ganz, aber ich nicke trotzdem.

»Abgefahren! Kaum zu glauben! Warum will er unbedingt dich ausbilden?«

»Weil er Potenzial in mir gesehen hat, als ich gegen diese beiden Mistkerle gekämpft habe. Er meinte, ich bräuchte nur die richtige Technik, dann hätte ich die beiden auch ohne seine Hilfe in die Flucht schlagen können.«

»Das gibt es ja nicht.« Joyce scheint schwer beeindruckt. »Das heißt, du lässt das Psychologiestudium sausen?«

»Ich weiß es nicht. Mir schwirren noch zu viele Fragen im Kopf herum, die ich ihm stellen will.« Erneut sehe ich auf die Uhr und bedeute Joyce, weiterzugehen, damit wir es pünktlich in den Unterricht schaffen.

»Trefft ihr euch nochmal?«

»Er hat mir seine Adresse gegeben. Ich denke, ich werde am Wochenende zu ihm fahren.«

»Soll ich dich begleiten?« So, wie Joyce mich ansieht, will sie wohl eher fragen, ob sie mich begleiten *darf.*

»Mir ist es lieber, wenn ich allein fahre. Ich bin mir noch nicht sicher, was ich alles erzählen darf und was nicht.«

Enttäuscht lässt Joyce die Schultern hängen. »Aber alles, was erlaubt ist, berichtest du mir hinterher, ja?«

Ich kann mir ein Grinsen nicht verkneifen.

Als ich am späten Nachmittag zu Hause ankomme, hänge ich in Gedanken immer noch bei den Dingen, die mir Lorcan erzählt hat, und die so viele neue Fragen aufwerfen.

Im Hausflur streife ich meine Schuhe ab und stelle sie ins Regal neben der Tür.

»Tad?«, rufe ich, erhalte jedoch keine Antwort von meinem Vater.

Meine Tasche lasse ich zu Boden sinken, ich kann sie später noch auf mein Zimmer bringen. Auf Socken öffne ich die Tür zum Wohnzimmer, doch ich finde es leer vor. Allerdings kann ich jetzt etwas hören. Gemurmel scheint aus der Küche zu kommen. Ich kann mich nicht daran erinnern, wann mein Vater das letzte Mal Besuch hatte. Wahrscheinlicher ist es, dass er wieder die Stimmen hört und mit ihnen redet. Auf Zehenspitzen gehe ich zur angelehnten Tür, hinter der mein Vater so leise spricht, dass ich kaum etwas verstehe, bis seine Stimme deutlicher wird.

»Sie ist meine Tochter ... meine Tochter ... Versteht ihr das nicht? Ich kann sie nicht auch noch verlieren. Ich habe doch schon *sie* verloren ... Ihr könnt sie mir nicht wegnehmen. Das lasse ich nicht zu. Hört ihr? Das lasse ich nicht zu! Maeve gehört zu mir – ihr kriegt sie nicht!« Sein Ausruf erstickt in einem Schluchzen. Die nächsten Worte sind sehr undeutlich, so als hätte er das Gesicht in den Händen vergraben.

»Ich brauche sie. Ich kann ... nicht ohne sie ... leben. Ihr dürft sie mir nicht wegnehmen. Bitte ... bitte ...« Er fängt an zu winseln. Und zwischen seinen erstickten Lauten erkenne ich fortwährend das gleiche Wort: Bitte.

Mit Übelkeit im Magen lehne ich meinen Kopf gegen den kühlen Türrahmen und schließe die Augen. Mein Vater hat immer wieder schlimme Halluzinationen. Zwischendurch gibt es Phasen, in denen man nichts von seiner psychischen Erkrankung merkt. Manchmal dauern diese ein paar Tage an, manchmal einige Wochen. Aber die Halluzinationen kommen immer zurück. Meistens fühlt sich mein Vater bedroht, oft geht es dabei auch um mich. Seit Mum verschwunden ist, hat Dad schlimme Verlustängste. Vermutlich ist genau das der Auslöser für seine Halluzinationen gewesen. Und jetzt hat er Angst, dass ich ihn ebenfalls verlassen könnte.

Ich öffne meine Augen, kann die Umgebung jedoch nur verschwommen sehen. Bisher habe ich Dad kaum etwas erzählt. Er war zwar neugierig, aber ich konnte ihn mit ein paar belanglosen Informationen abspeisen. Ich habe mich einfach nicht getraut, ihm von der Ausbildung und der Geheimorganisation zu erzählen. Würde das seine Halluzinationen zusätzlich noch verstärken oder wäre er erleichtert? Würde er wollen, dass ich diese Ausbildung antrete? Doch da ich zum jetzigen Zeitpunkt zu wenig Informationen habe, will ich das nächste Treffen mit Lorcan erst noch abwarten, bevor ich meinem Vater davon erzähle.

»Maeve?«

Ich zucke zusammen, als ich Dads Stimme so plötzlich höre. Anscheinend war ich so in Gedanken, dass ich nicht mitbekommen habe, wie Dad zur Tür gekommen ist und sie geöffnet hat. Sofort fallen mir seine verquollenen Augen und die wirren Locken auf.

Tapfer lächle ich ihm entgegen. »Ja, ich bin da. Hallo Tad.« Mein Hals brennt, aber ich versuche, das Gefühl einfach zu ignorieren.

In einer verzweifelten Geste umarmt er mich und drückt mich so fest an sich, dass mir kurz die Luft wegbleibt. Ich erwidere die Umarmung, lege meine Hände aber deutlich sanfter auf seinen Rücken.

»Verlass mich nicht, Maeve«, flüstert er mir ins Ohr. »Lass mich nicht allein. Versprich mir das.«

Tränen brennen mir in der Kehle. Ich muss unbedingt klären, wo diese Ausbildung stattfinden soll. Das Psychologiestudium könnte ich hier in Swansea machen. Vielleicht kriege ich sogar beides unter einen

Hut – die Ausbildung, um herauszufinden, was mit Mum passiert ist, und nebenbei das Studium, um Dad zu helfen. Wenn ich mich anstrenge, dann könnte ich das schaffen.

»Maeve? Versprichst du mir das?« Die Umklammerung meines Vaters fühlt sich an wie ein Schraubstock, sein Griff wird immer fester. »Du musst es mir versprechen. Du darfst mich nicht allein lassen.«

Ich würde ihm gern antworten, doch ich bekomme kaum Luft. Mit den Händen versuche ich, ihn von mir wegzudrücken, habe allerdings keinen Erfolg. Mein Vater drückt nur noch stärker zu, seine Stimme klingt immer hilfloser.

»Bleib bei mir, Maeve. Bitte bleib bei mir! Lass mich nicht im Stich! Versprich es mir!«

Ich kann nicht mehr atmen und schlage mit den Händen auf seinen Rücken.

»Haut ab! Lasst uns in Ruhe!« Mein Vater verwechselt meinen verzweifelten Versuch, freizukommen, mit seinen Halluzinationen. Sein Kopf schnellt herum und das ist der Moment, in dem der Druck auf meinen Körper so weit nachlässt, dass ich einen tiefen Atemzug nehmen kann.

»Ja«, sage ich schnell, bevor mein Vater wieder zudrücken kann. »Ich versprech's.«

Tränen treten in seine Augen und erneut presst er mich an sich. Dann wird der Schraubstock endlich gelockert, ich winde mich aus seinem Griff und taumele rückwärts, bis ich die Armlehne des Sofas spüre. Erschöpft drehe ich mich herum und lasse mich aufs Sofa fallen.

Gierig nehme ich den Sauerstoff in meine Lungen auf. Ich schließe die Augen und fast im selben Augenblick sind da wieder diese Bilder.

Wie mein Vater mich gewürgt hat, weil er dachte, ich wäre ein Einbrecher und würde ihn bestehlen. Seine Angst vor den imaginären

Spionen und wie wir uns deshalb unter dem Bett versteckt haben. Damals war ich neun und seine Panik hat sich auf mich übertragen. Ich werde auch nie vergessen, wie er mich bedroht hat, weil die Stimmen in seinem Kopf ihm das befohlen haben, immer und immer wieder. Sie haben ihm versprochen, dadurch Mum zurückzubekommen.

Ich hätte die Polizei rufen müssen, aber ich habe es nicht getan. Als Dreizehnjährige wollte ich nicht sehen, wie mein Vater verhaftet wird und anschließend in die Psychiatrie kommt. Außerdem wollte ich genau so wenig allein sein wie er heute. Stattdessen habe ich beruhigend auf ihn eingeredet und darauf gewartet, dass es vorbeigeht. Hinterher hat mein Vater geheult wie ein Kleinkind, weil ihm sein Verhalten so leidtat. Diese extremen Situationen kann ich zum Glück an zwei Händen abzählen.

Ich öffne die Augen, lehne mich vor und stütze den Kopf auf meine Hände. Ein Seufzer entfährt mir, teils vor Erleichterung, teils aus Verzweiflung. Ich habe Dad ein Versprechen gegeben. Aber wenn die Ausbildung weit entfernt stattfindet - soll ich dann die Möglichkeit, mehr über meine Mutter herausfinden zu können, verstreichen lassen?

Am Freitag fahre ich nach der Schule gar nicht erst nach Hause, sondern nehme den Bus, der mich zu Lorcan bringt. An der letzten Haltestelle steige ich aus, muss allerdings noch ein ganzes Stück zu Fuß gehen. Er wohnt am Stadtrand, das hat er mir gesagt, als er mir den Zettel mit seiner Adresse überreicht hat. Doch erst jetzt merke ich, wie weit Realität und Vorstellung oftmals auseinanderliegen.

Das Ortsschild habe ich bereits hinter mir gelassen, als Lorcans Haus mit der Nummer 57 endlich auftaucht. Die Straße hier ist zwar noch geteert, wird aber zusehends schmaler und direkt hinter Lorcans

Haus ragt der Wald auf. Ein Schotterweg führt als Auffahrt zu einem weißen Holzhaus mit Veranda und blauen Fensterrahmen. Links davon ist der alte Pick-up geparkt. Ich hingegen hatte eher an ein Neubaugebiet gedacht, als er vom Stadtrand gesprochen hat.

Lorcan sitzt mit dem Rücken zu mir auf dem Schotterweg und schraubt an einem Motorrad herum. Auf den Stufen zur Veranda steht ein Baustellenradio, aus dem leise Rockmusik ertönt. Lorcan trägt ein ärmelloses, schmutziges Shirt und für einen Moment bleiben meine Augen an seinen muskulösen Armen und Schulterblättern hängen. Schnell schüttle ich den Kopf und steure weiter auf ihn zu. Mein Blick wandert hinüber zum Haus. Ein bisschen wehmütig mustere ich die Hollywoodschaukel, die auf der Veranda gleich neben der Haustür angebracht ist.

Ich zucke zusammen, als plötzlich etwas Weiches meine Beine berührt. Mit einem Maunzen schaut mich eine kleine getigerte Katze aus großen Augen an.

»Hey, wer bist du denn?«, frage ich leise und hocke mich hin, um sie zu streicheln. Sie drückt ihren Kopf gegen meine Handinnenfläche und schließt dabei die Augen. Ein Lächeln breitet sich auf meinen Lippen aus.

»Das ist Kitty.«

Ich hebe meinen Kopf. Lorcan stellt gerade das Radio aus und setzt sich auf die untersten Stufen der Veranda. Mit einem bereits verdreckten Tuch reibt er sich das schwarze Öl von den Händen. Meine Augen wandern zu seinem Gesicht, bleiben jedoch an seinen Lippen kleben. Die untere blutet genau in der Mitte, dort wo sie schon von Natur aus eine Vertiefung aufweist. Schnell reiße ich meinen Blick davon los und wende mich wieder der Katze zu.

»Dann gehört sie dir?«

»Kann man so sagen. Zumindest biete ich ihr Futter und einen warmen Platz an.«

»Und du fährst Motorrad?«, frage ich und deute hinüber.

»Das gehört meinem Bruder. Ich repariere es nur.«

Ich schaue wieder zu Lorcan. Er hat das Tuch übers Geländer gehängt und beobachtet mich.

»Deine Lippe blutet«, sage ich schließlich, weil ich den Anblick kaum ertragen kann. Er fährt sich mit der Zunge darüber und für einen Moment ist das Rot verschwunden.

»Das tut sie öfters. Wartest du zwei Minuten? Dann gehe ich mir kurz die Hände waschen.«

Ich nicke und sehe zu, wie er durch die Haustür verschwindet. Ich beschließe, die Hollywoodschaukel näher in Augenschein zu nehmen. Hellblaue Polster, passend zu den Fensterrahmen lassen mich schwach werden. Ich stelle meinen Rucksack ab, setze mich darauf und mache es mir gemütlich. Kitty hat mich beobachtet und springt nun auf meinen Schoß. Ich muss über den Namen schmunzeln. Wirklich einfallsreich scheint Lorcan nicht zu sein ...

Wenig später setzt er sich auf einen Holzschemel vor mich, mit einem gläsernen Tablet auf dem Schoß. Seine Lippe sieht deutlich besser aus und zeigt nur noch einen rötlichen Strich in der Mitte.

Während er auf dem Tablet herumtippt, sagt er: »Ich habe hier den Ausbildungsvertrag, den du unterschreiben musst.« Er dreht mir das Tablet zu und ich werfe einen kurzen Blick darauf, doch ehrlich gesagt interessiert mich der Vertrag erstmal nicht.

»Ich habe noch etliche Fragen, bevor ich unterschreiben möchte.«

»Okay.« Lorcan legt das Tablet neben sich auf den Boden und schaut mich offen an. »Leg los.«

Ich hole mein Notizbuch aus meinem Rucksack und schlage es auf.

»Wenn die Außerirdischen, die Tenn ... Teda ...« Ich suche nach dem richtigen Wort, aber ich konnte es mir nicht merken.

»Tenaler«, hilft mir Lorcan auf die Sprünge.

»Stimmt«, sage ich und schreibe das Wort schnell auf. »Also wenn diese Tenaler so aussehen wie wir - wie kann man sie dann von uns unterscheiden?«

Lorcan streicht sich über den kurzen Bart. Ich zwinge mich, nicht hinzusehen. Diese Geste löst in mir das Verlangen aus, selbst die rau aussehenden Barthaare anfassen zu wollen.

»Wenn die Tenaler hier auf die Erde kommen, kann man sie leicht von uns unterscheiden. In der Regel sind sie kleiner als wir, haben statt Haaren Markierungen auf dem Kopf, aber das Entscheidende ist ihre rote Haut. Die erkennst du auch aus etlichen Metern Entfernung. Erst, wenn sie länger hier auf der Erde sind, wird sie blasser, bis der Rotton nur noch zu erahnen ist. Und dann sehen sie fast aus wie wir.«

»Was sollen das für Markierungen sein?«

»Wir vermuten, dass es sich dabei um ihre Namen handelt. Aber genau wissen wir es nicht. Jede ist anders.«

»Wenn sie ihre rote Farbe verlieren, erkennt man sie dann nicht noch immer an der Markierung?«

»Die Markierung ist weiß. Wenn ihre Haut also ihren Rotton verliert, wird die Markierung automatisch blasser und ist schlechter zu sehen.«

»Weil ihr der Kontrast fehlt«, sage ich und Lorcan nickt. »Was sollte man noch über die Tenaler wissen?«

»Einiges.« Lorcan grinst kurz, wird aber gleich darauf wieder ernst. Er nestelt an einem alten Lederband herum, das ihm um den Hals hängt. Ein silberner Ring kommt unter seinem Shirt zum Vorschein. Lorcan dreht den Knoten des Bandes nach hinten und steckt den Ring anschließend zurück unter das Shirt. Dann stützt er seine Ellbogen auf den Knien ab und fängt an zu erzählen.

»Sie haben gelernt, verdammt gut mit außerirdischer Materie umzugehen. So können sie blitzschnell von einem Ort verschwinden und an einem anderen wieder auftauchen. Ihre Waffen sind ebenfalls sehr speziell. Sehen für Ungeübte harmlos aus, sind aber tödlich. Außerdem haben sie ein extrem gutes Gehör, sodass es fast unmöglich ist, sich an sie heranzuschleichen. Im Dunkeln können sie hervorragend sehen, deswegen ist es einfacher, sie dorthin zu locken, wo es hell ist, denn damit haben sie Schwierigkeiten. Ach ja, und auf ihren Reißzahn muss man aufpassen. Den setzen sie oft bei Kämpfen ein und der tut verdammt weh.«

Lorcan schweigt und streicht sich gedankenverloren über eine Narbe am linken Oberarm. Ich versuche, mir einzureden, dass er nichts dafür kann. Dass er so von ihnen redet, weil er jahrelang darauf trainiert wurde. Ich löse meinen Blick von ihm und sehe stattdessen in mein Notizbuch.

»Du hast von einem Enzym gesprochen. Wieso seid ihr euch so sicher, dass ich dieses Enzym habe? Kann man mir ansehen, dass ich von Tenalern abstamme? Gibt es ein bestimmtes Merkmal, das alle -« Ich stocke und starre Lorcan mit weit aufgerissenen Augen an.

Er mustert mich mit zusammengezogenen Brauen und schüttelt leicht den Kopf. »Keine Ahnung, woran du gerade denkst, aber es gibt kein Merkmal, das alle besitzen, die von AIs abstammen.«

Sein Gesichtsausdruck ist wieder normal, doch er beobachtet mich noch immer. Die Tatsache, dass mich meine Narbe nicht offenkundig als AI kennzeichnet, lässt mich erleichtert aufseufzen.

»Man kann nicht auf den ersten Blick erkennen, ob jemand dieses Enzym in sich trägt oder nicht. Deswegen gibt es die Sucher. Und genau aus diesem Grund werden sie auch so genannt. Weil sie diejenigen aufspüren müssen, die dieses Enzym haben. Und soweit ich weiß, ist das keine leichte Aufgabe.« Wieder fährt er sich mit der Hand über seinen kurzen Bart. »Noch mehr Fragen?«

»Wie finden sie denn die Menschen, die dieses Enzym in sich tragen?«

Lorcan hebt die Brauen. »Auf dem Gebiet bin ich kein Experte. Ich weiß, dass die Sucher ziemlich viele Akten durchwälzen, Arztberichte und so, um Unregelmäßigkeiten und Unerklärliches aufzudecken. Außerdem sind ihre Sinne geschärft, weil dieses Enzym wohl dafür sorgt, dass sich zum Beispiel der Geruch eines Menschen ganz leicht verändert. Solche Spuren verfolgen sie dann.«

»Ok.« Ich schaue kurz in mein Buch. »Warum nennt sich die Geheimorganisation *Das Auge*?«

Lorcan schmunzelt. »Aus diversen Gründen. Ich glaube, der Hauptgrund liegt im Aussehen. Das Hauptgebäude ist aus dem All nämlich sehr gut zu identifizieren und dient der Raumfahrt als Anhaltspunkt und -«

»Warte mal«, unterbreche ich ihn. »Man kann das Auge schon aus dem Weltall sehen? Aber dann ist die Geheimorganisation doch gar nicht mehr geheim, oder?«

Lorcan lacht und auf seinen Wangen bilden sich Grübchen. »Das Auge der Sahara ist eine Formation mitten in der Wüste, die aus dem All gut zu erkennen ist und von der niemand weiß, wie sie entstanden ist. Was aber ebenfalls niemand weiß, ist, dass es unterhalb des Auges ein riesiges Gebäude gibt - das Hauptquartier dieser Organisation. Damals wurde bewusst dieser Ort für den Bau des unterirdischen Hauptquartiers gewählt, weil das Auge nicht nur unseren Raumfahrern als Anhaltspunkt dient, sondern auch den Tenalern. Und wenn die hier auf der Erde landen, können wir sie dort direkt abfangen und verhindern, dass Zivilisten in Gefahr kommen.«

Sprachlos starre ich Lorcan an. Plötzlich wird mir bewusst, dass mein Mund offen steht, weswegen ich ihn schnell schließe. Die Informationen muss ich erst mal verdauen. In meinem Kopf herrscht Chaos und ich kriege kaum zwei Gedanken zusammen, sodass sie einen Sinn ergeben.

Lorcan grinst, auch wenn es so aussieht, als würde er versuchen, es sich zu verkneifen. Vielleicht holt mich das wieder zurück in die Realität.

»Heißt das«, beginne ich und kriege endlich einen der vielen Gedanken zu fassen. »Heißt das, die Ausbildung findet in der Sahara statt?«

»Ganz genau.«

Das kann ich nicht. Ich kann nicht weg hier aus Wales, meinen Vater allein lassen und auf einem anderen Kontinent meine Ausbildung machen.

»Kann ich meinen Vater mitnehmen?« Ich glaube, die Antwort bereits zu kennen, aber ich will nichts unversucht lassen.

»Nein.«

»Dann kann ich die Ausbildung nicht antreten.«

Lorcan schweigt.

»Ich kann meinen Vater nicht verlassen.«

»Es gibt so viele Möglichkeiten, Maeve. Es gibt Pflegedienste, Wohnheime, betreutes Wohnen ...«

»Das verstehst du nicht. Ich will ihn nicht allein lassen.«

Lorcan senkt den Kopf und sieht auf seine Hände. »Du wirst gar keine andere Wahl haben. Sie werden dich und deinen Vater sonst nicht in Ruhe lassen. Sie brauchen neue Kämpfer und da werden sie ein Nein nicht akzeptieren.« Er hebt seinen Blick direkt in meine Augen. Die Ernsthaftigkeit und Verletzlichkeit darin jagen mir eine Gänsehaut über den Körper.

Ich weiß nicht, was ich tun soll. Die Ausbildung klingt überhaupt nicht nach dem, was mir gefällt. Noch dazu ist sie so weit weg. Auf der anderen Seite hätte ich die Möglichkeit, mehr über meine Mutter herauszufinden. Und soll ich das Risiko wirklich eingehen, dass sie mir und meinem Vater wehtun könnten, wenn ich den Vertrag nicht unterschreibe?

»Willst du das Hauptgebäude mal sehen?«, reißt mich Lorcan aus meinen Überlegungen. »Vielleicht hilft dir das bei deiner Entscheidung.«

Mein Herz macht einen Sprung. »Auf jeden Fall.« Mit etwas Glück finde ich schon deutlich früher neue Hinweise zu meiner Mutter.

»Gut, dann komm.« Er steht auf und geht zu seinem Pick-up.

»Wie, jetzt gleich?«, frage ich verwirrt. Ein Blick auf meine Uhr verrät mir, dass es bereits nach achtzehn Uhr ist.

»Ich denke, du willst das Auge sehen? Warum dann noch warten?« Das leichte Grinsen auf seinen Lippen zieht mich in seine Richtung.

Ich versuche, im Kopf schnell zu überschlagen, wie lange wir bis nach Nordafrika und zurück brauchen. Doch ich fühle mich so überrumpelt, dass ich keinen klaren Gedanken mehr fassen kann.

KAPITEL 4

Mit Lorcans Pick-up fahren wir in die Innenstadt, wo er in einer Tiefgarage parkt. Wiederholt versuche ich, Informationen aus ihm herauszubekommen. Ich habe mein Handy nicht mit und muss meinem Vater Bescheid sagen, wenn ich länger wegbleibe. Doch statt einer vernünftigen Antwort sagt Lorcan nur: »Mach dir keine Gedanken. Du wirst pünktlich zurück sein.«

»Pünktlich zu meiner Schicht im Restaurant morgen Abend? Pünktlich, um Montag rechtzeitig zum Unterricht zu erscheinen?«

Mit einem leichten Lächeln auf den Lippen steigt er aus dem Wagen und ich beeile mich, es ihm gleichzutun. Sofort geht er los und ich habe Schwierigkeiten, mit ihm Schritt zu halten.

»Müssen wir nicht erst einen Flug buchen oder so? Die Sahara ist ja nicht gleich um die Ecke. So etwas müssen wir doch planen.« Ich bin außer Atem, weil Lorcan so schnell geht, und jetzt erstreckt sich auch noch das Treppenhaus vor uns. Ich hoffe, dass sein Ziel irgendwo in den unteren Etagen liegt und nicht ganz oben.

»Ich würde schätzen, mit dem Flugzeug sind es etwa fünf Stunden von hier nach Afrika«, überlege ich laut, während wir Stufe um Stufe nach oben steigen.

»Sieben, wenn du einen Nonstop-Flug kriegst«, sagt Lorcan. Kurz bleibt er stehen und dreht sich zu mir um. Auch ich halte inne. Mein Puls rast von der Anstrengung und ich atme schwer. Lorcan hingegen sieht aus, als würde er nur einen gemütlichen Spaziergang machen.

»Ich tippe auf Ausdauer. So wie du pumpst.« Er dreht sich um und marschiert weiter nach oben.

»Hm?«, kann ich nur machen und versuche erneut, mit ihm Schritt zu halten. Endlich öffnet er eine Tür und führt mich in einen Flur. Gegenüber befinden sich zwei Fahrstühle, doch an dem einen hängt ein »Außer Betrieb«-Schild. Lorcan steuert genau darauf zu.

»Sollten wir nicht -«

Überraschenderweise gleiten die Türen zur Seite, als Lorcan direkt davor steht. Mit einer Armbewegung bedeutet er mir, in den Fahrstuhl zu steigen, aber ich zögere. Warum ist dort ein Schild angebracht, wenn dieser doch ganz offensichtlich funktioniert? Langsam gehe ich hinein. Lorcan betritt nach mir den Fahrstuhl, die Türen schließen sich und mit einem Ruck bewegen wir uns nach oben. Endlich kann sich mein Puls nach dem anstrengenden Aufstieg beruhigen.

Lorcans Lächeln ist plötzlich verschwunden. Stattdessen hat sich zwischen seinen Augen eine Falte gebildet und er starrt mit verschränkten Armen auf den Boden. Nach kurzer Zeit kommt der Fahrstuhl mit einem Ruck wieder zum Stehen. Ohne ein Wort verlässt Lorcan die kleine Kabine. Vor uns liegt ein mit altem Teppich ausgelegter Flur und es gibt nur eine Tür am Ende des Ganges, vor der Lorcan sich herumdreht und mich eindringlich ansieht. Es riecht muffig hier oben, so als hätte schon lange niemand mehr gesaugt oder Staub gewischt.

»Ich werde dir jetzt etwas sagen und ich will, dass du dich an alle meine Anweisungen hältst, verstanden?«, fragt er, als ich vor ihm stehenbleibe.

Ich nicke. Der Ernst in seiner Stimme gefällt mir nicht.

Er atmet tief durch. »Rede so wenig wie möglich. Wenn du etwas gefragt wirst, antworte kurz und knapp. Wenn dir irgendwelche

Fragen in den Kopf kommen, spar sie dir für später auf und frag mich nur, wenn wir allein sind, okay?«

Ich sehe ihn mit großen Augen an. »Warum die Geheimniskrämerei? Darf ich eigentlich nicht ins Hauptgebäude?«

Lorcan druckst herum. »Das ist eine Grauzone. Nicht-Mitgliedern ist es nicht gestattet, das Auge zu betreten. Und streng genommen bist du noch kein Mitglied, weil du den Vertrag noch nicht unterschrieben hast.«

»Okay, dann halte ich mich zurück.«

Ohne ein weiteres Wort zu sagen, wendet sich Lorcan der Tür zu und drückt einen Klingelknopf, der rechts daneben angebracht ist. Mein Herz beginnt wieder, schneller zu schlagen, aber diesmal vor Aufregung. Still und stumm stehen wir im Flur vor dieser Tür und warten, dass etwas geschieht. Lorcan hat die Hände in die Taschen gesteckt und bewegt sich nicht. Versucht er zu lauschen? So sehr ich mich auch anstrenge, ich höre nichts.

Nach einer gefühlten Ewigkeit klingelt Lorcan ein zweites Mal. Diesmal dauert es nur wenige Sekunden, bis sich die Tür öffnet. Ich erwarte, eine Person dahinter zu sehen, doch da ist niemand. Lorcan tritt ein und ich folge ihm. Der Raum ist klein und völlig leer, vermutlich einfach ein Durchgangszimmer. Wir durchqueren ihn mit nur wenigen Schritten und betreten ein zweites Zimmer, das wie ein Büro aussieht. Hinter einem großen Schreibtisch sitzt ein Mann mittleren Alters. Als er uns sieht, erhebt er sich und kommt auf uns zu.

»3.2.2.KG.« Ich weiß nicht, was er uns damit sagen will, doch Lorcan antwortet sofort.

»4.1.1.LC.«

Der Mann nickt und sieht dann zu mir. Ich schlucke. Keine Ahnung, was ich ihm antworten soll. Zum Glück spricht Lorcan schon weiter.

»Sie hat noch keine Kennnummer. Deswegen müsstest du ihren Wert bestimmen.«

Der Mann wendet sich wieder Lorcan zu. »Keine Kennnummer? Der Einführungstag ist erst in anderthalb Wochen.«

»Ich weiß. Allerdings habe ich einen Auftrag von 9.1.3.ND bekommen und demzufolge soll ich sie zu ihm bringen.«

Einen Augenblick starren sie sich gegenseitig an. Der Kiefer des Mannes arbeitet, er scheint zu überlegen. Schließlich winkt er mich mit einer Handbewegung zu sich. Mit einem kurzen Blick auf Lorcan vergewissere ich mich, dass alles ok ist. Da er mir zunickt, folge ich dem Mann zu seinem Schreibtisch. Dieser öffnet den Schrank daneben und holt ein merkwürdiges Gerät heraus. So etwas habe ich noch nie gesehen. Es hat einen kleinen Bildschirm mit mehreren Knöpfen am Rand und davor eine Halterung, jedoch ist mir schleierhaft, wofür.

Der Mann stellt das Gerät ab und bedeutet mir, mich auf einen Stuhl vor dem Schreibtisch zu setzen.

»Ich nehme dir jetzt Blut ab.«

Er holt eine Nadel und eine Ampulle aus dem Schrank und sieht mir fest in die Augen. Während er die Nadel in meine Vene sticht, sehe ich demonstrativ weg. Der Piks ist jedoch nur kurz und nicht sehr schmerzhaft. Nachdem er genug Blut abgenommen hat, entfernt er die Nadel und reicht mir eine kleine Kompresse.

Während ich den Stoff auf die Einstichstelle drücke, legt er die Ampulle in das Gerät ein. Der Bildschirm leuchtet auf und scheint zu arbeiten. Nebenher räumt der Mann auf und klebt anschließend ein Pflaster über meine Kompresse. Ein Piepton des Gerätes lenkt seine Aufmerksamkeit von mir zu dem Display. Seine Brauen ziehen sich unheilvoll zusammen, als er die Anzeige betrachtet. Er drückt die verschiedenen Knöpfe, schüttelt dabei immer wieder mit dem Kopf. Schließlich hebt er nur resigniert die Arme.

»Sie braucht nichts, ihr könnt gehen.« Seine Augen sind zusammengekniffen, als er mich mustert. Ich habe keine Ahnung, wovon er redet. Das muss mir Lorcan unbedingt erklären, sobald wir allein sind.

Dieser bedankt sich und fordert mich mit einer Handbewegung auf, ihm zu folgen. Er führt uns in ein weiteres Zimmer und schließt die Tür hinter uns. In diesem Raum gibt es nur ein schmales Regalbrett an der linken Wand, auf dem mehrere Kugeln und Behälter stehen. Der Raum wirkt trostlos, es gibt keine Fenster und keine weitere Tür. Auf dem kahlen Boden ist ein großer weißer Kreis gezeichnet. Ich will gerade meinen Mund öffnen, als Lorcan mir zuvorkommt.

»Nicht hier«, warnt er mich. »Später.«

Mit sanfter Bestimmtheit schiebt er mich zu dem aufgemalten Kreis und stellt mich in dessen Mitte. Dann wendet er sich dem Regalbrett zu. Ich bewege mich keinen Zentimeter und beobachte ihn gespannt. Er nimmt eine der faustgroßen Kugeln und fischt etwas aus einer der Dosen heraus. Doch es ist so klein, dass ich nicht sehen kann, worum es sich handelt. Lorcan kommt zu mir und stellt sich direkt vor mich. Ich bewege mich noch immer nicht, obwohl seine Nähe unangenehme Hitzewellen durch meinen Körper treibt. Zwischen den Abgasgerüchen, die seiner Kleidung anhaften, kann ich auch einen leichten Duft nach Zitronengras ausmachen. Er dreht die Kugel in der Mitte, sodass sie sich in zwei Teile öffnet, und legt einen kleinen metallischen Gegenstand hinein. Dann sieht er mir ins Gesicht.

»Keine Panik, okay? Dir passiert nichts. Vertrau mir.«

Mein Herz stolpert vor Angst, doch ich konzentriere mich auf seine Augen. Auf das satte Grün und die braunen Flecken dazwischen. Aus den Augenwinkeln erkenne ich, wie er beide Hälften der Kugel verschließt, und augenblicklich bricht ein Sturm über uns los.

Ich kann nichts sehen, nichts hören, alles um mich herum wirbelt durcheinander. Es gibt kein Oben, kein Unten. Alles schmerzt, mein Körper fühlt sich an wie Kaugummi, wird auseinandergezerrt und zusammengepresst. Es dröhnt in meinen Ohren und ist gleichzeitig still.

Und dann legt sich der Sturm so plötzlich, wie er gekommen ist, und die Stille breitet sich nicht nur in meinen Ohren, sondern auch um mich herum aus.

Mir ist unglaublich schlecht und mein Kopf dröhnt, während ich huste. Mein Blickfeld klärt sich jede Sekunde mehr, bis ich den Raum um mich herum schließlich wieder klar erkenne. Meine Arme und Beine zittern, als ich versuche, aufzustehen. Seit wann knie ich auf dem Boden? Und warum leuchtet der Raum auf einmal in einem warmen Orangeton? Plötzlich taucht eine Hand direkt vor meinem Gesicht auf.

»Hier, ich helfe dir.« Lorcan nimmt meine Hände und zieht mich hoch. »Musst du dich übergeben?«

Vorsichtig schüttle ich den Kopf. Die Übelkeit nimmt bereits ab und auch das Zittern meiner Gliedmaßen lässt merklich nach.

Lorcan beobachtet mich aufmerksam. Ihm scheint entweder nichts zu fehlen oder er verbirgt es ziemlich gut. »Alles okay? Wie fühlst du dich?«

»Es wird wieder. Kopfschmerzen und Übelkeit sind fast weg.«

»Sind das die einzigen Symptome?«

Ich schaue irritiert zu ihm. »Warum fragst du? Bin ich sowas wie ein Versuchskaninchen?«

Lorcan schüttelt den Kopf. »Nein. Aber jeder Mensch reagiert anders darauf. Deswegen frage ich dich. Tabletten können bei heftigen

Reaktionen helfen.«

»Anders worauf?«, will ich wissen.

Lorcan fängt an zu grinsen und breitet die Arme aus, sodass seine Hände beinahe die gegenüberliegenden Wände berühren. »Herzlichen Glückwunsch, Sie sind soeben erfolgreich mit außerirdischer Materie gereist. Willkommen in Afrika!«

Ich glaube, mich verhört zu haben. Wir sind doch immer noch -

Mein Blick scannt hastig den Raum. Das Regalbrett besteht aus dunklerem Holz, die Wände sind orange, der aufgemalte Kreis unter meinen Füßen ist dunkelrot. Das hier ist nicht derselbe Raum.

»Wie kann das sein?«, frage ich matt.

»Außerirdische Materie«, wiederholt Lorcan und zwinkert mir zu. Dann dreht er sich zu dem Regalbrett und ich kann nicht erkennen, was er dort tut. Doch nach wenigen Augenblicken wendet er sich wieder mir zu und ich meine, hinter ihm eine weitere Kugel auf dem Brett stehen zu sehen. Wahrscheinlich diejenige, mit der wir hierher gekommen sind.

»Wollen wir?« Lorcans rechte Hand liegt auf der Türklinke.

Ich atme tief durch und nicke ihm zu.

Wir betreten eine riesige Halle. Über uns ist ein großes Kuppeldach, durch das tieforangenes Licht der untergehenden Sonne dringt. Urige Straßenlaternen stehen an den Wänden und spenden zusätzliches Licht. Der ganze Raum erinnert mich stark an ein Amphitheater: An der linken Wand gehen zwar Türen und Gänge ab, doch rechts führen breite Stufen in einem Halbkreis hinab bis zu einer kleinen Arena mit Rednerpult an der Wand. Vereinzelt tauchen Menschen auf, um in einem der anderen Gänge oder Türen zu verschwinden. Niemand achtet wirklich auf uns.

»Komm.« Lorcan geht wieder voran, doch diesmal ist sein Schritttempo deutlich reduziert. Während ich ihm folge, wandern meine Augen durch die Halle. Jedes Detail sauge ich in mich auf. Zum Beispiel das riesengroße Symbol an der rechten Wand, dort, wo ganz unten das Rednerpult steht. Es zeigt drei größer werdende Kreise in einem spitz zulaufenden Dreieck und scheint aus Metall gefertigt.

»Lorcan, bist du das?«

Angesprochener bleibt so plötzlich stehen, dass ich beinahe in ihn hineingerannt wäre. Er dreht sich herum und ich tue es ihm gleich. Ein junger Mann kommt auf uns zu. Er fängt an zu strahlen und öffnet seine Arme. »Lorcan! Altes Haus!« Lachend nimmt er ihn in den Arm und klopft ihm auf den Rücken. Auch Lorcan strahlt und erwidert die Begrüßung auf die gleiche Weise.

»Mensch, dass ich dich noch mal sehe! Gut schaust du aus!« Der Mann lacht erneut, fasst Lorcan mit der rechten Hand an die Schulter und streicht sich mit der anderen seine blonden Haare zurück.

»Hey Victor, wie geht's?« Lorcan grinst und an seine Wangen erscheinen Grübchen.

»Gut, gut. Alles bestens. Schön, dass du wieder da bist. War eine lange Zeit ohne dich.«

»Ja, das stimmt.«

Victor wendet sich plötzlich mir zu und reicht mir galant seine Hand.

»Victor Ibramovic. Sehr erfreut.« Er macht eine kleine Verbeugung, worauf ich lächle.

»Maeve Dawson. Die Freude ist ganz meinerseits.«

Ebenfalls mit einem Lächeln schaut Victor zwischen Lorcan und mir hin und her. »Und wie passt ihr zusammen?«

Ich stutze. Was ist das denn für eine Frage? Lorcan grinst noch immer.

»Schülerin«, antwortet er ihm.

»Ah!« Victor breitet seine Arme aus, dann klopft er Lorcan auf den Oberarm. »Fabelhaft, dich wieder mit an Bord zu haben! Ich muss leider weiter. Schönen Abend noch euch zweien.«

Er zwinkert mir zu und entfernt sich, während Lorcan und ich unseren Weg fortsetzen. Am anderen Ende der Halle sehe ich mehrere große Kugeln, so groß, dass man sich dort bequem hineinstellen könnte. Lorcan steuert genau darauf zu. Die untere Hälfte der Kugeln ist weiß, während die obere aus Glas besteht, sodass man hineinsehen kann. Beim Näherkommen erkenne ich in jeder Kugel vier Plastiksitzplätze. Ähnlich wie an einem Bahnhof gibt es eine Bahnsteigkante, die mit Sicherheit nicht so heißt, denn Schienen kann ich unter den Kugeln nicht sehen. Vielmehr scheinen sie wenige Zentimeter über dem Boden zu schweben.

»Kommst du?« Lorcans Stimme reißt mich aus meinen Gedanken.

Ich löse meinen Blick von der Fahrspur dieser merkwürdigen Kugeln und sehe, dass Lorcan bereits in die vorderste eingestiegen ist. Schnell gehe ich zu ihm, lege vorsichtig meine Hand auf das kühle Glas, bevor auch ich die Kugel betrete. Obwohl wir ganz offensichtlich schweben, ist der Boden fest und schwankt nicht. Ich nehme auf einem der Sitze Platz. Trotz des harten Plastiks ist er aufgrund seiner ergonomischen Form bequem.

»2.U.14«, sagt Lorcan und lehnt sich entspannt nach hinten.

Plötzlich werde ich in den Sitz gepresst, als die Kugel vorwärts schießt.

»Entspann dich. Die Sitze erzeugen einen Unterdruck, sodass du nicht rausfallen kannst. Ist also sicherer als Autofahren.« Lorcan grinst mich an.

Ich sehe hinaus, erkenne aber nur verschwommen Gänge, Türen und Hallen, während unser merkwürdiges Fahrzeug immer tiefer ins Gebäude dringt.

»Mit Victor habe ich zusammen gelernt. Wir waren in einem Team.« Lorcan sieht ebenfalls aus dem Fenster. »Es tat gut ihn wiederzusehen. Während unserer Ausbildung waren wir unzertrennlich. Wir hatten ein Zimmer zusammen, haben gemeinsam trainiert und gelernt …« Er verstummt. Ich lasse ihm einen Moment Zeit, sich an früher zu erinnern, bevor ich nachfrage.

»Was ist passiert?«

»Hm?« Lorcan sieht mich an. »Ach so. Eigentlich nichts Besonderes. Erst waren es die Frauen und dann die Kämpfe, die uns immer wieder dazwischen gekommen sind.« Das Grinsen auf seinen Lippen hält nur für wenige Sekunden. »Ich bin froh, dass er nicht mitgegangen ist.«

»Wohin?«

»Nach Tenal. Von dort ist niemand lebend zurückgekommen.« Er macht eine Pause, bevor er weiterspricht. »Victor hat mir erzählt, dass vor einem halben Jahr die meisten Kämpfer nach Tenal geschickt wurden. Das Ziel war es, herauszufinden, wer das Oberhaupt ist und die Befehle erteilt, die Erde anzugreifen. Was genau dort passiert ist, weiß niemand von uns. Fakt ist, dass der Regent allein zurückgekehrt ist und alle anderen für tot erklärt hat.«

Gedankenverloren starrt er weiterhin aus dem Fenster. Ich tue es ihm gleich und erkenne gerade noch, dass die Kugel eine Senke hinunterfährt, ohne dass wir es im Innenraum spüren. Dann führt der Gang vor uns wieder geradeaus und erneut mache ich verschwommen Gänge und Türen an den Seiten aus.

Nach gefühlt einer halben Stunde kommt die Kugel zum Stehen und wir steigen aus. Lorcan führt mich zu einer Tür, die zur Seite gleitet, kaum dass er davorsteht. Ich folge ihm hinein. Lorcan klatscht zweimal in die Hände und der Raum erstrahlt in einem rötlichen Licht.

Mir stockt der Atem. Riesengroße Glasbilder erstrecken sich entlang der Wände, bemalt mit fremdartigen Menschen, stimmungsvoll in farbiges Licht getaucht. In der Mitte befindet sich ein großer Glaskasten mit verschiedenen Ausstellungsstücken, die ebenfalls beleuchtet sind. Ich trete näher an die Wand, um die Einzelheiten darauf zu betrachten.

Ganz vorne steht eine Frau, etwa einen Kopf kleiner als ich. Zumindest, wenn man davon ausgeht, dass die Bilder lebensgroß sind. Ihre Haut schimmert rot, die Pupille lässt sich nicht von der Iris unterscheiden, sodass ihre Augen schwarz wirken. Sie hat die Zähne gebleckt und beim näheren Betrachten sehe ich einen einzelnen spitzen Zahn hinter den oberen Eckzähnen hervorlugen. Die Nasenflügel sind aufgebläht und die langen, dünnen Augenbrauen zusammengezogen. Auf ihrem kahlen Kopf sind weiße Muster gezeichnet, ähnlich wie bei einer Kriegsbemalung. Ich erkenne Kreise, Dreiecke und Linien, so durcheinandergewirbelt, als hätte jemand diese wie beim Würfeln in den Händen ordentlich geschüttelt und anschließend fallen gelassen. Die Ohren sind groß und stehen ab.

Mein Blick wandert weiter hinunter. Die Sehnen am Hals sind hervorgetreten, weil die Frau eine Angriffsposition eingenommen hat. Ihren Körper bedeckt eine merkwürdige Schicht aus Blüten, Blättern und anderen kleinen Dingen, die ich nicht zuordnen kann. Sie hat ein breites Kreuz und ist stämmig. Ihre kräftigen Arme hat sie erhoben und in den Händen hält sie einen Gegenstand, der aussieht wie eine Schnur. Auch ihre Beine sind sehr muskulös, ihre Füße nackt. Und dann entdecke ich noch etwas: An ihrer Hüfte trägt sie eine Art Gürtel, und daran ist eine kleine Kugel befestigt.

Schräg hinter ihr hat ein Mann eine ähnliche Angriffsposition. Auch er hat weiße Markierungen auf dem Kopf, die ebenso zusammengewürfelt wirken. Er trägt keinen Bart und seine Haut zeigt keinerlei Alterserscheinungen. In seiner rechten Hand hat er einen Stab wie einen Speer erhoben. Auch seinen Körper bedecken rötliche und bräunliche Pflanzen. Ich frage mich, ob diese Art von Kleidung eine bestimmte Bedeutung hat.

Ich gehe weiter an der Wand entlang und sehe verschiedene Personen auf den Bildern. Ein Mann, der am Boden hockt und offensichtlich Spuren liest. Ein anderer, der läuft.

Ich drehe mich zu Lorcan um, der an der Glasbox in der Mitte des Raumes lehnt und mich beobachtet.

»Sind das alles Tenaler?«

»Ja. So sehen sie aus, wenn sie hier auf der Erde landen. Erst mit der Zeit verblasst ihre Haut.«

Ich wende mich wieder den Glasbildern zu. Mein Blick bleibt an einer Frau hängen, die auf einem Drachen reitet. Ich bin mir nicht sicher, ob es wirklich ein Drachen ist, aber das Tier erinnert mich an einen. Es ist riesengroß, hat meterlange Flügel und einen sehr langen geschwungenen Schwanz. Der Kopf ist langgezogen und sein Maul offenbart große spitze Zähne. Die vier Beine enden in feingliedrigen und beweglichen Zehen. Die Federn glänzen, als wären sie aus Metall. Neben dem Dunkelrot des Tieres sieht der Tenaler auf dessen Rücken blass aus. Am faszinierendsten sind jedoch die Augen des Tieres. Sie sind hellblau und scheinen zu leuchten. Ich werde das Gefühl nicht los, dass mich dieses Tier beobachtet und seine Augen mich verfolgen.

»Fjosh.«

Ich drehe mich zu Lorcan um. Sein Kopf nickt in Richtung des

Tieres. »Sie werden *Fjosh* genannt, weil sie dieses Geräusch machen, wenn sie sich in die Lüfte erheben.«

Ich schaue wieder zu dem *Fjosh*. Ein sehr merkwürdiger Name. Doch dann widme ich meine Aufmerksamkeit dem Inhalt der Glasbox, an der Lorcan lehnt und mir nun Platz macht.

In dem Kasten befinden sich verschiedene Utensilien, hauptsächlich Waffen. Die Schnur der Frau auf dem Bild liegt zusammengerollt auf dem Boden der Box. Ebenso der Stab des Mannes, dessen Spitze nun gut zu sehen ist. Doch nicht nur das. Jetzt erkenne ich auch Einkerbungen und kleine Verzierungen auf dem Holz. Ich schaue noch mal zu dem Bild an der Wand. Ohne Zweifel. Es sind dieselben Markierungen wie auf dem Schädel des Mannes.

»Sie wirken alle so echt ...«

»Ja, die Zeichnungen sind verdammt gut geworden.«

»Kann ich dir noch ein paar Fragen stellen?«

Lorcan atmet tief durch. »Schieß los«, sagt er schließlich.

»Ich soll eine Ausbildung zur Kämpferin machen. Aber was ist, wenn ihr euch täuscht? Du sagst, ich lerne, mit Waffen umzugehen und auf die Tenaler zu schießen, sobald sie hier landen. Aber was ist, wenn ich es doch nicht tue? Weil ich zu feige dazu bin?« Obwohl meine Stimme immer leiser geworden ist, zeigt mir Lorcans Blick, dass er mich verstanden hat.

»Wood hat sich nicht getäuscht. Ich habe dich gesehen. Wie du dich gegen diese Kerle gewehrt hast. In dir steckt viel Potenzial.«

Mit einem Mal kommt mir ein böser Verdacht. »Hast du sie geschickt? War das Ganze inszeniert?« Angst und Wut pochen in meinen Gliedern.

Lorcan ist sichtlich schockiert. »Bist du verrückt? Ich würde niemals jemanden so in Gefahr bringen! Ich kenne diese Kerle nicht. Aber ich gebe zu, dass ich nicht zufällig in dieser Gasse war. Ich wusste, dass Wood an dir gescheitert ist, und wollte herausfinden, wie ich dich am besten überzeugen kann. Deswegen habe ich dich beobachtet.«

Erleichtert atme ich aus. So schnell, wie diese Gefühle über mich gekommen sind, so schnell verebben sie nun. Die Tatsache, dass mich Lorcan beschattet hat, macht mir weniger aus, als es eigentlich sollte.

Ich überlege, wie ich meine nächste Frage am besten formuliere. »Victor und du habt euch ziemlich gut verstanden, wie es aussieht. Und ihm schien es gut zu gehen, er wirkte sehr zufrieden. Bei dir habe ich zwischendurch immer wieder das Gefühl, als wolltest du gar nicht hier sein ...«

Lorcan verschränkt die Arme vor der Brust und starrt vor sich auf den Boden. Als ich nichts mehr sage, hebt er den Kopf. »Und weiter?«

»Ich frage mich nur warum. Ich meine, du kennst dich gut aus, du siehst stark aus und du bist beliebt.«

Lorcan lacht auf. »Beliebt? Nur weil ich einen Freund hier habe, heißt das nicht, dass ich beliebt bin. Und nein, ich möchte am liebsten bei mir zu Hause sein, wo ich allein bin und tun und lassen kann, was ich will.«

»Was hast du gegen das Auge? Abgesehen von den Drohungen?«

»Eine viel zu lange Geschichte.« Er schweigt und will ganz offensichtlich nicht über dieses Thema reden.

Ich überlege. »Victor hat gesagt, dass ihr euch lange nicht gesehen habt.«

»Stimmt. Fast drei Jahre.«

»Warst du nicht hier im Auge?«

»Nein«, sagt Lorcan gedehnt.

»Warum nicht?«

Einen Moment lang mustert er mich.

»Ich habe mir eine Auszeit genommen«, sagt er, doch so, wie er dabei zur Seite schaut, macht es eher den Anschein, als wäre er dazu gezwungen worden.

»Warum zeigst du mir das hier alles, wenn du es eigentlich nicht darfst und du auch gar nicht hier sein möchtest?«

Lorcan geht ein paar Schritte durch den Raum und fährt sich dabei mit der Hand durch die Haare, wodurch sich einige Strähnen aus dem Zopf lösen. Gedankenverloren streicht er sie sich hinters Ohr.

»Zum einen muss ich mich früher oder später sowieso daran gewöhnen, wieder hier zu sein - auch wenn ich es nicht gern tue. Zum anderen muss ich dich davon überzeugen, diesen Vertrag zu unterschreiben. Es ist meine Aufgabe. Und da ich nicht will, dass du genau so bedroht wirst, wie es bei mir der Fall ist, ziehe ich eben andere Register.« Er bleibt stehen und sieht mich wieder an.

»Denkst du denn, dass ihre Drohung ernst ist?«

»Was glaubst du, warum ich das Motorrad meines Bruders reparieren muss?«

Ungläubig starre ich ihn an. »Du meinst, sie haben daran herumgepfuscht?«

Lorcan antwortet nicht, sondern geht auf und ab. Mehrere Sekunden verstreichen, vielleicht auch eine Minute. Die ganze Zeit beobachte ich ihn, wie er im Raum umherwandert, und kann meinen Blick nicht von ihm lösen. Plötzlich kommt Lorcan direkt auf mich zu und bleibt vor mir stehen.

»Dieser Aufbruch nach Tenal ... dieses Himmelfahrtskommando ... hat so viele Opfer gefordert, dass dringend neue Kämpfer gebraucht werden. Mehr als sonst. Deswegen bin ich wieder hier. Weil ich ein Ausbilder bin und neue Mitglieder wie dich zu Kämpfern machen kann. Ich wollte nicht. Ich wollte nur meine Ruhe haben. Mit dem

Auge nichts mehr zu tun haben. Tja, und dann kam Dios und hat mir Fotos gezeigt. Fotos von meinen Brüdern. Wie sie mit Frau und Kind am Mittagstisch sitzen. Wie sie zur Arbeit fahren, Gartenarbeit erledigen und abends auf der Couch liegen. Und wie Connor Motorrad fährt. Ein perfekt geplanter Unfall.

Am Tag, nachdem Dios mir die Fotos gezeigt hat, hat mich Connor angerufen und mich nach einem Treffen gefragt. Er meinte, etwas würde mit seiner Maschine nicht stimmen. Ich habe sie sofort mit zu mir genommen und überprüfe sie seitdem auf sämtliche Mängel. Das ist der Grund, warum ich wieder als Ausbilder arbeite. Dieses Gefühl ist verdammt scheiße.« Er dreht sich um, weg von mir und steht einfach nur da, die Hände in den Hosentaschen vergraben.

Ich weiß nicht, was ich dazu sagen soll. Ich glaube noch immer nicht, dass ich jemals eine Waffe in der Hand halten, geschweige denn damit umgehen kann. Und ich will es auch nicht. Doch das, was Lorcan erzählt hat, macht die Drohungen so real ... Ich weiß, dass ich den Vertrag unterschreiben *muss*, wenn ich nicht will, dass sie meinem Vater wehtun. Und damit muss ich auch das Versprechen ihm gegenüber brechen, ihn nicht allein zu lassen.

»Lass uns gehen«, sage ich und merke, wie brüchig meine Stimme auf einmal klingt. Lorcan dreht sich zu mir um, nickt kurz und geht an mir vorbei Richtung Tür.

Bis zur nächsten Station, bei der eine dieser großen Kugeln auf uns wartet, sind es ein paar Meter, die Lorcan und ich zu Fuß zurücklegen. Sie werden *Moca* genannt, wie mir Lorcan erzählt. *Motus Caeli*, weil sie sich in der Luft bewegen. Wir kommen zeitgleich mit einer Frau an der Station an. Sie wirft uns einen flüchtigen Blick zu und will gerade in eine Moca steigen, als sie erstarrt und sich dann langsam zu uns herumdreht. Mit großen Augen schaut sie Lorcan an.

»Hey Alice«, begrüßt er sie emotionslos.

»Lorcan ... Du bist wieder da ...« Sie kann es anscheinend nicht fassen. Ihr überraschter Blick tastet ihn von oben bis unten ab, bleibt an seinem schmutzigen Shirt hängen und wandert dann weiter. Obwohl sie eine schöne Frau ist, scheint sich Lorcan wenig für ihr Äußeres zu interessieren. Ich hingegen bewundere ihre schwarze Kurzhaarfrisur, die ihr schmales und hübsches Gesicht gut zur Geltung kommen lässt. Sie hat runde dunkle Augen, ist etwas größer als Lorcan und hat offenbar auch einiges an Muskeln zu bieten. Ihr trainierter Bauch wird durch das kurze Top jedenfalls bestens in Szene gesetzt.

»Wer ist sie?« Ihr Kopf zuckt in meine Richtung, aber anschauen tut sie immer noch Lorcan.

»Maeve Dawson«, antwortet dieser. »Meine Schülerin.«

Sie nickt. »Du fängst also genau so an, wie du aufgehört hast ... Wann wirst du endlich lernen, dich an die Regeln zu halten?« Ihre Augen drücken Schmerz aus und ich frage mich, weswegen Lorcan drei Jahre lang weg war.

Er zuckt jedoch nur mit den Schultern und grinst frech. »Kennst mich doch. Wir müssen weiter. Bis dann.«

Fluchtartig steigt er in die Moca und ich beeile mich, hinterherzukommen. Lorcan nennt eine Nummer und schaut grimmig aus dem Fenster. Ich frage ihn besser nicht nach der Frau. Nach einem Moment verändert sich sein Gesichtsausdruck und er richtet sich in seinem Sitz auf.

»Letzten Befehl streichen. Neues Ziel ist 2.T.1.«

»Was ist los?«

»Wenn wir schon hier sind, will ich sehen, ob die Trainingshalle noch so aussieht wie früher oder ob sie etwas verändert haben.« Ein

Lächeln umspielt seine Lippen.

»Du trainierst gern, oder?«

Sein Lächeln festigt sich. »O ja. Ich wüsste nicht, was ich ohne Sport machen würde.« Seine Vorfreude überträgt sich auf mich und verscheucht für einen Moment die trüben Gedanken.

Die Trainingshalle umfasst ungefähr die Größe eines Fußballstadions. Im hinteren Teil ist ein Parcours aufgebaut, allerdings mit Geräten, die ich noch nie in meinem Leben gesehen habe. Lorcan geht zielstrebig auf ein Rolltor zu, schiebt es nach oben und verschwindet in dem Raum dahinter. Ich laufe hinüber, um zu sehen, was er dort macht. Auch dieser Raum ist deutlich größer, als ich es aus unserer Schule kenne. Zwischen all den Übungsgeräten öffnet Lorcan jeden einzelnen Schrank und schaut hinein, wobei ich ihn beobachte.

»Ich verschaffe mir einen Überblick«, ruft er mir zu. »Bestandsaufnahme. Dann kann ich mir schon mal überlegen, wie ich die ersten Trainingseinheiten gestalte.«

»Aha«, sage ich laut, damit er mich hört. So richtig kann ich mir nicht vorstellen, dass ich hier bald jeden Tag trainieren soll. In der Schule hat mir Sport nie Spaß gemacht.

»Darf ich fragen, wer du bist?«

Mein Herz setzt einen Schlag aus. Plötzlich steht ein Mann neben mir, zwei Köpfe größer als ich und breit wie ein Schrank. Er hat eine Glatze und sein Schädel ist tätowiert. Die rechte Hälfte ist schwarz mit leichten Schattierungen, die linke weiß, ebenfalls mit Schattierungen, und dazwischen verläuft ein schmaler grauer Streifen. Seine Augen sind dunkel, fast schwarz, und er mustert mich von oben bis unten. Weder traue ich mich, einen Schritt vor ihm zurückzuweichen, noch etwas zu ihm zu sagen.

»Kennnummer?«

Ich schlucke. Wühlt Lorcan immer noch in den Schränken herum? Hat er nicht mitgekriegt, dass wir Besuch bekommen haben? Ich wage es nicht, meinen Kopf zu drehen, um nach ihm Ausschau zu halten. Ich muss etwas Zeit gewinnen.

»Wie ist Ihre?« Habe ich das tatsächlich gerade gesagt? Hitze steigt in mir auf. Wenn das eine Neun ist, habe ich vermutlich verloren ...

Seine Augen verengen sich leicht, während er mich noch immer mustert. Langsam und ruhig antwortet er mir.

»9.1.3.ND.«

Mein Herz rutscht ungefähr auf Höhe meiner Kniekehle. Vor mir steht tatsächlich eine Neun. Ich sollte aufpassen, was ich sage.

»Wie lautet deine Kennnummer?«

Er ist mir viel zu nahe. Mit seinen Augen sucht er in meinen nach Antworten. Was soll ich sagen? Soll ich lügen?

»Sie hat noch keine Kennnummer«, ertönt Lorcans Stimme. Ich atme erleichtert aus, als der Tätowierte sich Lorcan zuwendet.

»Maeve Dawson«, stellt er mich vor.

Ich weiß nicht, wie ich den Blick des Riesen deuten soll. Ich meine, ein Blitzen in seinen Augen zu sehen, als würde er mich erkennen. Aber das ist unmöglich. Und doch mustert er mich eindringlich.

Schnell stecke ich meine Hände in die Hosentaschen, damit er nicht sieht, wie sie zittern. Schließlich wendet er sich wieder Lorcan zu, der ebenfalls die Hände in den Taschen seiner Jeans vergraben hat. Doch bei ihm vermute ich einen anderen Grund.

»Das ist ein Regelbruch«, stellt der Riese nüchtern fest. »Sie ist noch kein Mitglied.«

Lorcan nickt. »Ich weiß. Sie wird den Vertrag nachher unterschreiben, somit hat sich der Ausflug gelohnt. Du hättest das Gleiche getan.«

Obwohl er ganz ruhig redet, sind seine Augen schmaler als sonst.

»Sieh dich vor. Heute lasse ich dich gehen, aber noch mal brichst du nicht die Regeln.«

»Oh wie gnädig von dir.« Lorcans Stimme hat unverkennbar einen sarkastischen Unterton. Ich schaue auf seine Hosentaschen. Er hat die Hände zu Fäusten geballt.

Dem Neuner entlockt das hingegen nur ein freudloses und bedrohliches Lächeln. »Ich finde es toll, dass du aus freien Stücken zurückgekehrt bist und wieder als Ausbilder arbeitest.«

Lorcans Kiefer mahlen, eine Ader an seinem Hals tritt hervor und doch schafft er es, sich zu beherrschen. »Wir müssen weiter.«

»Ich nehme an, es geht um den Vertrag. Dann will ich euch nicht weiter aufhalten. Pass auf dich auf, Dawson.« Das Lächeln, das der Tätowierte mir zuwirft, irritiert mich. Anders als eben gerade noch wirkt es echt.

Lorcan schnappt sich meinen Arm und zieht mich hinter sich her. Erst als wir die Halle schon halb durchquert haben, lässt er mich los. Wir schweigen, bis wir in einer Moca auf dem Weg nach oben zur Eingangshalle sind.

»Wer war das?«, traue ich mich schließlich, zu fragen.

»Das war Dios.« Lorcans Stimme klingt müde und abgekämpft.

»Der Mann, der dich und deine Familie bedroht hat?«

»Genau der.« Er richtet seinen Blick auf die Gänge und Türen, die draußen vorbeiziehen.

»Ich bin froh, dass du dich nicht hast provozieren lassen.«

Er schnaubt. »Ich *muss* mich in seiner Gegenwart unter Kontrolle haben. Andernfalls würde er nicht mehr lange leben.« Sein Blick ist hart und abweisend, als er mich ansieht.

Seine klaren Worte erschrecken mich. Drohungen gegen Lorcans

Familie sind das eine, aber jemanden deswegen umbringen? Oder steckt noch mehr dahinter?

Als Lorcan seinen Kopf wieder zum Fenster dreht, greift seine Hand zu dem Ring unter seinem Shirt und umklammert diesen.

KAPITEL 5

Als ich zu Hause ankomme, ist es bereits dunkel. Ich habe Lorcan um ein paar Tage Bedenkzeit gebeten. Irgendwie kann ich mich noch nicht dazu durchringen, den Vertrag zu unterschreiben. Viel zu sehr habe ich das Gefühl, in einem Buch oder einem Film festzustecken. Die Bilder der Tenaler gehen mir nicht aus dem Kopf.

»Wer ist da?«, ertönt plötzlich die laute, aber zittrige Stimme meines Vaters.

»Ich bin es, Tad«, rufe ich zurück. Schnell schlüpfe ich aus den Turnschuhen und stelle sie neben Dads Schuhe. Doch bevor ich die Tür zum Wohnzimmer öffnen kann, hat er sie bereits aufgestoßen. Mit festem Griff umarmt er mich, lässt aber zum Glück nach wenigen Sekunden wieder los.

»Schnell, hier rein«, dirigiert er mich, drängt mich ins Wohnzimmer und löscht hinter mir das Licht.

»Was ist los?«, flüstere ich in die Dunkelheit.

Statt einer Antwort schiebt mich Dad weiter in die Küche und verschließt die Tür hinter uns. Die Jalousien sämtlicher Fenster sind heruntergezogen, meinen Vater erkenne ich nur als Schemen. Er schnappt sich eine Pfanne von der Arbeitsplatte und lässt sich in einer Ecke auf dem Boden nieder. Wie ein Schild hält er diese vor sich.

»Was ist los?«, frage ich ihn noch einmal, während ich mich vor ihn hocke.

»Sie waren heute hier«, berichtet er angstvoll. »Sie wollten dich holen, aber dem Himmel sei Dank, dass du nicht zu Hause warst.«

Eine Gänsehaut kriecht mir den Rücken hoch. »Wer war hier?«

»Ich habe sie nie zuvor gesehen. Spione. Ganz bestimmt waren das Spione. Sie wollten dich holen.«

Mein Atem stockt. »Haben sie dich bedroht?«

»Sie haben gesagt, dass sie mir noch eine Woche Zeit geben.«

Ich lasse meinen Kopf in die Hände sinken. Ist das hier Realität oder eine seiner Halluzinationen? Inwiefern kann ich das ernst nehmen, was mein Vater erzählt? Waren wirklich die Neuner hier?

Plötzlich spüre ich Dads Hand auf meinem Arm. Erst jetzt merke ich, dass meine Hände nass sind. Ich schlinge meine Arme um Dads Körper, lehne mich an ihn und halte ihn fest. Er erwidert meine Umarmung ungewohnt sanft. Und so sitzen wir minutenlang auf den kalten Fliesen der Küche, mitten in der Dunkelheit, und sind froh, nicht allein zu sein.

Bereits am nächsten Tag suche ich noch einmal Lorcans Haus auf. Diesmal bastelt er nicht am Motorrad, sondern öffnet mir die Tür mit rotem Abdruck auf der Wange und zerzausten Haaren.

»Ah, du bist es. Warte einen Moment, ich bin gleich soweit.«

Er lässt mich draußen stehen und ich nehme wieder auf der Hollywoodschaukel Platz. Nach nur wenigen Minuten kommt Lorcan heraus und setzt sich auf den Schemel vor mich. Das gläserne Tablet hat er mitgebracht und platziert es auf seinem Schoß.

»Hast du es dir inzwischen überlegt?«

Da ich meiner Stimme nicht ganz traue, nicke ich.

»Gut.« Er öffnet den Vertrag, indem er auf das Display tippt, und ich nehme es entgegen, als er es mir reicht.

Der Vertrag besteht aus zehn Seiten und ich fange an zu lesen, während ich Lorcans Blick auf mir spüre.

Die ersten Seiten sind relativ unspektakulär. Meine eigenen Daten stimmen und die Grundinfos wie Ort des Hauptgebäudes, Art und Dauer der Ausbildung sowie die Anreise per außerirdischer Materie sind mir bereits bekannt.

Danach stutze ich jedoch. »Was soll das denn heißen?«, frage ich Lorcan und zeige auf den vierten Paragrafen. »Hier steht, dass ich einen Chip implantiert bekomme, der GPS-Daten ans Auge sendet, damit ich im Fall einer Entführung geortet werden kann.«

»Ja, das ist richtig. Es ist schon mal vorgekommen, dass Tenaler einen von uns entführt haben, deswegen diese Vorsichtsmaßnahme. Jeder von uns hat so einen Chip.« Er dreht mir die rechte Seite seines Kopfes zu, schiebt mit der linken Hand seine Haare beiseite, um mir mit dem rechten Zeigefinger eine Stelle direkt hinter dem Ohr zu zeigen. »Hier kannst du den Chip unter der Haut fühlen.« Er lässt seine Hand sinken, hält seine Haare aber immer noch zur Seite.

Langsam lehne ich mich zu ihm vor, hebe meine eigene Hand und führe meinen Finger vorsichtig zu der Stelle hinter seinem Ohr. Meine Fingerkuppe berührt die Haut, streicht sanft darüber und ich spüre einen kleinen, länglichen Gegenstand, ähnlich einer Vitaminkapsel.

Ich ziehe meine Hand wieder zurück. Lorcan lässt seine Haare los und dreht mir sein Gesicht zu. Meine Fingerspitze prickelt und ich reibe unauffällig darüber, um dieses Gefühl loszuwerden.

»Hast du noch mehr Fragen?«, will er wissen.

Ich richte meinen Blick zurück aufs Tablet und lese weiter. Zusammen mit dem Chip bekomme ich auch eine personalisierte Kennnummer. Im Hauptgebäude steht mir ein Platz in einem Zwei-Bett-Zimmer zu, die Verpflegung ist umsonst und das Ausbildungsgehalt ist deutlich höher als bei herkömmlichen Betrieben. Ich staune, als ich die Summe sehe.

»So viel verdiene ich in meinem ersten Jahr?«

Lorcan grinst. »Wenn du ausgelernt hast, bekommst du fast das Doppelte. Und je nachdem, wie gut du dich machst und wie wertvoll du für das Auge bist, gibt es noch eine Prämie.« Er räuspert sich und das Grinsen auf seinen Lippen verschwindet. »Das Gehalt ist aber auch angemessen, immerhin riskieren wir unser Leben.«

»Hast du schon mal eine Prämie bekommen?«, frage ich ihn.

»Ja«, antwortet er gedehnt. »Einmal.«

Ich habe das Gefühl, dass er nicht darüber sprechen möchte, und bohre nicht nach.

Im Vertrag ist außerdem festgelegt, dass jedes zweite Wochenende zur freien Verfügung steht. Es gibt zwei Wochen Urlaub zu Weihnachten und vier Wochen im Sommer. Sonderurlaub muss vorher beantragt werden. Materialien muss ich nicht besorgen - alles, was ich für die Ausbildung brauche, wird vom Auge gestellt. Internet gibt es im Hauptgebäude nicht - Nachrichten werden über ein internes Netz versendet und empfangen, wodurch sie nicht nach außen gelangen können.

»Heißt das, unsere Handys funktionieren dort nicht?«, will ich wissen.

»Genau. Dadurch gibt es keine Ablenkung, man konzentriert sich ausschließlich auf die Arbeit. Außerdem kann sich niemand von außen ins System hacken. Für Notfälle gibt es aber im Verwaltungstrakt Telefone, mit denen man nach draußen telefonieren kann. Darüber können auch wir erreicht werden, falls es Schwierigkeiten innerhalb der Familie oder dem Freundeskreis gibt.«

Auf den letzten Seiten muss ich eine Schweigepflichtserklärung und die Datenschutzverordnung unterschreiben und mich dazu bereiterklären, mich regelmäßig medizinisch untersuchen zu lassen. Außerdem muss ich mich an Trainings- und Ernährungspläne halten sowie am sogenannten Einführungstag verschiedene Tests absolvieren.

Als ich auf das Feld für die Unterschrift tippe, öffnet sich an der Seite des Tablets ein schmales Fach und gibt einen Stift frei, mit dem ich auf dem Bildschirm schreiben kann.

Ein mulmiges Gefühl macht sich in meinem Magen breit, doch ich versuche, mich mit dem Gedanken zu beruhigen, dass ich das Ganze mache, um meinen Vater zu beschützen. Und um meine Mutter zu finden. Ich rede mir ein, dass es die richtige Entscheidung ist, auch wenn es sich nicht danach anfühlt.

Das Lächeln, das mir Lorcan zuwirft, wirkt aufgesetzt, gequält, so als würde er versuchen, mich aufzumuntern, doch er scheitert kläglich.

Nachdem ich meine Unterschrift auf das Dokument gesetzt habe, verabschiede ich mich so schnell, wie es meine Höflichkeit zulässt, und flüchte nach Hause.

Die nächsten Tage vergehen quälend langsam. In der Schule kann ich mich kaum konzentrieren, weil meine Gedanken immer wieder um meine nahe Zukunft kreisen. Meine größten Sorgen gelten meinem Vater, denn ich weiß, ich brauche jemanden, der auf ihn aufpasst. Joyce hat sich zwar bereiterklärt, regelmäßig nach ihm zu sehen und sich mit ihm zu unterhalten, doch diese Last allein auf ihre Schultern abzuladen, wäre nicht fair. Am liebsten würde ich ihn in eine betreute Einrichtung bringen, aber ich ahne, dass er sich mit Händen und Füßen dagegen wehren würde. Zum Glück startet das Ausbildungsjahr erst im Sommer, wodurch ich noch ein paar Monate Zeit habe, eine passende Lösung zu finden.

Ich bin froh, dass der Einführungstag heute stattfindet, da die

Schule wegen des Maifeiertages geschlossen ist und ich dadurch keinen Unterricht verpasse. Als ich vor meinem Kleiderschrank stehe, bin ich so zerstreut, dass es etliche Minuten dauert, bis ich mir endlich ein Outfit herausgesucht habe. Hängt meine Aufregung damit zusammen, dass Lorcan mich um halb zehn abholt? Oder liegt es an den Tests, die ich absolvieren muss? Beim Gedanken an den Chip, der mir heute implantiert wird, breitet sich Übelkeit in meinem Magen aus, weswegen ich beim Frühstück lustlos in meinem Essen herumstochere. Nur meine Bedenken, ich könnte während der Tests umkippen, lässt mich einen Bissen nach dem nächsten hinunterschlucken.

Dad ist ebenfalls schon auf, was ungewöhnlich für ihn ist. Meistens schläft er bis mittags. Er ist grummelig, lässt mich aber in Ruhe. Seit ich ihm von der Ausbildung und dem Vertrag erzählt habe, redet er kaum noch ein Wort. Umso schöner ist es, dass er mir beim Frühstück Gesellschaft leistet, auch wenn er selbst nur einen Kaffee schlürft. So langsam wie die letzte Woche vergangen ist, so schnell rennt nun die Zeit. Plötzlich klingelt es schon an der Tür. Ich habe das Gefühl, noch gar nicht bereit zu sein. Dennoch springe ich auf, drücke meinen Vater kurz und herzlich und sprinte in den Flur. Etwas außer Atem öffne ich die Tür - und erstarre. Vor mir steht nicht Lorcan, sondern Susan Wood. Perplex starre ich sie an.

»Hi. Ich komme, um dich abzuholen.«

»Was ist mit Lorcan?«, frage ich verwundert.

Susan schüttelt leicht mit dem Kopf. »Es ist nicht seine Aufgabe, dich beim Einführungstag zu begleiten. Das machen die Sucher.« Sie lächelt mich an.

Ich weiß nicht, was ich darauf antworten soll. Stumm ziehe ich mir meine Schuhe an und schnappe mir meine Handtasche.

»Eine Sache musst du mir verraten«, beginnt Susan das Gespräch in ihrem Leihwagen, der mit riesiger und bunter Werbung beklebt ist. »Wie hat Chester dich überzeugt?« Konzentriert starrt sie auf die Straße.

Ohne ihr zu antworten, blicke ich aus dem Fenster, sehe wie Bäume und Häuser an uns vorbeiziehen. Dass er mir das Auge gezeigt hat, kann ich nicht erzählen.

»Nun sag schon? Was hat er gemacht, was ich nicht ausprobiert habe?« Susan atmet tief durch und lenkt damit meinen Blick zu ihr. Kerzengerade sitzt sie dort, die Schultern gestrafft.

»Er hat mir alle meine Fragen beantwortet«, sage ich schließlich, weil mir nichts Besseres einfällt.

Susan schaut kurz mit zusammengekniffenen Brauen zu mir herüber. »Das hätte ich auch getan!«, antwortet sie eingeschnappt. »Aber mir hast du ja keine Fragen gestellt. Hast du Angst vor ihm?« Jetzt ist sie auf einmal mehr neugierig als beleidigt.

»Nein«, antworte ich überrascht. »Warum sollte ich?« Wieder wende ich mich dem Fenster zu, ohne eine Antwort zu erwarten.

Einen Moment ist es still im Wagen. Dann meldet sich Susan erneut zu Wort. »Brrr, mir wird schon ganz komisch, wenn ich nur an Chester denke …« Verwundert sehe ich zu ihr. Sie schüttelt sich leicht und schnaubt. »Er hat so eine bedrohliche Ausstrahlung. Und wirklich nett ist er auch nicht.«

Meine Augen verengen sich. »Warum sagst du so etwas? Er ist mein zukünftiger Ausbilder.« Ich hebe meine Brauen. Sie schaut kurz zu mir herüber und achtet dann wieder auf den Verkehr.

»Ja, das weiß ich. Ich will dich nur warnen, Maeve. Sei vorsichtig bei ihm.«

»Warum? Nur weil du ihn unheimlich findest?«

»Bedrohlich, Maeve! Nicht unheimlich. Wobei unheimlich finde ich ihn auch. Aber das ist es nicht. Chester ist nicht ungefährlich und ich denke, das solltest du wissen, um später eventuelle Fehler zu vermeiden.«

Ich krame in meinem Verstand nach möglichen Erklärungen für Susans sonderliche Ansprache, doch mir fällt nichts Erhellendes ein. »Ich verstehe nicht, was du meinst«, sage ich wahrheitsgemäß.

Susan scheint mit sich zu ringen. Mehrmals setzt sie zum Sprechen an, verkneift es sich, um mit einem Seufzen schließlich doch zu erzählen. »Gut, ich verrate dir etwas, aber ich will, dass du das auf jeden Fall für dich behältst, verstanden?« Wieder dieser prüfende Blick.

»Okay ...«

Susan atmet tief durch. »Im Auge werden viele Geschichten erzählt. Ich war selbst nicht dabei, aber mehrere Leute haben mir das bestätigt.« Sie macht eine bedeutungsschwere Pause.

»Was?«, hake ich schließlich nach.

»Chester soll einen der Ranghöchsten angegriffen haben. Und so etwas hat noch nie jemand getan. Ich frage mich, was er sich dabei gedacht hat ... Am Anfang habe ich das Ganze als Gerede abgetan. Aber dann habe ich ihn selbst kennengelernt und inzwischen bin ich mir sicher, dass die Geschichten nicht einfach nur Gerüchte sind. Mach bitte keine Fehler und pass auf dich auf, Maeve.«

Das Wort *Ranghöchster* spukt mir im Kopf. Meint sie damit den Regenten? Oder einen der Neuner? In dem Fall könnte es sich um diesen Dios handeln. Er und Lorcan sind eindeutig nicht gut aufeinander zu sprechen. Doch so, wie ich Lorcan bis jetzt kennengelernt habe, würde er ihn nicht ohne Grund angreifen. Was also hat Dios ihm angetan? Sind es die Drohungen gegen Lorcans Familie oder steckt mehr dahinter?

»Versprichst du mir das?« Susans Stimme holt mich in die Gegenwart zurück. »Ich mache mir Sorgen um dich, schließlich bist du für mich wie ein Schützling. Ich will nicht, dass dir etwas passiert.«

Nachdenklich mustere ich sie. Mit so einem Gefühlsausbruch habe ich nicht gerechnet, und doch weiß ich, dass sie im Unrecht liegt. Es mag Geschichten geben, aber ich bin mir sicher, dass Lorcan mir nichts tun wird. Ich habe ihn nicht als den Mann kennengelernt, den Susan mir gerade beschrieben hat, und daran halte ich fest.

»Maeve?«

»Okay«, sage ich schließlich.

Die restliche Fahrt über plappert Susan über das Auge und wie sie ihre Ausbildung dort begonnen hat. Ich höre ihr nur mit halbem Ohr zu und lasse meine Gedanken immer wieder wegdriften, mal zurück zu meinem Vater und zu Joyce, mal in die ferne Zukunft und zu Lorcan.

Als wir in der Tiefgarage ankommen, redet Susan noch immer. Sie wird erst still, als wir die vielen Treppenstufen emporsteigen. Mit Susan ist das deutlich angenehmer, weil ihr Tempo ruhiger ist als das von Lorcan.

»Ich bin schon ganz gespannt, was du für eine Nummer kriegst und wie deine Werte sind.« In Susans Stimme schwingt Euphorie mit. Ihre Aufregung überträgt sich auf mich. »Tadaa!« Freudestrahlend zeigt sie mit ihrem Arm auf den Fahrstuhl mit dem »Außer Betrieb«-Schild. Plötzlich wird mir klar, dass sie auf eine überraschte Reaktion von mir wartet. Sie kann ja nicht wissen, dass ich schon einmal hier war. Zu spät bemerke ich meinen Fehler und beginne, ein Grinsen vorzutäuschen, was ihr offenbar als Reaktion ausreicht. Sie geht zum Fahrstuhl und die Türen öffnen sich. Dann deutet sie auf den Rahmen.

»Da sind Sensoren drin. Die erkennen meinen Chip und öffnen mir die Tür. Auf diese Weise kannst du sämtliche Bereiche im Auge betreten – sofern du eine Berechtigung dazu hast.« Sie grinst. Mir wird jedoch flau im Magen. Den Chip hatte ich in meiner Aufregung ganz vergessen.

Ich folge Susan in den Fahrstuhl und wie schon mit Lorcan, gelangen wir in den Flur mit dem alten muffigen Teppich. Zielstrebig geht Susan auf die einzige Tür zu und drückt den Klingelknopf. Doch diesmal dauert es keine halbe Ewigkeit, bis die Tür aufschwingt. Mit einer Handbewegung bedeutet Susan mir, ihr zu folgen. Es ist wie bei einem Déjà-vu. Derselbe Mann hinter dem großen Schreibtisch. *Derselbe Mann.* Er weiß, dass ich schon einmal im Auge war.

Susan und der Mann stellen sich mit ihren jeweiligen Kennnummern vor.

»So, Einführungstag. Das hier ist die Neue.« Susan strahlt dem Mann entgegen, während sie auf mich weist. Dieser mustert mich. Ich schweige beharrlich und hoffe mit jeder Faser meines Körpers, dass er nichts verraten wird.

»Das habe ich mir schon gedacht«, sagt er schließlich.

»Na dann … kannst du ja jetzt ihren Wert bestimmen.« Susan schaut ihn weiterhin erwartungsvoll an.

Zögerlich winkt er mich zu sich. Erneut holt er sein Gerät hervor, nimmt mir Blut ab und untersucht dieses. Dabei lässt er sich nichts anmerken und ich bin ihm unheimlich dankbar dafür.

»Gut, ihr könnt gehen. Eure Habseligkeiten könnt ihr dort vorne ablegen.« Er deutet auf eine Kommode an der gegenüberliegenden Wand. »Die Ergebnisse schicke ich ans Aufnahmeteam.« Er setzt sich hinter seinen Schreibtisch und holt ein Tablet hervor, in das er sich sofort vertieft. Es ist ebenfalls gläsern, wie das von Lorcan.

»Wir können gehen?« Susan ist offensichtlich verwirrt. »Was hat sie denn für einen Wert? Sie hat ja noch gar keine Spritze bekommen.«

Der Mann schaut wieder auf. »Sie braucht keine Spritze. Ihr Wert liegt bei fünfzig.«

»Fünfzig?« Susan ist sichtlich schockiert. »Das ist unmöglich! Ich habe noch nie jemanden mit so einem hohen Wert getroffen!«

Der Mann schmunzelt. »Brauchst du einen Beweis?«

»Auf jeden Fall.« Schnell geht Susan zu ihm hinüber und sieht sich den Wert auf dem Gerät an.

»Unfassbar.« Beeindruckt kommt sie zu mir zurück und führt mich erst zu der Kommode, auf die wir unsere Handtaschen legen, und anschließend zu dem Raum mit den Kugeln. »Du musst mehrere außerirdische Vorfahren haben«, murmelt sie, während sie die Tür schließt.

»Was ist so besonders an dem Wert? Was besagt er? Und was für eine Spritze hätte ich normalerweise gebraucht?« Bei meinem letzten Besuch mit Lorcan habe ich ganz vergessen, ihn über das Gerät und die Werte zu befragen. Susan schaut mich mit großen Augen an. Sie scheint es immer noch nicht fassen zu können.

»Der Wert bestimmt die Anzahl der außerirdischen Enzyme in deinem Blut. Fünfzig bedeutet, dass fünfzig Prozent deiner Enzyme außerirdischen Ursprungs sind. Diesen Wert brauchst du, um mithilfe außerirdischer Materie reisen zu können. Die meisten haben einen niedrigeren Wert, sodass sie eine Substanz benötigen, die die außerirdischen Enzyme im Blut vermehrt.« Susan ist etwas außer Atem.

»Warum braucht man so viele Enzyme? Was unterscheidet sie denn von unseren?«

»Sie halten deinen Körper zusammen. Mit außerirdischer Materie zu reisen, ist nicht witzig. Aber das wirst du gleich erfahren.« Sie wendet sich dem Regal zu und nimmt dieselben Gegenstände, die auch Lorcan genommen hat.

Ein leichtes Schwindelgefühl macht sich in meinem Kopf breit. Susan öffnet die Kugel und zeigt mir die beiden Hälften. Die eine ist leer, doch in der anderen ist ein weiß-gräuliches Plättchen eingelassen.

»Dieses Material nennt man L-1. Wichtig hierbei ist die Farbe. Dieses hier ist fast grau. Damit kannst du super auf der Erde reisen. Wenn du aber vorhast, irgendwann mal woanders hinzureisen - zum Beispiel nach Tenal« - sie zwinkert mir zu - »dann reicht diese L-Materie nicht mehr aus. Vermutlich brauchst du L-30 oder einen noch höheren Faktor. Die beste L-Materie, die bislang hergestellt werden konnte, hat den Faktor 50. Ist aber auch ziemlich teuer.« Sie reicht mir die Hälfte mit der L-Materie und zeigt mir nun den kleinen metallischen Gegenstand. Es ist das Symbol des Auges.

»Um erfolgreich mit L-Materie reisen zu können, brauchst du einen Gegenpart - einen Gegenstand von dem Ort, an den du reisen möchtest. Dass wir dieses kleine Symbol als Gegenpart nutzen können, war nicht immer so, denn dieses Metall stammt ursprünglich nicht aus der Sahara. Anfangs mussten wir Sand nehmen, was ziemlich unpraktisch ist, da es in einem eigenen Behältnis transportiert werden muss und leicht verschüttet. Und dann sind wir auch nicht direkt im Auge angekommen, sondern oberhalb - mitten in der Wüste. Indem dieses Symbol im Gebäude des Auges angefertigt wurde, konnte man die L-Materie überlisten und nun befördert es uns genau dorthin, wo wir hinwollen.« Sie grinst mich wieder an.

»Was heißt denn *überlisten*? Hat dieses Ding ein eigenes Bewusstsein?«

Susan wird ernst und denkt einen Moment nach. »Nein, ich glaube nicht. Die L-Materie erkennt lediglich den Ursprung eines Gegenstandes.«

»Und wenn das Metall irgendwo in Amerika abgebaut wurde?«

Susan schüttelt den Kopf. »Es weiß, wo welcher Gegenstand zu Hause ist.«

»Das leuchtet mir nicht ein«, gebe ich offen zu.

Susan seufzt. »Das ist nicht mein Fachgebiet. Wenn du eine genaue Antwort darauf haben willst, musst du einen Forscher fragen. Bei mir im Unterricht wurde das Thema nur oberflächlich besprochen.«

»Aber warst du denn nicht neugierig?«, will ich wissen.

»Ich hatte anderes im Kopf«, gibt sie ausweichend zu.

Ich schweige und beschließe, Lorcan noch einmal zu einem späteren Zeitpunkt dazu zu befragen. Susan legt das kleine Symbol in die leere Hälfte der Kugel. Ich reiche ihr die mit der L-Materie.

»Bevor ich die Kugel verschließe, muss ich dich noch warnen. Es kann sein, dass du kurz ohnmächtig wirst. Das ist sogar sehr wahrscheinlich. Es können leichte bis starke Nebenwirkungen wie Übelkeit, Kopfschmerzen, Schwindel, Gliederschmerzen auftreten ... Du merkst schon, die Liste ist lang. Aber keine Sorge, die Symptome gehen schnell vorüber und im Notfall habe ich auch Tabletten dabei, die sofort helfen. Bereit?« Sie sieht mich erwartungsvoll an, worauf ich ihr zunicke.

Susan verschließt die Kugel und erneut bricht der Sturm über mir los.

KAPITEL 6

Susan führt mich durch die Eingangshalle und zeigt mir überflüssigerweise das riesige Symbol des Auges. Dann steuert sie wie zuvor Lorcan direkt auf die Mocas zu. Sie bleibt davor stehen, streckt ihre Hand aus und berührt die obere durchsichtige Hälfte der menschengroßen Kugel.

»Diese Zauberkugel bringt uns innerhalb des Auges von einem Ort zum anderen. Sie heißt *motus caeli*, kurz: Moca. Sie funktioniert wie eine Schwebebahn und kann dadurch sehr schnell beschleunigen und wieder abbremsen. Rundherum sind Sensoren angebracht, die Hindernisse erkennen und umfahren können. Und auch die Mocas werden über die Chiperkennung gesteuert.«

Sie steigt ein und bedeutet mir, mich zu ihr zu setzen, was ich tue.

»Keine Panik«, sagt sie und lächelt mir zu. »Rausfallen kannst du nicht. Sobald es losgeht, erzeugen die Sitze einen Unterdruck. Du kannst also während der Fahrt nicht aufstehen oder dich herauslehnen. Aus diesem Grund benötigen die Mocas auch keine Türen.«

Sie nennt eine Nummer und die Kugel setzt sich augenblicklich mit rasanter Geschwindigkeit in Bewegung. Wie schon beim ersten Mal werde ich in den Sitz gepresst.

Susan lacht. »Ein bisschen unangenehm, ich weiß. Aber daran gewöhnt man sich schnell.« Sie mustert mich und ich drehe meinen Kopf zum Fenster. Diese Fahrt erinnert mich an meinen letzten Besuch. An das Gespräch mit Lorcan im Ausstellungsraum und an die Begegnung mit Dios …

Die Fahrt ist diesmal deutlich schneller vorbei. Susan führt mich in einen Bereich mit der Aufschrift *Krankenstation*. Sie geht zielstrebig auf eine der dahinter liegenden Türen zu und winkt mich in den Raum.

In diesem Arztzimmer wird mir noch einmal Blut abgenommen. Anschließend muss ich einen Personalbogen ausfüllen, einen Stresstest machen und dann werde ich in ein weiteres Zimmer geführt. Hier werden meine Augen und Ohren getestet, mein Blutdruck gemessen sowie ein Belastungs-EKG und ein Lungenfunktionstest gemacht. Danach werde ich von Kopf bis Fuß ausgemessen und in unterschiedliche Geräte geschnallt, die an meine Körpergröße und Figur angepasst werden. Auf Zuruf muss ich verschiedene Muskelgruppen anspannen.

Schon nach einer kurzen Weile verschwimmt die Zeit, so anstrengend ist die Prozedur. Doch noch immer werde ich nicht entlassen, sondern muss mich als Nächstes auf ein Balanceboard stellen und mehrere Übungen durchführen, die mein Gleichgewicht testen. Dann endlich werden die Daten meiner Auswertung auf Susans Tablet geladen und wir dürfen die Station verlassen. Während wir zurück zu den Mocas gehen, besieht Susan sich die Ergebnisse.

»Das sieht nicht schlecht aus. Du bist ein bisschen zu dünn, aber das kriegen wir hin. Und Muskeln wirst du im täglichen Training aufbauen.« Sie grinst mich an, während sie in die Moca steigt, und ich folge ihr.

»So, dann erzähle ich dir schon mal etwas über den Teil, der jetzt kommt. Das ist nämlich der wichtigste.« Sie macht eine bedeutungsvolle Pause. Ihre Mundwinkel verziehen sich kurz, als die erwartete Vorfreude meinerseits ausfällt.

Doch sie geht nicht darauf ein, sondern fährt fort: »Du musst gleich vier verschiedene Tests absolvieren. Dabei geht es um deine Kraft, deine Schnelligkeit, Geschicklichkeit und die Ausdauer. Erst danach wird dir eine Kennnummer zugewiesen. Die wird auf dem Chip gespeichert, den du implantiert bekommst. Bis hierhin alles klar?«

Ich nicke. »Ja, soweit habe ich alles verstanden.«

»Gut. Ein bisschen dauert es noch, bis wir da sind.« Susan lehnt sich entspannt zurück und fängt an, erneut von sich zu erzählen.

Als die Moca stoppt, springt Susan leichtfüßig hinaus und bedeutet mir, es ihr gleichzutun. Es geht in eine Trainingshalle, jedoch scheint diese deutlich kleiner als die, in der ich mit Lorcan war. Vielleicht wirkt es aber auch nur so, immerhin füllt ein riesiger länglicher Metallcontainer den kompletten hinteren Teil. Er reicht fast bis zur Decke und hat keine Fenster, aber an der glänzenden Oberfläche ist am rechten Ende ein Schild mit der Aufschrift *Eingang* angebracht, während am linken eines mit dem Schriftzug *Ausgang* befestigt ist.

Die Halle ist voll mit Menschen. Lange schmale Sitzbänke und Tische sind entlang der linken Seite aufgebaut, ebenso ein reichhaltiges Buffet mit Speisen, die ich beim näheren Betrachten noch nie gesehen habe. Menschen unterschiedlichster Herkunft sitzen an den Tischen und die meisten von ihnen unterhalten sich. Insbesondere die jüngeren, die etwa in meinem Alter sind, wirken angespannt. Ihre Blicke huschen immer wieder zum Container. Ein plötzliches dumpfes Rumpeln aus dessen Richtung lässt einige zusammenzucken. Stirnrunzelnd betrachte ich den Koloss, doch die Geräusche müssen aus dem Inneren kommen.

Susan sagt: »Dort hinten werden die Tests gemacht. Der Container ist in sieben Räume unterteilt, vier davon für die Tests. Komm, wir setzen uns erst mal hin. Ein bisschen dauert es noch, bis du dran bist. Hast du zufällig Hunger? Da hinten gibt es eine Menge zu essen.«

Ich schüttle den Kopf. »Nein, danke. Ich habe keinen Hunger.«

In Wirklichkeit ist mir schlecht in Anbetracht der bevorstehenden Tests. Während Susan losgeht, um sich einen Teller zu beladen, setze ich mich auf eine der Bänke, die am Rand platziert sind. Mein Blick schweift zu den anderen hinüber. Ich versuche, ein paar Gesprächsfetzen der mir am nächsten Sitzenden aufzuschnappen, doch sie sprechen eine andere Sprache. Vielleicht ist es Spanisch oder Italienisch. Die Jüngere der beiden hat ein auffallend hübsches Gesicht, fast wie eine Puppe. Ich kann keinen einzigen Makel auf ihrer Haut erkennen. Alles ist irgendwie zierlich. Ihr Mund, ihre Nase, die Ohren ... Nur ihre Augen sind groß und ausdrucksstark. Und ihre blondgefärbten Spirallocken bilden einen wunderschönen Kontrast zu ihrem sonnengebräunten Teint.

Ich reiße meinen Blick von ihr los, bevor sie mein unhöfliches Starren bemerkt. Stattdessen schaue ich mich weiter um. Ganz in der Nähe befördert ein riesiger Mann Unmengen von Salat in seinen Mund. Ich richte meine Augen auf die neben ihm sitzende Person - und werde zurück angestarrt. Ein ebenfalls großer Junge in meinem Alter mit schwarzer Haut, kurzen gekräuselten Haaren und getrimmtem Kinnbart. Auf einmal lächelt er und zwinkert mir zu. Ich spüre, wie ich rot anlaufe, und drehe mich schnell weg.

Zum Glück setzt sich genau in diesem Moment Susan links neben mich. Sie entschuldigt ihren überquellenden Teller mit den Worten, sie hätte noch nichts gefrühstückt. Während des Essens ist sie konzentriert und schweigsam. Ich überlege, ob ich von mir aus ein Gespräch anfangen soll, weiß jedoch nicht worüber. Also schweige ich ebenfalls. Mit den Fingern kontrolliere ich, ob meine Haare noch immer die Narbe bedecken, und atme erleichtert auf. Um nicht wieder dem Blick des großen Jungen zu begegnen, begnüge ich mich damit, den Container zu beobachten, sonderlich spannend ist er jedoch nicht. Aus den

Augenwinkeln nehme ich wahr, wie sich jemand rechts neben mich setzt.

»Hi, ich bin Isaac.«

Ich drehe meinen Kopf und sehe dem Jungen, der mich beobachtet hat, ins Gesicht. Fröhlich grinsend hält er mir seine Hand entgegen, die ich nur kurz schüttle.

»Hi. Maeve.« Ich will mich wieder Susan zuwenden, doch Isaac spricht schon weiter.

»Und wie aufgeregt bist du?« Seine dunklen Augen sprühen förmlich vor Neugier.

Obwohl ich mich so nah bei einem fremden Jungen unwohl fühle, wende ich mich ihm zu. »Ein bisschen«, antworte ich knapp, auch wenn das untertrieben ist.

Als es erneut aus Richtung des Containers rumpelt, scheint ihn das nicht im Mindesten zu beunruhigen. Stattdessen wird sein Grinsen breiter und entblößt ebenmäßige weiße Zähne.

»Ich bin zum Glück schon durch. Ist ziemlich anstrengend, aber ich will dir nicht die Vorfreude nehmen.« Er zwinkert mir zu.

»Wenn du fertig bist, warum bist du dann noch hier?«, frage ich ihn neugierig.

»Ich warte auf den Chip.« Er tippt sich mit dem Zeigefinger hinter sein rechtes Ohr.

»Isaac? Kommst du?« Der Riese ist anscheinend fertig mit seinem Salat und macht Anstalten, die Trainingshalle zu verlassen.

»Jetzt geht es los«, flüstert Isaac mir mit aufgerissenen Augen zu. »Ein Pieks und ich bin fast sowas wie Staatseigentum.« Mit gespielt tragischer Miene lehnt er sich zurück. »Doch zum Wohle aller nehme ich dieses Schicksal auf mich. Ich werde die Last zu tragen wissen.« Er nickt mir zu und ich ziehe eine Augenbraue hoch, während ich ihn betrachte. Noch einmal reicht er mir seine Hand.

»Es war schön, dich kennengelernt zu haben, Maeve. Wir sehen uns im August wieder.« Er steht auf und entfernt sich mit zügigen Schritten. Ich muss mir ein Grinsen verkneifen und hoffe, dass er daran denkt, dass die Ausbildung bereits am einunddreißigsten Juli beginnt.

Während der nächsten Stunde nimmt meine Übelkeit stetig zu. Mehrere Male sehe ich, wie jemand durch den Eingang den Container betritt und etliche Minuten später diesen am anderen Ende wieder verlässt. Gerade, als ich Susan fragen will, wie lange ich noch warten muss, fordert sie mich auf, mit ihr zu kommen. Meine Beine fühlen sich schwach an, als wir direkt auf den Container zusteuern. Vor der Tür drückt sie mich einmal kurz und wünscht mir viel Glück. Ich versuche, mich innerlich zur Ruhe zu zwingen, und trete ein.

Der Raum ist winzig. Gerade so passt der Schreibtisch hinein, hinter dem eine Frau sitzt, einen Laptop vor sich aufgeklappt.

»Maeve Dawson, richtig?« Sie erhebt sich und schüttelt mir die Hand. »Ich erkläre dir kurz, wie die Tests aussehen, und dann geht es auch schon los.« Sie schenkt mir ein aufmunterndes Lächeln. »Leidest du an Klaustrophobie?«

»Nein.«

»Gut, das vereinfacht das Ganze. Die folgenden Räume sind nämlich nicht größer als dieser. Sobald ich das Programm einschalte, suggerieren dir die Monitore um dich herum eine Landschaft. Du wirst dich also fühlen, als würdest du draußen auf der Straße stehen. Im ersten Test ist es deine Aufgabe, einfach ein bisschen zu joggen. Der Boden unter dir funktioniert wie ein Laufband. Du wirst mal etwas schneller, mal etwas langsamer laufen und mal geht es bergauf oder bergab. Soweit alles klar?«

Ich nicke.

»Sobald die Zeit abgelaufen ist, schaltet sich das Licht ein und du begibst dich in den nächsten Raum. Da wird deine Geschicklichkeit geprüft, indem du einen Hindernisparcours bewältigst. Im dritten Raum musst du wieder laufen, allerdings diesmal so schnell du kannst. Im vierten und letzten Raum geht es dann noch um deine Kraft. Die Tests werden am Ende ausgewertet und aufgrund der Ergebnisse bekommst du eine vorläufige Kennnummer zugeteilt. Alles verstanden?«

Ich nicke erneut, weil ich mich sowieso nicht imstande fühle, etwas zu sagen, so trocken ist mein Mund.

»Sehr schön. Gleich im ersten Raum liegt Sportkleidung für dich bereit, die dir passen müsste. Zieh sie an. Deine eigenen Sachen packst du in eine Klappe in der Wand, du findest sie am Ende in Raum sieben wieder. Tja, dann wünsche ich dir viel Erfolg!«

Sie öffnet mir die Tür und ich betrete einen quadratischen Raum, gerade so groß, dass mir nur wenige Zentimeter fehlen, dann könnte ich die gegenüberliegenden Wände mit meinen ausgestreckten Armen berühren, was komisch ist, denn von außen wirkt der Container viel größer. Als sie die Tür schließt, wird es für einen kurzen Moment dunkel. Dann geht das Licht an und ich kann mich umziehen. Ich hoffe inständig, dass hier keine Kameras sind, die mich beobachten. Unbehaglich versuche ich so schnell wie möglich, meine Kleidung zu wechseln. Die Sportsachen passen tatsächlich.

Eine Klappe in der Wand links neben mir leuchtet auf. Nachdem ich meine Sachen hineingelegt habe, flimmert der Rahmen einer Tür blau auf, durch die ich hindurchgehe. Kaum, dass ich mich im nächsten Raum befinde, schließt sich die Tür hinter mir, das Licht erlischt und die Monitore schalten sich ein.

Ich stehe draußen auf einer Straße. Die Sonne scheint, es ist angenehm warm und ich höre einige Vögel zwitschern. Der Boden unter mir beginnt, sich zu bewegen. Wie selbstverständlich mache ich einen Schritt vorwärts und dann noch einen und verfalle schließlich in einen gemächlichen Laufschritt. Ich habe wirklich das Gefühl, direkt durch eine friedliche Stadt zu laufen. In einem der Gärten sehe ich sogar einen kläffenden Hund mit einem Tennisball spielen.

Meine Atmung wird schneller und obwohl ich versuche, diese an den Laufrhythmus anzupassen, bekomme ich schon nach wenigen Minuten Seitenstechen. Für diese Art von Sport bin ich nicht gemacht.

»Ich tippe auf Ausdauer«, hat Lorcan gesagt. Jetzt weiß ich, was er damit gemeint hat. Ausdauer ist wirklich nicht meine Stärke.

Als ich mehrfach abbiegen muss und die Straße plötzlich auch noch ansteigt, entweicht mir ein lautes Keuchen. Die Schmerzen in den Seiten sind so heftig geworden, dass ich mit meinen Fingern hineinkneife, um den Schmerz zu betäuben. Doch es bringt nichts. Meine Beine sind wackelig, können sich auf dem Laufband kaum noch halten. In einem Moment der Unachtsamkeit stolpere ich plötzlich und verliere das Gleichgewicht. Unsanft lande ich auf dem Boden. Sofort stoppt das Laufband, die Landschaft um mich herum verschwindet und stattdessen wird der Raum hell erleuchtet.

»Bitte begeben Sie sich in den nächsten Raum«, ertönt eine Computerstimme und augenblicklich leuchtet der Türrahmen zum nächsten Raum blau.

Doch statt aufzustehen, bleibe ich noch einen Moment liegen, so lange, bis sich meine Atmung beruhigt und die Schmerzen verschwunden sind. Ich frage mich, ob ich den Test überhaupt bestanden habe. Hat Susan erwähnt, dass man durchfallen kann? Jetzt rächt es sich, dass ich viel zu oft in Gedanken versunken war, statt ihr zuzuhören. Vorsichtig erhebe ich mich und gehe mit langsamen Schritten auf die blau erleuchtete Tür zu, um sie zu öffnen.

Der nächste Raum ist genauso groß, doch auf dem Boden steht eine Trinkflasche, die ich sofort nehme. Schnell habe ich sie aufgeschraubt und lasse das kühle, erfrischende Wasser meine Kehle hinunterlaufen. Wieder blinkt eine Klappe auf, doch ich lasse mir Zeit mit dem Trinken. Allmählich habe ich das Gefühl, neue Kräfte für den nächsten Test zu sammeln. Ich schraube die Flasche zu, stelle sie in die Klappe und mich anschließend in die Mitte des Raumes.

Die Monitore leuchten auf und diesmal stehe ich in einem Dschungel. Vor mir befindet sich ein Fluss, den ich allem Anschein nach überqueren muss. Das Rauschen des Wassers dringt an meine Ohren, außerdem höre ich ein monotones Zirpen. Im Wasser liegen mehrere große Steine, die ich nutzen könnte, um über den Fluss zu gelangen. Ein lauter schriller Schrei lässt mich zusammenfahren und ducken. Das muss irgendein Vogel gewesen sein, doch ich kann durch die dichten Blätter nichts erkennen. Weitere fremdartige Vögel rufen und kreischen in einiger Entfernung. Ich muss aufpassen, mich nicht davon ablenken zu lassen.

Vorsichtig taste ich mich mit den Füßen bis ans Flussufer heran. Ich versuche, die Distanz zwischen mir und dem nächstgelegenen Stein einzuschätzen. Dann mache ich einen großen Ausfallschritt und springe. Meine Füße landen auf dem Stein, doch rutschen im nächsten Moment weg. Ich rudere mit den Armen in der Luft und kann nur mit Mühe einen Sturz ins Wasser vermeiden. Ein gequälter Laut entfährt mir, als sich meine Beinmuskeln durch die ungewohnte plötzliche Bewegung verkrampfen und einen stechenden Schmerz an mein Gehirn schicken.

Etwas verdreht, aber immerhin im Gleichgewicht, stehe ich stocksteif da und warte, dass sich mein Puls und meine Muskeln wieder beruhigen. Meine Gedanken versuchen irgendwie, alles in Einklang zu bringen, doch es gelingt nicht. Wie kann dieser Stein glitschig sein? Ich stecke mitten in einer Simulation! Wie ist es möglich, dass ich hier herumlaufe und springe, ohne dabei gegen die Wände zu stoßen? Verwirrt schüttle ich den Kopf.

Allmählich nehme ich wieder eine bequemere Position ein, ohne jedoch meinen Stand zu verändern. Wichtig ist, dass ich auf die andere Seite komme. Also peile ich den nächsten Stein an - und springe einige Sekunden später in seine Richtung. Diesmal bin ich vorbereitet und kann den Sprung so abfedern, dass ich nicht wegrutsche und meine Muskeln auch nicht verkrampfen. Der nächste Stein klappt ebenfalls besser. Doch dann verschwindet der vierte plötzlich im Wasser. Die Entfernung von meinem jetzigen Standpunkt bis zum rettenden Ufer ist zu hoch. Vielleicht bin ich zu langsam gewesen?

Ich schaue mich nach Alternativen um. Nicht weit von mir entfernt ragt ein alter Baumstumpf nur wenige Zentimeter über das Wasser. Ich hole tief Luft, springe erneut - und rutsche aus, kann mich gerade noch an das feuchte Holz klammern, während der untere Teil meines Körpers ins kalte Wasser taucht. Ein überraschter Laut kommt über meine Lippen, bevor ich mich hochstemme und aus dem Wasser hieve. Zum Glück ist der Baumstamm breit, sodass ich einen guten Stand finde. Das Wasser in meinen Schuhen empfinde ich als sehr unangenehm. Eine Simulation ist das jedenfalls nicht!

Jetzt kann ich einen Weg hinüber zum anderen Ufer sehen. Es sind nur noch drei Steine und ein weiterer Baumstamm, dann habe ich es geschafft.

Um keine Zeit zu verlieren, springe ich zum nächsten Stein. Allerdings habe ich nicht auf den tiefhängenden Ast darüber geachtet und klammere mich schnell daran fest, um nicht wieder im Wasser zu landen. Erst jetzt fällt mir auf, dass auch über den anderen Steinen Äste hängen, die im aufkommenden Wind knarzen und schwanken. Ich versuche, sie nicht als Hindernis, sondern als weitere Chance zu sehen, und strecke schon im Springen meine Arme nach vorne, um mich an den Ästen festzuhalten. Nach wenigen Minuten habe ich das andere Ufer erreicht.

Doch meine Prüfung ist offensichtlich noch nicht vorbei. Vor mir entdecke ich einen Sockel, auf dem eine brennende Kerze platziert ist. Davor steht ein kleines Messingschild. Es besagt, dass ich die Kerze brennend zu einem zweiten Sockel tragen muss, der sich etwa einen Kilometer entfernt befindet. Ich schaue den verschlungenen Pfad entlang, der direkt ins Dickicht führt. Ich weiß nicht, wie ich bei diesem Wind die Kerze brennend dorthin befördern soll.

Zögerlich nehme ich diese mit der rechten Hand und halte die linke schützend vor die Flamme. Langsam und bedacht folge ich dem Pfad, muss mich durch dichtes Blattwerk schieben, das meinen Weg versperrt, und Ästen ausweichen. Der Wind wird stärker und droht, die Flamme auszulöschen, weswegen ich meine Schritte beschleunige, aber weiterhin bedacht gehe und aufmerksam bleibe. Der erste dicke Regentropfen fällt, dann noch einer. Und schließlich ergießt sich der Regen wie aus einer Dusche auf mich.

Schnell halte ich meine Hand über der Flamme und spüre augenblicklich die brennende Hitze an meiner Handinnenfläche. Wieder leckt der Wind an der Flamme. Ich stelle mich mit dem Rücken in Windrichtung und gehe seitwärts weiter. Endlich kann ich den zweiten Sockel ausmachen. Ich verfalle in einen Laufschritt, sehe dabei immer wieder hektisch nach links und rechts. Nicht dass so kurz vor dem Ziel etwas Unvorhergesehenes passiert und die Flamme doch noch ausgeht.

Aber dann habe ich es geschafft. Mit dem Abstellen der Kerze stoppt der Regen wie auf Knopfdruck, das Licht geht an und ich befinde mich noch immer in dem kleinen Raum. Die Kerze ist verschwunden, geblieben ist nur das Wasser auf meiner Haut, meiner Kleidung und meinen Haaren.

Auch die nächsten beiden Tests sind körperlich sehr anstrengend. Ich muss mitten in einer afrikanischen Steppe vor einem gefräßigen Luchs davonlaufen. Zwar bin ich schnell, aber durch die vorangegangenen Prüfungen schmerzen meine Beine schon nach kürzester Zeit so stark, dass ich aufgeben muss. Die letzte Prüfung besteht darin, einen Durchgang von schweren Steinen zu befreien. Als ich mich nach einer gefühlten Ewigkeit endlich durch die geschaffene Lücke zwänge, bin ich am Ende meiner Kräfte. Schwerfällig klopfe ich den Staub von meiner Hose und meinem T-Shirt und schleppe mich anschließend den Gang entlang. Nur das Wissen, dass ich es gleich geschafft habe, lässt mich weiterlaufen. Am Ende befindet sich eine Tür und als ich diese öffne, stehe ich in einem neuen Raum.

Ein junger Mann grinst mich an und streckt mir eine Hand entgegen. Seine Augen strahlen. »Herzlichen Glückwunsch, du hast die Tests beendet.«

Verdutzt schaue ich über meine Schulter zurück in den Raum, aus dem ich gerade gekommen bin. Der Gang ist verschwunden. Stattdessen ist dort nur der leere Containerraum. Ich blicke an mir herunter. Meine Klamotten sind nass von Wasser und Schweiß. Dreck klebt an meiner Haut. Fragend schaue ich zu dem Mann.

Dieser lacht. »Ja, so wie du gucken alle, wenn sie aus der letzten Prüfung kommen. Ich sage nur: Simulation in Perfektion! Wir haben hier Technik, die alle bisherigen Träume und Zukunftsvorstellungen bei Weitem übertrifft!«

Ich kann seine gute Laune nicht erwidern. Mein Rücken schmerzt, meine Lungen pfeifen und meine Muskeln fühlen sich an, als wollten sie sich für den Rest meines Lebens zur Ruhe setzen.

»Na schön, wir sind wohl heute nicht ganz so gesprächig. Aber das ist nicht schlimm, überhaupt nicht schlimm! Stattdessen werde ich einfach ein bisschen quatschen und du hörst mir zu.« Wieder dieses fröhliche Grinsen. »Bitte, setz dich doch. Du musst erschöpft sein.« Er deutet mit seiner Hand auf einen Stuhl in der Ecke. Das muss er mir nicht zweimal sagen. Schnell gehe ich hinüber und lasse mich auf den Stuhl sinken. Meine Beine und Arme zittern unkontrolliert. Um wenigstens das der Arme zu verringern, verschränke ich diese vor meinem Oberkörper.

»Keine Panik, das geht gleich wieder vorbei«, versucht mich der Fremde zu beruhigen. »Nun denn, kommen wir zu deinen Ergebnissen.« Er dreht sich zu einem hinter ihm stehenden Monitor.

»War der Luchs echt?« Meine Stimme klingt rau. Doch ich will wissen, wie diese Technik funktioniert.

»Hm?« Der Mann dreht sich wieder zu mir. »Oh, das war kein Luchs, sondern ein Karakal. Und nein, er war nicht echt. In Wirklichkeit hätte er gar kein Interesse an dir, weil du ihm viel zu groß bist. Der Karakal ernährt sich eher von kleineren Tieren wie Mäuse oder Vögel.«

»Und das Wasser? Die Steine? Die Kerze?« Unmöglich kann das alles fiktiv gewesen sein. Ich hatte die Kerze doch in der Hand! Und ich habe den Regen und das Feuer gespürt!

»Hast du schon mal ein Autorennspiel an einer Konsole gespielt? Weißt du, es gibt Zubehör, wie zum Beispiel ein Lenkrad, das du mit dem Spiel verbindest und dann hast du das Gefühl, ein richtiges Lenkrad in der Hand zu halten. Es gibt auch extra Sitze dafür und Pedale. So dass dir dieses Spiel irgendwann täuschend echt vorkommt. Im Grunde genommen nutzen wir dieselbe Technik. Nur, dass wir sie noch etwas weiterentwickelt haben.«

Während er verschmitzt lächelt, starre ich ihn lediglich an. Schließlich weicht das Lächeln von seinen Lippen und er hebt defensiv die Hände.

»Na schön, wie du willst. Ich erkläre es dir.« Seine Augen leuchten, als er zu erzählen beginnt. »Diese Trainingshalle ist eine ganz besondere. Sie hat nämlich austauschbare Bodenplatten und darunter einen Hohlraum. Dort platzieren wir die Utensilien, die wir für die Tests benötigen - zum Beispiel ein Becken mit Wasser. Oder die Kerze, die wir auf ihrem Sockel dann einfach nach oben fahren oder wieder im Boden versinken lassen können. Der Container hat außerdem äußere und innere Wände. Die inneren lassen sich beliebig anpassen, sodass wir den Raum vergrößern oder verkleinern können. Jede Wand hat verschiedene Klappen, hinter denen bestimmte Utensilien versteckt sind, die bei Bedarf herausgefahren werden, wie zum Beispiel ein Ast, der dir dann in die Quere kommt.« Er lacht, bevor er sich räuspert und wieder ernst wird. »Nun, denn. Deine Ergebnisse. Du wirst vorläufig die Vier bekommen. Du bist schnell, auch wenn du die Prüfung abbrechen musstest, geschickt und kräftig. Aber der Ausdauertest, der eigentlich der einfachste ist, hat dir am meisten zu schaffen gemacht. Du solltest dich also im Bereich der Ausdauer besonders anstrengen, um diese zu verbessern. So und nun bleibt mir nur noch eines ...« Er zeigt auf die zweite Tür. »Dahinter befinden sich eine Umkleide, deine persönlichen Sachen und natürlich auch eine Dusche. Der Raum verschließt sich von selbst, sobald du drin bist, und öffnet sich wieder, wenn du die Türklinke berührst. Anschließend kannst du dich am

Büffet stärken, bevor du dann deinen Chip bekommst.« Er winkt mir zu, während ich durch die Tür verschwinde.

Ich kann es kaum erwarten, endlich etwas zu essen. Jetzt, wo ich die Tests hinter mir habe, werde ich von meinem Magen angebrüllt, der meine aufgebrauchten Energiereserven wieder auffüllen will. Geschlagene fünfunddreißig Minuten war ich in diesem Container. Großzügig belade ich meinen Teller. Eine Frau stellt sich neben mich, jedoch ohne sich zu bedienen. Mir wäre es eigentlich egal, wenn sie dadurch nicht meinen Weg versperren würde. Ich will sie gerade höflich darauf aufmerksam machen, da sehe ich erst, um wen es sich handelt.

Alice hat die Arme vor der Brust verschränkt und lässt den Blick durch den Raum wandern. Auch heute trägt sie wieder ein bauchfreies Top und eine hautenge Hose. Ich räuspere mich und mache sie damit auf mich aufmerksam.

»Maeve Dawson, richtig?«, fragt sie langsam und mustert mich von Kopf bis Fuß. Ich bin froh, dass ich inzwischen geduscht bin.

»Ja«, antworte ich ihr.

Sie lässt ihren Blick über die anderen Schüler schweifen und da sie keine Anstalten macht, noch etwas zu sagen, frage ich sie geradeheraus: »Bist du auch Sucherin?«

»Wie kommst du darauf?« Sie dreht ihren Kopf wieder zu mir.

»Na ja, es kommen doch alle mit ihren Suchern hierher.« Ich schiebe mir ein Stück Kohlrabi in den Mund, um den größten Aufschrei meines Magens ein bisschen zu dämpfen.

Einen Moment schaut sie mir schweigend beim Kauen zu. »Nein, ich bin keine Sucherin. Ich bilde aus. Deswegen komme ich hierher, um mir meine zukünftigen Schüler schon mal anzusehen.«

»Dann kennst du Lorcan also daher?«

Ihre Augen verengen sich leicht. »Ich kenne ihn schon lange. Wir haben zusammen gelernt.«

»Ist er ein guter Ausbilder?«

Wieder bedenkt sie mich mit einem langen Blick. »Vor ein paar Jahren hätte ich die Frage noch bejaht. Heute bin ich mir dessen nicht mehr so sicher.«

Vermutlich, weil er lange weg war, denke ich, traue mich aber nicht, nachzufragen.

Susan bringt mich erneut zum Arztzimmer in der Krankenstation, informiert mich jedoch, dass ich noch ein wenig auf die Ärztin warten müsse. Als diese den Raum betritt, stellt sie sich mir als Dr. Khan vor und klärt mich kurz über die Risiken und die Vorteile des Chips auf. Im Falle einer Entzündung müsste ich noch einmal ins Auge kommen, um die Einstichstelle behandeln zu lassen, doch das soll nur selten passieren. Dann beginnt sie mit der Chipimplantation.

Ich muss meinen Kopf schräg halten, während sie den Bereich direkt hinter meinem rechten Ohr desinfiziert. Ein Stich durchzuckt meinen Körper, als Dr. Khan den winzigen Chip mit einer Nadel in die kleine Mulde schiebt. Noch einmal wischt sie mit dem Tuch darüber.

»So, das war's. Auf dem Chip ist deine Kennnummer gespeichert. Die brauchst du, um dich hier auszuweisen. Also präge sie dir gut ein.« Sie überreicht mir eine Visitenkarte mit ihrem Namen und einer Telefonnummer. Außerdem hat sie mit Kugelschreiber meine Kennnummer darauf notiert: 1.1.4.MD.LC.

Dr. Khan entlässt uns und wir machen uns auf den Weg nach Hause. Immer wieder sage ich mir meine Nummer im Kopf vor. 1.1.4.MD.LC. Ein merkwürdiges Gefühl breitet sich in meiner Brust aus. So, als wäre ich nicht länger ein Individuum. Als wäre ich Eigentum des Auges. Mein Name ist nur noch eine Aneinanderreihung von Zahlen und Buchstaben. 1.1.4.MD.LC. Doch wenn ich damit meinen Vater beschützen und vielleicht sogar meine Mutter wiederfinden kann, ist mir das wert.

KAPITEL 7

In den nächsten Monaten schaffe ich es mit Joyces Hilfe, mich um alles zu kümmern. Meinem Vater habe ich von der Ausbildung erzählt, zumindest so viel, wie es die Verschwiegenheitserklärung aus meinem Vertrag zulässt. Nachdem Joyce während des Essens den Begriff *Geheimagentin* fallen gelassen hat, war mein Vater felsenfest davon überzeugt, dass die Spione deswegen nach mir gesucht haben, und dass sie ihn nun, da ich den Vertrag unterschrieben habe, in Ruhe lassen werden. Um ihn und mich zu beruhigen, habe ich ihm beigepflichtet. Dass ich mich neben der Ausbildung auch auf die Suche nach Mum begebe, habe ich ihm jedoch verschwiegen. Zu groß ist meine Angst, dass er in ein tiefes Loch fällt, sollte ich nichts oder nur etwas Negatives in Erfahrung bringen.

Die Tatsache, dass ich im Hauptgebäude des Auges wohnen werde, hat Dad allerdings nicht so gut verkraftet. Er hat Sorge, nicht allein zurechtzukommen, insbesondere wenn ihn die Halluzinationen wieder heimsuchen. Diese Angst habe ich zum Anlass genommen, ihm noch einmal ins Gewissen zu reden, wie wichtig es für ihn ist, sich von einem Facharzt untersuchen zu lassen. Zu meinem Erstaunen hat er zugestimmt. Der Psychologe hat all das bestätigt, was ich in den letzten Jahren vermutet habe: chronische Halluzinationen, verstärkt durch Alkoholkonsum, Schizophrenie sowie immer wiederkehrende depressive Phasen. Er hat meinem Vater Medikamente verschrieben und eine Therapie angeordnet. Joyce hat versprochen, meinen Vater an seine

Termine zu erinnern, sobald ich meine Ausbildung antrete. Außerdem haben wir es geschafft, einen Pflegedienst zu beauftragen, der täglich bei ihm vorbeischaut.

Meinen Nebenjob im Restaurant habe ich gekündigt und die Prüfungen in der Schule mit guten Noten bestanden. Die gemeinsamen Lernabende mit Joyce werde ich vermissen. Wenn ich an meine Zukunft denke, wird mir flau im Magen. Inständig hoffe ich, dass ich es schaffe, in meiner neuen Klasse Freunde zu finden. Am meisten habe ich jedoch Angst vor dem, was ich über meine Mutter herausfinden könnte, und doch brauche ich endlich Gewissheit.

Mein Herz klopft schneller, als ich am einunddreißigsten Juli auf mich allein gestellt den staubigen Flur im Verbindungsgebäude entlanggehe. Der defekte Fahrstuhl hat mit meinem neuen Chip einwandfrei funktioniert. Mit zitterndem Finger drücke ich den Klingelknopf und warte angespannt. Es dauert nicht lange und ich betrete das Büro, in dem mir schon zweimal Blut abgenommen wurde, um die außerirdischen Enzyme zu bestimmen. Von hier aus werde ich zum Auge reisen und meine Ausbildung zur Kämpferin antreten.

Derselbe Mann wie bei meinen letzten Besuchen grinst mir entgegen. Er steht hinter seinem Schreibtisch auf, kommt auf mich zu und reicht mir die Hand.

»Schön, dich wiederzusehen! Fühlst du dich bereit, zum ersten Mal allein zu reisen?«

Ich grinse unsicher zurück und gebe ehrlich zu: »Ich weiß nicht.«

»Kennst du denn schon deine Kennnummer auswendig?« Er verschränkt die Arme hinter seinem Rücken und wippt ein wenig mit den Füßen, während er mich mustert.

»1.1.4.MD.LC.«

»Ah, sehr gut!« Sein Grinsen wird breiter. Irgendwie ist er heute ganz anders, viel freundlicher und aufgeschlossener.

»Komm her, ich zeige dir noch etwas.« Er winkt mich zu der Kommode, auf die Susan und ich das letzte Mal unsere Taschen gelegt haben.

»Wie du ja bestimmt aus deinem Vertrag weißt, darfst du keine elektronischen Sachen mit ins Hauptgebäude nehmen. Deswegen haben wir in jedem Verbindungsgebäude Safes stehen.« Er öffnet die Schranktüren und zeigt mir die vier Safes darin. »Rechts oben ist belegt. Du kannst dir einen der anderen drei aussuchen. Wenn du deine Wertsachen hineingelegt hast, verschließt du den Safe mit deiner Kennnummer. Die spezielle Software kann deine Stimme mit deiner Kennnummer abgleichen, sodass niemand sonst deinen Safe öffnen kann.«

Er geht einen Schritt zur Seite, damit ich mich vor die Kommode hocken kann. Ich wähle den oberen linken und lege mein Handy hinein.

»Dein Portemonnaie kannst du auch dazu legen. Das ist zwar nicht elektronisch, aber im Auge brauchst du es nicht und so kann es wenigstens nicht verloren gehen.«

Ich befolge seinen Rat. Gerade als ich die Tür schließen will, tippt er mir auf die Schulter.

»Einen Moment noch. Ich muss sichergehen, dass nichts ins Auge geschmuggelt wird.« Er bedeutet mir, ihm meine Tasche zu geben, was ich tue und dabei zusehe, wie er darin herumkramt. Er reicht mir meine Wohnungsschlüssel.

»Die kannst du auch hier lassen. Du bekommst ja alles an deinem freien Wochenende wieder.«

Also lege ich die Schlüssel ebenfalls in den Safe. Dann hat er plötzlich meinen Stein in der Hand. Mit zusammengezogenen Brauen besieht er sich diesen. »Was ist das?«

»Ein Stein. Ich hab ihn von meiner Mutter geschenkt bekommen und ich würde ihn wahnsinnig gern mitnehmen«, rutscht es mir heraus, bevor ich über die Worte nachdenken kann. Inständig hoffe ich, dass er mir die Erlaubnis gibt. Immerhin ist der Stein ja nicht elektronisch.

»Eine Art Glücksbringer?« Er richtet seinen Blick auf mich.

Ich nicke stumm. Der Mann lächelt und lässt den Stein zurück in meine Handtasche fallen.

»Ist in Ordnung.« Er zwinkert mir zu, ehe er mir meine Handtasche reicht. Ich verschließe den Safe mit meiner Kennnummer und richte mich wieder auf.

»Nun denn, viel Erfolg wünsche ich dir!« Noch einmal schüttelt er mir die Hand und entlässt mich in den Verbindungsraum mit den Reisekugeln.

Mein Herz klopft schnell und fest, als ich eine der Kugeln vom Regalbrett nehme. Sie liegt gut in der Hand und hat ein angenehmes Gewicht. Am Einführungstag war ich es, die Susan und mich zurückbefördert hat, weswegen es jetzt nicht das erste Mal ist, dass ich diese Kugel bediene. Ich weiß, was ich zu tun habe. Und doch ist es immerhin fast drei Monate her.

Ich öffne die Kugel, halte beide Hälften etwas ungeschickt mit einer Hand fest, um mit der anderen in der Dose nach dem kleinen Metallsymbol zu fischen. Mit weichen Knien stelle ich mich in den aufgemalten Kreis, lege das Symbol in die leere Hälfte der Kugel und verschließe sie. Sofort bricht über mir der inzwischen bekannte Sturm los und ich spüre das unangenehme Zerren an meinem Körper.

Die Eingangshalle ist überfüllt. Überall tummeln sich Menschen, die meisten in meinem Alter. Viele stehen auf den breiten Stufen, teils in Grüppchen, und unterhalten sich aufgeregt. Mit langsamen Schritten nähere ich mich der Menschenansammlung. Ich weiß nicht, wohin ich gehen soll. Vielleicht bleibe ich lieber irgendwo am Rand stehen und beobachte einfach weiter das Geschehen. Gerade, als ich auf die rechte Wand zusteuere, höre ich plötzlich meinen Namen. Irritiert schaue ich mich um. Und dann entdecke ich den wild winkenden Isaac. Obwohl ich eigentlich froh darüber sein sollte, hier bereits jemanden zu kennen, hemmt mich irgendetwas. Vielleicht ist es seine fröhliche Art. Ich bin es nicht gewohnt, so freundlich von anderen Jungen angesprochen zu werden.

Tapfer lächle ich ihm entgegen. Mit mehreren großen Schritten ist Isaac bereits bei mir und zur Begrüßung nimmt er mich in den Arm. Als er jedoch merkt, wie ich mich unter seiner Berührung versteife, lässt er schnell wieder von mir ab. Der leuchtende Ausdruck in seinen Augen aber bleibt.

»Schön, dich wiederzusehen! Wie es scheint, bist du gesund und munter. Genau die richtigen Voraussetzungen, um eine sportliche Ausbildung zu beginnen!«

In einer übertrieben motivierten Pose hebt er die Faust und präsentiert seinen Bizeps, der allerdings von seinem T-Shirt verdeckt wird. Sein breites Grinsen entblößt wieder ebenmäßige weiße Zähne und hinter seinem Rücken bemerke ich mehrere Mädchen, die zu ihm hinüberschauen und sich dabei kichernd unterhalten.

Ich kann einfach nicht anders - bei diesem Anblick muss ich grinsen.

»Und wie lautet deine Kennnummer?«, will Isaac von mir wissen, während er seinen Arm sinken lässt und eine natürlichere Position einnimmt.

Ich hebe meine Augenbraue. Ist das ein Test? »1.1.4.MD.LC«, sage ich zögerlich und beobachte seine Reaktion.

»Mega! Wir haben ja fast die gleiche Nummer!« Wieder strahlt er mich an. »Meine lautet 1.1.1.IR.LC.«

Bevor ich darauf antworten kann, mischt sich plötzlich ein Mädchen in unser Gespräch.

»Die Frage ist nur, was diese Buchstaben und Zahlen zu bedeuten haben.«

Überrascht drehe ich mich zu dem Mädchen um. Sie scheint in meinem Alter zu sein, hat kurze Stoppelhaare, schwarze Augenbrauen und dunkel geschminkte Augen. Isaac und ich schauen uns verdutzt an.

»Samira Merizadi«, stellt sie sich vor. »Meine Kennnummer ist 1.1.2.SM.DS. Ich würde sagen, die hört sich schon etwas anders an.« Ihre dunkle Stimme klingt träge, was so gar nicht zu ihrem wachsamen Blick passt.

»Ich glaube, da sind unsere Initialen drin«, mischt sich ein weiterer Junge ein.

Samira sieht ihn herablassend an. »Ach ehrlich? Mensch, soweit war ich auch schon. Nur sind unsere Initialen nicht die einzigen Buchstaben.« Sie verschränkt die Arme vor der Brust und reckt herausfordernd das Kinn.

Ich weiß nicht, was mit ihr los ist, aber ich will unter keinen Umständen gleich am ersten Tag in einen Streit gezogen werden. Möglichst unauffällig wende ich mich zum Gehen.

»Was sagst du denn, Maeve?«, fragt mich Isaac neugierig und ich beiße mir auf die Zunge, um einen Fluch zu unterdrücken. Auch die anderen beiden drehen ihre Köpfe zu mir.

Ich gebe meinen Fluchtversuch auf. Doch wie kann ich die Diskussion am schnellsten beenden, ohne allzu viel zu verraten? Wie es aussieht, ist es nicht gerade üblich, dass die Sucher viel über die Kennnummer preisgeben. Samira hebt eine Augenbraue, während sie darauf wartet, dass ich etwas sage.

»Hm, vielleicht sind die anderen Buchstaben die Initialen unserer Ausbilder?«

LC würde zu Lorcan Chester passen. Demnach wäre Isaac in meinem Team. Dieser nickt nachdenklich. Der andere Junge sagt gar nichts, doch Samiras Blick ist kühl, als sie mich von oben bis unten mustert.

»Und wofür sollen dann die Zahlen stehen?« Mit gehobenem Kinn schaut sie mir direkt in die Augen, die Arme noch immer verschränkt.

Samira scheint wie ein brodelnder Vulkan zu sein, der jederzeit ausbrechen könnte, und ich möchte mich ungern an meinem ersten Tag an der Lava verbrennen. Sie macht einen Schritt auf mich zu und dadurch, dass sie fast einen Kopf größer ist als ich, wirkt sie sehr bedrohlich.

»Wieso schweigst du? Hast du irgendwas zu verbergen?«, fragt sie.

»Warum sollte ich?«, antworte ich schnell - zu schnell.

Mit dem Finger zeigt sie auf mich. »Ich kann es an deinen Augen sehen. Du weißt mehr, als du uns sagst. Du vertraust uns nicht -« Abrupt wird sie in ihren Vorwürfen gestoppt, als Isaac sich zwischen uns schiebt.

»Warum sollte Maeve mehr wissen als wir? Und warum sollte sie dir vertrauen?«

Ich kann hinter Isaacs Rücken Samiras Gesicht nicht sehen, doch als sie spricht, klingt ihre Stimme überrascht. »Du verteidigst sie? Ihr beide kennt euch schon, richtig?«

»Und wenn?«, will Isaac wissen.

Samira stößt ein freudloses Lachen aus. »Ein nettes Pärchen gebt ihr ab.«

Hitze schießt in mein Gesicht, doch bevor einer von uns reagieren kann, hören wir ein Knacken aus den Lautsprechern.

»Hallo.« Eine männliche Stimme hallt laut an den hohen Wänden wider.

Ich verlasse Isaacs Deckung und sehe gerade noch, wie Samiras kurzgeschorener Kopf in der Menge verschwindet. Dann wandert mein Blick die breiten Stufen hinunter bis zum Rednerpult, hinter dem ein dunkelhaariger Mann steht und zu uns hinaufschaut. Die Gespräche der Umstehenden werden allmählich leiser und verstummen schließlich. Alle suchen sich einen Platz auf den Stufen und setzen sich. Noch bevor ich darüber nachdenken kann, welchen Sitzplatz ich nehmen soll, greift Isaac nach meiner Hand und zieht mich die Stufen hinunter, bis wir auf der untersten ankommen. Er organisiert uns zwei Plätze, indem er andere dazu auffordert, zusammenzurücken. Noch immer spüre ich die Hitze in meinem Gesicht, als ich mich setze.

Schnell überprüfe ich meine Haare und stelle beruhigt fest, dass sie meine Narbe verdecken. Ich bin mir bewusst, dass ich diese nicht in allen Situationen verstecken kann, insbesondere nicht beim Sport. Doch wenigstens der erste Kontakt zu meinen neuen Mitschülern soll davon nicht beeinflusst werden.

Der Redner lässt seinen Blick über die Anwesenden schweifen und fängt erst wieder an zu sprechen, als wir sitzen und alles ruhig ist.

»Herzlich willkommen! Ich begrüße euch zu eurem ersten Ausbildungsjahr. Mein Name ist Trayvon Bishop. Meine Kennnummer lautet 9.4.2.TB. Ich leite sämtliche Voll- und Teilversammlungen. Ihr werdet mich also häufiger zu Gesicht bekommen.« Er lächelt und macht eine kurze Pause. »Heute werdet ihr zugeteilt. Ihr lernt eure Ausbilder kennen und bekommt eure Stundenpläne. Alles Wichtige werdet ihr von eurem Ausbilder oder eurer Ausbilderin erfahren. Sobald ich eure Kennnummer aufrufe, kommt ihr zu mir nach vorne, stellt euch in einer Reihe auf und wartet bis euer Ausbilder oder eure Ausbilderin euch mitnimmt.« Wieder macht er eine Pause und schaut in die Runde. »Wie immer fangen wir mit der Klasse eins an. Das sind unsere mutigen und tapferen Kämpfer, die uns bei jedem Angriff mit ihrem Leben beschützen und verteidigen.«

Ich habe das Gefühl, dass er auf Applaus wartet, doch niemand klatscht. Alles ist still.

Unbeirrt lächelt der Neuner weiter. »Wir fangen mit dem ersten Team an. Dominik Schwarz bitte zu mir.«

Ich lehne mich zu Isaac hinüber. »Danke übrigens«, flüstere ich ihm zu.

Er dreht seinen Kopf zu mir und unwillkürlich ziehe ich meinen zurück, da sich unsere Gesichter sonst fast berührt hätten. Sein Mund verzieht sich zu einem Schmunzeln.

»Danke wofür?«, fragt er mich neckisch.

Lächelnd verdrehe ich die Augen. »Fürs Verteidigen?«, kommt es mir leise über die Lippen.

Aus seinem Schmunzeln wird ein Grinsen. »Verteidigen ist von jetzt an mein Job.« Er zwinkert mir zu, bevor er den Blick wieder nach vorn richtet.

Mein Gesicht muss dunkelrot sein und doch bleibt das Lächeln. Ich wende mich dem inzwischen vor mir stehenden Ausbilder namens Dominik Schwarz zu. Für einen Moment stockt mir der Atem. Noch nie in meinem Leben habe ich solche Muskeln gesehen!

Seine Oberarme haben bestimmt mindestens den dreifachen

Umfang von meinen. Er hat die Hände hinter seinem Rücken verschränkt, sodass seine Arme gut zur Geltung kommen. Schwarze Tattoos verzieren seine Muskeln und schlängeln sich bis zu den Schultern hoch. Dort verschwinden sie unter einem silbernen Shirt, das eng auf seiner Haut liegt. Seine Augen sind aufgeweckt und zwinkern mal hier und mal da einem attraktiven Mädchen zu. Seine kurzen blonden Haare sind perfekt gestylt.

Inzwischen stehen auch schon zwei Jungen neben ihm und lassen ebenfalls ihre Blicke durch die Halle gleiten. So viel Selbstbewusstsein, wie der Ausbilder ausstrahlt, so unsicher wirken die anderen beiden. Ein dritter Junge stellt sich daneben, ebenfalls die Hände auf dem Rücken verschränkt und den Blick stur nach vorne gerichtet. Der Redner nennt eine weitere Nummer und diesmal kommt ein Mädchen die Treppenstufen herunter. Beim nächsten Aufruf knufft mich Isaac plötzlich in die Seite.

»Schau mal da! Unsere neue Freundin.«

Tatsächlich. Mit steinernem Gesichtsausdruck stellt Samira sich in die Reihe zu den anderen. Als Freundin würde ich sie allerdings nicht bezeichnen. Auf einmal hebt Isaac seinen Arm und winkt ihr freudestrahlend zu. Fehlt nur noch, dass er »Huhu« ruft. Schnell packe ich seinen Arm und ziehe ihn wieder nach unten.

»Bist du verrückt? Was machst du da?«, frage ich ihn mit gedämpfter Stimme. Das fehlte mir gerade noch, dass Samira auf uns aufmerksam wird.

Allerdings hat sie uns längst gesehen und den Blick, den sie uns zuwirft, lässt meine Haut förmlich in Flammen aufgehen. Isaac scheint davon jedoch nicht eingeschüchtert, er grinst unbeirrt weiter.

»Was denn?«, flüstert er. »Ich bin nur freundlich.«

»Ich glaube kaum, dass sie deine Freundlichkeit zu schätzen

weiß …«

»Ach«, sagt er und winkt ab. »Das wird sie noch lernen.«

Daran habe ich meine Zweifel. Das Team von Dominik Schwarz scheint voll zu sein, denn er führt seine Schüler hinüber zu den Mocas. Der Redner ruft die nächste Person auf.

»Alice Stone!«

Ich drehe meinen Kopf und beobachte, wie sie den Halbkreis betritt und sich neben den Neuner stellt. Mit versteinerter Miene verschränkt sie wie die anderen vor ihr die Hände hinter ihrem Rücken und hebt ihr Kinn an. Sie steht breitbeinig da und wenn sie könnte, würde sie mit Sicherheit auch ihren durchtrainierten Bauch zeigen. Doch der ist heute unter dem gleichen silbernen Shirt versteckt wie das des Ausbilders vor ihr. Sie bekommt ebenfalls sechs Schüler zugewiesen und führt diese anschließend über den abgetrennten Weg zu den Mocas.

»Lorcan Chester!«

Mein Herz macht einen Sprung, als Lorcan den Halbkreis betritt und den Platz von Alice einnimmt. Auch er trägt dieses silberne Oberteil und steht mit hinter dem Rücken verschränkten Händen da. Mir fällt sofort seine verschorfte Unterlippe auf. Sein Blick ist hart und stur geradeaus gerichtet.

»1.1.1.IR.LC.« Trayvon Bishop schaut durch die Menge. Niemand erhebt sich. Aber ist das nicht Isaacs Nummer?

Ich drehe mich zu ihm und stelle fest, dass er sich mit dem Mädchen zu seiner Rechten unterhält. So wie er es vorhin bei mir gemacht hat, knuffe ich ihm in die Seite. Überrascht dreht er sich um.

»1.1.1.IR.LC«, wiederholt Trayvon Bishop die Nummer.

Mit einem Kopfnicken bedeute ich ihm, aufzustehen. Er hat begriffen, grinst mir kurz zu und stellt sich dann vorne neben Lorcan. Ich sehe, wie er ihm etwas zuflüstert, doch Lorcan verzieht keine Miene.

Wie eine Schaufensterpuppe steht er da. Isaac zwinkert mir zu, bevor er seine Mimik ebenfalls zu Stein erstarren lässt. Ein Lächeln huscht über meine Lippen.

Ein Blick nach rechts lässt mich innehalten. Das Mädchen, mit dem sich Isaac unterhalten hat, erkenne ich vom Einführungstag wieder. Die blondgefärbten Korkenzieherlocken und das zierliche Puppengesicht würde ich vermutlich unter etlichen Menschen wiedererkennen. Ich erinnere mich, dass sie eine Fremdsprache gesprochen hat, und frage mich, ob Isaac dieselbe Sprache sprechen kann. Den Gedanken, aufzurücken, verwerfe ich, da ich sowieso bald aufgerufen werde. So konzentriere ich mich lieber auf die Ansagen des Redners. Neben Isaac steht bereits der Nächste; ein schmaler Junge mit Brille, der nicht gerade glücklich aussieht. Dann betritt ein weiterer Junge den Halbkreis. Er ist mittelgroß, hat sehr breite Schultern, einen verwuschelten Blondschopf und einen runden Bauch.

»1.1.3.GAM.LC.«

Das Mädchen neben mir erhebt sich und schreitet nach vorne. Neben dem beleibten Jungen sieht sie noch zierlicher aus. Sie wirft ihre Locken über die Schulter und schaut in die verbliebenen Gesichter. Nur noch zwei.

»1.1.4.MD.LC.«

Mein Herz macht wieder einen Satz. Schnell stehe ich auf und reihe mich ein. Meine Knie fühlen sich wackelig an. Jetzt fehlt nur noch ein Schüler, dann sind wir ebenfalls zu sechst. Doch stattdessen geht Lorcan plötzlich vor und den Weg zu den Mocas entlang. Etwas verdutzt beobachte ich, wie die anderen ihm folgen. Ich schaue zu Trayvon Bishop hinüber, aber er macht keine Anstalten, Lorcan aufzuhalten. Wie es scheint, sind wir nur zu fünft. Ich reihe mich hinten ein und folge den anderen. Vor den Mocas machen wir halt.

»Die Mocas kennt ihr bereits, also rein mit euch.« Lorcan stellt sich neben eine der Kugeln, während ein Schüler nach dem anderen in der Moca Platz nimmt. Da es nur vier Plätze gibt, bleibe ich als Letzte übrig. Mit einem unguten Gefühl setze ich mich in die nachfolgende Moca.

Lorcan steckt kurz seinen Kopf in die vordere Kugel, sagt offenbar etwas und kommt dann zu mir. Nachdem er sich ebenfalls gesetzt hat, nennt er eine Nummer und die Moca schießt davon.

Eine unangenehme Stille breitet sich zwischen uns aus, während Lorcan demonstrativ aus dem Fenster schaut. Da ich in Fahrtrichtung sitze und er mir gegenüber, kann ich hinter ihm gerade noch die Moca erkennen, in der sich die anderen befinden.

Plötzlich muss ich an meinen Vater denken. Ich frage mich, was er jetzt macht. Ob er zu Abend isst? Vermutlich hat er sich eine Scheibe Brot geschmiert und ein Bier aufgemacht. Ich bin ja nicht mehr da, um ihn kontrollieren zu können. Ein Schmerz zuckt durch meinen Oberkörper und ich verziehe kurz das Gesicht. Zum Glück hat Lorcan nichts davon bemerkt, denn er scheint selbst in Gedanken versunken zu sein. Ich schließe die Augen und träume mich wieder nach Hause.

»Maeve!«, ertönt Joyces Ruf in meinen Ohren. »Vergiss dein Handy nicht!« Sie drückt es mir in die Hand, kaum dass sie bei mir angekommen ist.

Ihre Wangen sind gerötet, wie schon seit etwa einer halben Stunde, als sie bei uns an der Wohnungstür geklingelt hat und ich ihr geöffnet habe. Sie wollte nicht mit uns frühstücken und auch ich habe kaum einen Bissen hinunterbekommen. Aber sie hat mir geholfen, meine Sachen zusammenzusuchen, auch wenn ich im Auge gar nicht viel brauche. Immer wieder hat sie mich fest in die Arme geschlossen, und zwischen diesen Umarmungen hat sie Kaffee gekocht, Tassen bereitgestellt, meine Tasche geholt, mein Handy gesucht und sich mit meinem Vater unterhalten.

Und jetzt stehen wir im Flur und ziehen unsere Schuhe an. Mein Herz flattert, ich will Dad nicht im Stich lassen. Denn genau so fühlt es sich an.

Sie begleiten mich bis zur Bushaltestelle, warten mit mir gemeinsam, bis der richtige Bus kommt, und winken mir Arm in Arm hinterher, während ich sie durch die verdreckte Scheibe aus dem Innenraum des Busses ansehe, versuche, mir jedes Detail einzuprägen, und meinen Blick erst nach vorne richte, als eine Biegung mir die Sicht auf Joyce und Dad nimmt.

Ich öffne die Augen und bemerke, dass Lorcan mich betrachtet, jedoch nichts sagt. Diese Stille ist unheimlich.

»Darf ich dich etwas fragen?«

Lorcans Miene ist unergründlich. »Kommt darauf an. Um was geht es?« In seiner Stimme liegt eine Härte, die ich bisher nur einmal gehört habe, und das war, als er mit Dios aneinandergeraten ist.

Ich überlege, ob ich meine Frage stellen soll, aber seine Miene verhärtet sich zumindest nicht noch weiter, wodurch ich den Mut fasse, ihn zu fragen.

»Vielleicht kannst du mir etwas erklären, was Susan mir nicht erklären konnte«, beginne ich vorsichtig.

Lorcans Gesichtszüge entspannen sich. »Schieß los«, fordert er mich auf.

»Es geht um die L-Materie. Susan meinte, dass sie sich merkt, wo ein Gegenstand herkommt. Deswegen konnte am Anfang auch nicht das Symbol des Auges verwendet werden, weil das Metall gar nicht hier aus der Sahara stammt. Sie meinte, dass die L-Materie *überlistet* werden musste. Hat es ein eigenes Bewusstsein?«

»Und das konnte sie dir nicht beantworten?«, stellt er eine Gegenfrage. Er atmet tief durch. »Du kannst Sandkörner im Labor untersuchen. Ihre Eigenschaften und ihre Beschaffenheit geben dir Hinweise darauf, wo sie herkommen. Der Sand aus der Sahara ist anders als der Sand aus der Gobi-Wüste. Nichts anderes macht die L-Materie. Sie bestimmt den Herkunftsort und bringt den Gegenstand anschließend dorthin zurück. In dem Symbol ist Sand hier aus der Sahara eingearbeitet. Außerdem gibt es einen Gegenpart zu dem Metall in der Eingangshalle.«

»Das große Symbol an der Wand?«

»Genau. Dadurch ist es uns möglich, direkt ins Gebäude zu reisen statt draußen in der Wüste zu landen.«

»Und so funktioniert das auch mit den anderen Orten? Zum Beispiel das Verbindungsgebäude in Wales?«

»Richtig. Auf der ganzen Welt gibt es Verbindungsgebäude und jedes einzelne hat seinen eigenen Gegenstand, der in die Reisekugel gelegt wird.«

»Früher warst du bestimmt total engagiert, oder?«

In dem Moment, in dem ich es ausspreche, weiß ich, dass es ein Fehler war. Über Lorcans Nasenwurzel bildet sich eine Falte, so tief hat er die Augenbrauen zusammengezogen. Ich werde rot. Ohne zu antworten dreht sich Lorcan wieder zum Fenster. Vielleicht sollte ich den Mund halten, aber ich will unser Gespräch nicht so stehen lassen. Da fällt mir ein, was Susan mir erzählt hat. Dass er einen Ranghöchsten angegriffen hat.

»Bist du mal dem Regenten begegnet?«, frage ich.

Lorcan wendet sein Gesicht vom Fenster ab und mir zu. »Begegnet nicht. Ich habe ihn ein paar Mal bei den Versammlungen gesehen.«

Also war es nicht der Regent, den er angegriffen hat.

»Warum ist deine Beziehung zu Dios so negativ belastet?« Langsam und vorsichtig taste ich mich an die eigentliche Frage, die mir unter der Zunge brennt, heran.

»Das ist eine lange Geschichte, die dich nichts angeht«, wehrt Lorcan ab.

»Hast du ihn angegriffen?« Ich halte den Atem an. Jetzt ist sie mir doch schneller über die Lippen gekommen als beabsichtigt.

Lorcan jedoch schweigt. Die Augen zusammengekniffen verschränkt er seine Arme vor der Brust. Schließlich lässt er sich doch zu einer Antwort herab. »Wer genau hat dir das erzählt?«

»Spielt das eine Rolle?«

»O ja, das tut es. Ich will wissen, wer diese Gerüchte über mich verbreitet.«

»Dann sind es also nur Gerüchte?«

Lorcans Blick ist stechend, trotzdem halte ich ihm stand. Nach einer gefühlten Ewigkeit wendet er sich ab und schaut erneut aus dem Fenster. Diesmal antwortet er mir nicht.

Und während seine Arme sich allmählich lockern, beschließe ich, nicht weiter vorzudringen.

KAPITEL 8

Als die Moca stoppt, warten die anderen bereits auf uns. Lorcan geht voran, öffnet eine der Türen auf dem Gang und lässt uns in den Raum dahinter. Schon höre ich den ersten Jubelschrei, zweifellos von Isaac.

»Wahnsinn! Das ist ja echt Wahnsinn!«

Ich befinde mich ganz hinten und noch außerhalb des Raumes, weswegen ich nicht sehe, was er meint. Endlich sind auch die anderen im Inneren und ich betrete einen runden Raum. Im Halbkreis stehen rote mit Kissen bestückte Ohrensessel. Der Boden ist bedeckt mit einem flauschigen Teppich und nur der Schreibtisch auf der anderen Seite des Halbkreises lässt erahnen, dass dies ein Klassenzimmer sein könnte. Ich setze mich auf den noch freien Platz zwischen dem Mädchen mit den Korkenzieherlocken und dem unscheinbaren Jungen mit der Brille. Lorcan lehnt sich gegen den Schreibtisch und mustert uns der Reihe nach, bevor er anfängt zu sprechen.

»4.1.1.LC«, stellt er sich vor. »Ich bin euer Ausbilder für die nächsten zwei Jahre. Da wir uns alle noch nicht kennen, schlage ich vor, dass wir eine kurze Vorstellungsrunde machen. Name und wichtigste Eigenschaft reichen fürs Erste. Ich fange gleich mal an. Mein Name ist Lorcan Chester und meine wichtigste Eigenschaft ist mein Sinn für Gerechtigkeit. Wer will weitermachen?«

Ich fühle mich überrumpelt. Meine beste Eigenschaft? Darüber habe ich mir noch nie Gedanken gemacht …

»Wenn es niemanden stört, fange ich gern an«, sagt Isaac.

Es wundert mich nicht, dass er sich freiwillig meldet.

»Hi! Mein Name ist Isaac Reza und meine beste Eigenschaft ist mein Erfindungsreichtum.«

Stolz sieht er uns der Reihe nach an, als würde er auf Applaus warten. Ich versuche, mir ein Grinsen zu verkneifen, aber so ganz gelingt es mir nicht. Lorcan macht eine Handbewegung zu dem Mädchen neben mir.

»Hallo, mein Name ist Giulia Aurora Mariani.« Sie spricht mit einem starken Akzent und legt Wert darauf, jedes Wort sehr deutlich auszusprechen. Verunsichert schaut sie in die Runde. »Meine beste Eigen-« Sie bricht ab und sieht fragend zu Lorcan. »Was ist das?«, will sie von ihm wissen.

»Was kannst du am besten? Was macht dich aus?«, stellt dieser seine Frage um.

Ein Lächeln stiehlt sich auf ihr hübsches Gesicht. »Ah. Am besten creatività … Ahm, kreativ.«

Lorcan nickt ihr zu und Giulia atmet erleichtert auf. Sie dreht ihren Kopf zu mir und gibt mir damit zu verstehen, dass ich wohl an der Reihe bin. Ich versuche möglichst, niemanden direkt anzusehen.

»Mein Name ist Maeve Dawson und meine beste Eigenschaft …«

Was soll ich bloß sagen? Ich hätte gern mehr Vorlaufzeit gehabt, um über diese Frage nachdenken zu können. Ich starre auf den flauschigen Boden vor mir und muss plötzlich an die vielen Besuche auf den Ämtern denken. Wie oft hatte ich dort Gespräche mit Beamten, um Geld zu bekommen, eine Sozialwohnung und damit die Kosten für meinen Schulbesuch übernommen werden? Ich schaue hoch in Lorcans Gesicht.

»Meine beste Eigenschaft ist meine Hartnäckigkeit.«

Er nickt mir zu und wendet sich dem unscheinbaren Jungen zu.

Auch ich drehe mich zur Seite, um ihn anzusehen. Seine Augen sind geweitet und die kurzen braunen Haare können die Schweißperlen auf seiner Stirn nicht verbergen. Er knetet seine Hände im Schoß und starrt auf den Teppich, während er spricht.

»Meine Mutter hat mir den Namen Marc gegeben. Unser Familienname lautet Nolan. Ich würde meine Autonomie als beste Eigenschaft benennen.« Seine Stimme ist leise und etwas hoch. Er knetet weiter seine Hände und scheint darauf zu warten, dass der letzte Verbliebene weitermacht.

»Hi.« Der blonde Wuschelkopf hebt kurz seine Hand und schaut uns interessiert an. »Ich bin Finlay Sutherland, ihr könnt mich gern Finn nennen. Meine beste Eigenschaft ist mein Wissen über Technik und Informatik.«

»Hey, wow, dann bist du ja hier genau richtig.« Isaac zwinkert ihm grinsend zu.

Finns Wangen verfärben sich rosa und er dreht sich nach vorne zu Lorcan. Dieser greift hinter sich auf den Schreibtisch und hält fünf gläserne Tablets in der Hand. Er reicht jedem von uns eines. Vorsichtig streiche ich mit den Fingern über den zerbrechlich wirkenden Bildschirm.

»Schaltet es ein, indem ihr eure Kennnummer nennt.« Lorcan hat sich wieder gegen den Schreibtisch gelehnt, sein eigenes Tablet auf dem Arm.

Ich sehe mich um. Ausnahmslos alle sind von dem teuren Gerät beeindruckt. Nur langsam nennen die Ersten ihre Kennnummer. Ich schaue wieder auf mein eigenes und spreche ebenfalls meine Kennnummer laut aus, worauf das Display aufleuchtet und mir schließlich verschiedene Symbole zeigt.

»So, ihr habt alle den Startbildschirm an, sehr gut. Seht ihr die

Symbole? Darüber könnt ihr euren Stundenplan einsehen, Notizen machen, Unterrichtsstoff nachlesen und Mitteilungen schreiben. Soweit alles klar? Das Tablet ist ansonsten selbsterklärend.«

Schweigen erfüllt den Raum, als Lorcan seinen Blick über uns schweifen lässt.

»Gut.« Er legt sein Tablet hinter sich auf den Schreibtisch ab, als sich plötzlich Finns Hand hebt.

»Ja?«, fragt Lorcan.

»Kann man damit auch ins Internet?«

»Hier unten gibt es kein Internet. Das steht auch in euren Verträgen drin. Noch irgendwelche Fragen?« Wieder sieht er uns der Reihe nach an, doch niemand traut sich, etwas zu sagen.

»Na schön. Ich werde euch jetzt ein bisschen was über diese Ausbildung und den Ablauf erzählen. Ich denke, die meisten von euch wissen schon, dass das erste Jahr hauptsächlich dem theoretischen Unterricht dient und dem Training, um euch fit zu bekommen. Im zweiten Jahr seid ihr dann Prüflinge. Euer Wissen und euer Können im Kampf werden in sieben Prüfungen auf die Probe gestellt. Im nächsten Jahr konzentrieren wir uns also ausschließlich darauf. Was ist aber in diesem Jahr wichtig?«

Lorcan beginnt, vor uns auf und ab zu gehen, während wir es uns in den Sesseln bequem machen.

»Es gibt theoretischen Unterricht und Trainingseinheiten. Der theoretische Unterricht gliedert sich noch mal auf in spezielle und generelle Unterrichtsfächer. Die generellen Fächer sind für alle Schüler gültig, deswegen werdet ihr diese gemeinsam mit den anderen Kämpfern, den Suchern, Versorgern und Verwaltern absolvieren. Hierbei geht es um allgemeines Wissen über die Organisation, die Außerirdischen, Tenal und seine Rohstoffe. Die speziellen Fächer habt ihr dann im kleinen Kreis. Es geht um Kampftechniken, Verteidigungsstrategien und besonderes Wissen über Tenal und dessen Bewohner. Hierzu irgendwelche Fragen?«

Er bleibt kurz stehen und mustert uns. Ich schüttle den Kopf.

»Gut.« Lorcan setzt seinen Weg fort. »Dann gibt es die Trainingseinheiten. In den ersten Wochen müssen wir euch erst mal fit bekommen. Ihr müsst Muskeln aufbauen, das ist das Wichtigste. Wir werden insbesondere die verschiedenen Fähigkeiten trainieren: Schnelligkeit, Ausdauer, Kraft und Geschicklichkeit. Die Geschicklichkeit braucht ihr später ganz besonders fürs Schießtraining. Ich werde euch den Umgang mit verschiedensten Waffen beibringen, aber auch den Nahkampf mit bloßen Händen. Dann das Mentaltraining. Denn richtig gut werdet ihr erst, wenn Kopf und Körper zusammenspielen. Und nicht zu vergessen die Entspannung. Wenn ihr selbst nicht ausgeglichen seid, dann seid ihr das im Kampf auch nicht, und das kann schlimme Folgen haben.« Wieder bleibt er stehen, um uns zu mustern.

Mir wird schwummrig im Kopf. Das sind ganz schön viele Informationen auf einmal. Waffentraining? Kampftechniken? Für so etwas habe ich mich noch nie interessiert. Der Gedanke, dass ich selbst bald eine Waffe in der Hand halten werde, jagt mir ein Schaudern über die Haut.

»Nolan, Dawson, habt ihr ein Problem damit?«, fragt Lorcan mit einem Mal. »Ihr seht nicht gerade begeistert aus.«

Schnell schüttle ich den Kopf und ich vermute, dass Marc neben mir das Gleiche tut. Zum Glück gibt sich Lorcan damit zufrieden. Irgendwo in meinem Hinterkopf wird mir auf einmal bewusst, dass Lorcan mich beim Nachnamen genannt hat. Eine Tatsache, die sich irgendwie komisch und ungewohnt anfühlt.

»Euer Tagesablauf sieht aus wie folgt: Morgens um sieben werdet ihr geweckt. Ihr habt eine Stunde Zeit, um euch fertig zu machen und beim Frühstück zu erscheinen. Von acht bis neun wird das Frühstück in der Kantine ausgegeben. Ihr meldet euch mit eurer Kennnummer an und bekommt das Essen, das euch zugewiesen wird. Anschlie-« Lorcan unterbricht sich, als Finn erneut seinen Finger hebt.

»Ja?«

»Was heißt: Das Essen wird uns zugewiesen? Können wir uns nicht aussuchen, was wir essen wollen?«

»Eure Vorlieben und Abneigungen diesbezüglich werden berücksichtigt. Aber das Auge entscheidet, wann ihr was und in welchen Mengen zu euch nehmen dürft.«

»Dann werde ich auf Diät gesetzt?« Mit zusammengezogenen Brauen starrt Finn Lorcan an und wartet auf eine Antwort.

»Ja.«

Finn sackt in seinem Sessel zusammen und stützt missmutig den Kopf auf die Hand.

»Andere von euch werden kalorienreiche Nahrung bekommen.« Sein Blick wandert von mir zu Isaac. »Wichtig ist, dass ihr das aufesst, was euch zugeteilt wird. Sonst bleiben Erfolge im Muskelaufbau und in der Fettreduzierung eventuell aus und ihr seid unkonzentriert und schlecht gelaunt. Dementsprechend liefert ihr miese Ergebnisse, und das will niemand von uns. Verstanden?«

Allgemeines Gemurmel entsteht, als alle der Forderung zustimmen.

»Gut. Kommen wir zurück zum Tagesablauf. Um neun begebt ihr euch zum jeweiligen Unterrichtsraum. Da die Fahrt in den meisten Fällen etwa eine halbe Stunde dauert, beginnt die erste Unterrichtseinheit um halb zehn. Mittagessen gibt es um eins. Auch hier müsst ihr euch wieder strikt an die Vorgaben halten. Um halb drei startet der zweite Unterrichtsblock. Abendessen um sechs. Danach steht euch die restliche Zeit zur freien Verfügung. Ihr könnt Hausaufgaben machen, lernen, den Entspannungsraum und den Garten nutzen ... Spätestens um halb zehn müsst ihr wieder auf eurem Zimmer sein. Dann habt ihr noch eineinhalb Stunden, bis das Licht ausgeht. So bekommt ihr jede Nacht ausreichend Schlaf, denn dieser ist für einen guten und ausgeglichenen Kämpfer genauso wichtig wie das Training selbst.«

»Normalerweise schlafe ich nur sechs Stunden.« Isaac wirkt nicht begeistert.

»Du wirst dich daran gewöhnen, mehr zu schlafen.«

Niemand widerspricht Lorcan, doch die Aussicht auf so einen strikten Tagesablauf, der sich täglich wiederholt und nie abweicht, behagt auch mir nicht.

»Des Weiteren wisst ihr ja, dass ihr jedes zweite Wochenende frei habt. Ihr könnt dann Freitagmittag nach Hause und müsst Sonntagabend zurück sein.«

Lorcan lehnt sich wieder gegen den Schreibtisch und betrachtet uns der Reihe nach. Niemand wirkt begeistert oder fröhlich. Insgeheim hoffe ich, dass ich nach den zwei Jahren nach Hause kann und lediglich auf Abruf stehen muss, statt anschließend als echte Kämpferin mein Leben hier drin zu fristen, weit weg von Joyce und meinem Vater. Der Gedanke an sie versetzt mir einen Stich in der Herzgegend. Ich verkneife es mir, die Hand gegen meine Brust zu pressen, und lege sie stattdessen in meinen Schoß.

»Ach ja, noch eine Sache«, fährt Lorcan fort. »Die Unterrichtsräume haben ähnliche Bezeichnungen wie unsere Kennnummern. Mit der Zeit lernt ihr sie auswendig. Ansonsten gibt es auch ein Verzeichnis aller Räume, zu denen ihr Zutritt habt, auf eurem Tablet. Dort könnt ihr jederzeit nachsehen. Ich empfehle euch sowieso, niemals ohne Tablet irgendwo hinzugehen. Während eurer Ausbildung ist dies euer einziges Kommunikationsmittel.«

»Woher wissen wir, in welchem Raum der Unterricht stattfindet?«, erkundigt sich Isaac.

Seine Frage ist berechtigt. Im Augenwinkel sehe ich, wie Giulia den Kopf schüttelt. Ihr Gesicht ist ganz rot und sie scheint eifrig mitzuschreiben. Doch als ich meinen Blick auf ihr Tablet richte, kommt mir alles sehr durcheinander vor. Die Worte sind fast alle falsch geschrieben und oft auch nicht in der richtigen Reihenfolge. Ich versuche, ihre Sätze zu entziffern. Dann wird mir bewusst, dass es unsere Lautsprache ist. Giulia scheint nicht viel zu verstehen, also schreibt sie, so gut es geht, die Laute mit, um sie später zu übersetzen.

Ich beschließe, ihr nachher meine Hilfe anzubieten.

»In meinem Unterricht wird nicht geträumt, Dawson!«

Ich zucke zusammen und schaue schuldbewusst zu Lorcan. Schon wieder hat er mich beim Nachnamen genannt.

»Kannst du wiederholen, was ich gerade gesagt habe?« Er hat die Arme vor der Brust verschränkt und wartet auf eine Antwort.

Ich presse meine Lippen aufeinander und schüttle langsam den Kopf.

Lorcan atmet hörbar tief ein. »Okay. Das hier ist der erste Tag. Ihr müsst die Regeln erst noch kennenlernen. Aber sollte morgen irgendjemand von euch in meinem Unterricht träumen oder aus anderen Gründen nicht aufpassen, dann kann er die restliche Stunde vor der Tür verbringen. Verstanden?« Lorcan richtet seinen Blick direkt auf mich.

Ich schlucke und nicke schließlich.

»Reza, hilf Dawson auf die Sprünge.«

Isaac dreht sich zu mir. »Die Lehrer geben im System den Raum an, in dem der Unterricht stattfinden wird. So können die Mocas unsere

Kennnummer mit dem Unterrichtsraum abgleichen und bringen uns dorthin, ohne dass wir die Nummer selbst kennen müssen. Und anhand der Uhrzeiten können sie uns auch direkt zur Kantine oder zum Schlaftrakt fahren, ohne dass wir etwas sagen müssen. Ausreden, den Raum nicht gefunden zu haben, gelten also nicht.« Er zwinkert mir zu und lehnt sich wieder in seinem Sessel zurück.

Ich traue mich nicht, Lorcan anzusehen, und starre stattdessen auf meine Hände.

»Gibt es sonst noch irgendwelche Fragen?« Vermutlich schaut er wieder in die Runde, doch mein Blick bleibt gesenkt. Es breitet sich Stille aus.

»Gut, dann kommt!«

Mit den Tablets unter den Armen folgen wir ihm. Die Mocas bringen einen zwar direkt bis zu dem Raum, den man genannt hat, doch wenn man wieder zurückfahren will, muss man erst zu einer Haltestelle gehen, an der mehrere leere Mocas auf ihre Fahrgäste warten. Auch jetzt gehen wir erst einige Minuten, bis wir an so eine Station gelangen. Diesmal will ich nicht mit Lorcan allein in einer der Mocas sitzen. Schnell drängle ich mich vor und steige als eine der ersten in die Kugel. Finn bleibt als Letzter übrig und muss in die zweite einsteigen. Erleichtert atme ich durch, als sich die Kugel in Bewegung setzt und mein Körper durch den Unterdruck in den Sitz gezogen wird.

Wir steigen an einer Station aus, über der ein Schild mit der Aufschrift *Schlaftrakt* angebracht ist. Die Beleuchtung hier ist nicht weiß, sondern bläulich. Als ich meinen Kopf in den Nacken lege, erkenne ich sogar kleine funkelnde Lichter an der Decke. Ein leichter Windzug streicht über meine Haut. Beinahe ist mir, als würde ich draußen unter dem Sternenhimmel stehen. Isaac berührt mich am Arm und zeigt auf zwei abzweigende Gänge. Dazwischen ist ein Schild angebracht, das den linken Gang als Schlaftrakt für Frauen und den rechten für Männer kennzeichnet. Lorcan hat sich direkt unter dem Schild positioniert und wartet darauf, dass wir zu ihm kommen.

»Das hier ist der Schlaftrakt. Wie ihr seht, ist er aufgeteilt. Männer haben im linken Trakt nichts zu suchen, genau so wie Frauen sich nicht im rechten aufhalten sollten. Wenn ihr eure Tablets einschaltet und die Einstellungen aufruft, seht ihr ganz unten eure Zimmernummer. Ihr habt jetzt eine Stunde Zeit, eure Zimmer aufzusuchen und anschließend hierher zurückzukommen. Ich rate euch, nicht zu trödeln. Also. In einer Stunde sehen wir uns wieder.«

Er dreht sich nach links und verschwindet in dem Gang, der zum Männertrakt führt. Die anderen drei Jungen beeilen sich, ihn einzuholen. Giulia und ich nehmen gemeinsam den linken Gang.

Es dauert nicht lange, bis sich dieser mehrfach teilt. Wir bleiben stehen und schalten unsere Tablets ein. Wie Lorcan gesagt hat, steht ganz unten bei den Einstellungen eine Nummer.

»Hm, ich muss zu Zimmer wS524«, sage ich und schaue anschließend zu Giulia. Sie dreht ihren eigenen Bildschirm so, dass ich ihre Nummer lesen kann. Es ist dieselbe.

»Wie es aussieht, teilen wir uns ein Zimmer.« Ich lächle ihr zu, auch wenn ich noch nicht weiß, was ich davon halten soll.

Unsicher lächelt sie zurück. Ich schaue mich um und bemerke, dass jeder Gang mit einer Zahl versehen ist. Wir befinden uns auf Gang 1 und die Gänge 2 und 3 gehen nach rechts und links ab. Wir müssen also noch weiter geradeaus und an der nächsten Gabelung links abbiegen. Ich bedeute Giulia, mir zu folgen, und laufe zielstrebig los.

Am liebsten würde ich mich mit ihr unterhalten, um sie besser kennenzulernen, doch ich bin mir nicht sicher, was sie überhaupt versteht. Ich versuche es trotzdem und fange an, ein bisschen über mich zu erzählen. Giulia schaut dabei immer wieder zu mir, sagt jedoch nichts und auch ihre Miene verrät mir nicht, ob sie etwas versteht oder nicht.

Gang 5 ist lang und Nummer 24 müsste sich irgendwo in der Mitte oder am Ende befinden. Ich überlege, was ich Giulia noch von mir erzählen könnte. Normalerweise rede ich nicht gern über mich selbst, aber bei ihr macht es mir irgendwie nichts aus.

Als wir schließlich vor der richtigen Zimmertür ankommen, fällt mir auf, dass wir gar keinen Schlüssel haben. Die Tür öffnet sich trotzdem lautlos, als wir davor stehen. Auch hier funktioniert unser Chip einwandfrei.

Giulia und ich betreten ein helles Zimmer und halten inne. Links von uns an der Wand hängt ein ovaler Spiegel und davor steht ein Beistelltisch. Geradeaus führt eine Milchglastür wahrscheinlich ins Bad. Zu unserer rechten Seite wird der Raum größer. Zwei Boxspringbetten stehen sich gegenüber, eines links an die Wand geschoben, das andere rechts. Am Kopfende wurde bis zur Wand etwas Platz gelassen, was mich wundert. Man hätte die Betten auch einfach in die Ecken schieben können. Doch dann entdecke ich einen Knopf in der Wand, der sich nur durch seine indirekte Beleuchtung von der Raumfarbe abhebt.

Giulia hat ihn auch entdeckt, lässt ihre Tasche auf den Boden plumpsen und macht zwei große Sprünge, um ihn zu drücken. Augenblicklich teilt sich die hintere Wand und gibt den Blick auf einen gut sortierten Kleiderschrank frei. Die Kleidungsstücke sind alle weiß, säuberlich zusammengelegt und die Mitte des Schrankes wird durch eine Trennwand geteilt. Meine eigene Kleidung wäre mir lieber.

Mit einem lauten Seufzer und einem Lächeln auf den Lippen lässt sich Giulia auf das linke Bett fallen. Ihr Tablet schiebt sie achtlos zur

Seite. Sie breitet ihre Arme aus und ihre Handflächen streichen über den glatten Stoff. Ich setze mich auf das andere Bett und lasse meinen Blick weiter durch den Raum schweifen.

Hier gibt es keine Fenster, nicht einmal richtige Deckenlampen. Stattdessen leuchten verschwommene Streifen und Kreise in verschiedenen Farben an der Zimmerdecke, sind stetig in Bewegung und verändern immer wieder ihr Aussehen. Ihnen zuzusehen wirkt beruhigend. Auch Giulia starrt wie hypnotisiert an die Decke.

Schließlich stehe ich auf. Giulia stützt sich auf ihre Unterarme und beobachtet, wie ich zu der Milchglastür gehe und sie öffne. Ich hatte recht: Hier ist das Bad. Ein geräumiger Raum, komplett gefliest und mit begehbarer Dusche. Es gibt genügend Ablageflächen für Duschutensilien, Kosmetik und mehr. Handtücher hängen bereits über glänzenden Haltern und zwei unbenutzte elektrische Zahnbürsten stehen auf einem Ablagefach neben dem Waschbecken.

Ich drehe mich um und mache erschrocken einen Schritt nach hinten, als ich beinahe gegen Giulia pralle. Sie kichert angesichts meiner Miene und ich stimme in ihr Lachen ein. Dann sieht auch sie sich hier um. Ein Blick auf die Uhr an der Wand verrät mir, dass wir noch Zeit haben, bis wir wieder zurückmüssen. Ich lege mich auf mein Bett und sehe zu den beweglichen Farben an der Decke. Sentimentalität macht sich in meinem Inneren breit.

Ich liege hier, habe ein sauberes und schönes Zimmer, immer drei Mahlzeiten am Tag, für die ich nicht einmal kochen muss, während zu Hause mein Vater auf sich allein gestellt ist und irgendwie mit seinen Dämonen fertig werden muss, ohne dass ihm dabei jemand zur Seite steht.

»Traurik?«

Giulia sitzt auf ihrem Bett und sieht zu mir herüber. Ich nicke ihr zu.

»Ja. Ich vermisse meinen Vater.«

»Ich nicht. Ich Freude.« Giulia grinst mir zu. Ich lächle zurück. Sie lehnt sich auf ihrem Bett nach hinten, bis ihr Kopf die Wand berührt. »Zwei Wochen. Dann zu Hause.«

»Ja«, antworte ich und richte meinen Blick wieder an die Decke. »Aber zwei Wochen können auch ganz schön lang sein.«

»Nicht traurik!« Giulia beugt sich nach vorne. »Ich neue Vater.«

Unwillkürlich muss ich losprusten. »Du willst mein neuer Vater sein?«

Giulia grinst verschmitzt. Sie steht auf und setzt sich auf meine Bettkante. »Wenn traurik, dann müssen lachen.«

Plötzlich fängt sie an, ihre Finger in meine Seiten zu bohren und mich zu kitzeln. Gegen meinen Willen muss ich lachen und winde mich unter ihren Händen. Sie ist stärker, als ich dachte. Ich schlage ihre Hände weg und versuche, sie ebenfalls zu kitzeln, doch ich habe das noch nie gemacht, selbst mit Joyce nicht. Und trotzdem schaffe ich es, dass Giulia mir ausweicht und mich für Millisekunden loslässt, allerdings ist ihre Rache dafür umso gemeiner.

Völlig außer Atem kommen wir schließlich an der Haltestation an. Wir haben zu lange gekabbelt und mussten laufen. Die drei Jungen warten bereits, doch wir sind noch nicht zu spät. Mein Gesicht fühlt sich heiß an und ich überprüfe mal wieder meine Haare. Giulia muss meine Narbe gesehen haben, als wir uns auf dem Bett gegenseitig durchgekitzelt haben, allerdings hat sie nichts dazu gesagt. Vielleicht fehlen ihr auch einfach die englischen Worte.

Wir stellen uns zu den anderen, die uns mit hochgezogenen Brauen mustern. Ich kann mir ein Grinsen nicht verkneifen. In den letzten

Monaten habe ich einfach viel zu wenig gelacht.

Lorcan stößt zu uns. »Ihr seid alle pünktlich. Sehr gut. Dann fahren wir jetzt zur Kantine. Dort könnt ihr euch eure erste Mahlzeit abholen. Nach dem Abendessen entscheidet ihr selbst, was ihr tun wollt. Ich rate euch, früh ins Bett zu gehen, damit ihr morgen ausgeruht seid für euren ersten Unterrichtstag. Ihr dürft einsteigen.« Er weist auf die Mocas.

Diesmal verteilen wir uns anders. Finn und Marc besetzen die hintere Kugel, während der Rest von uns in die vordere steigt. Lorcan gesellt sich zu uns.

»Und habt ihr auch ein Doppelzimmer?«, fragt Isaac, worauf ich nicke.

»Mit wem teilst du dir dein Zimmer?«, frage ich ihn und versuche dabei, Lorcan zu ignorieren, der mir genau gegenüber sitzt und mich mustert.

»Mit Finn. Ist, glaube ich, ein klasse Typ, nur ein bisschen chaotisch. Marc muss sich sein Zimmer mit einem Versorger teilen. Ich bin mir nicht sicher, wie er das findet.« Er lacht kurz und streicht sich mit der Hand über seinen Kinnbart. Dann knufft er plötzlich Lorcan in die Seite. »Mit wem teilst du dir eigentlich dein Zimmer?«

Überrascht dreht sich Lorcan zu Isaac. »Mit niemandem. Ich habe ein Einzelzimmer.«

»Wow! Wie hast du das denn geschafft?« Isaac ist sichtlich beeindruckt.

»Ihr bekommt alle ein Einzelzimmer, sobald ihr ausgelernt seid.«

»Was?« Isaac ist völlig aus dem Häuschen. Er fährt sich mit den Händen durch die Haare. »Ein ganzes Zimmer für mich allein?« Er fängt an zu gackern. »Das glaube ich erst, wenn ich es mit eigenen Augen sehe.«

Mir wird schwummerig. Bedeutet das, was ich vermute? Dass wir alle unweigerlich hierbleiben müssen?

In der Kantine verabschiedet sich Lorcan ziemlich schnell von uns. Er geht zu einem Automaten und anschließend mit einem Tablett weiter zu einem Tisch, an dem bereits die anderen beiden Ausbilder sitzen. Es ist offensichtlich, dass er nicht mit uns essen will oder darf.

Die Kantine ist riesig. Viele der Sechsertische sind bereits besetzt. Die Mitarbeiter hier tragen verschiedenfarbige Kleidung und ich vermute, dass sie unterschiedlichen Einheiten angehören. An den Wänden stehen meterhohe Pflanzen, die meisten mit breiten dicken Blättern, aber dazwischen auch welche mit schmalen, die fast bis auf den Boden reichen.

Das Essen kann man sich an zehn nebeneinanderliegenden Ausgabe-Automaten abholen. Ich sehe dabei zu, wie ein Mitarbeiter sich vor eine dieser Ausgaben stellt und keine Minute später ein Tablett vor ihm erscheint, mit dem er an einen der Tische verschwindet. Hinter der Essensausgabe plätschert ein künstlicher Wasserbrunnen.

Die anderen haben sich auf den Weg gemacht und ich beeile mich, ihnen zu folgen. Wie sie stelle ich mich vor einen dieser Automaten. Ich muss nichts tun oder sagen. Das Tablett mit dem Essen, das für mich bestimmt ist, erscheint fast augenblicklich und ich trage es zu dem Tisch, an dem sich die anderen vier gesetzt haben. Die Tische scheinen willkürlich besetzt, und da uns niemand vertreibt, darf man wohl selbst entscheiden, an welchem man Platz nimmt.

Isaac und ich haben beide einen Nachtisch bekommen, den die anderen nicht haben. Außerdem ist Finns Portion kleiner als unsere. Auf den Tellern finden sich die unterschiedlichsten Gerichte, je nach Geschmack und Herkunftsland, vermute ich. Doch es ist offensichtlich, dass Finns Portion deutlich kalorienarmer ist als Isaacs und meine. Ich bin mir nicht sicher, ob ich meine Portion überhaupt schaffe. Zu Hause hätte ich mir nur die Hälfte auf den Teller getan.

Währenddessen schaut Finn wehmütig auf meinen Schokoladenpudding. Es gab Zeiten in meiner Kindheit, in denen Dad und ich tagelang kaum etwas zu essen hatten, weil Dad in einer depressiven Phase steckte und allein das Aufstehen für ihn schon unmöglich war. Ich weiß nicht, was ich gemacht hätte, wenn Joyce nicht gewesen wäre.

Stumm schiebe ich Finn meinen Nachtisch hinüber. Er will abwehren, aber ich erkläre ihm, dass ich den Pudding sowieso nicht schaffe.

»Und was haltet ihr von Chester?« Isaac schaut interessiert in die Runde.

Finn antwortet zwischen zwei Happen. »Ich glaube, er ist sehr streng. Wir sollten versuchen, keinen Stress mit ihm zu kriegen. Das könnte sonst ziemlich ungemütlich werden.«

»Er wirkt traurig«, wirft Marc ein.

»Traurig?«, erwidert Isaac ungläubig. »Warum denkst du, er wäre traurig?«

»Ich habe nicht gesagt, dass er traurig *ist*, sondern dass er so *wirkt*. Und das erkenne ich an seinen Augen. Sie haben einen traurigen Ausdruck.«

Isaac feixt. »So ein Quatsch. Der ist nicht traurig. Sowas nennt man griesgrämig.«

»Ich glaube, er ist frustriert.« Finn lässt sich durch das Gespräch nicht vom Essen abhalten und hält den Blick auf seinen Teller gerichtet.

Isaac beugt sich nach vorne. »Preisfrage: Wovon ist Chester frustriert?«

Schulterzuckend widmet sich Finn weiterhin seinem Essen.

»Wahrscheinlich von seinem ganzen Leben.«

»Aber warum?«

»Keine Ahnung. Sag du's mir.«

Isaac lehnt sich genüsslich zurück. »Ich glaube ja, dass er beim letzten Mal die allerbesten Kämpfer bekommen hat und dann hat er es versaut. Sein Team war am Ende das schlechteste von allen. Deswegen hat er dieses Jahr nur Krücken gekriegt und ist aufgrund dessen frustriert.«

Finns Mund öffnet sich vor Empörung. »Du bezeichnest uns als Krücken? Du weißt doch noch überhaupt nichts von uns!«

Isaac verdreht die Augen. »Witz, nimm endlich deine Maske ab, sonst erkennt dich keiner!«

Marc lacht. Ich habe mein Essen völlig vergessen und lache mit.

»Du solltest aufhören, deine Witze zu verkleiden, andernfalls erkennt man sie tatsächlich nicht«, sagt Finn augenrollend.

Isaac wird wieder ernst. »Vielleicht ist auch etwas Wahres dran. Habt ihr euch die anderen mal angesehen? Die sahen deutlich sportlicher aus als wir.«

»In der Tat. Dieser Umstand ist mir ebenfalls gleich ins Auge gefallen«, meldet sich Marc zu Wort.

Isaac prustet los und klopft ihm anerkennend auf den Rücken. »Der war gut. Mitten ins Auge.«

Irritiert hält Marc in der Bewegung inne, die Gabel schon fast zum Mund geführt. »Wieso mitten ins Auge?«

Isaac muss noch mehr lachen und an seiner Stelle antwortet Finn grinsend: »Na, du hast gesagt, dass dir das ins Auge gefallen ist. Und zufällig befinden wir uns hier im Auge.«

Jetzt fallen auch Giulia und ich ins Lachen ein. Marc schüttelt zwar den Kopf, doch seine Mundwinkel ziehen sich Richtung Ohren. Sein

Grinsen versucht er hinter seiner Faust zu verstecken, scheitert jedoch kläglich.

Von nun an werden wir ein Team sein und es tut gut, dass der Start bislang so harmonisch ist.

KAPITEL 9

Das erste übergreifende Fach ist Geschichte und findet in einem ganz gewöhnlichen Klassenzimmer statt. Die meisten Plätze sind bereits belegt, als Giulia und ich uns in die vierte Reihe setzen. Ich unterdrücke ein Gähnen und lege mein Tablet vor mir ab. Die vergangene Nacht verlief sehr unruhig, immer wieder bin ich aufgewacht, weil ich von meinem Vater geträumt habe. Giulia scheint es besser ergangen zu sein. Obwohl sie gestern Abend noch einen zweistündigen Englisch-Kurs besucht hat, wirkt sie heute total munter und motiviert.

Ich schalte mein Tablet ein und öffne das Programm für Notizen. Eigentlich bin ich es gewohnt, alles per Stift und Zettel aufzuschreiben, doch hier muss ich mit dem digitalen Stift vorliebnehmen, der an der Seite des Tablets integriert ist.

Das Gemurmel um mich herum wird leiser und erstirbt schließlich, weswegen ich hochblicke. Ein Mann Mitte fünfzig ist in den Klassenraum getreten und hat sich vor sein Pult gestellt. Er ist in Grün gekleidet, hat sonnengebräunte Haut und Lachfalten an den Schläfen und um den Mund herum.

»Guten Morgen, Neuankömmlinge! Na, erste Nacht gut hinter euch gebracht?« Er grinst uns entgegen. Hier und da lächelt jemand zurück. »Schön.« Er reibt seine Handflächen gegeneinander. »Ich darf euch heute ein bisschen was über das Auge erzählen. Es ist wichtig, dass ihr wisst, wie diese Organisation aufgebaut ist. Wer euch etwas zu sagen hat, welchen Befehlen ihr Folge leisten müsst und woran ihr erkennt, wer überhaupt vor euch steht. Das sind einige der Dinge, die wir heute klären werden. Falls ihr euch das schon gefragt habt: Mein Name ist Johansson und ich bin bereits seit einundzwanzig Jahren Versorger. Meine Kennnummer lautet 3.3.3.AJ.« Er macht eine Pause und sieht uns stolz an. »Was besagt nun diese Nummer? Am wichtigsten ist die erste Zahl. Vielleicht wisst ihr das schon, vielleicht auch nicht. Unser Auge ist hierarchisch aufgebaut. Es gibt zehn verschiedene Stufen und ihr befindet euch auf der untersten, der ersten Stufe. Meine Kennnummer fängt mit einer Drei an, demnach stehe ich auf der dritten Stufe.«

Meine Gedanken schweifen zu Lorcan, der mir bereits erklärt hat, wie die hierarchischen Strukturen funktionieren. Doch den Blicken der anderen Schüler nach zu urteilen, sind es für viele neue Informationen. Um mich besser auf den Unterricht zu konzentrieren, fange ich an, mitzuschreiben.

Wir als Einser haben alle Befehle zu befolgen, egal, von wem sie kommen, erklärt Johansson. Generell ist man dazu verpflichtet, einem Höherrangigen zu gehorchen. Man selbst kann es durch Einsatzbereitschaft, Mut und kompromissloses Handeln theoretisch bis zu einer Neun schaffen – vorausgesetzt man überzeugt den Regenten von sich, denn dieser wählt die Mitglieder seiner Leibgarde aus, wie die Neuner auch genannt werden. Ihre Zahl begrenzt sich auf zehn bis fünfzehn Mitglieder, aktuell sind es zwölf. Wenn man ihnen angehört, hat man nur noch eine Person über sich stehen, und das ist der Regent.

Viele Mitglieder des Auges streben eine Karriere als Neun an, doch die wenigsten schaffen es. Ich frage mich, was man leisten muss, um in die Leibgarde aufgenommen zu werden. Ein Schaudern durchzieht meinen Körper. Vielleicht will ich es lieber nicht wissen.

Unter der Leibgarde stehen die Achter, die für die internen und externen Kontrollen zuständig sind. Sie sorgen dafür, dass alles technisch einwandfrei funktioniert, insbesondere auch für den Fall, dass wir angegriffen werden.

Die Siebener sind die Forscher. Sie stellen aus der außerirdischen Materie jene Substanz her, die wir am Ende unseres ersten Ausbildungsjahres verabreicht bekommen, um eine unserer Fähigkeiten zu verstärken. In den meisten Fällen ist es dabei diejenige, die sich auch schon bei den Aufnahmetests als schwächste herauskristallisiert hat. Außerdem versuchen sie wohl, ein Mittel herzustellen, damit man nicht nur eine Fähigkeit verstärken kann, sondern mehrere, denn so wäre man beinahe unbesiegbar. Doch zur Zeit scheitert es noch daran, dass der Mensch keine zweite Substanz verträgt.

Nach den Forschern kommen die Entsorger. Sie sind für die Reinigung der Räumlichkeiten und die Instandhaltung der Mocas und anderen Maschinen zuständig.

Während ich diese Notizen mache, runzle ich die Stirn. Die Entsorger haben mehr zu sagen als Kämpfer oder Lehrer? Würde man dieses System auf Großbritannien übertragen, wären die Entsorger wahrscheinlich auf einer der untersten Stufen. Irritiert hebe ich meine Hand.

»Ja, bitte?« Johansson unterbricht seinen Monolog für meine Frage.

»Sind das Putzen und die Instandhaltung ihre einzigen Aufgaben?«

Johansson schmunzelt. »Wenn man bedenkt, wie groß das Auge ist und wie viele Räume und Hallen es gibt, haben sie mit diesen beiden Aufgaben mehr als genug zu tun.«

»Ich frage nur, weil ich mich wundere, dass sie in der Hierarchie so weit oben stehen.«

»Das mag euch vielleicht komisch vorkommen, aber es hat alles seine Richtigkeit. Die Entsorger haben schließlich Zugang zu sämtlichen Bereichen des Hauptgebäudes, dementsprechend haben sie eine deutlich höhere Geheimhaltungsstufe als wir.« Er fährt in seinem Monolog fort, während ich mir schnell Notizen dazu mache.

Die Fünfer sind die Verwalter, sie kümmern sich um den bürokratischen Teil. Außerdem bereiten sie unsere Prüfungen vor und werten diese gemeinsam mit den Ausbildern aus. Danach kommen besagte Ausbilder. Sie sind im Grunde genommen normale Arbeiter mit der Sonderaufgabe der Ausbildung neuer Schüler. Die Arbeiter auf Stufe Drei gliedern sich noch mal in drei Unterkategorien. So gibt es die Kämpfer, die Sucher und die Versorger. Die Schüler und Prüflinge auf den Stufen Eins und Zwei setzen sich sogar aus vier Unterkategorien zusammen, da die Verwalter ebenfalls ausgebildet werden. In die anderen Stufen gelangt man, wenn man bestimmte Stärken und Interessen auf einem Gebiet zeigt.

Die zweite Zahl der Kennnummer bezeichnet die Unterkategorie bei den Stufen Eins bis Vier sowie bei den Neunern. Die letzte Zahl bezieht sich auf die Fähigkeit, die verstärkt wird, und ist einem bestimmten Element zugeordnet. Zu diesen erfahren wir zu einem späteren Zeitpunkt mehr.

»Woran erkennt man nun, welcher Stufe jemand angehört, wenn man dessen Kennnummer nicht weiß?«, fragt Johansson in die Runde, wartet jedoch nicht auf eine Antwort. »Zum einen ist man dazu verpflichtet, seine Kennnummer preiszugeben, wenn man mit jemandem in Kommunikation tritt. Zum anderen zeigen die Farben der Kleidung, wer zu welcher Stufe gehört. Eine Ausnahme bildet hier die Rüstung der Kämpfer, doch Genaueres darüber erfahrt ihr im speziellen Unterricht.«

Johansson entlässt uns nach seinem Vortrag in eine kurze Pause. Ich zeige Giulia meine Notizen.

»Ich habe mitgeschrieben, dann kann ich es dir später noch mal genauer erklären.«

Sie lächelt mir dankbar zu und reckt beide Daumen in die Höhe.

In der zweiten Hälfte des Unterrichts befassen wir uns mit der Geschichte des Auges. Die ersten Tenaler landeten bereits Ende des siebzehnten Jahrhunderts auf der Erde, wahrscheinlich in Russland, vermuten Experten. Erst später nutzten sie das Auge der Sahara als Anhaltspunkt, um sicher auf der Erde zu landen, und setzten von dort ihre Reise über die Kontinente fort. Sie hielten sich anfangs versteckt, beobachteten die Menschen und lernten nach und nach ihre Sprache, Bewegungsmuster und Verhaltensweisen kennen.

Als sie feststellten, dass ihre Haut immer blasser wurde und sich schließlich kaum von der Hautfarbe der Menschen in Russland unterschied, verließen sie ihre Verstecke und lebten offen unter ihnen, um ihre Gebräuche und Strukturen noch besser kennenzulernen. Viele verliebten sich in das Land und die Bewohner und beschlossen, hier ein neues Leben zu beginnen. Andere forschten weiter und entdeckten dabei immer mehr wertvolle Rohstoffe. Das Kostbarste war und ist jedoch unsere Atmosphäre. Die Tenaler stellten fest, dass sie auf der Erde wesentlich länger leben als auf ihrem Heimatplaneten. Fortan verfolgten sie das Ziel, die Erde nach und nach zu bevölkern und einzunehmen, um die Menschen schließlich auszurotten.

Das Auge wurde vor dreiunddreißig Jahren vom Regenten mit dem Ziel gegründet, die Erde von den Tenalern zu befreien und weiteren Invasionen vorzubeugen. Das Gebäude gibt es zwar schon länger, doch es diente davor lediglich irgendwelchen Forschungen. Auf Nachfrage muss Johansson gestehen, dass nicht bekannt ist, was für Forschungen hier betrieben wurden. Sicher ist nur, dass der Regent der Erste war, der die wahren Absichten der Tenaler erkannte und daraufhin diese Geheimorganisation aufbaute. Geheim deshalb, weil seine Versuche, die Menschen über die Existenz von Außerirdischen aufzuklären, scheiterten. Stattdessen sammelte er die wenigen ein, die ihm Glauben schenkten, und bildete sie aus.

Anfangs wollte er nicht nur die Tenaler von der Erde entfernen, sondern auch ihre Nachfahren, doch dann stellte er fest, wie nützlich diese waren, um die verstreuten Tenaler aufzuspüren - besonders, wenn man ihnen eine kleine Menge außerirdischer Materie verabreicht, zu der der Regent umfassende Forschungen anstellte.

Seitdem ist er sehr erfolgreich damit. Als die Tenaler begriffen, was der Regent vorhatte, flohen die meisten von ihnen zurück auf ihren Heimatplaneten. Doch geschlagen geben wollten sie sich nicht. Sie bildeten ihrerseits Kämpfer aus und schickten diese zur Erde, um den Regenten zu töten. Allerdings konnten alle bisherigen elf Angriffe siegreich niedergeschlagen werden, ohne dass dabei Zivilisten zu Schaden kamen. Mehr noch - die Menschen bekamen von den Angriffen draußen in der Wüste gar nichts mit.

Nebenbei baut der Regent die Forschungen bis heute dahingehend aus, dass sie den Nachfahren der Tenaler dabei helfen, sich besser gegen diese verteidigen zu können. So ist die F-Substanz entstanden, die die einzelnen Fähigkeiten verstärken kann.

Mehr dazu lernen wir im Fach Materienkunde, sagt Johansson und unterbricht sich, als eine Hand in die Luft gestreckt wird.

»Ja?«, fordert er den Schüler auf, seine Frage zu stellen.

»Wenn die Tenaler wirklich schon so lange auf der Erde gelebt haben - wieso war der Regent dann der Erste, der gemerkt hat, dass sie anders sind?«

»Name und Kennnummer?«, will Johansson wissen.

»Tian Lu Chen. 1.1.3.TLC.DS.« Der Junge hat eine klare und feste Stimme.

Ich drehe meinen Kopf, um ihn anzusehen. Seine schwarzen Haare stehen in alle Richtungen ab und sein weißes Shirt spannt sich über seinen Muskeln.

»Nun«, beginnt Johansson, »der Regent war zwar der Erste, der die Absicht der Tenaler erkannt hat, aber dass die Tenaler anders sind, wussten die Menschen schon lange. Was glaubt ihr, woher die ganzen Vampirgeschichten stammen?« Johansson macht eine Pause und lässt seine Worte auf uns wirken. Mit einem Lächeln auf den Lippen fährt er fort: »Die blasse Haut, die Lichtempfindlichkeit und vor allem der Reißzahn haben dazu geführt, dass sich die Menschen über sie Geschichten erzählt haben, die mal mehr und mal weniger ausgeschmückt wurden. In der Tat sind Tenaler oft erst in der Abenddämmerung auf die Straßen gegangen - einfach, weil sie dann besser sehen konnten und ihre Augen nicht vor der Sonne schützen mussten. Mehrfach wurde beobachtet, wie ein Tenaler sich mit dem Reißzahn die Haut am Handgelenk aufgeschlitzt hat. Daraus entstanden sofort Gruselgeschichten darüber, wie die angeblichen Vampire die Menschen beißen und aussaugen.«

Wieder schießt Tians Hand nach oben. »Warum beißen sie sich denn ins eigene Fleisch?«

Johansson schnalzt missbilligend mit der Zunge. »Beim nächsten Mal wartest du bitte mit deiner Frage, bis ich dich drangenommen habe.« Er wirft ihm einen mahnenden Blick zu, setzt aber im nächsten Moment wieder sein freundliches Lächeln auf. »Die Frage ist natürlich berechtigt, nur leider kann ich sie nicht beantworten. Bisher konnten wir den Grund nicht herausfinden und abgesehen davon, wurde dieses Verhalten auch schon seit sehr langer Zeit nicht mehr beobachtet.«

Ich runzle die Stirn und notiere mir alles, um es Giulia später noch einmal erklären zu können.

Ich unterdrücke ein Gähnen, als wir endlich zum Mittagessen entlassen werden. Die restliche Stunde war ziemlich langweilig und ich bin froh, dass für heute Nachmittag Training auf dem Programm steht und ich mich ein bisschen bewegen kann. Giulia und ich steigen zu Marc in eine der Mocas. Außerdem gesellt sich Tian zu uns.

»Wie fandet ihr die erste Unterrichtsstunde?« Er sieht uns der Reihe nach an.

»Du bist derjenige, der so viele Fragen hatte«, stelle ich fest.

Er grinst. »Ja. Tian.« Er reicht mir die Hand.

»Maeve«, antworte ich ihm und stelle anschließend die anderen beiden vor. Giulia lächelt höflich, doch Marc schaut nur kurz zu ihm und lässt seine Hand ziemlich schnell wieder los. Mit rotem Gesicht dreht er sich zum Fenster und sieht demonstrativ weg. Keine Ahnung, was mit ihm los ist.

Statt mir über Marcs Verhalten weiter Gedanken zu machen, wende ich mich lieber Tian zu. »Wie fandest du es denn?«

»Sehr informativ. Insbesondere über die Strukturen des Auges und die einzelnen Stufen. Eine Neun zu sein, muss der Wahnsinn sein! Aber natürlich hat man bei den wenigen Plätzen kaum eine Chance. Den zweiten Teil hätte sich Johansson sparen können, der war ziemlich langweilig.«

Ich nicke. »Ja, mir geht es ähnlich. Wenigstens wissen wir jetzt, wen wir vor uns haben, wenn uns jemand anspricht.«

»Na ja, als Eins ist es ja fast schon egal, wer dich anspricht. Du hast allen zu gehorchen. Aber weißt du was? Eines Tages ist das anders. Irgendwann bin ich mein eigener Herr und dann muss ich nur noch mir selbst gehorchen.« Er lächelt und lehnt sich entspannt zurück.

Ich schweige. Neben Tian knetet Marc schon wieder seine Hände im Schoß. Irgendwie kann ich mir nicht vorstellen, dass Tian recht hat. Es ist bloß eine Wunschvorstellung, die wir sicherlich alle haben. Aber selbst wenn wir irgendwann wieder in unser normales Leben dürfen, so können sie uns jederzeit zurückholen. Und wer weiß schon, wie viele Kämpfe wir überleben? Zivilisten wurden zwar bislang nicht getötet, doch die Zahl der Kämpfer, die ihr Leben lassen mussten, wurde uns verschwiegen.

Auf dem Weg zur Trainingshalle teilen Giulia und ich uns eine Moca, während die Jungs in der zweiten sitzen. Mein Bauch fühlt sich nach dem Essen viel zu vollgestopft an. Ich lehne meinen Kopf zurück und schließe die Augen, während Giulia Sätze vor sich hinmurmelt. Wahrscheinlich hat sie wieder ein Programm auf ihrem Tablet geöffnet, mit dem sie Vokabeln lernen kann. Ihre Stimme wird immer verwaschener und lullt mich ein.

Ich sitze in einer großen Seifenblase. Jenseits der hauchzarten und schillernden Innenfläche erkenne ich meinen Vater. Er winkt wild und ruft mir etwas zu, doch ich verstehe ihn nicht, schüttle lediglich den Kopf und sehe ihn verständnislos an. Er reißt seine Augen auf und gestikuliert noch stürmischer, bedeutet mir so, aus meiner Blase zu kommen, doch das ist unmöglich. Wie soll ich mich daraus befreien? Dann zeigt er mir an, dass ich mich umdrehen soll. Mein Herz rast, ich habe Angst, dass hinter mir etwas lauert. Langsam wende ich meinen Kopf.

Ein Ruck fährt durch meinen Körper und ich bin augenblicklich wieder wach. Giulia ist bereits aufgestanden und springt aus der Moca. Ich schnappe mir meine Sporttasche und folge ihr.

Es ist dieselbe Halle, die mir Lorcan bei unserem inoffiziellen Besuch hier gezeigt hat. Eine Gänsehaut überzieht meine Arme, als ich mich an Dios erinnere. Sein tätowierter Schädel, sein mitternachtsblaues Hemd, von dem ich damals noch nicht wusste, was es bedeutet. Doch jetzt tue ich es: Neuner tragen mitternachtsblau.

Giulia und ich brauchen nicht lange in der Umkleide. Wir gehören beide nicht zu der Sorte Mädchen, die ihr Aussehen erst mehrfach im Spiegel überprüfen, bevor sie sich der Außenwelt zeigen. Eine Sache gibt es aber dennoch, die mir Kopfschmerzen bereitet. Ich habe mir ein Zopfgummi ums Handgelenk gebunden und befürchte, dass ich schon bald damit meine Haare zurückbinden muss, weil ich so schwitzen werde. Dann wird jedoch meine Narbe sichtbar und ich wünschte, dass weder Lorcan noch die anderen Jungen diese sehen würden. Ich seufze und folge Giulia aus der Umkleide. Eigentlich bin ich es doch gewohnt und dass ich mich nicht ewig hinter meinen Haaren verstecken kann, war auch von Anfang an klar. Nur hätte ich den Zeitpunkt gern weiter hinausgezögert.

Lorcan wartet bereits in der Halle auf uns. Wir stellen uns in einem Halbkreis um ihn herum. Er trägt eine lange Trainingshose und ein enganliegendes T-Shirt. Neben seinen beeindruckenden Muskeln sehen wir noch viel schmächtiger aus.

»Ich möchte, dass ihr vor dem nächsten Training eure Sportschuhe bei mir abliefert, und zwar, bevor ihr euch umzieht.«

Wir sehen uns verwundert an, doch keiner wagt zu widersprechen.

»Nolan, was ist mit deiner Brille?«, fragt er Marc und dieser läuft sofort rot an. »Hast du Kontaktlinsen?«

Marc verneint mit leiser Stimme.

»Kannst du noch alles sehen, wenn dir dein Gegner die Brille vom Gesicht schlägt?«

»Lediglich verschwommen.«

Lorcan seufzt. »Geh heute Abend zur Krankenstation, dort bekommst du Kontaktlinsen. Und ab morgen sehe ich dich hier ohne Brille.«

»Ich kann damit nicht umgehen!«

»Dann musst du es lernen. Ich kann nicht für deine Sicherheit garantieren, wenn du deine Brille im Kampf verlierst und nichts mehr siehst. Deine Kontaktlinsen entscheiden in so einem Moment über Leben und Tod.« Sein Blick ist ernst.

Marc schluckt und nickt schließlich.

Die nächsten Worte richtet Lorcan an uns alle. »Wie ich bereits sagte, werden wir uns die ersten Wochen mit dem Aufbau von Muskeln beschäftigen. Ich will, dass ihr euch erst mal warm macht. Das heißt: Runden laufen. Jeder in seinem Tempo und es wird nicht dabei gequatscht. Auf geht's!« Er klatscht in die Hände und scheucht uns los.

Genauso dröge hat der Sportunterricht in der Schule auch immer angefangen. Meine Hoffnung, dass das Training mit Lorcan irgendwie anders und spannender wird, verpufft in diesem Moment. Ich würde mich nicht gerade als sportliebender Mensch bezeichnen, doch ich merke schnell, dass es dabei nicht nur mir so geht. Auch Finn hat ganz offensichtlich keine Lust zum Laufen. Er hinkt am meisten hinterher, hat sein Tempo ordentlich gedrosselt und geht eigentlich mehr, als dass er läuft. Die Minuten verstreichen und mir wird bewusst, dass wir fast drei Stunden hier verbringen, was doppelt so lang ist wie an meiner Schule. Ich stöhne und versuche, die aufkommenden Seitenstechen zu verdrängen. Lorcan läuft natürlich nicht mit. Die Lehrer haben es nie nötig, sich warm zu machen. Sie müssen ja auch lediglich Anweisungen geben und sich nicht so abrackern, wie wir es tun.

Als Lorcan in eine Trillerpfeife bläst, kommen wir schleppend und keuchend zu ihm.

»Gut, ich denke, ihr seid alle warm.«

»Warm ist überhaupt gar kein Ausdruck!« Finn keucht am lautesten von uns. Er hat den oberen Saum seines T-Shirts gepackt und wedelt damit Luft an seine glänzende Haut. Lorcan mustert ihn.

»Du warst der Langsamste von allen, Sutherland. An deiner Stelle würde ich mich beim nächsten Mal mehr anstrengen, statt hier große Töne zu spucken. Schau dir die anderen an, sie schwitzen genau so wie du. Also jammer nicht rum.« Er wendet sich wieder uns allen zu. »Wir werden jetzt jeden einzelnen Muskel trainieren. Angefangen beim Nacken bis hinunter zu den Fußgelenken. Ich zeige euch jede der Übungen und ihr macht exakt so viele Wiederholungen, wie ich euch anordne. Verstanden?«

Wir murmeln alle ein unverständliches Ja. Ich habe mich getäuscht. Dieser Unterricht wird schlimmer als jede Sportstunde, die ich je hatte.

»Ich glaube, ich habe euch nicht richtig gehört. Könntet ihr das vielleicht noch mal wiederholen? Diesmal etwas lauter und mit mehr Motivation? Ihr seid schließlich Kämpfer!«

»Ja!«, kommt es augenblicklich aus fünf Mündern gleichzeitig geschossen.

Lorcan klatscht erneut in die Hände und führt uns dann zu sechs am Boden liegenden Matten, auf denen wir die nächsten eineinhalb Stunden unsere Muskeln foltern, und zwar genau wie er gesagt hat: jeden einzelnen.

Ich bin tot - zumindest körperlich. Mein Geist und mein Wille sind zwar da, doch mein Körper will ihren Befehlen einfach nicht Folge leisten. Noch nie habe ich eine Dusche als so anstrengend empfunden und noch nie habe ich mir eine Badewanne mehr gewünscht als heute.

Giulia geht es offensichtlich nicht anders. Wir sind um ein Vielfaches langsamer und vorsichtiger. Bei jeder Bewegung und jeder Berührung schreien meine Muskeln auf und verlangen nach Ruhe. Die halbe Stunde Entspannung nach dem Training hat nur wenig Linderung gebracht.

Wir treffen die anderen in der Kantine wieder. Schweigend setzen wir uns mit unseren Tabletts an einen Tisch. Zum ersten Mal bin ich froh, eine so große Portion zu haben. Ich fange an zu essen und spüre, wie sich mein Körper über die zugeführte Energie freut. Dass ich so hungrig bin, war mir vorher gar nicht bewusst.

»Unser erstes Training ist geschafft.« Finn sagt es zwischen zwei Happen und mehr zu sich selbst als zu uns. Trotzdem nimmt es Isaac zum Anlass, ein Gespräch zu beginnen.

»Dieses Training war echt hart. Ich bin jetzt schon froh, wenn wir die Phase des Muskelaufbaus hinter uns haben.«

»Es wird besser?«, fragt Giulia und runzelt dabei die Stirn.

Isaac scheint über ihre Frage nachzudenken, doch an seiner Stelle antwortet Marc.

»Da es sich hier um den Anfang unseres Trainingsplans handelt, wird es vermutlich nicht besser werden. Besser im Sinne von einfacher. Allerdings wird unser Körper sich an die Anstrengungen gewöhnen und dann erscheint uns das Training leichter. Doch zu diesem Zeitpunkt werden voraussichtlich auch die Anforderungen angepasst.«

Finn stöhnt. »O Mann. Ich habe meine Portion schon aufgegessen und immer noch Hunger.« Er starrt auf seinen leeren Teller. »Wie soll ich das nur durchhalten?«

Ich sehe auf meinen eigenen. Mein Magen ist zwar längst nicht voll, doch Finn tut mir leid. Er braucht definitiv mehr Kalorien als ich, also schiebe ich ihm meinen halbvollen Teller zu.

»Hier, du kannst dich bedienen. Für mich sind die Portionen sowieso viel zu groß.«

»Es ist dir verboten, jemandem dein Essen anzubieten«, sagt Marc mit anklagendem Blick. »Das hat Chester ausführlich erklärt.«

Ich zucke mit den Schultern. »Dann soll er herkommen und mir eine Standpauke halten. Ich kann es nicht mit ansehen, wenn jemand hungert.«

Finn schenkt mir ein Lächeln und tauscht seinen leeren Teller gegen meinen. Ich nehme einen Schluck Tee und lächle ebenfalls, als ich sehe, wie Finn zulangt.

»Woher hast du eigentlich deine Narbe?«, fragt er, nachdem er einen Bissen hinuntergeschluckt hat.

Mein Lächeln erstirbt. Plötzlich habe ich Herzrasen und Hitze kriecht mir den Hals hinauf bis in mein Gesicht. Natürlich haben sie meine Narbe gesehen, als ich mir meine Haare schließlich doch zurückgebunden habe. Aber bisher hat niemand von ihnen etwas dazu gesagt. Ich hatte die leise Hoffnung, dass sie es dabei belassen würden.

»Ich weiß es nicht«, gebe ich zu.

Vorsichtig warte ich Finns Reaktion ab. In seinem Blick sind weder Ekel noch Abscheu, so wie ich es bei vielen meiner früheren Klassenkameraden gesehen habe.

»Schade«, sagt Isaac.

Verdutzt schaue ich zu ihm hinüber. »Wie bitte?«

»Ich sagte: Schade. Deine Narbe ist sehr ungewöhnlich und ich dachte, du könntest sagen, woher sie stammt. Sie sieht interessant aus.«

Ich kann nicht anders, als ihn anzustarren. Er beeilt sich, eine Erklärung hinterherzuschieben.

»Ich lebe mitten im Kriegsgebiet. Ich habe schon etliches an Verletzungen und Narben gesehen, aber die Form und vor allem die gräuliche Farbe deiner Narbe sind so ganz anders. Deswegen war ich einfach neugierig.« Er steckt sich seinen letzten Happen in den Mund.

»Du lebst im Kriegsgebiet?«, frage ich erschrocken. Plötzlich kommt es mir lächerlich vor, mir wegen meiner Narbe Gedanken zu machen.

»Seit viereinhalb Jahren«, bestätigt Isaac. »Und noch ist kein Ende in Sicht.« Seine Finger legen sich um seine Tasse, als würden sie dort Halt suchen.

Ich strecke meine Hand nach ihm aus, streiche über seine Finger. Er schenkt mir ein sanftes Lächeln.

»Meine Eltern sind heilfroh, dass ich hier diesen Ausbildungsplatz bekommen habe. So ist wenigstens einer von uns die meiste Zeit in Sicherheit.« Seine Stimme ist belegt und er räuspert sich. »Ich versuche, nicht so viel darüber nachzudenken, sonst werde ich vor Sorge verrückt.«

»Wir sind für dich da, wenn du jemandem zum Reden brauchst«, bringe ich hervor und fühle mich dabei ziemlich unbeholfen.

Isaac ringt sich wieder ein Lächeln ab und schafft es, die Traurigkeit darin zu verdrängen. »Du könntest dir deine Haare öfter mal hinters Ohr klemmen«, sagt er und zwinkert mir zu. »Dann siehst du verwegen aus.« Grinsend lehnt er sich in seinem Stuhl zurück, wodurch ich seine Hand loslassen muss.

»Ich bin aber überhaupt nicht verwegen«, gebe ich schmunzelnd zu bedenken.

Isaac beugt sich vor. »Glaub mir: Wenn du erst mal eine richtig coole Kämpferin bist, passt das verwegene Aussehen hervorragend zu dir.«

KAPITEL 10

Der nächste Tag beginnt genau so quälend, wie der letzte aufgehört hat. Meine Muskeln protestieren bei der kleinsten Anspannung. Unser Frühstück nehmen wir schweigend ein.

Heute steht als Erstes das Training an und ich habe keine Ahnung, wie wir das überleben sollen. Den Gesichtern der anderen nach zu urteilen, machen sie sich dieselben Gedanken.

Als wir in die Trainingshalle kommen, wartet Lorcan bereits auf uns.

»Schuhe hier zu mir.« Er deutet vor sich auf den Boden. Wir kramen in unseren Taschen und stellen ihm unsere Turnschuhe hin. Ich frage mich immer noch, was er damit bezwecken will.

Nachdem wir alle aus der Umkleide kommen, hat Lorcan unsere Schuhe in einem Halbkreis aufgestellt. Es ist zwischen den Schuhpaaren so viel Platz, dass, wenn wir uns davorstellen, niemand von uns die Person neben sich berühren kann. Er fordert uns auf, unsere Schuhe nacheinander auf einem Bein stehend anzuziehen und die Schnürsenkel zuzubinden. Schnell wird mir klar, was er hier gerade testet. Keiner von uns schafft es, die Schuhe anzuziehen, ohne auch nur einmal den hochgehobenen Fuß auf den Boden zu setzen. Lorcan prüft unser Gleichgewicht.

»Ihr müsst viel üben. Das Gleichgewicht ist einer unserer wichtigsten Sinne. Im Kampf müsst ihr immer fokussiert sein, ihr dürft euch von nichts ablenken lassen. Wenn ich jetzt zu euch gehe und euch leicht anschubse, dürft ihr euch davon nicht aus der Ruhe bringen lassen. Ihr müsst weiterhin im Gleichgewicht bleiben. Wenn ihr später eine Waffe in der Hand habt, dann müsst ihr fokussiert sein. Ihr dürft euer Ziel nie aus den Augen verlieren. Hier sind es vielleicht nur ein paar Schnürsenkel, aber bald sind es die AIs, die euch das Leben schwer machen. Niemals euren Fokus verlieren.« Er sieht uns eindringlich an und mir kriecht eine Gänsehaut über den Rücken.

Am Nachmittag steht Planetenkunde auf dem Plan, was sich spannend anhört. Es ist Johansson, der auch dieses Fach unterrichtet. Er erklärt uns erst einmal die allgemeinen Zusammenhänge über das Universum, die Entstehung von Sternen und Planeten und welche Voraussetzungen nötig sind, damit sich Leben entwickeln kann. Lange Zeit dachten die Menschen, die Erde sei der einzige Planet, der diese Bedingungen erfüllte – bis die Tenaler kamen.

Tenal liegt etliche Lichtjahre von uns entfernt in einer anderen Galaxie. Wir könnten von der Erde aus Satelliten dort hinschicken, doch niemals Astronauten, da die Entfernung zu groß ist. Die Tenaler können jedoch mithilfe ihrer außerirdischen Materie etwas erschaffen, das einem Wurmloch sehr nahekommt, und damit weite Strecken in nur wenigen Sekunden überwinden. Da wir inzwischen im Besitz dieser Materie sind, ist es uns möglich, innerhalb von zwei Wochen nach Tenal zu gelangen, zumindest nach unserer Zeitrechnung. Die Tenaler hingegen haben – laut Johansson – kein Gefühl für zeitliche Abläufe. Das liegt daran, dass sich der Planet nicht um die eigene Achse dreht und es dort keine Jahreszeiten sowie keinen Tag-Nacht-Rhythmus gibt. Alles scheint anders.

Es existieren minimale Temperaturveränderungen, wenn der Planet seinem Stern bei der Umkreisung etwas näherkommt oder sich von ihm entfernt. Die eine Hälfte besteht aus brodelnder Lava und verkohltem Stein. Dort ist immer Tag. Die andere Seite liegt in ewiger Dunkelheit. Eine endlose Eiswüste macht ein Überleben unmöglich. Zwischen diesen beiden Extremen gibt es einen schmalen Streifen: der Übergang von heiß zu kalt und von hell zu dunkel, die Heimat der Tenaler. Sie werden von nicht endenden Stürmen und Gewittern heimgesucht. Alles, was dort wächst und lebt, muss extrem widerstandsfähig sein. Kein Wunder, dass sie auf die Erde wollen. Das Gefühl von Stillstand, und das ein Leben lang, muss schrecklich sein.

»Was haltet ihr von Tenal? Würdet ihr hinfliegen, wenn sie euch fragen würden?«, will Isaac wissen, der es sich unter einem Baum bequem gemacht hat.

Ich schaue hoch, als die künstlichen Sonnenstrahlen, die durch die feingliedrige Blätterkrone fallen, von einem Schatten abgefangen werden. Marc reicht mir ein flaumbedecktes grünes Blatt.

»Hier, das hat mir Paul, mein Zimmernachbar, mitgegeben«, erklärt er mir. »Das kannst du essen, es schmeckt wie Kaugummi.« Er schenkt mir ein Lächeln und geht dann weiter zu Giulia, die zwischen mir und Isaac sitzt. Auch sie nimmt ein Blatt entgegen.

»Ich würde sofort hinfliegen! Dieser ganze Planet ist so spannend! Wer will sich das schon entgehen lassen?« Finns Augen glänzen vor Begeisterung. Er steckt sich das grüne Blatt in den Mund und beginnt zu kauen.

Marc hat sich inzwischen auch hingesetzt und damit unseren Sitzkreis geschlossen. Es ist der erste Tag, an dem unser Muskelkater nachgelassen hat und außerdem unser erstes Wochenende hier im Auge. Das tägliche Training haben wir bereits hinter uns gebracht und nun den Nachmittag frei. Hier im Garten hat man wirklich das Gefühl, draußen auf einer Wiese zu sitzen. Es ist angenehm warm und das Licht tanzt durch die Äste auf unseren Gesichtern, während ein leichter Wind die Blätter über uns rascheln lässt.

»Man kann nicht atmen.«

Verwundert sehe ich zu Giulia. Ich kann im Moment wunderbar atmen, fast meine ich sogar, die Erde unter mir riechen zu können.

»Ja, daran arbeiten sie ja noch«, entgegnet Finn. »Ich habe gehört, dass es eine Flüssigkeit geben soll. Wenn man die trinkt, dann kann der Körper die fremde Atmosphäre besser aufnehmen. Stimmt das?« Fragend schaut er zu Marc.

Auch ich widme meine Aufmerksamkeit wieder diesem Gespräch. Es ist das erste Mal, dass wir in unserer Freizeit zusammensitzen und einfach nur quatschen.

»Deine Ausführung ist nicht ganz korrekt.« Marc schiebt sich mit dem Zeigefinger seine Brille auf die Nasenwurzel, die er aus Gewohnheit in seiner Freizeit noch immer trägt. »Es verhält sich eher so, dass die Forschungen hinsichtlich dieser Substanz noch nicht abgeschlossen sind. Außerdem ist es auch nicht ganz richtig, dass der Körper die fremde Atmosphäre nicht verträgt. Es handelt sich ja lediglich um einen in der Atmosphäre enthaltenen Giftstoff, den der menschliche Körper nicht abzubauen vermag.«

»Was mein Körper jedoch wunderbar abzubauen vermag, ist dieses köstliche Pflanzenblatt eines Pfefferminzsprosses, das ich sogleich vertilgen werde.« Breit grinsend steckt sich Isaac das Blatt in den Mund und kaut genüsslich.

Marc macht ein verdutztes Gesicht und ungewollt muss ich lachen. Die anderen stimmen mit ein. Finn klopft Marc auf den Rücken und dieser lächelt.

»Weißt du denn, wie weit sie mit den Forschungen sind? Hat dein

Zimmergenosse irgendwas verlauten lassen?« Isaac ist wieder ernst und interessiert.

Ich halte mir das Pfefferminzblatt unter die Nase und atme den frischen und dennoch scharfen Duft ein. Dann stecke ich mir das Blatt in den Mund und beginne zu kauen.

»Nein, Paul besitzt keine weiteren Erkenntnisse. Er wird ja auch als Versorger ausgebildet und nicht als Forscher.«

»Ja, und er wird ein echt guter Versorger, der uns einen tollen Kaugummiersatz beschafft hat«, sage ich und grinse Marc zu.

Er schenkt mir ein ehrliches Lächeln und wieder bilden sich rote Flecken auf seinen Wangen. Marc ist wirklich leicht aus der Ruhe zu bringen. Ich streiche mir meine Haare hinters Ohr und lehne mich an Giulia. Entspannt schließe ich meine Augen, während sich die anderen weiter über Paul unterhalten. Der Pfefferminzgeschmack ist intensiv und mir gefällt das leicht pelzige Gefühl des Blattes auf meiner Zunge.

»Wen haben wir denn da?«

Ich reiße die Augen auf und setze ich mich aufrecht hin. Die sechs Mitglieder aus dem Team von Dominik Schwarz stehen vor uns.

Isaac strahlt. »Maeve, schau mal, wer gekommen ist! Unsere Herzensfreundin!« Breit grinsend springt er auf und will Samira begrüßen. Gespannt sehe ich ihm dabei zu, doch bevor er bei ihr ankommt, hat ihn einer der Jungen bereits am Hals gepackt.

»Fass sie nicht an und lass dieses dämliche Grinsen!«

»Ich kann mich sehr gut selbst verteidigen, Alexej!« Samira hat die Arme vor dem Oberkörper verschränkt und ihre Augen sind zu Schlitzen verengt.

»Das bezweifle ich nicht, Samira.« Er schenkt ihr ein Lächeln und drückt Isaac von sich. Der macht eine wüste Geste in seine Richtung, bevor er sich wieder setzt.

»Maeve also, ja?« Samira schaut mich direkt an.

Ich habe meine Haare hinters Ohr geklemmt. Das wird mir bewusst, als ihr Blick zu meiner Narbe gleitet. Sofort spüre ich die aufsteigende Hitze in mir, aber ich will keine Schwäche zeigen. Irgendwie versuche ich, die Hitze zurückzudrängen, und mich gleichzeitig auf die Situation zu konzentrieren.

»Samira?«, antworte ich in derselben Tonlage und mit dem gleichen kühlen Blick.

Sie funkelt mich an. »So dürfen mich nur meine Freunde nennen. Für dich lediglich Merizadi, verstanden?«

Ich ziehe eine Augenbraue hoch. »Dann nenn du mich nicht Maeve.«

Ihre Gesichtszüge werden weicher und sie fängt an zu lächeln. »Nun, wenn du willst, nenne ich dich gerne Scar ...«

Ihre Freunde lachen laut auf. Die Hitze lässt sich nicht länger verdrängen und ich habe das Gefühl, dass mein Gesicht mitsamt meiner Narbe in Flammen steht.

»Ich wusste gar nicht, dass Halloween vorverlegt wurde.« Sie feixt und lässt sich wieder von ihren Freunden feiern.

Mit einem Ruck stehen Isaac, Finn, Marc und Giulia auf und stellen sich wie eine Wand zwischen mich und den anderen. Isaac schiebt seine Ärmel hoch.

»Schon gut, wir wollen euch Loser ja nicht überfordern. Gegen unsere Muskeln hättet ihr sowieso keine Chance. Im Gegensatz zu euch haben wir nämlich längst mit dem richtigen Training angefangen.« Merizadis Stimme strotzt vor Arroganz.

Dann endlich setzen sich meine Freunde wieder neben mich, als Doms Team den Platz verlässt. Merizadi dreht sich jedoch noch einmal zu mir um.

»Sie könnten dir dieses hässliche Ding auch entfernen, weißt du. Wenn du wieder leben willst, dann geh zur Krankenstation.« Lachend verschwindet sie mit den anderen.

Ich starre auf den Boden, reiße wütend einen Grashalm heraus und zerpflücke ihn in etliche kleine Stücke. Eine Träne landet auf meinem Hosenbein. Meine Haare fallen nach vorne und bedecken meine Narbe. Auf einmal hockt sich Giulia neben mich und nimmt mich fest in den Arm. Ich lehne mich gegen ihren Oberkörper und fühle mich, als wäre ich zu Hause in Joyces Armen.

In den nächsten Tagen halte ich mich zurück. Ich beteilige mich weniger an den Gesprächen der anderen und auch im Unterricht driften meine Gedanken immer wieder ab. Merizadi hat mich zum Nachdenken gebracht. Gibt es tatsächlich eine Möglichkeit, meine Narbe zu entfernen? Oder waren das nur leere Worte, wollte sie mich nur demütigen und mir eine Falle stellen?

Am Montagnachmittag beschließe ich, mich Lorcan anzuvertrauen und ihn zu fragen. Wenn mir jemand diese Frage beantworten kann, dann hoffentlich er. Ich warte, bis unser Training beendet ist und die anderen in den Duschen verschwunden sind. Etwas unsicher und mit klopfendem Herzen nähere ich mich Lorcan, der gerade im Lager die zusammengerollten Matten ins Regal räumt. Ich räuspere mich, worauf Lorcan sich zu mir herumdreht. Sofort hört er auf zu räumen.

»Was gibt's?«

»Ich habe eine Frage und hoffe, dass du sie mir beantworten kannst.«

Wieso ist mein Mund so trocken? Es ist doch nur eine einfache Frage ... Deren Antwort jedoch mein Leben verändern könnte.

»Ja?«, fragt er mit leicht gehobenen Brauen.

Ich atme tief durch. »Stimmt es, dass man auf der Krankenstation seine Narben entfernen lassen kann?«

Gespannt warte ich auf seine Antwort, doch er lässt sich Zeit damit und mustert mich eingehend. Wieder spüre ich die Hitze in meinem Gesicht. Er ist ganz ernst und wirkt nachdenklich. Vielleicht weiß er es auch gar nicht und ich stehe hier wie blöd und hoffe auf eine Antwort, die ich nicht bekomme.

»Ja, das stimmt.«

Mir stockt der Atem. Ich kann tatsächlich meine Narbe loswerden.

»Wie wird das gemacht?«

»Mithilfe der H-1 Materie, eine Substanz, die aufgetragen wird. Danach sieht deine Haut aus wie neu.« Er mustert mich weiterhin, was mich irgendwie nervös macht.

»Hat das Ganze irgendeinen Haken? Ist die Substanz giftig für uns?«

Lorcan schüttelt leicht den Kopf. »Nein. Kein Haken.«

»Warum lässt du dir dann nicht deine Narben wegmachen?« Ich deute auf die feinen weißen Linien auf seinen Oberarmen und am Halsansatz.

Lorcans Augen folgen meinem Fingerzeig, bevor er wieder in mein Gesicht sieht. »Warum soll ich die wegmachen lassen? Es gibt niemanden, den ich mit einem makellosen Körper beeindrucken will.«

Ich weiß nicht, was ich darauf antworten soll. Doch anscheinend ist das auch gar nicht nötig, denn Lorcan spricht bereits weiter.

»Meine Narben gehören zu mir. Sie sind ein Teil von mir, so wie der Rest meines Körpers. Warum sollte ich einen Teil meiner eigenen Geschichte ausradieren? Schließlich hat mich besonders dieser Teil zu dem gemacht, was ich heute bin.«

Lorcan hat recht. Allerdings kennt er auch die Geschichte seiner

Narben. Und vermutlich wurde er nie deswegen gemobbt. Zumindest kann ich mir das nicht vorstellen, denn er ist stark und würde sich sofort wehren, wenn ihm jemand einen blöden Spruch an den Kopf wirft. Niemand würde das bei ihm ein zweites Mal wagen.

»Überleg es dir gut, Maeve. Deine Entscheidung kannst du nicht rückgängig machen«, sagt er ernst.

Ich presse meine Lippen aufeinander und nicke ihm zu, bevor ich mich umdrehe und den anderen zu den Duschen folge.

Während Giulias regelmäßige Atemzüge zu mir herüberwehen, liege ich im Bett und starre an die dunkelblauen Linien und Muster an der Decke. Seit Stunden kann ich die eine Frage einfach nicht verdrängen: Was wäre, wenn ich plötzlich keine Narbe mehr an meiner Schläfe hätte?

Ich würde mich schöner fühlen. Aber wäre ich dadurch auch selbstbewusster? In bestimmten Situationen wahrscheinlich schon. Auf fremde Menschen zugehen oder sogar einen Jungen ansprechen, weil er mir gefällt, würde ich mich trotzdem nicht trauen. Ob mit oder ohne Narbe, ich wäre immer noch derselbe Mensch.

Ich müsste mir zwar keine Sprüche mehr deswegen anhören, aber ich will weder Peter noch Merizadi zu meinen Freunden zählen. Also kann mir das eigentlich auch egal sein, oder? Meinen Freunden scheint die Narbe jedenfalls nichts auszumachen. Doch was ist, wenn ich mich irgendwann ernsthaft verlieben sollte? Ich würde es niemals wagen, den ersten Schritt zu gehen, aus Angst vor Ablehnung aufgrund meiner Narbe. Und was heißt schon *Teil meiner eigenen Geschichte*? Bei Lorcan sind es die vielen Kämpfe. Sie haben ihn gestärkt, ihn zu dem gemacht, was er heute verkörpert. Ich hingegen kann mich nicht einmal daran erinnern, wie ich zu dieser Narbe gekommen bin. Was sagt sie also schon aus? Weder dass ich mutig noch stark bin. Nicht, dass ich eine schwere Zeit überstanden oder eine Heldinnentat begangen habe. Ich habe niemanden gerettet oder mein Leben aufs Spiel gesetzt. Meine Narbe sagt rein gar nichts über mich aus.

Warum sie also nicht entfernen lassen?

»Überleg es dir gut, Maeve. Deine Entscheidung kannst du nicht rückgängig machen.«

Maeve.

Im Unterricht bin ich bloß Dawson, eine von fünf Schülern. Doch wenn Lorcan und ich unter vier Augen sind, nennt er mich Maeve. So als würden wir uns besser kennen, fast als wären wir Freunde.

Ich schüttle den Kopf. Das ist Quatsch, er ist nur nett zu mir. Und doch ist da ein unterschwelliges Gefühl. Warum sollte er bloß zu mir nett sein?

Ich verdränge die Gedanken an Lorcan, schiebe sie in eine der hinteren Ecken meines Gehirns und konzentriere mich stattdessen wieder auf die wesentliche Frage. Wie wäre mein Leben verlaufen, wenn ich diese Narbe nie gehabt hätte? Mir fallen die ganzen Hänseleien ein, die mir erspart geblieben wären. Aber hätte ich dann überhaupt Joyce kennengelernt und zu ihr Vertrauen gefasst? Wer weiß, wen ich sonst zu meinen Freunden zählen würde. Auch bei meinen neuen Freunden hier im Auge bin ich mir sicher, ihnen vertrauen zu können. Und dass sie mich aufgrund meines Charakters mögen, der die Brücke zu ihnen schlägt. Sie nehmen mich so an, wie ich bin. Warum kann ich dann nicht dasselbe tun? Meine Narbe selbst mag vielleicht nicht Teil meiner eigenen Geschichte sein, doch sie hat mich zweifelsohne zu dem Menschen gemacht, der ich heute bin. Sie hilft mir dabei, stärker zu werden und meine wahren Freunde zu erkennen. Die Menschen, denen ich vertraue.

Zum ersten Mal in meinem Leben habe ich das Gefühl, als wäre meine Narbe etwas Wertvolles. Als würde sie mich in gewisser Weise auch schützen. Vor Falschheit und Arroganz. Vielleicht hat Lorcan recht. Es ist Unsinn, so einen wichtigen Teil meines Lebens auszuradieren.

Ich glaube eher, dass es Zeit wird, mich so anzunehmen, wie ich bin. So wie es auch Joyce macht. Und Giulia. Und der Rest meines Teams.

Und so, wie es auch Lorcan tut.

KAPITEL 11

Es ist eine Erleichterung. Das Akzeptieren meiner Narbe bringt Ruhe in meinen Verstand, der die letzten Tage so aufgewühlt war. Beim Frühstück habe ich ein Lächeln auf den Lippen.

»Was ist los, Maeve? Du wirkst so zufrieden«, fragt Finn und beißt von seinem Brot ab.

Ich grinse, behalte meine Gedanken jedoch für mich.

»Pssst!« Isaac hat seinen Zeigefinger an die Lippen gelegt und beugt sich geheimnistuerisch zu Finn herüber. Während er seinen Blick auf mich richtet, flüstert er ihm übertrieben laut zu: »Ich glaube, sie hat sich verliebt. Aber wer der Glückliche ist, will sie nicht verraten.«

Wir müssen lachen und frühstücken entspannt weiter.

Giulia wispert mir ins Ohr, doch im Gegensatz zu Isaac ist sie dabei so leise, dass nur ich sie hören kann. »Ist richtig?« Ernst schaut sie mich an.

Ich deute ein Kopfschütteln an. Wieder beugt sie sich zu mir. »Ich ja.«

Meine Augen werden groß. Sie lächelt verschmitzt und legt einen Finger auf ihre Lippen, was mich zum Grinsen bringt. Zu gern hätte ich gewusst, wer es ist, aber ich muss mich wohl noch bis heute Abend gedulden.

»Was habt ihr zwei für Geheimnisse?« Isaacs Augen sind zu Schlitzen verengt und ein Lächeln umspielt seine Lippen.

Selbst Marc und Finn halten während des Essens erwartungsvoll inne. Mein Grinsen wird breiter.

»Mädchenkram«, sage ich nur. »Der interessiert euch eh nicht. Ist für Jungs total langweilig.«

Giulia und ich tauschen verschwörerische Blicke und kichern.

»Komm, Finn. Den beiden waschen wir mal gehörig den Kopf!« Isaac steht auf und Finn folgt ihm grinsend.

Schon ist Isaac bei mir, nimmt meinen Kopf in den Schwitzkasten und reibt mit seinen Fingerknöcheln schmerzhaft über meine Kopfhaut. Ich kann trotzdem nicht aufhören zu lachen. Mein Versuch, seinen Arm von meinem Hals zu lösen, scheitert hoffnungslos. Mir wird heiß. Ich bin es nicht gewohnt, so nahen Körperkontakt zu einem Jungen zu haben.

»Wir sind ein Team und da hat man keine Geheimnisse voreinander!« Isaacs Stimme klingt gedämpft, zwischen zusammengebissenen Zähnen hervorgepresst.

Dann lässt er endlich von mir ab und setzt sich wieder hin. Ich schaue zu Giulia und pruste erneut los. Sie sieht genau so zerstrubbelt aus, wie ich mich fühle. Anscheinend wurde sie von Finn in den Schwitzkasten genommen. Dieser hat sich mit leicht gerötetem Gesicht wieder gesetzt und widmet sich nun erneut seinem Frühstück. Marc schaut nicht von seinem Tablett auf, aber auch er grinst.

Unser Morgen beginnt wieder mit theoretischem Unterricht. Heute geht es um die Bewohner von Tenal. Ein bisschen hat uns Johansson schon über sie erzählt, als er uns die Geschichte des Auges näher gebracht hat. Doch heute sollen wir alles über sie erfahren, was wichtig ist. Deswegen beginnt unser Unterricht in Raum 2.U.14. Dem Ausstellungsraum.

Es ist merkwürdig, die Reaktionen meiner Mitschüler zu beobachten. So wie sie staunen und ehrfürchtig vor den riesigen Bildern stehen bleiben, habe ich bei meinem ersten Besuch auch reagiert. Jetzt muss ich so tun, als würde ich diesen Raum ebenfalls zum ersten Mal sehen. Schließlich hätte Lorcan zu dem Zeitpunkt gar nicht mit mir hier sein dürfen. Also stelle ich mich erneut vor die Glaswand und suche gezielt nach Einzelheiten, die ich beim letzten Mal übersehen habe.

Meine Augen bleiben als Erstes wieder an der Frau in der Angriffsposition hängen. Ihre kunstvolle Kopfbemalung erinnert mich an ein Tribal-Tattoo, und doch ist es irgendwie anders. Ich erkenne einzelne Punkte, Kreise, Dreiecke und andere Linien, mal geschwungen, mal gezackt. Sie scheinen einem bestimmten Muster zu folgen und mich überkommt das Gefühl, als hätte ich eine Schrift vor mir, die ich nicht beherrsche. Ich erinnere mich, dass die Markierungen vermutlich ihre Namen darstellen sollen.

Ich drehe mich um und gehe zum Glaskasten, in dem die Schnur liegt, die die Frau auf dem Bild in der Hand hält. Die Markierungen der Schnur sind so winzig, dass ich sie kaum richtig erkenne, und doch bin ich mir sicher: Es handelt sich hierbei um dasselbe Muster. Wenn das tatsächlich ihre Namen sind, markieren sie so vielleicht die Gegenstände, die ihnen gehören.

Ich sehe mir den nächsten Gegenstand in der Vitrine an. Es ist der spitze Stab des abgebildeten Mannes. Schon damals konnte ich die Einkerbungen und Verzierungen darauf den Markierungen auf dem Schädel des Mannes zuordnen. Ich wende mich wieder der Glaswand zu, drängle mich zwischen zwei anderen Schülern hindurch und suche nach weiteren Einzelheiten auf dem Körper des Mannes. Sofort fällt mir die Kleidung auf, die nur aus Blättern und anderen Naturgegenständen zu bestehen scheint. Ich frage mich, warum sie so etwas tragen. Haben sie nie nähen gelernt? Doch beim genaueren Betrachten erkenne ich dünne Fäden zwischen den Pflanzenteilen. Vermutlich haben sie so die verschiedenen Blätter, Stängel und Blüten miteinander verknüpft.

Ich habe das Gefühl, je länger ich die merkwürdige Kleidung inspiziere, desto ästhetischer finde ich sie. Wie ein Kunstwerk, das am Körper getragen wird, sichtbar für alle.

Mein Blick fällt auf die Kugel, die mit einem Band an der Hüfte der AIs baumelt. Sie reisen auf dieselbe Art wie wir.

Nein, schießt es mir durch den Kopf, wir nutzen lediglich ihre Art des Reisens.

»So, nun kommt alle mal her.« Unser neuer Lehrer Kasun winkt uns zu sich. Er hat sich gegen die Vitrine gelehnt und bedeutet uns, vor ihm auf dem Boden Platz zu nehmen. Allmählich scharen sich alle Schüler um ihn. Ich schaue mich nach meinem Team um und finde sie an der rechten Seite. Schnell geselle ich mich zu ihnen. Das ist mir lieber, als in der Nähe von Merizadi und ihren Teamgenossen zu sitzen.

»Ich denke, ihr hattet nun alle genug Zeit, um die Bilder und die Ausstellungsstücke auf euch wirken zu lassen. Und wie könnte ich euch ihr Aussehen besser beschreiben, als es euch einfach anhand dieser Bilder zu zeigen?« Mit einer Armbewegung deutet er auf die Wände ringsum. »Nun, ich denke, über ihr Aussehen müssen wir keine weiteren Worte verlieren. Es geht vielmehr darum, wie sie leben und warum sie uns immer wieder angreifen. Ihr wisst bereits, dass Tenal nur einen schmalen Streifen an bewohnbarem Land zu bieten hat. Verständlich, dass dort also lange nicht so viele Tenaler leben wie auf der Erde Menschen. Und trotzdem sind es genug, damit ihnen irgendwann die Ressourcen ausgehen. Sie haben die Erde entdeckt und dadurch auch unsere Schätze. Metalle, Öl, Gase, Edelsteine, Kunststoffe, Nahrungsmittel, Düngemittel, Nutztiere ... Dazu kommt unser

Wissen über Strom, Magnetismus, Quantenphysik, Arzneimittel. Alles Dinge, mit denen wir uns inzwischen gut auskennen und die für sie einen unschätzbaren Wert haben. Dafür sind sie bereit, über Leichen zu gehen, und deswegen ist es so wichtig, dass wir alle unseren Planeten vor diesen Eindringlingen schützen!« Seine Stimme ist während der Ansprache immer lauter geworden.

Jubel brandet auf, die Schüler klatschen und pfeifen. Ich runzle die Stirn. Auch Finn und Giulia haben mitgeklatscht. Noch während ich zu den beiden hinsehe, hebe ich meine Hand.

»Kennnummer?«, fragt Kasun mit einem selbstgefälligen Grinsen.

»1.1.4.MD.LC.«

»Und du willst was genau wissen?«

»Wie könnt ihr euch sicher sein, dass die Tenaler unsere Rohstoffe und unser Wissen wollen? Johansson meinte, dass sie hauptsächlich daran interessiert sind, hier auf der Erde zu leben. Habt ihr jemals mit ihnen geredet?«

Lautes Gemurmel folgt auf meine Worte. Das Grinsen auf Kasuns Gesicht wirkt wie eingefroren, bevor es langsam verschwindet.

»Willst du vielleicht meinen Unterricht fortführen?«, fragt er pikiert und verschränkt die Arme vor der Brust.

»Nein. Ich habe mich nur gefragt, ob jemals jemand mit ihnen gesprochen hat und ob es nicht eine friedlichere Lösung gibt.«

Das aufgeregte Gemurmel um uns herum nimmt weiter zu. Kasuns Miene verhärtet sich, seine Augen wirken kalt. Allmählich fühle ich mich unwohl und fast hätte ich erleichtert aufgeatmet, als Kasun den Blick auf seine Armbanduhr richtet. Mehrfach tippt er mit seinem Zeigefinger darauf, so als wäre sie stehengeblieben. Dann schaut er munter in die Runde.

»Hat noch jemand Fragen bis hierhin? Oder kann ich mit dem

Unterricht fortfahren?«

Er ignoriert mich. Jetzt bin ich es, die die Arme verschränkt. Die unterschiedlichen Gespräche verstummen und es kehrt wieder Ruhe ein.

»1.1.4.MD.LC hat es bereits vorweggenommen: Die AIs wollen tatsächlich nicht nur unsere Rohstoffe. Nein, das wäre zu einfach.« Er lacht kurz auf. »Ihr seht ihre rote Haut. Die Färbung entsteht durch einen bestimmten Giftstoff, der bei ihnen in der Atmosphäre enthalten ist. Dieser Giftstoff sorgt dafür, dass die AIs nicht lange leben. Kommen sie jedoch hier auf die Erde, verblasst ihre Haut immer mehr, bis sie fast weiß ist. Diesen Giftstoff gibt es bei uns nicht, weswegen sie hier auf der Erde bedeutend länger leben würden. Ihr zweites Ziel ist es also, die Erde zu erobern, uns zu töten und sich selbst hier niederzulassen. Doch das lassen wir nicht zu. Wir lassen uns weder unser Leben noch unsere Heimat nehmen!«

Wieder fangen alle an zu jubeln und zu klatschen. Provozierend schaut Kasun mir direkt in die Augen. Er feixt und freut sich, dass seine Ansprache so viel Zustimmung erhält. Ich presse meine verschränkten Arme enger an meinen Oberkörper.

Plötzlich ertönt eine elektronische Stimme, die beinahe im Lärm der Schüler untergegangen wäre. Sofort sind alle still. Kasun dreht seinen Oberkörper nach hinten in Richtung Tür.

Mir wird schlecht, als ich den tätowierten Schädel von Dios sehe, der den Raum betritt.

»9.1.3.ND.« Sein Blick ruht auf Kasun.

Dieser antwortet ihm sofort mit seiner eigenen Kennnummer, bevor er sich uns Schülern wieder zuwendet. Dios' Augen huschen über uns hinweg, als würde er jemanden suchen.

»1.1.4.MD.LC. Zu mir.«

Mein Herzschlag setzt für einen Moment aus. Ich muss mich verhört haben, bin unfähig zu atmen. Wie versteinert sitze ich da, kann mich nicht bewegen. Giulia stupst mich in die Seite und gibt mir mit einem Kopfnicken zu verstehen, dass ich aufstehen muss. Auch die anderen Schüler drehen sich zu mir um.

»Ich wiederhole mich nicht.« Dios' Stimme ist ruhig und doch hat sie etwas Bedrohliches, sodass ich ihm sofort glaube. Langsam löse ich die Verschränkung meiner Arme und zwinge meine Beine, aufzustehen und sich in Bewegung zu setzen.

Dios führt mich aus dem Raum. Er geht voraus, während ich ihm folge. Plötzlich bleibt er stehen und dreht sich zu mir um. Ich sehe gerade noch, dass er eine Kugel in der Hand hält, als auch schon das bekannte, unangenehme Gefühl des Reisens mit außerirdischer Materie über mir hereinbricht.

Als der Sturm sich legt, befinden wir uns in einem kahlen Raum. Hier stehen lediglich ein vierbeiniger Tisch und zwei dazu passende und unbequem aussehende Stühle. Dios bedeutet mir, mich zu setzen, und als ich das tue, nimmt er mir gegenüber Platz.

»Du weißt, warum du hier bist?« Er sieht mich aufmerksam an.

»Nein«, antworte ich und versuche, mir von meinen aufgewühlten Gedanken nichts anmerken zu lassen.

Dios beugt sich vor und legt seine Unterarme auf der Tischplatte ab. Die Hände hat er dabei verschränkt. »Es gibt nur zwei Gründe, warum ich von einem Lehrer gerufen werde.«

Kasun hat Dios kontaktiert? Damit er mich aus seinem Unterricht entfernt? Ich denke daran, wie er auf seine Uhr getippt hat. Mit Sicherheit hat er dadurch nach Dios gerufen.

»Erstens: Es handelt sich um einen Angriff. Das tut es in diesem Fall ganz offensichtlich nicht.« Er legt eine kurze Pause ein.

Mit innerer Ungeduld warte ich darauf, dass er weiterspricht, aber erst nach wenigen Sekunden tut er mir den Gefallen.

»Oder zweitens: Es gibt einen Zweifler.«

Erschrocken halte ich für einen Moment die Luft an.

»Zweifler sind nicht gut. Sie gefährden das Gemeinwohl, den Zusammenhalt und vor allem das Verfolgen unserer Ziele. Darf ich fragen, woran du zweifelst?«

Er lehnt sich wieder zurück und wartet auf meine Antwort. Mein Herz klopft wahnsinnig schnell. Ich brauche Zeit, muss mir meine Worte erst zurechtlegen, aber ich glaube, dass mir Dios davon nicht viel geben wird.

»Es ... es ging um eine Verständnisfrage«, antworte ich schließlich vage und vorsichtig.

»Was für eine?«

Unter der Tischplatte knete ich meine Hände, so wie Marc es in der Moca getan hat, als Tian neben ihm saß.

»Es ist über dreißig Jahre her, dass das Auge gegründet und die Tenaler von der Erde vertrieben wurden«, sage ich. »Jedes Mal, wenn sie herkommen, bekämpfen wir sie. Ich frage mich, warum wir nicht mit ihnen sprechen. Es sind dreißig Jahre vergangen, vielleicht haben sie gar kein Interesse mehr an unseren Rohstoffen oder unserer Heimat. Statt sie zu bekriegen, könnten wir doch auch mit ihnen verhandeln.«

Nachdem ich geendet habe, betrachtet mich Dios eine ganze Weile schweigend. Ich bin mir nicht sicher, ob er über meine Worte nachdenkt oder ob er mich nur verunsichern will. Egal, was es ist - unter seinem Blick fühle ich mich zunehmend unwohler.

»Glaubst du wirklich, dass wir die Absichten und Motive der AIs nicht überprüfen?«, fragt er gereizt.

Ich will gerade etwas erwidern, als Dios schon weiterspricht.

»Was genau weißt du über das Auge? Was weißt du über unsere Aufgaben? Ich denke, nicht viel, immerhin bist du erst ein paar Tage hier. Über die Tenaler weißt du ebenso wenig. Sämtliche Ideen, die dir vielleicht einfallen, haben wir bereits ausprobiert, sonst wären wir nicht da, wo wir jetzt sind. Ich will nicht noch mal in den Unterricht zitiert werden, weil du den Unterrichtsstoff oder die Lehrmethoden infrage stellst. Du musst uns vertrauen, ansonsten funktioniert das Ganze nicht.« Eindringlich sieht er mich an und ich habe das Gefühl, vor Scham direkt vor ihm im Treibsand zu versinken. »Haben wir uns da verstanden?«

Ich schlucke und bringe lediglich ein Nicken zustande.

Den Rest des Unterrichts hülle ich mich in Schweigen. Kasun hat mich hämisch angegrinst, als ich zurückgekommen bin. Giulia hat mich in gebrochenem Englisch über das Wichtigste in Kenntnis gesetzt, als ich vom Gespräch mit Dios zurückgekehrt bin. Gefragt hat mich niemand, warum mich eine Neun aus dem Unterricht zitiert hat, doch an ihren verstohlenen Blicken sehe ich, dass sie vor Neugierde fast platzen.

Ich senke den Kopf und konzentriere mich aufs Tablet. Einige meiner Notizen habe ich mit einem Sternchen versehen, immer dann, wenn ich glaube, dass sich dahinter ein Anhaltspunkt verstecken könnte - ein Hinweis, der mich zu meiner Mutter führt oder etwas mit meinem Stein zu tun hat. Bisher ist alles zu vage und ich weiß auch noch nicht, wie ich die Suche angehen will, insbesondere nach Dios' Ansprache. Doch irgendwo muss ich beginnen und die Gedanken an Mum lenken mich von meiner Abneigung zu Kasun ab.

Am Nachmittag haben wir unser nächstes Training. Nachdem Lorcan erneut unser Gleichgewicht beim Anziehen der Sportschuhe im Ein-Bein-Stand getestet hat, müssen wir wie immer Runden laufen. Doch diesmal ruft mich Lorcan zu sich, während die anderen mit der Aufwärmphase anfangen.

Mit einem mulmigen Gefühl bleibe ich vor ihm stehen. Als sich die anderen von uns entfernen, stemmt Lorcan seine Hände in die Hüften.

»Was war los heute?«, will er von mir wissen.

»Was meinst du?«

»Dios hat dich aus dem Unterricht geholt. Warum?«

Ich blinzle. »Woher weißt du das?«

»Ich bin dein verdammter Ausbilder. Glaubst du, die anderen Lehrer behalten solche Vorfälle für sich? Also: Was war los? Warum musste Dios dich aus dem Unterricht holen und was hat er dir gesagt?«

Mir wird schwindelig.

Lorcan zieht eine Augenbraue hoch, während er noch immer auf meine Antwort wartet.

»Anscheinend habe ich zu viele Fragen gestellt«, sage ich langsam.

»Was für Fragen?«

»Warum wir nicht mit den Tenalern verhandeln statt sie ständig zu bekriegen. Immerhin könnten sich ihre Absichten geändert haben.«

Lorcan starrt mich sprachlos an. Er fährt sich mit der Hand über den Mund, dann packt er mich mit beiden Händen an den Schultern.

»Tu. Sowas. Nie wieder.« Er stiert mir eindringlich in die Augen. »Du handelst dir nur Ärger ein und mir noch dazu, weil ich für eure Taten verantwortlich bin.«

Ich wehre seine Hände ab. »Genau das hat mir Dios auch geraten. Er meinte, ich hätte zu wenig Ahnung und dass ich dem Auge vertrauen muss. Aber ich fürchte, das kann ich nicht einfach so.«

Hörbar atmet Lorcan ein und hält für einen Moment die Luft an. Mit der Hand fährt er sich übers Gesicht.

»Du musst. Okay? Zweifel führen dazu, dass Dinge hinterfragt werden, dass neue Lösungen gesucht werden und dass man alles anders und besser machen will. Im schlimmsten Fall könnte es zur Rebellion kommen. Kein Geschäftsführer dieser Welt will, dass sich seine Mitarbeiter gegen ihn stellen. Nur dass der Regent über weitaus gefährlichere Mittel verfügt als nur über Kündigung oder Versetzung. Wenn du deine Zweifel öffentlich machst und der Regent davon erfährt, dann wird er bestimmte Mittel einsetzen, um dich wieder in die richtige Bahn zu lenken. Hier gelten andere Gesetze als in Europa oder dem Rest der Welt. Und die Mittel des Regenten willst du nicht kennenlernen. Also versuch bitte, deine Zweifel runterzuschlucken und dem Auge zu vertrauen. Ich will nicht, dass der Regent dir das Gleiche -«

Er bricht ab, fährt sich wieder mit der Hand über den Mund. Seine Augen irren im Raum umher. Sein Verhalten macht mir Angst, mehr noch als Dios' Ansprache.

»Bleib bitte unauffällig, Maeve.« Lorcans Stimme wird leise, sodass ich einen Schritt auf ihn zugehen muss, um ihn zu verstehen. »Wenn du das Gefühl hast, deine Gedanken loswerden zu müssen, dann kannst du gern zu mir komme. Aber nicht hier im Auge.« Er schaut sich wieder in der Halle um, doch diesmal ist sein Blick deutlich ruhiger. »Und jetzt: Laufen.« Mit einer wegwischenden Handbewegung bedeutet er mir, mich ebenfalls warmzulaufen.

Der Schwindel breitet sich weiter in meinem Kopf aus. Die anderen sind zu weit weg, aber ich will sie auch nicht einholen. Ich brauche einen Moment für mich. Lorcan scheint wirklich Angst zu haben und diese überträgt sich gerade auf mich.

Während des Laufens versuche ich, meinen Kopf einigermaßen frei zu bekommen. Der Schwindel legt sich allmählich, was mir das Gefühl gibt, wieder Herrin meines Körpers und meiner Emotionen zu sein.

Nach dem Aufwärmen treffen wir uns alle in der Mitte bei den Matten. Lorcan stellt sich wie gewohnt vor uns.

»Heute erhöhen wir die Anzahl der Wiederholungen. Ich sage euch, welche Übungen ihr wie oft ausführen müsst.«

»Das war ja klar!« Finn hat ein tiefrotes Gesicht vom Laufen. Die Hände an seine Taille gestemmt, beugt er sich immer wieder leicht nach vorn. »Weißt du eigentlich, wie anstrengend das ist? Aber du musst die Übungen ja nicht machen!«

Lorcans Gesichtsausdruck zeigt keine Regung. »Gut, wir fangen heute mit dem Plank an.« Er streift sich die Uhr vom Handgelenk und legt sie vor seine Matte auf den Boden. »Ich starte gleich die Stoppuhr und dann können wir ja sehen, wer es schafft, den Plank am längsten zu halten. Wenn ich allerdings gewinne, höre ich nie wieder Gezeter von dir«, setzt er hinzu und deutet mit dem Zeigefinger auf Finn.

Dieser macht zwar große Augen, stimmt aber zu.

»Alle auf Position!«, sagt Lorcan.

Jeder begibt sich zu seiner Matte. Ich lege mich bäuchlings darauf, die Arme rechts und links an meinem Oberkörper positioniert, bereit, mich hochzustemmen, sobald Lorcan das Signal gibt.

»Jetzt!«

Sofort gehe ich in den Unterarmstütz, achte darauf, dass mein Körper eine Linie bildet, und richte meinen Blick stur auf die verblichene Matte. Ich könnte die einzelnen Risse zählen, die sich in der Oberflächenstruktur über die Jahre gebildet haben. Gut, dass wir diese Übung nicht zum ersten Mal machen.

Nach einiger Zeit werden meine Muskeln schwer. Bauch und Arme beginnen zu zittern, erst nur schwach, doch dann wird das Zittern mit jeder Sekunde stärker und ebbt nicht mehr ab. Einzelne Schweißtropfen bahnen sich ihren Weg über meine Oberarme Richtung Boden. Ich presse meine Zähne aufeinander. Noch will ich nicht aufgeben, zumal ich nicht weiß, wie es den anderen ergeht. Meinen Kopf zur Seite zu drehen würde mich zu viel Kraft kosten. Mir entfährt ein leises Stöhnen. Mein ganzer Körper zittert so stark, dass ich ihn nicht mehr lange oben halten kann. Meine Körperspannung lässt nach und schließlich breche ich schwer atmend auf der Matte zusammen.

Sofort drehe ich meinen Kopf. Marc hat ebenfalls aufgegeben, doch zu meinem Erstaunen hält sich Finn noch immer tapfer oben. Allerdings lässt er sich nach wenigen Sekunden zur Seite fallen und ich beobachte, wie sich seine Brust hastig aufbläht und wieder in sich zusammenfällt. Kurz nach ihm gibt auch Isaac auf. Jetzt hält nur noch Giulia mit Lorcan mit.

Ich lege meinen Kopf in den Nacken und schaue zu Lorcan. Sein Blick ist auf die Matte unter ihm gerichtet. Er wirkt konzentriert, jedoch nicht angestrengt. Giulia hingegen zittert sichtbar. Noch immer hält sie durch. Ich richte mich auf und setze mich in den Schneidersitz. Isaac steht auf und geht zur Armbanduhr hinüber. Nach einem kurzen Blick darauf hält er sieben Finger in die Höhe. Sieben Minuten! Bislang mussten wir den Plank immer nur zwei oder drei Minuten halten. Giulia hat bereits mehr als die doppelte Zeit geschafft.

Doch dann ist es auch für sie vorbei. Schließlich sitzen wir alle auf unseren Matten und schauen Lorcan bei seinem Plank zu. Minute um Minute vergeht. Irgendwann hebt er seinen Kopf und sieht uns kurz an. Er stoppt die Uhr und setzt sich ebenfalls hin.

»Irgendwelche Fragen?«

Neidisch registriere ich, dass er nicht einmal aus der Puste ist.

Finn hält das restliche Training über seinen Mund und strengt sich mehr an als sonst. Die abschließende Entspannungsphase genieße ich besonders. Durch den Planking-Wettbewerb ist mein Körper völlig ausgepowert. Zum Glück dauert es nicht mehr lange, bis ich endlich ins Bett fallen kann.

Wir sind pünktlich auf unseren Zimmern. Schnell mache ich mich bettfertig, damit ich eingekuschelt noch ein bisschen lernen kann, insbesondere das, was ich heute im Unterricht verpasst habe. Doch schon setzt sich Giulia auf meine Bettkante und nimmt mir das Tablet aus der Hand.

»Was ist los?«, will sie von mir wissen.

»Hm?«, mache ich.

»Heute. Im Unterricht. Warum du hinaus?«

Ich muss über ihre Ausdrucksweise schmunzeln.

»Erzählen!«, fordert sie mich auf und lehnt sich mit ihrem Oberkörper entspannt über meine Beine. Den Kopf stützt sie auf ihre Hand.

Ich unterdrücke ein Seufzen und überlege, wie ich ihr davon erzählen kann, ohne sie dabei zu beunruhigen. Außerdem ist mir das Ganze ziemlich peinlich.

»Du weißt ja, dass ich eine Frage an Kasun hatte«, beginne ich schließlich unbehaglich.

Giulia nickt aufmerksam.

»Kasun hat eine Neun gerufen, damit der Unterricht nicht gestört wird. Wir sind vor die Tür gegangen und er hat mir alles erklärt.«

Ich fühle mich schlecht, weil ich Giulia anlüge. *Keine Geheimnisse*, hat Isaac erst heute Morgen gesagt, aber jetzt sitze ich hier auf meinem Bett und habe genau das: ein Geheimnis. Eines, das lediglich Lorcan mit mir teilt.

»Ist nett? Neun?« Giulia scheint meine Gewissensbisse nicht zu bemerken.

»Ähm ...« Wie soll ich darauf nur reagieren? »Ja, er hat mir sehr klare und eindeutige Antworten gegeben.« Ich zwinge mich zu einem Grinsen.

Giulia lächelt. »Welche Antworten?«

»Dass das Auge bereits versucht hat, mit den Tenalern zu verhandeln, aber es hat nicht geklappt. Kannst du mir mein Tablet wiedergeben? Ich muss mir noch mal durchlesen, was wir im Unterricht besprochen haben.«

Mein Ablenkungsmanöver funktioniert. Giulia reicht mir mein Tablet und verschwindet anschließend im Bad. Erleichtert atme ich auf und rufe die Datei über die Tenaler auf.

Der Freitagvormittag verfliegt rasend schnell. Die körperliche Erschöpfung, die sich eigentlich nach dem Training einstellt, bleibt heute aus. Zu groß ist die Vorfreude auf das bevorstehende freie Wochenende. Unser Team trifft sich in der Eingangshalle. Kaum zu fassen, dass wir uns erst seit zwei Wochen kennen - mir kommt es viel länger vor. Wir drücken uns alle gegenseitig, was einige Minuten in Anspruch nimmt.

»Also, ich hoffe, wir sehen uns Montag wieder.« Isaac winkt uns fröhlich zu, doch hinter seinem Lächeln versteckt sich ein Schatten.

»Wir werden uns wiedersehen.« Finn schaut ihn eindringlich an. »Du bist jetzt Teil einer Geheimorganisation, Teil des geilsten Teams hier. Wir lernen, wie man Außerirdische verjagt. Du bist Superhero Reza und der ist unsterblich.«

Isaac lacht laut auf. »Ich werd's mir merken. Superhero Reza.« Er schmunzelt. »Und das geilste Team sind wir definitiv. Macht's gut, ihr Loser!«

»Selber Flasche!«, sagt Finn.

»Selbe Flasche!« Giulia wiederholt seine Worte und bringt uns damit zum Lachen.

Isaac verschwindet in einem der Ankunftsräume, wir anderen teilen uns ebenfalls auf.

Tief atme ich durch, als ich die Kugel von dem Regal hebe. Für zwei Tage kann ich endlich zurück in mein altes Leben.

KAPITEL 12

Mein Herz schlägt kräftig, als ich den Schlüssel ins Schloss der Wohnungstür stecke. Noch nie in meinem ganzen Leben war ich so lange von meinem Vater getrennt. Etliche Szenarien spielen sich als Kopfkino in meinen Gedanken ab.

Als ich die Tür öffne und den Flur betrete, kriecht mir der leckere Duft nach gebratenem Lamm in die Nase, der mir sofort das Wasser im Mund zusammenlaufen lässt. Dad kocht?

Schnell schlüpfe ich aus meinen Schuhen, lasse die Tasche zu Boden gleiten und begebe mich zur Küche.

»Hast du den Lauch kleingeschnitten?« Joyce sieht zu meinem Vater, der ihr gerade eine Schüssel reicht, deren Inhalt sie in einen großen Topf schüttet.

»Hey«, sage ich grinsend in den Raum hinein.

»Maeve! Mit dir haben wir noch gar nicht gerechnet.« Joyce ist sofort da, um mich zu umarmen. »Wir wussten nicht, wann genau du kommst, deswegen machen wir Cawl.« Sie geht wieder zum Herd hinüber und rührt den Eintopf um.

»Das Lammfleisch ist also schon drin?«, frage ich und umarme meinen Vater. »Hallo Tad«, sage ich leise an sein Ohr.

Dad antwortet nicht, doch als wir uns voneinander lösen, schimmern Tränen in seinen Augen. Sanft streiche ich ihm über die Wange und er lächelt mich glücklich an.

»Jetzt sind alle Zutaten im Topf«, informiert mich Joyce, die unseren

Vater-Tochter-Moment nicht mitbekommen hat. »In ein paar Minuten können wir essen.«

Ich decke den Tisch ein und als wir gemeinsam in der Küche sitzen, mit leckerem Cawl auf den Tellern, fühlt sich mein Herz unglaublich leicht an.

»Wie waren deine ersten beiden Wochen? Hast du schon viel gelernt?«, fragt Joyce, bevor sie sich einen Löffel Eintopf in den Mund schiebt.

Ein Stöhnen kommt mir über die Lippen. »Du glaubst gar nicht, wie viele Informationen das waren. Ich hoffe, dass sie im Laufe der Ausbildung weniger werden, sonst wird mein Kopf spätestens Ende des Jahres wegen Überfüllung geschlossen.«

Joyce und Dad lachen und ich stimme mit ein, bevor Dad mit einem Mal ernst wird.

»Wie geht es dir?«, will er wissen.

Ich strecke meine Hand aus und lege sie auf seine. »Mir geht es gut, Dad. Ich habe schon jetzt viele nette Menschen kennengelernt. Die Ausbildung mit ihnen macht Spaß.« Ich lächle ihn an und er wirkt erleichtert.

»Dann gefällt es dir gut dort?«

Einen kurzen Moment zögere ich. »Ja. Ich teile mir ein Zimmer mit Giulia, die in meiner Klasse ist.«

Ob mir das alles tatsächlich zusagt, weiß ich noch gar nicht. Meine Teamkameraden könnten zu echten Freunden werden. Doch die bedrohlichen Situationen mit Dios, die Angst von Lorcan und das Kämpfen machen es mir verdammt schwer, diesen Ort zu mögen. Wichtiger als meine Sorgen sind jedoch die möglichen Hinweise und die Suche nach meiner Mutter. Deswegen sollte ich meine Bedenken erst mal für mich behalten.

»Wie ist dein Ausbilder so?«, fragt Joyce weiter.

»Streng«, kommt es mir sofort über die Lippen. »Aber ich denke, er ist in Ordnung.«

Joyce fängt an, spitzbübisch zu grinsen. »Und gibt es ein paar interessante Kerle?«

Dad wirft ihr einen überraschten Blick zu, bevor er seinen Kopf tief über seinen Teller senkt, so als wollte er meine Antwort unter keinen Umständen hören.

Ich muss mir ein Lachen verkneifen. Normalerweise führen Joyce und ich solche Gespräche unter vier Augen. Dad ist es nicht gewohnt, dass wir in seiner Gegenwart so offen darüber sprechen. Allerdings gibt es von meiner Seite auch nicht viel zu erzählen.

»In meinem Team sind drei Jungen, aber ich kann noch nicht sagen, ob mich einer von ihnen interessiert. Dazu kenne ich sie zu wenig.«

»Und wie sehen sie aus?« Joyce lässt nicht locker und hebt in ihrer Vorfreude auf ein paar interessante Details ihre Augenbrauen.

Ich antworte ihr mit einem Augenrollen. »Sie haben alle Haare auf dem Kopf, zwei Ohren und einer von ihnen trägt einen Kinnbart.«

»Hätte ich ein Kissen hier, würde ich dich damit jetzt bewerfen«, gibt sie zurück, muss jedoch grinsen.

»Da ist nichts Interessantes. Aber ich habe das Gefühl, dass du sehr wohl Neuigkeiten hast. Also raus mit der Sprache.«

Ihr Grinsen verwandelt sich in ein glücklich-verliebtes Strahlen, das ich so bei ihr noch nie gesehen habe. »Du erinnerst dich an Brad?«

»Den du beim Einkaufen angerempelt hast und für den du anschließend monatelang geschwärmt hast? Wie könnte ich diesen Namen vergessen?« Ich zwinkere ihr zu und sie bekommt tatsächlich rote Flecken auf den Wangen.

»Ja, genau der.«

»Hast du dich nochmal mit ihm getroffen?«

»Das könnte man so sagen, ja.«

Auf einmal kratzen die Stuhlbeine meines Vaters über die Fliesen. Hastig räumt er seinen leeren Teller in die Spüle und verlässt die Küche, bevor er sich peinliche Details über Joyces Liebesleben anhören muss. Erneut muss ich mir ein Lachen verkneifen. Ich richte meine Aufmerksamkeit wieder auf meine beste Freundin.

»Was heißt: Könnte man so sagen?«, frage ich.

»Dass wir uns nicht einfach nur getroffen haben.« Vielsagend sieht sie mich an.

Ich ziehe eine Augenbraue hoch. »Seid ihr zusammen?«

Mit hochrotem Kopf nickt Joyce, ein Grinsen auf den Lippen, das beinahe von einem Ohr zum anderen reicht.

»Nein!«, rufe ich aus, ebenfalls grinsend. Ich schiebe meinen Stuhl zurück und gehe zu Joyce, um sie fest in den Arm zu nehmen. »Ich habe schon die ganze Zeit darauf gewartet. Das ist so cool! Ich freue mich unglaublich für dich.« Ich drücke ihr einen Kuss auf die Schläfe und begebe mich zurück zu meinem Platz.

»Ich bin so unfassbar glücklich«, sagt sie mit leiser Stimme.

Plötzlich fährt mir ein Stich durchs Herz. Das ist genau das, was ich mir mein ganzes Leben schon wünsche: einfach nur glücklich sein. Doch mit dem Verschwinden meiner Mutter und der Erkrankung meines Vaters erscheint mir das unmöglich.

Ich versuche, nicht länger darüber nachzudenken, sondern meiner Freundin ihr Glück zu gönnen. Wenn sie glücklich ist, bin ich es auch. Zumindest gebe ich mir die beste Mühe.

Zurück im Auge will ich endlich mit den Nachforschungen zu meiner Mutter anfangen. Die ersten zwei Wochen brauchte ich zur Orientierung, doch mehr Zeit will ich nicht vergeuden.

Als der Unterricht am Montag beendet wird, verabschiede ich mich von meinen Teamgefährten. Giulia wird sowieso noch einen Englischkurs besuchen und die anderen wollen den Abend im Garten verbringen. Ich sage ihnen, dass ich eventuell später dazustoße, dann setze ich mich in die nächste Moca.

Ich schalte mein Tablet ein und rufe die Seite mit den Raumnummern auf. Da ich keine Ahnung habe, wie ich die Suche nach meiner Mutter angehen soll, habe ich beschlossen, mir erst einmal einen Überblick über die vielen Räumlichkeiten zu verschaffen. So riesig, wie das Hauptgebäude des Auges ist, nutzen wir nur einen Bruchteil der Räume für den Unterricht. Natürlich gibt es viele Orte, die ich nicht einfach so ohne Weiteres betreten kann - zum Beispiel die Schlaf- oder Nassräume. Dennoch erhoffe ich mir, irgendwo einen Hinweis auf den Verbleib meiner Mutter zu finden.

Ich starte bei einem der Klassenzimmer und gehe von dort aus zu Fuß weiter. Die nächste Tür gleitet lautlos zur Seite und gewährt mir Zutritt. Das hier ist ebenfalls ein Klassenzimmer, auch wenn ich es vorher noch nie betreten habe. Ich glaube nicht, dass ich hier etwas Aufschlussreiches finde, gehe aber trotzdem zum Schrank und öffne ihn. Darin befinden sich Utensilien, die ich nicht kenne. Verwundert greife ich mir den gummiartigen Stoff und ziehe ihn auseinander. Das scheint irgendein Anzug zu sein. Achselzuckend schiebe ich diesen zurück auf seinen Platz. Der Rest ist vermutlich Zubehör - die Fernbedienung ist das Einzige, das ich als solche erkenne. Enttäuscht schließe ich den Schrank und da es hier sonst nichts weiter zu entdecken gibt, verlasse ich das Klassenzimmer.

An diesem Abend schaffe ich es, acht Räume zu überprüfen. Mir sinkt der Mut, als ich daran denke, wie viele Orte es noch gibt und wie lange ich wohl brauchen werde, bis ich alle überprüft habe. Normalerweise müsste ich die Suche anders angehen, müsste Beziehungen zu langjährigen Mitarbeitern aufbauen, um sie schließlich über meine Mutter auszufragen. Doch erstens war das noch nie meine Stärke und zweitens könnte es sein, dass ich einen Brocken lostrete, wenn ich die Suche nach meiner Mutter öffentlich mache. Immerhin bin ich mir sicher, dass sie uns nicht freiwillig verlassen hat. Und da ich nicht weiß, wem ich hier vertrauen kann und wem nicht, gehe ich vorerst subtil bei meiner Suche vor.

Die nächsten Monate verfliegen wie in wenigen Momenten. Ich komme bei meiner Nachforschung zu Mum nur mäßig voran, noch immer gibt es so viele unerforschte Räumlichkeiten. Allerdings lebe ich mich allmählich ein. Das Training ist mittlerweile erträglich, wir alle machen große Fortschritte. Giulia hat unermüdlich die englische Sprache gelernt, sodass sie sich inzwischen sehr gut ausdrückt und alles versteht.

Ich stupse sie an. Hier in der Moca sind wir ungestört und ich muss unbedingt noch eine Sache von ihr erfahren.

»Verrätst du es mir jetzt? Bitte, bitte, bitte!« Ich mache die größten Murmelaugen, zu denen ich imstande bin.

Giulia lacht. »Nein.«

Dieses eine Wort habe ich so oft von ihr gehört, aber ich gebe nicht auf.

»Ist es der gute, starke und überaus attraktive Finn?«

Ich klimpere mit den Wimpern, während ich sie genaustens beobachte, doch Giulia schaltet mal wieder auf Durchzug. Sie verrät mir nicht, wer ihr Herz schneller schlagen lässt, sondern hat den Blick auf ihr Übersetzungsprogramm gerichtet. Ich seufze und lege meine Hand darüber.

»Das brauchst du doch gar nicht mehr«, sage ich. »Dein Englisch ist nahezu perfekt geworden.«

»Man kann immer dazulernen.«

»Ja, und ich möchte gern dazulernen, in wen du dich verliebt hast.«

»Mamma mia! Du bist schlimmer als meine Mutter! Ich werde es dir nicht verraten! Jetzt nicht und in zehn Jahren auch nicht. Erst wenn wir zusammen sind.«

Ich verdrehe die Augen. »Warum dauert es nur so lange?«

»Maeve, es dauert Zeit. Ich weiß nicht, ob er mich mag oder nicht.«

»Lass mich das doch rausfinden! Du sagst mir, wer es ist, und ich unterhalte mich unauffällig mit ihm. Dann hast du Gewissheit.«

Kaum dass die Moca zum Stehen gekommen ist, springt Giulia aus dem Fahrzeug.

»Auf keinen Fall!«

Mit schnellen Schritten geht sie auf den Unterrichtsraum zu, sodass ich mich beeilen muss, sie einzuholen.

Trotzdem hat sie sich bereits zwischen Finn und Isaac gesetzt, als ich den Raum betrete. Leider kann ich sie nicht weiter ausquetschen, weil wir in Lorcans Unterricht keine privaten Unterhaltungen führen dürfen. Und nachdem Isaac kurz nach unserem ersten freien Wochenende eine ganze Stunde im Türrahmen stehen und von dort den Unterricht mitverfolgen musste, halten wir uns konsequent an die Regeln.

Ich setze mich neben Marc. Komisch, dass Lorcan noch nicht da ist, normalerweise ist er der erste im Raum. Die anderen nutzen seine Abwesenheit und beginnen, sich zu unterhalten. Ich lehne mich ebenfalls zu ihnen hinüber, um zuzuhören. Isaac hält ein Blatt Papier in der Hand.

»Ich lese ihn euch mal vor. Also. Meine Herz-Liebste, ich -«

»Herbst-Liebe? Was ist das denn für ein komischer Brief?«, unterbricht ihn Finn.

»Herz-Liebste!«

»Das ist aber ein merkwürdiger Begriff. Ich kenne nur Herzallerliebste oder Herzensliebe oder eben Herbstliebe.«

»An wen richtet sich der Brief?«, mische ich mich ein.

»Oh, da wirst du dich freuen, Maeve. Der Brief geht an unsere Herzensfreundin Samira Merizadi. Hach, wie gut sich dieser Name aussprechen lässt ...« Er drückt das Blatt Papier an seine Brust und schließt verträumt seine Augen.

Wie auf Kommando prusten wir los.

»Dieser Brief wird sie zur Weißglut bringen. Vielleicht ärgert sie sich sogar so sehr, dass -« Isaac bricht ab, als jemand den Raum betritt und nach vorne zum Schreibtisch geht. Es ist nicht Lorcan. Sofort sind wir still und wenden uns Alice Stone zu.

»Ich bin Alice und ich mache heute die Vertretung.«

»Was ist mit Chester?«, will Finn wissen. »Heute Morgen beim Training war er noch putzmunter.«

Auch ich wundere mich darüber. Er hat nichts von Vertretung gesagt und in den letzten acht Wochen, in denen wir bereits den speziellen Unterricht bei ihm haben, ist es noch nie vorgekommen, dass wir einen anderen Lehrer hatten.

»Das wundert mich, dass er euch nicht informiert hat. Schließlich steht es schon länger fest, dass ich heute Nachmittag die Vertretung übernehme.«

»Wieso?«

»Er hat sich freigenommen, weil er Samstag Geburtstag hat. Das ist eine der wenigen Ausnahmen, weswegen man sich freinehmen darf.« Sie macht eine Pause, bevor sie fortfährt: »Ihr habt die Grundlagen der

Selbstverteidigung abgeschlossen, richtig? Was genau habt ihr schon geübt? Welche Techniken? Steht einfach mal auf und macht es vor. So kann ich mir am besten ein Bild von eurem Wissensstand machen.«

Es wird eine reine Wiederholungsstunde. Alice scheint ganz nett zu sein, aber irgendwie beschleicht mich das Gefühl, dass sie uns nichts beibringen will. Klar führt sie ein anderes Team an, aber letztendlich ist es doch egal, welchem Team man angehört, wenn plötzlich die Tenaler angreifen. Dann sollte es im Interesse aller sein, dass wir auf demselben Stand sind.

Auch das Training am nächsten Morgen übernimmt Alice. Sie hat für uns einen Parcours aufgebaut, den wir mehrfach durchlaufen müssen. Allerdings empfinde ich diesen als nicht so anstrengend wie die, durch die Lorcan uns scheucht. Nachdem wir zweieinhalb Monate mit bloßem Muskelaufbau zugebracht haben, trainiert Lorcan inzwischen endlich unsere Fähigkeiten. Alice hat es geschafft, den Parcours so aufzubauen, dass er nicht zu leicht ist, uns aber auch nicht wirklich herausfordert. Mein Gefühl von gestern verstärkt sich und ich bin froh, wenn wir nächste Woche wieder mit Lorcan trainieren. Das ist zwar anstrengender, doch wenigstens bringt es uns nach vorn und macht uns besser. Trotz seiner strengen Art schätze ich Lorcans Ehrlichkeit sehr und irgendwie will ich mich dafür erkenntlich zeigen. Mir kommt die Idee, ihm ein Geburtstagsgeschenk zu besorgen. Irgendeine Kleinigkeit, über die er sich freut. Da wir das Wochenende freihaben, könnte ich es ihm persönlich vorbeibringen.

Ich blinzle zu Alice hinüber, doch sie bekommt nicht mit, dass ich in Gedanken bin.

Während ich ein Hindernis nach dem anderen bewältige, denke ich daran, wie schnell Lorcan bemerkt, wenn man unkonzentriert ist und sich ablenken lässt. Doch Alice scheint alles egal zu sein, solange wir nur irgendwie an ihrem Parcours dranbleiben. Selbst als Isaac und Finn mal wieder quatschen, ermahnt sie die Jungs nicht. Ich kann mir nicht vorstellen, dass sie ihren eigenen Unterricht genau so abhält. Doch für heute soll es mir egal sein. So kann ich in Ruhe darüber nachdenken, was ich Lorcan schenken will.

Es ist kurz nach fünf am Samstag, als der Bus an der letzten Station anhält und ich aussteige. Eigentlich wollte ich früher hier sein, aber ich habe den Bus verpasst und musste eine Stunde auf den nächsten warten. Es ist ziemlich genau ein halbes Jahr her, dass ich Lorcan besucht und ihn zum Auge und zu der Ausbildung ausgefragt habe. Sollte er nicht zu Hause sein, lege ich ihm das Geschenk auf die Veranda.

Beim Betreten des Grundstücks fallen mir zwei Fahrzeuge auf, die neben dem alten Pick-up geparkt sind. Lorcan scheint also da zu sein, allerdings hat er offensichtlich Besuch, weswegen ich ihn nicht stören will. Ich werde das Geschenk einfach auf die Hollywoodschaukel legen.

Das Holz unter meinen Füßen knarzt leise, während ich die Stufen emporsteige. Mit dem Geschenk in der Hand fixiere ich die Hollywoodschaukel mit den blauen Kissen. Ich platziere die Schachtel so darauf, dass sie gut sichtbar ist. Das silberne Geschenkpapier hebt sich dabei von dem Blau der Kissen ab. Aus dem Augenwinkel nehme ich eine Bewegung wahr und zucke zusammen, als sich neben mir die Haustür öffnet.

Ein Mann, ungefähr Mitte dreißig, sieht mich überrascht an.

»Hi, äh … ich wollte nur ein Geschenk vorbeibringen. Für Lorcan«, sage ich überrumpelt und nervös, nehme die Schachtel und halte sie prompt dem Fremden entgegen.

Dieser nimmt das Geschenk verdutzt an sich. Schnell streiche ich mir die Haare hinters Ohr und mache einen Schritt nach hinten. Dann fällt mir auf, dass meine Narbe sichtbar ist, und ich spüre, wie mir die Hitze in die Wangen schießt.

»Ich kann Lorcan gern rausholen«, bietet der Fremde an, doch ich winke sofort ab.

»Nicht nötig. Ich wollte gar nicht stören.« Ich lege meine Hand aufs Geländer und bin froh über den Halt. »Einen schönen Tag noch.« Ich drehe mich um und haste die Stufen hinunter.

»Warte mal«, ruft mir der Mann hinterher. »Wie heißt du denn?«

Ich schaue zurück. »Maeve«, sage ich und er nickt mir zu. Als er im Haus verschwindet, atme ich erleichtert durch und vergrabe meine Hände in den Jackentaschen. Nie zuvor habe ich mich so nervös erlebt und ich kann mir selbst nicht erklären, warum.

Deutlich ruhiger gehe ich die Auffahrt entlang Richtung Straße. Gerade, als ich das Grundstück verlasse, höre ich Lorcan meinen Namen rufen. Das Herz schlägt mir bis zum Hals, als ich mich herumdrehe und sehe, wie er mit dem Geschenk in der Hand auf mich zugelaufen kommt. Im nächsten Moment muss ich mir das Lachen verkneifen, weil Lorcan eine Schürze trägt. Einige Haarsträhnen haben sich aus seinem Dutt gelöst.

»Du bringst ein Geschenk vorbei, um anschließend zu verschwinden?«, fragt er mich, als er vor mir stehenbleibt.

»Happy Birthday«, sage ich verlegen. »Du hast Besuch und ich wollte nicht stören.«

Lorcan winkt ab. »Das sind nur meine Brüder, die sind öfter hier.«

Hinter ihm sehe ich, wie der Mann, der die Haustür geöffnet hat, in eines der Autos steigt.

»Oh, und einer von ihnen fährt wohl schon«, mache ich Lorcan darauf aufmerksam.

Er wirft einen kurzen Blick nach hinten. »Cedric kommt gleich wieder. Er muss nur noch mal ein paar Getränke holen.«

Wir treten beide zur Seite, als Cedric langsam an uns vorbeifährt.

»Kommst du noch mit rein? Dann kann ich dein Geschenk aufmachen und du kannst was trinken.«

Ich krame mein Handy hervor und lasse mir die Uhrzeit anzeigen. Der nächste Bus fährt erst in einer Dreiviertelstunde zu mir nach Hause.

»Okay«, sage ich und folge Lorcan zurück zum Haus. Bisher habe ich nur auf der Hollywoodschaukel davor gesessen. Es jetzt zu betreten ist, als würde ich in eine andere Welt eintauchen. Ganz im Stil des weißen Holzhauses sind auch die Möbel innen alle aus hellem Holz.

Lorcan führt mich durch einen Flur in die Küche. Sofort fallen mir die Schüsseln und das Gemüse auf. Anscheinend war Lorcan gerade dabei, Salate herzurichten.

»Setz dich«, fordert er mich auf und gibt mir ein Glas. »Wasser? Oder möchtest du etwas anderes?«

»Wasser reicht mir, danke«, sage ich und nehme auf dem gepolsterten Holzstuhl Platz.

Lorcan schenkt mir Wasser ein und ich sehe dabei zu, wie die kleinen Kohlensäurebläschen an die Oberfläche steigen.

»Wie kommst du dazu, mir etwas zu schenken?« Er beginnt, das Geschenkpapier an den Klebestellen zu öffnen.

Ich stütze den Ellbogen auf die Tischplatte und meinen Kopf auf die Hand, während ich ihm dabei zusehe. »Du machst viel für uns und behandelst uns fair. Ich wollte mich einfach erkenntlich zeigen und habe deswegen eine Kleinigkeit besorgt.«

Lorcan grinst mir zu, bevor er die Schachtel öffnet und sein Blick an der darin befindlichen Kette kleben bleibt. Ich suche sein Gesicht nach einer Reaktion ab, kann jedoch keine Regung erkennen. Erst nach einem Moment nimmt er die Kette aus der Schachtel.

»Sie ist aus Kautschuk«, erkläre ich. »Innen mit Stahl verstärkt, damit sie beim Training nicht kaputtreißt. Ich dachte, dass der Ring dir sehr wichtig ist, deswegen wäre es schade, wenn du ihn verlieren würdest, weil dein Lederband schon so alt ist.«

Lorcan räuspert sich. »Danke. Das ist ... Danke dir. Wirklich.« Er legt die Kette zurück und wirkt dabei merkwürdig beklommen. Ist ihm das Geschenk peinlich? Oder hat es ihn so sehr berührt, dass er nicht weiß, was er dazu sagen soll?

Ich wünsche mir, dass es Letzteres ist, aber ich traue mich nicht, nachzufragen.

Erneut räuspert er sich und setzt gerade zum Sprechen an, als ihn jemand ruft. Kurz darauf erscheint ein Mann in Lederjacke im Türrahmen.

»Hey, wo hast du denn die Kabeltrommel gelassen?«, will dieser wissen. Erst dann bemerkt er mich und bekommt große Augen.

Lorcan reibt sich über den Nacken. »Connor, das ist Maeve, eine von meinen Schülern. Maeve, das ist Connor, mein Bruder.«

»Hi.« Er hebt die Hand zum Gruß und ich tue es ihm gleich. Danach wendet er sich Lorcan zu, doch der fragende Ausdruck in seinen Augen ist mir nicht entgangen.

»Die Kabeltrommel ist in der Abstellkammer.« Er deutet zur anderen Seite der Küche, wo sich eine weitere Tür befindet.

Connor verschwindet dahinter und taucht kurze Zeit später mit der Kabeltrommel in der Hand wieder auf. Er grinst mir zu, bevor er die Küche verlässt.

»Sein Motorrad hast du repariert«, stelle ich fest und Lorcan stimmt mir mit einem Nicken zu.

»Ja. Ähm …« Nervös streicht er sich die losen Strähnen zurück. So unsicher kenne ich ihn nicht und ich frage mich, was der Grund dafür ist. »Willst du nicht doch noch hierbleiben? Heute Abend kommen ein paar Leute, ich könnte dir meine anderen Brüder vorstellen …« Er zuckt mit den Schultern.

»Warum willst du mir deine Brüder vorstellen?«, frage ich, überrumpelt von seinem Angebot.

Ein Lächeln stielt sich auf seine Lippen. »Sagen wir so: Es ist weniger der Wunsch, dich meinen Brüdern vorzustellen als der Wunsch, mich ebenfalls erkenntlich zeigen zu wollen, indem ich dich zu meiner Party einlade.« Seine Augen fixieren meine und unter seinem Blick fängt meine Haut an zu kribbeln.

Ich sollte nicht hierbleiben. Es dauert nicht mehr lange, bis der nächste Bus nach Hause fährt. Ich sollte gehen, aber auf der anderen Seite keimt der Wunsch in mir auf, zu bleiben.

Das Kribbeln auf meiner Haut setzt sich in meinem Magen fort, als ich ein »Okay« hervorbringe.

Das Lächeln auf Lorcans Lippen wird breiter. Er dreht sich zu den Schüsseln und dem Gemüse um. »Ich bin gerade dabei, die Salate fertig zu machen. Wenn du willst, kannst du zugucken.«

Ich grinse. »Viel lieber würde ich dir helfen. Ich liebe es, Essen zuzubereiten.«

»Ehrlich?« Überrascht wirft er mir einen Blick zu. »Dann, gern. Ich bin nicht gerade talentiert in der Küche.«

Ich verlasse meinen Platz und geselle mich neben ihn an die Arbeitsplatte. Nach nur wenigen Minuten wird mir klar, dass Lorcan wirklich ein hoffnungsloser Fall in der Küche ist. Ich übernehme das

Kommando und Lorcan befolgt dankbar meine Befehle, sodass am Ende drei verschiedene Salate appetitlich angerichtet sind.

Die anderen Gäste trudeln gegen sieben Uhr ein. Ich habe meinen Vater angerufen und ihm mitgeteilt, dass ich später nach Hause kommen werde. Anschließend hat mir Lorcan seine anderen zwei Brüder vorgestellt: Cedric, der mir die Haustür geöffnet hat, und Percy, ein sehr ruhiger Typ. Lorcan ist der jüngste von ihnen. Gemeinsam haben wir im Garten alles aufgebaut: Musikanlage, Feuerkörbe, Tische und Bänke sowie die Getränke und das kalte Büffet. Kaum dass Lorcan mit den ersten Gästen beschäftigt ist, nutzt Connor die Gelegenheit und gesellt sich zu mir auf die Bank. Es ist kühl draußen, aber bisher noch gut auszuhalten.

»So, du bist also Lorcans Schülerin.« Er hat die Arme verschränkt und mustert mich von der Seite. Connor hat die gleichen Gesichtszüge wie Lorcan, wirkt mit seiner Lederjacke und den kurzen Haaren aber deutlich cooler.

»Ja«, antworte ich ihm und ziehe den Reißverschluss meiner Jacke etwas höher, damit die aufkommende Kälte nicht darunterkriechen kann.

»Wie kommt es, dass er noch nie von dir erzählt hat?«, will er neugierig wissen.

»Wir haben nicht viel miteinander zu tun. Es hätte mich gewundert, wenn er irgendetwas über mich erzählt hätte.«

»Und warum bist du dann hier?«

»Ich wusste nicht, dass er feiert, und wollte ihm lediglich ein Geschenk vorbeibringen. Ich finde, er hat sich eine Kleinigkeit verdient, immerhin ist er sehr ehrlich mit uns und holt das Beste aus uns heraus.«

»Was hast du ihm denn geschenkt?«

»Die Kautschukkette, die er trägt.« Ich sehe hinüber zu Lorcan, der mit einem Pärchen einige Meter entfernt steht und lacht. Nachdem er die Schürze abgemacht und weggehängt hat, hat er sich die Kette umgebunden. Die Grübchen auf seinen Wangen habe ich schon sehr lange nicht mehr gesehen. Mir war nicht bewusst, was sie für ein Glücksgefühl bei mir auslösen.

»Die Kette?«, fragt Connor erstaunt nach.

Verwundert wende ich meinen Blick von Lorcan ab. »Ja.«

»Das nennst du eine Kleinigkeit?« Ungläubig schüttelt Connor den Kopf. Er lacht auf, bevor er weiterspricht. »Verdammt, ich wünschte, ich wäre auf die Idee gekommen. Damit hätte ich mich an die Spitze seiner Lieblingsbrüder katapultiert.« Er lacht wieder. »Willst du was trinken? Ich bring dir was mit.«

»Ich nehme eine Cola, danke.«

Connor steht auf und schlendert hinüber zu den Getränken. Ich schaue wieder zu Lorcan. Obwohl ich ihn jeden Tag im Auge sehe, betrachte ich ihn zum ersten Mal ganz bewusst. Er hat seinen Dutt gelöst, sodass seine Haare offen sind, wie bei unserer ersten Begegnung. Damals sah er verwegen und gefährlich aus, heute attraktiv. Auch der graue Trenchcoat steht ihm gut, viel besser als die rote Kleidung, die im Auge für ihn Vorschrift ist.

»Hier.« Connor stellt eine Glasflasche vor mir auf dem Tisch ab. »Ich muss mal nach meiner Freundin Ausschau halten. Sie müsste eigentlich jeden Moment da sein.« Er verabschiedet sich mit einem Lächeln von mir und verschwindet zum vorderen Teil des Grundstücks.

Wenig später setzt sich Cedric mir gegenüber an den Tisch. Er ist der älteste der vier Brüder und wirkt mit seinem dunklen Jackett und dem ordentlichen Haarschnitt seriös. So sehr sie sich im Aussehen unterscheiden, so sehr ähneln sie sich in der Art, wie sie reden, lachen oder sich bewegen.

»Ich wollte mich noch bei dir bedanken. Ich weiß nicht, ob Lorcan das schon getan hat, aber falls nicht, dann tue ich das jetzt stellvertretend für ihn.«

Ich beuge mich vor und hebe fragend eine Augenbraue. Irgendjemand hat die Musikanlage lauter gedreht, sodass auch Cedric etwas lauter sprechen muss.

»Die Kette«, setzt er hinzu. »Ein besseres Geschenk hättest du ihm nicht machen können.«

Ich muss an Connors Reaktion denken. »Der Ring scheint ihm wichtig zu sein.«

»Nein. So ist das nicht. Der Ring ist nicht einfach nur wichtig. Dieser Ring bedeutet ihm sein Leben.«

»Wie meinst du das?«

»Du kennst die Geschichte nicht? Na ja, besser Lorcan erzählt sie dir.« Cedric nippt an seinem Bier und schaut zu den anderen.

Als seine Frau kommt, lässt er sich von ihr auf den Rasen ziehen und fängt an, wild zur Musik zu tanzen.

Ich bleibe allein zurück, fühle mich in der Beobachterrolle aber wohl. Die Kälte nimmt immer mehr zu und trotz der vielen Feuerkörbe fröstelt es mich. Die Wolken stehen dunkel am Himmel, beinahe schwarz. Ich hoffe, dass es nicht noch anfängt zu regnen. Weiter vorne haben Connor und Lorcan einen Tischkicker aufgebaut und immer wieder dringen laute Rufe und Gejohle durch die Musik, wenn einer der Spieler ein Tor erzielt. Viele wippen im Takt zur Musik, tanzen und rempeln sich dabei an oder stehen in Grüppchen um die Feuerkörbe herum. Noch immer kommen neue Gäste an. Lorcan gelangt von einem Gespräch zum nächsten.

Ich nehme einen Schluck von meiner Cola, während ich ihn beobachte. Es dauert nicht lange, dann ist er schon wieder verschwunden, wahrscheinlich weitere Neuankömmlinge begrüßen.

»Maeve? Du bist doch Maeve Dawson, oder?«

Ein Mann in Lorcans Alter steht neben mir am Tisch. Ich weiß, ich habe ihn schon mal gesehen, kann mich aber nicht erinnern, wo.

»Ja, du bist es! Hey, schön, dich wiederzusehen!« Zur Begrüßung nimmt er mich in den Arm. Ich bin perplex.

»Du erinnerst dich nicht mehr? Victor. Lorcan hat uns bei eurem ersten Besuch vorgestellt.«

»Ach ja, richtig. Ihr habt zusammen gelernt.«

»Genau. Darf ich?« Er deutet auf den Platz neben mir.

»Bitte.«

Er setzt sich und lächelt mich an. »Lorcan hat gar nichts davon gesagt, dass du hier bist.«

»Das war auch nicht geplant. Ich wusste nicht, dass er feiert, und wollte eigentlich nur ein Geschenk vorbeibringen.«

»Was hast du ihm denn geschenkt?« Victor nimmt einen großen Schluck aus seiner Bierflasche.

»Die Halskette, die er trägt.«

Laut prustet Victor sein Bier über den Tisch. Schnell wischt er sich mit dem Ärmel über den Mund. »Die hat er von dir?«

Bei seiner Reaktion verspüre ich ein Flattern im Bauch. Der Ring muss Lorcan wirklich wahnsinnig wichtig sein. »Ja.«

»Wow! Das war das beste Geschenk … Etwas Passenderes hättest du nicht finden können.« Er nickt anerkennend und nimmt erneut einen Schluck, diesmal jedoch nur einen kleinen.

»Was ist so besonders an diesem Ring?«

»Er hat dir noch nichts davon erzählt?«

»Nein.«

Victor atmet tief durch. »Tut mir leid, Kleine, aber dann kann ich dir auch nichts darüber erzählen.« Entschuldigend hebt er seine Schultern.

Plötzlich setzt die Musik aus und das Stimmengewirr der verschiedenen Grüppchen weht umso lauter zu uns.

»Ach hier seid ihr.« Auf einmal ist Lorcan da und gesellt sich zu uns.

Sofort wird das Kribbeln in meinem Bauch stärker. Sein erfrischender Duft nach Zitronengras überdeckt für einen Moment den Qualmgeruch der Feuerkörbe.

»Wo hast du Alice gelassen? Wollte sie nicht mit in den Garten kommen?«, will Victor wissen.

»Sie ist gegangen«, antwortet Lorcan knapp.

»Ah. Ist auch besser so.«

»Jap.«

»Alice Stone?«, frage ich.

»Mhm«, macht Lorcan und nickt.

Die Musik setzt wieder ein, irgendeine Rockballade spielt nun. »Warum ist es besser, wenn sie nicht da ist?«

»Laaange Geschichte«, wehrt Victor ab.

Anscheinend wollen sie mich nicht einweihen, also versuche ich es auf eine andere Art. »Alice hat die letzten zwei Tage Vertretung bei uns gemacht. Ist sie immer so?«

»Wie war sie denn?« Neugierig sieht mir Lorcan in die Augen und unwillkürlich verstärkt sich das Flattern in meinem Bauch.

»Ich hatte das Gefühl, als wäre sie gar nicht daran interessiert, uns etwas Neues beizubringen. Der Parcours, den wir bei ihr absolvieren mussten, war deutlich leichter als die, die du immer aufbaust.«

Lorcan und Victor fangen an zu lachen.

Ersterer streicht sich über seinen kurzen Bart und sagt dann: »Ja, so ist das bei den Ausbildern. Sei froh, dass ihr nicht Dom hattet.«

»Du meinst Dominik Schwarz?«

»Genau den. Der hätte euch vermutlich richtig leiden lassen.«

»Warum?«

»Warum? Weil es Dom ist.« Lorcan lehnt sich über die Tischplatte. »Jeder Ausbilder trainiert seine Schüler auf seine eigene Weise. Das Team ist wie die eigene Familie. Und wenn man dann in ein fremdes Team muss, gibt man sich meist nicht allzu viel Mühe. Zum Einen ist es eh nur für wenige Stunden, man hat keine besondere Beziehung zu den Schülern und zum anderen will man es den anderen Ausbildern ja auch nicht zu leicht machen, indem man die ganze Arbeit übernimmt.«

Victor lacht wieder. Ich glaube, dass sein Bier bereits erste Wirkungen zeigt.

»Ich hole mir noch was zu trinken.« Mit den Worten steht Lorcan auf und geht.

»Wie waren eure Ausbilder?«, frage ich Victor.

»Wir hatten die hübscheste Ausbilderin, die das Auge je gesehen hat. Sie hat den Schülern den Kopf verdreht, allen voran Lorcan.« Er lacht bei der Erinnerung laut auf und seine Augen leuchten. »Ja, es war nicht immer leicht, sich auf den Unterricht zu konzentrieren. Aber sie hat es trotzdem geschafft, aus uns brauchbare Kämpfer zu machen.«

»Arbeitet sie noch dort?«, frage ich.

Ein Schatten legt sich über sein Gesicht und wischt sein Lächeln weg. »Nein.«

Ich warte einen Moment, doch Victor will offensichtlich nichts weiter dazu sagen. Stattdessen leert er sein Bier und steht auf.

Es dauert nicht lange und dann nimmt Connor wieder den Platz neben mir auf der Bank ein.

»Ich dachte, ich leiste dir mal ein bisschen Gesellschaft, wo du hier so ganz allein sitzt.«

»Wo hast du deine Freundin gelassen?«, frage ich.

»Die unterhält sich mit ein paar anderen Mädels in der Küche und da lässt man sie besser in Ruhe.« Er zwinkert mir zu, bevor er einen genüsslichen Schluck aus der Bierflasche nimmt. »Sag mal, wo genau arbeitet ihr eigentlich?«

Sofort muss ich an die Verschwiegenheitserklärung denken. »Hat Lorcan das nie erzählt?«, versuche ich, um eine Antwort herumzukommen.

»Mal hat er keine Lust darüber zu reden, mal sind andere Themen plötzlich viel wichtiger und mal quatscht er irgendwas von einem Vertrag, den er nicht brechen darf. Also: Was steckt hinter seinen Ausflüchten?«

»Eine Verschwiegenheitserklärung«, sage ich schlicht.

»Aha.« Es ist offensichtlich, dass Connor mit dieser Antwort nicht zufrieden ist. »Aber es gibt doch mit Sicherheit irgendein kleines Schlupfloch oder eine Grauzone. Wie wäre es mit Pantomime?«

Seine Neugier schickt einen plötzlichen Hitzeschub durch meinen Körper. Fieberhaft überlege ich, welche Ausrede ihn daran hindert, weiterzustochern. Als Lorcan mit einem Mal an unseren Tisch kommt, atme ich erleichtert auf.

»Na, was treibt ihr zwei hier?«, will er von uns wissen.

Connor antwortet prompt: »Ich versuche, Maeve auszuquetschen, aber bislang gelingt mir das nicht sonderlich.«

»Das ist auch gut so. Du weißt ganz genau, dass wir nicht über die Arbeit reden dürfen.«

»Wer hat denn gesagt, dass ich sie über eure Arbeit ausfrage?« Connor hebt seine Braue und Lorcan tut es ihm gleich, was mich Schmunzeln lässt.

»Ich glaube, Ann-Lee ist auf der Suche nach dir.« Lorcans Blick ist unverkennbar auffordernd.

»Das glaube ich zwar nicht, aber ich habe den Wink mit dem Zaunpfahl verstanden.« Connor steht auf und macht den Platz für Lorcan frei.

Als er sich neben mich setzt, überkommt mich erneut eine Hitzewelle, aber diesmal ist seine Nähe daran schuld.

»Was wollte er wirklich von dir?« Lorcan sieht mir direkt in die Augen. Sie wirken kleiner als sonst, wahrscheinlich durch die Wirkung des Alkohols.

»Er hat mich über unsere Arbeit ausgefragt.«

»Aha. Dachte ich es mir doch.« Ein selbstzufriedenes Grinsen bildet sich auf seinen Lippen. »Er kann ganz schön penetrant sein, deswegen muss man ihm öfter mal Einhalt gebieten.«

Schweigend sitzen wir nebeneinander. Ich weiß nicht, was ich zu ihm sagen soll. Da sind so viele Fragen, aber ich habe das Gefühl, dass jetzt nicht der richtige Moment ist, um ihn darauf anzusprechen.

»Ist alles okay bei dir?«, fragt er plötzlich.

»Ja, natürlich.«

»Und du langweilst dich auch nicht zu sehr?«

»Ich wurde bisher gut von deinen Brüdern und Victor unterhalten.«

»Oha. Ich hoffe, Victor hat nicht zu viel aus dem Nähkästchen geplaudert.«

»Er hat mir nur von eurer Ausbilderin erzählt«, antworte ich mit einem Grinsen.

Lorcan stöhnt.

»Er meinte, du wärst sehr beeindruckt von ihr gewesen.«

Ein lautes Lachen bricht über seine Lippen. »Ja, das kann man wohl so sagen.« Verlegen fährt er sich mit der Hand durch die Haare.

»Er wollte mir nicht sagen, warum sie nicht mehr im Auge arbeitet.«

Lorcan versucht noch eine Weile, sein Grinsen aufrechtzuhalten, doch mit jeder verstrichenen Sekunde tröpfelt es mehr von seinen Lippen. »Vielleicht erzähle ich es dir irgendwann.«

»Hey Lorcan!«, ruft auf einmal jemand vom Kickertisch. »Komm her, du bist als Nächstes dran!«

»Kommst du mit?« Erwartungsvoll sieht er mich an.

»Gern.«

Als wir aufstehen, nimmt Lorcan meine Hand in seine. Mein Herz vollführt einen Flickflack und ich genieße, wie Lorcans Wärme meine Kälte vertreibt.

KAPITEL 13

Am Kickertisch leert Lorcan seine Bierflasche, stellt sie auf dem Boden ab und beginnt ein neues Spiel mit Percy. Ich sehe dabei zu, halte weiterhin meine Cola-Flasche in der Hand und muss jedes Mal lächeln, wenn Lorcan ein Tor erzielt und die Menge johlt.

»Na, wie macht sich Lorcan?«, will Victor wissen, der sich neben mich gestellt hat.

»Er führt«, antworte ich ihm.

»Ja, darin war er schon immer gut.« Er stößt mit seiner Flasche gegen meine, wobei das Geräusch im Gejohle der Gäste untergeht. Victor nimmt einen Schluck und plötzlich kommt mir eine Idee. Behutsam ziehe ich ihn einen Schritt zur Seite.

»Sagt dir der Name Juna Dawson etwas?«

»Du heißt doch Dawson mit Nachnamen«, stellt er irritiert fest.

»Ja. Juna ist meine Mutter.«

»Und warum sollte ich sie kennen?« Interessiert neigt er seinen Kopf zur Seite, was mich unweigerlich an einen Welpen erinnert.

»Meine Mutter ist vor zwölf Jahren verschwunden und alles, was sie mir hinterlassen hat, ist ein Stein, bei dem es sich allerdings um außerirdische Materie handelt. Ich vermute, dass das ein Hinweis auf ihren Verbleib ist, und demnach müsste sie im Auge sein. Lorcan war lange Zeit weg und du hast mit Sicherheit andere Kontakte als er. Ich dachte, vielleicht hast du ihren Namen irgendwann schon mal aufgeschnappt.«

Victor seufzt. »Leider habe ich nichts aufgeschnappt. Aber wenn du möchtest, höre ich mich ein bisschen um.«

Meine Mundwinkel ziehen sich wie von allein nach oben und ein Glücksgefühl flutet mein Innerstes. Dankbar proste ich ihm zu.

Nachdem wir beide einen Schluck genommen haben, fragt er: »Hast du noch ein weiteres Anliegen?«

Ich will gerade verneinen, als mir doch noch etwas einfällt.

»Kennst du Dios?«

»Nikolas Dios? Ja klar. Ich glaube, jeder Kämpfer kennt ihn. Schließlich ist er für uns verantwortlich.«

Bei den Worten stutze ich. »Wie meinst du das?«

»Es gibt für jede Abteilung einen Zuständigen aus der Leibgarde. Nikolas war früher selber Kämpfer. Er kennt unsere Aufgaben also am besten.«

Mir fällt auf, dass Victor ihn beim Vornamen nennt.

»Was hältst du von ihm?«, frage ich deswegen gespannt.

»Er ist ein netter Kerl.«

»Ein netter Kerl?«, rutscht es mir in viel zu hoher Tonlage heraus. Um meine Verlegenheit zu überspielen, spreche ich schnell weiter. »Bislang habe ich nicht so gute Erfahrungen mit ihm gemacht.«

Victor lacht auf. »Ja, davon hat mir Lorcan schon erzählt.«

Ich verschränke die Arme vor der Brust. Warum muss Lorcan so etwas weitererzählen?

»Hey, er macht sich nur Sorgen und wollte einen Rat von mir«, sagt er entschuldigend, weil er meinen Gesichtsausdruck vermutlich bemerkt hat. »Willst du noch etwas trinken? Ich bringe dir was mit.«

»Nein, vielen Dank.« Ich lächle ihm zu, aber als er verschwindet, habe ich das Gefühl, dass er mein Lächeln mitnimmt.

Während die anderen wieder jubeln, stelle ich mein leeres Glas auf den Tisch und mache einen Spaziergang ums Haus.

Da der Wald direkt daran angrenzt, gibt es keinen Zaun. Hinter dem Haus ist es dunkel, die Wolken verdecken noch immer den Mond. Ich reibe mir über die Arme, um die Kälte zu vertreiben, und wünsche mir die Wärme zurück, die mein Körper produziert hat, als Lorcan neben mir saß. Plötzlich höre ich ein leises, hohes Maunzen, irgendwo vom Boden her. Ich hocke mich hin, kann vor mir jedoch nichts erkennen. Da streift mich etwas Weiches an den Fingerspitzen: Kitty. Behutsam lege ich meine Hand an ihren Bauch und hebe sie vorsichtig hoch. Ihr Fell ist kuschelig weich. Da sie sich nicht wehrt, halte ich sie auf dem Arm und setze meinen Spaziergang fort.

Als ich bei der Haustür ankomme, nehme ich mit Kitty auf der Hollywoodschaukel Platz. Ihr Fell zu streicheln wirkt beruhigend und ihr Körper gibt Wärme an meine Beine ab. Hier vorne höre ich die Musik gedämpft, vielleicht wurde sie aber auch etwas leiser gedreht. Zwischendurch beobachte ich, wie sich Freunde von Lorcan verabschieden und entweder zu Fuß oder im Auto das Grundstück verlassen.

Ich weiß nicht, wie lange ich schon in der Schaukel sitze. Kitty ist eingeschlafen und auch ich werde müde. Ich sollte Lorcan suchen gehen. Vorsichtig, um Kitty noch nicht zu wecken, greife ich in meine Jackentasche und hole mein Handy hervor. Bis das Taxi hier ist, habe ich genug Zeit, um mich zu verabschieden.

»Hier steckst du also.«

Ich zucke zusammen, als Lorcan die Stufen zur Veranda hochschwankt und sich dabei am Geländer festhält. Ich schiebe mein Handy zurück in die Hosentasche. Etwas schwerfällig lässt er sich neben mich auf die Schaukel plumpsen. Durch den plötzlichen Ruck hebt Kitty ihren Kopf und sieht vorwurfsvoll zu Lorcan herüber. Dieser streckt seine Hand aus und krault die Katze unsanft hinter den Ohren. Sie protestiert durch lautes Miauen, was Lorcan jedoch entweder nicht interessiert oder nicht registriert. Der vertraute Geruch nach Alkohol dringt in meine Nase, als Lorcan spricht.

»Was machst du hier so ganz allein?«

Zumindest lallt er nicht.

»Ich bin nicht allein«, sage ich und streiche wieder über Kittys Fell, sodass sie sich entspannt und eine bequemere Position einnimmt.

»Hm, Kitty scheint dich zu mögen.«

»Ja, und ich mag sie.« Meine Mundwinkel heben sich.

Einen Moment ist es ruhig zwischen uns. Die Musik dringt zu uns hinüber, aber deutlich leiser, sodass die Stimmen mehrerer Personen zu hören sind. Worüber sie sich unterhalten, kann ich jedoch nicht ausmachen.

»Danke noch mal. Ganz ehrlich.« Lorcan lehnt sich ein bisschen zur Seite, um mich besser ansehen zu können.

»Wofür?«

Statt etwas zu sagen, hebt er mit seiner Hand die Kette mit dem Ring an.

»Gern geschehen«, sage ich. »Ich dachte mir, dass dir der Ring wichtig ist.«

»Du glaubst gar nicht, wie sehr.« Lorcan sieht aus, als müsste er sich anstrengen, seine Augen offen zu halten. Einen Moment gibt er dem Verlangen nach und schließt sie. Doch gerade als ich denke, dass er eingeschlafen ist, öffnet er sie wieder.

»Ich brauche unbedingt Wasser.« Mit diesen Worten hievt er sich hoch, kämpft erst noch mit dem passenden Schlüssel und verschwindet dann durch die Haustür. Kitty schaut ihm kurz hinterher und legt ihren Kopf schließlich wieder ab.

Nach wenigen Minuten ist Lorcan zurück. Er scheint sich Wasser ins Gesicht geschüttet zu haben, denn seine Haarspitzen sind nass und einzelne Tropfen sind auf seiner Haut zu erkennen. In der Hand hält er eine Wasserflasche. Er sieht etwas fitter aus, klemmt sich ein paar Haarsträhnen hinters Ohr und setzt sich erneut neben mich.

»Ich will dir von diesem Ring erzählen.«

Sofort bekomme ich Herzklopfen. Er hat den Blick nach vorne gerichtet und für einen Moment denke ich, dass sein Kinn bebt, aber es ist so schnell vorüber, dass ich mir nicht sicher bin.

»Ich hatte mal eine Freundin - Kaitlin. Ich hab sie kennengelernt, als mein erstes Ausbildungsjahr begonnen hat. Sie war eine verdammt gute Kämpferin, hat mir viel beigebracht. Anderthalb Jahre später sind wir zusammengekommen und ich war mir sicher: Sie ist die Richtige. Nach zwei Jahren Beziehung wollte ich ihr einen Antrag machen und hab diesen Ring besorgt. Aber genau an diesem Tag wurden wir angegriffen. Es war der härteste Kampf, den ich bis zu diesem Tag miterlebt hatte. Und als es endlich vorbei war, habe ich Kaitlin gesucht und schließlich gefunden. Bei ihr stand Dios. Er hat mit einer Waffe auf sie gezielt und abgedrückt.«

Lorcan verstummt.

In meinem Kopf dreht sich ein Karussell. Tränen füllen meine Augen und ich kann Lorcan nicht ansehen.

»Das tut mir unendlich leid.« Ich muss mich räuspern, damit meine Stimme nicht wegbricht. »Warum hat er das getan?«

Ich erwarte, dass Lorcan mit »Keine Ahnung« antwortet. Doch das tut er nicht.

»Er hat sie geliebt.«

Entsetzt sehe ich zu ihm hinüber. »Was? Aber warum sollte er sie dann umbringen?«

»Weil er sie nicht haben konnte. Sie hat sich für mich entschieden.« Er nimmt einen großen Schluck aus seiner Flasche. »Ich weiß nicht, ob er mitbekommen hat, dass es ernst wurde zwischen uns, oder ob er einfach die Gunst der Stunde nutzen wollte … Klar ist aber, dass er sie getötet hat, weil sie den falschen Mann geliebt hat.«

»Warum bist du dir da so sicher?«

»Er hat mir in die Augen gesehen.« Lorcan dreht seinen Kopf zu mir und fixiert mich mit seinem Blick. »Und hat gesagt: *Jetzt sind wir quitt.* Er wollte, dass ich dasselbe fühle, was er gefühlt hat. Eine Liebe, die er nicht bekommen kann. Also sollte ich sie auch nicht haben.« Er schaut zu Kitty und fängt an, sie zu streicheln, diesmal ganz vorsichtig und zart.

Ich versuche, den Kloß in meinem Hals hinunterzuschlucken, doch es will mir nicht gelingen. Wenn Dios zu so einer Tat fähig ist, dann wird er auch vor anderen Dingen nicht zurückschrecken. Auf einmal kommt mir Victor in den Sinn.

»Victor hat Dios als netten Kerl bezeichnet.«

»Victor weiß davon nichts. Niemand weiß davon. Im Auge heißt es, dass sie beim Angriff der AIs ums Leben kam.«

»Warum erzählst du ihnen nicht die Wahrheit?«

»Bei einigen habe ich es versucht. Das Problem ist, dass ich danach Dios angegriffen habe und direkt nach dieser Tat weggesperrt wurde. Als ich wieder freikam, haben alle im Auge schon Dios' Version gehört. Victor denkt, dass mich der Tod so sehr mitgenommen hat, dass ich einen Schuldigen gesucht habe, an dem ich Rache nehmen kann. Und da Dios zum Zeitpunkt ihres Todes mit ihr im selben Raum war, hätte ich die Schuld bei ihm gesucht.«

Wieder werden meine Augen feucht. Mühsam blinzle ich die aufkommenden Tränen weg.

»Ich glaube dir«, sage ich und lege meine Hand auf seine.

»Verstehst du jetzt, warum ich versuche, dich vor Dios zu schützen?«

Sein Blick trifft meinen und hält mich fest. Das Herz schlägt mir bis zum Hals. Plötzlich fallen mir Cedric und Connor ein.

»Deine Brüder kennen die Wahrheit auch nicht?«

»Nein.« Lorcan nimmt seinen Blick von mir und starrt geradeaus. »Meinen Brüdern konnte ich die Wahrheit nicht sagen, weil sie nichts vom Auge erfahren dürfen. Sie denken, dass Kaitlin an dem Tag, an dem ich ihr den Antrag machen wollte, tot in ihrer Wohnung aufgefunden wurde. Sie glauben, dass der Täter bis heute nicht geschnappt wurde.«

Unwillkürlich wandern meine Augen zu seiner Kette und bleiben an dem Ring hängen. Ich denke daran, wie er mit seinen Freunden gelacht hat, wie er uns jeden Tag im Auge trainiert und unterrichtet. An dem Ort, an dem er seine große Liebe verloren hat. Und um seinen Hals trägt er den Ring, der ihn tagtäglich daran erinnert.

Lorcan ist ein verdammt starker Mensch. Er ist Dios mehr als einmal begegnet - dem Mörder seiner großen Liebe - und hat sich stets beherrscht. Wie schlimm muss es für ihn sein, dass er bestraft wurde und Dios einfach so davongekommen ist?

»Es tut mir leid«, flüstere ich und drücke seine Hand.

Als Antwort drückt Lorcan meine ebenfalls, dann atmet er tief durch und erhebt sich.

»Genug der schlimmen Erinnerungen. Ich wollte einfach nur, dass du weißt, was mir dein Geschenk bedeutet.« Er wirft mir einen langen Blick zu, den ich nicht richtig deuten kann. Ist es Trauer? Glück? Oder ein bisschen von beidem? »Wollen wir zurück?«

Mir fällt ein, dass ich eigentlich ein Taxi rufen wollte, doch nach dieser Geschichte will ich noch nicht nach Hause. Also hebe ich Kitty vorsichtig hoch, setze sie auf dem Boden ab und folge Lorcan zu den anderen.

Am Montag bin ich ziemlich aufgeregt, als es zum Unterricht geht. Ich habe niemandem vom Wochenende erzählt. Wird Lorcan so tun, als hätten wir uns nicht getroffen? Oder schenkt er mir ein verschwörerisches Lächeln, wenn er mich sieht?

Wie gewohnt sitzt er schon im Klassenraum, doch er ist nicht allein. Alice hat sich zu ihm hinuntergebeugt. Ich gehe absichtlich etwas langsamer, um zu hören, was die beiden besprechen.

»Gut, dann habe ich alle Infos«, sagt Lorcan.

»Schicke neue Kette übrigens.« Alice versucht, beiläufig zu klingen, doch die Art, wie sie die Kette und Lorcan mustert, verrät ihre Neugier. »Von wem ist die?«

»Von einer Freundin«, antwortet Lorcan nur.

Mein Magen vollführt einen holprigen Flickflack. Während ich mich setze, fange ich einen kurzen Blick von Lorcan auf. Alices Mundwinkel ziehen sich nach unten. Ihre Augen streifen über uns Schüler hinweg, bevor sie sich vom Schreibtisch abstößt und den Raum verlässt.

»Gut, fangen wir an.« Lorcan erhebt sich. »Ich habe gerade schon erfahren, dass ihr eine recht nützliche Wiederholungsstunde hattet. Also können wir gleich weitermachen und anknüpfen. Bislang haben wir immer nur die Fälle besprochen und geübt, in denen ihr euch einem Angreifer gegenüber seht. Was aber tut ihr, wenn euch auf einmal zwei Täter angreifen?«

Lorcan verhält sich wie immer, es gibt keine versteckten Blicke, kein Lächeln, das er in meine Richtung schickt. Das schwummrige Gefühl in meinem Magen verschwindet schon bald und stattdessen kehrt der Alltag zurück.

Auch das Training am Nachmittag verspricht, nicht anders zu werden. Ich sehe Lorcan nicht, als wir die Halle betreten, allerdings ist das nichts Ungewöhnliches. Vermutlich räumt er im Lager herum und holt ein paar letzte Utensilien hervor. Etwas lustlos gehe ich mit Giulia in die Umkleidekabine.

Als wir wieder herauskommen, ist Lorcan noch immer nicht aufgetaucht und stattdessen steht Dominik Schwarz vor uns.

»Mann, Mann, Mann, ihr braucht aber lange in der Umkleide. Was macht ihr erst, wenn wir angegriffen werden? Erst mal die Haare richten? Oder die Unterhose zurechtzupfen?« Kopfschüttelnd geht er vor uns auf und ab.

Ratlos werfen wir uns Blicke zu. Wie beim letzten Mal hat Lorcan uns nichts davon gesagt, dass wir Vertretungsunterricht haben werden.

»Ihr kennt mich mit Sicherheit schon. Dominik. Ich nehme an, der Parcours dort hinten, ist der, den ihr für gewöhnlich absolviert?«

Murmelnd stimmen wir ihm zu.

»Was? Ich habe euch nicht gehört! Hat Lorcan euch nicht beigebracht, zu sprechen? Wie soll man euch verstehen, wenn wir mitten im Kampf sind? Nuschelt ihr dann auch so?« Dominik schreit beinahe. Er lässt seine mächtigen Muskeln spielen. Ob bewusst oder unbewusst kann ich jedoch nicht einschätzen.

»Na ja, was soll man von euch Loser-Truppe auch anderes erwarten? Ich hoffe nur für euch, dass ihr nicht der Grund seid, warum wir den nächsten Kampf verlieren. Sonst könnt ihr gleich schon mal eure eigenen Gräber ausheben. Verlierer können wir hier nämlich nicht gebrauchen. So, und jetzt will ich sehen, wie ihr alles gebt. Aufwärmen, los!«

Widerwillig laufen wir los. Seine Ansprache hat direkt schlechte Laune verbreitet - meine hat sie sogar noch verschlechtert. Dominik treibt uns immer weiter an. Marc triezt er dabei besonders, da er der langsamste von uns ist. Vor wenigen Wochen wäre es Finn gewesen, doch der hat sich so ins Zeug gelegt, dass er die meisten von uns mittlerweile sportlich überholt hat. Von seinem Bauch ist nichts mehr zu sehen, stattdessen bilden sich immer weitere Muskeln an seinem Körper heraus.

Ich rufe mir Lorcans Worte ins Gedächtnis, aber die Tatsache, dass wir nicht Dominiks Team sind, rechtfertigt nicht diese Beleidigungen und den harten Drill schon gar nicht.

Bereits nach einer Stunde sind wir alle körperlich so ausgelaugt, dass ich nicht weiß, wie wir eine weitere Stunde überstehen sollen. Und Dominik wirkt nicht so, als würde er die letzte halbe Stunde Entspannungsübungen machen.

»O Mann, ihr seid ja langsamer als Schildkröten! Und atmen tut ihr wie eine Schwangere beim Gebären! Lorcan ist einfach viel zu lasch mit euch. Ich werde wohl mal mit ihm reden müssen.«

Er scheucht uns weiter, treibt uns fast bis zur Ohnmacht. Den Parcours müssen wir in einer völlig unrealistischen Zeit absolvieren, die niemand von uns einhält. Zur Strafe muss jeder von uns anschließend fünfzig Liegestütze machen. Und so hetzt er uns die gesamte Trainingseinheit.

»Nolan, was ist denn mit dir? Bist du eingeschlafen? Hier wird kein Nickerchen gemacht, hier wird trainiert! Also streng dich gefälligst an!«

Doch statt sich anzustrengen, bricht Marc einfach zusammen und liegt so schwer atmend am Boden, dass ich Angst habe, seine Lungenflügel könnten reißen. Ohne Mitleid zu zeigen, zieht Dominik ihn am T-Shirt wieder auf die Beine.

»Fünfzig Runden laufen. Viel Spaß!« Er lässt ihn abrupt los und Marc hat Schwierigkeiten, sein Gleichgewicht zu halten.

Mir platzt der Kragen. »Was ist überhaupt dein Problem?«, schreie ich Dominik an. Ich weiß, dass ich über die Stränge schlage, doch schlimmer ist es, diese Ungerechtigkeit weiter zu ertragen. »Er kann einfach nicht mehr! Wir alle können nicht mehr! Das, was du von uns verlangst, ist unmenschlich!«

Stille tritt ein und dröhnt in meinen Ohren. Ich weiß, dass ich zu weit gegangen bin. Dominik baut sich vor mir auf.

Mit übertriebener Freundlichkeit sagt er: »Ich sage dir, was mein verschissenes Problem ist. Ihr seid der Loser-Trupp, den niemand haben will. Ihr wurdet nicht ausgewählt, weil ihr so toll seid. Ihr wurdet nur ausgewählt, weil irgendjemand die Reihen fehlender Kämpfer füllen muss. Mein Team schafft diesen Parcours ohne Probleme in der vorgegebenen Zeit. Aber was will man schon erwarten von schlichten Lückenfüllern mit einem Ausbilder, der eigentlich gar kein Ausbilder ist. Da kann ja nichts Gutes rauskommen.« Lächelnd lässt er von mir ab und nimmt wieder seinen ursprünglichen Platz ein. »Ach ja, du wolltest Nolans Strafe auf dich nehmen, richtig, Dawson? Ich erhöhe. Du darfst erst hundert Liegestütze machen und anschließend hundert Runden laufen. Das wirst du ja wohl hinbekommen, oder?«

Diese Blöße werde ich mir nicht geben. Sofort begebe ich mich zur Matte, die mir am nächsten ist, und beginne mit den Liegestützen. Es dauert nicht lange, bis meine Muskeln schmerzen, doch ich werde jetzt nicht aufgeben. Ich konzentriere mich ganz auf die Übung, versuche sie so sauber wie möglich auszuführen, und ignoriere das Gebrüll von

Dominik, wenn er die anderen antreibt. Das hier mache ich nicht nur für Marc, sondern fürs ganze Team. Ich will, dass Dominik sieht, dass in uns mehr steckt.

Schwer atmend liege ich auf dem Hallenboden. Ich brauche einige Minuten. Nur ein paar, dann komme ich wieder auf die Beine.

»Du bist ja immer noch da, Dawson!«, ruft Dominik. »Sieh zu, dass du unter die Dusche gehst, ich will auch Feierabend machen!«

Sehr nett. Ist ja nicht so, dass er mir die Aufgabe gegeben hat, hundert Runden zu laufen. Das braucht eben seine Zeit, insbesondere, wenn man seine Kraftreserven eigentlich schon lange aufgebraucht hat.

Mühevoll stemme ich mich hoch und schleppe mich Schritt für Schritt Richtung Umkleide. Im Augenwinkel registriere ich, dass Dominik die Trainingshalle verlässt. Schwerfällig ziehe ich mich aus. Meine Sportkleidung rutscht zwischen Bank und Schrank, doch es ist mir gleichgültig. Genau so wie mir mein Duschzeug und die sauberen Klamotten egal sind, die noch im verschlossenen Schrank auf mich warten.

Barfuß tapse ich zu den Duschen, drücke auf den großen verchromten Knopf und augenblicklich prasselt das Wasser auf mich hinunter. Es ist angenehm kühl. Ich drehe mich mit dem Rücken zur Wand und lasse mich daran hinuntergleiten. Der Boden unter mir ist kalt und unbequem hart, doch das ist mir egal. Es gibt bedeutend Wichtigeres, wie zum Beispiel meinem Körper eine Verschnaufpause zu gönnen. Ich lege meine Arme auf den Knien ab und bette meinen Kopf darauf. Das Wasser fließt über meinen Rücken und durchnässt meine Haare, sodass sie mir an den Wangen und Armen kleben. Ich stoße einen Seufzer aus. Es tut so gut, sich nicht mehr bewegen zu müssen. Einfach hier zu sitzen, ohne Zeitdruck. Die anderen sind vermutlich schon lange beim Abendessen. Ich werde es heute ausfallen lassen. Mein Körper schmerzt viel zu sehr, als dass ich mich bis in die Kantine quälen möchte.

Immer wieder dringen Geräusche an mein Ohr, doch sie sind zu dumpf und meine Erschöpfung zu groß, als dass ich davon aufwachen würde. Erst als lautes Gelächter ertönt, hebe ich meinen Kopf. Sofort schießen Schmerzen in meinen steifen Nacken, doch das Stöhnen, das mir in der Kehle steckt, schlucke ich hinunter.

Das Wasser muss schon lange aus sein, denn meine Haut ist trocken und meine Haare nur noch etwas feucht. Auch das Licht im Duschraum hat sich nach Minuten der Bewegungslosigkeit ausgeschaltet und meine Kopfbewegung hat bisher nicht ausgereicht, um es wieder einzuschalten. Doch die Umkleide ist hell erleuchtet, der Lichtstrahl fällt zu mir herein.

Und plötzlich wird mir bewusst, dass die Stimmen aus der Umkleide männliche sind. Hektisch sehe ich mich um, doch ich sitze in der Falle. Hier gibt es weder eine zweite Tür noch ein Versteck.

Gerade, als ich beschließe, mich lautstark bemerkbar zu machen, damit sie ja nicht hier hereinkommen, springt das Licht an und die erste Person steht bereits im Türrahmen.

Lorcan.

KAPITEL 14

Trotz schmerzendem Steißbein presse ich mich enger an die Wand. Lorcan ist genauso schockiert wie ich. Schnell wendet er seinen überraschten Blick von mir ab und ich bin froh, dass er sein Handtuch so hält, dass es die wichtigste Stelle bedeckt.

»Entschuldige, wir hauen sofort wieder ab.« Mit diesen Worten geht er rückwärts aus dem Raum. Doch dann dreht er sich einen Moment zu früh um und ich kann nicht schnell genug wegsehen. Der Anblick seines nackten Hinterns brennt sich in meine Netzhaut ein und wird wohl für den Rest meines Lebens in meiner Erinnerung bleiben.

Ich höre, wie Lorcan jemanden dazu drängt, sich wieder anzuziehen, und wenig später fällt die Tür erneut ins Schloss. Langsam stehe ich auf und schaue vorsichtig um die Ecke. Sie sind tatsächlich verschwunden. Erleichtert atme ich aus und nehme erst jetzt mein pochendes Herz wahr. Abtrocknen brauche ich mich nicht mehr. Stattdessen fische ich nach meinen Sachen, die zwischen Bank und Spind gerutscht sind. Kein Wunder, dass sie dachten, die Umkleide wäre frei.

Als ich diese endlich verlasse, sehe ich Lorcan und Victor in der Halle auf einer Bank sitzen. Victor hat seinen Kopf auf die Hand gestützt, während Lorcan starr auf den Boden blickt. Sein rechter Fuß wippt auf und ab. Kaum, dass Victor mich bemerkt, erhellt sich sein Gesichtsausdruck und er setzt sich auf. Lorcan hebt seinen Kopf und folgt dessen Blick, doch seine Mimik zeigt keinerlei Regung.

Am liebsten würde ich einfach flüchten, aber so peinlich die Situation gerade war – ich weiß genau, dass es morgen im Unterricht nicht besser wird, wenn wir nicht darüber sprechen. Entschlossen nähere ich mich den beiden und verschränke dabei meine Arme vor der Brust.

»Was macht ihr in der Frauenumkleide?«, frage ich ohne Umschweife. Und um die angespannte Atmosphäre etwas aufzulockern, füge ich hinzu: »Gibt es irgendwelche Geheimnisse über euch, die ich kennen sollte?«

Ein Lächeln huscht über Lorcans Lippen, während Victor laut auflacht.

»Nein«, antwortet Lorcan. »Wir haben hier mit einer größeren Gruppe trainiert.«

Victor schlägt ihm freundschaftlich auf den Rücken. »*Wir haben sie trainiert*, trifft es wohl eher. Normalerweise sind auch zwei Frauen dabei, aber die hatten heute Abend eine Teambesprechung.«

»Genau«, pflichtet Lorcan ihm bei.

»Lorcan und ich sind dafür zuständig, hier alles auf- und wieder abzubauen, dementsprechend sind wir immer die Letzten in der Umkleide und müssen dann warten, bis die ersten fertig geduscht haben.« Victor reibt seine Handinnenflächen aneinander. »Und als feststand, dass heute keine Frauen mittrainieren, dachten wir, statt zu warten, nutzen wir einfach die Damenumkleide.«

»War eine doofe Idee«, murmelt Lorcan. Dann sieht er mich direkt an. »Was hast du dort eigentlich gemacht? Euer Training ist doch schon lange vorbei.«

»Ich bin eingeschlafen«, gebe ich zu.

»Unter der Dusche?«, fragt er skeptisch.

»Ja.«

»Und du hast uns nicht gehört?«

»Ich war viel zu erschöpft, um mich von den Geräuschen stören zu lassen.«

»Erschöpft vom Training?«

Ich nicke. »Warum warst du nicht da?«

Mit einem Seufzen sagt Lorcan: »Ich hatte ein Gespräch.«

Ich will ihn gerade fragen, mit wem er dieses hatte, als Victor das schon tut.

Lorcan antwortet: »Mit Dios.« Und da ich fragend eine Augenbraue hebe, fügt er hinzu: »Er wollte mich an meine Pflichten als Ausbilder erinnern. Wie es aussieht, hat er unsere GPS-Daten abgeglichen und festgestellt, dass du Samstag ziemlich lange bei mir warst.«

»Ich war auch bei dir«, erinnert ihn Victor.

»Ja, ich weiß. Allerdings bist du nicht meine Schülerin.«

Victor schnaubt. »Seit wann ist das denn verboten?«

Wieder seufzt Lorcan. »Ist es nicht. Aber Dios hat wohl Angst, dass ich meine Pflichten vernachlässigen könnte, wenn ich mich zu viel mit anderen Dingen beschäftige.«

Victor verschränkt seine Arme vor der Brust. »Das passt überhaupt nicht zu ihm. Nikolas kennt dich und weiß, dass du deine Arbeit gut machst.«

»Da ist Dominik anderer Meinung«, werfe ich ein und lenke die Aufmerksamkeit damit auf mich.

»Dann hat er die Vertretung übernommen?«, will Lorcan wissen.

Bevor ich ihm antworten kann, öffnet sich die Tür zur Herrenumkleide und drei Männer kommen heraus, zwei in Blattgrün gekleidet, einer in Anthrazit.

»Special Forces forever«, ruft der in Anthrazit und reckt eine Faust in die Höhe.

Die anderen beiden imitieren ihn. Verblüfft wende ich mich Lorcan und Victor zu. Wie zwei Schuljungen hocken sie freudestrahlend auf der Bank und versuchen vergeblich, ihr Grinsen zu verbergen.

»Special Forces?«, hake ich misstrauisch nach.

»Na ja«, beginnt Lorcan und wird vor Anstrengung, sein Lachen zu unterdrücken, rot im Gesicht. »Das ist nur ein Joke.« Er atmet tief durch und scheint endlich die Kontrolle zurückzuerlangen, seine Wangengrübchen jedoch bleiben. »Victor und ich haben früher öfter mit Nicht-Kämpfern trainiert. Versorger, Verwalter, Sucher ... Normalerweise gehört das Kämpfen nicht zu ihren Aufgaben, deswegen werden sie auf diesem Gebiet auch nicht ausgebildet. Im Fall eines Angriffs wollen einige von ihnen aber trotzdem in der Lage sein, sich verteidigen zu können, falls von uns Kämpfern niemand in der Nähe ist. Und so sind Victor und ich nachts öfter mit ein paar anderen hierher gekommen, um sie zu trainieren. Spaßeshalber haben wir uns die Special Forces genannt.«

Victor nickt, scheinbar gedankenverloren.

»Und jetzt lasst ihr sie wieder aufleben«, stelle ich fest.

»Genau das tun wir.« Victors Augen strahlen und er sieht ungeheuer stolz aus.

Als wieder mehrere Männer aus der Umkleide herauskommen, verabschieden sie sich mit demselben Gruß.

»Zurück zu dir: Dom hat die Vertretung gemacht. Wie war es?«, fragt Lorcan.

Im ersten Moment bin ich überrascht über den Themenwechsel - und sofort rumort wieder die Wut in meinem Bauch über die erlebte Ungerechtigkeit.

»Uns zu fordern und zu scheuchen ist das eine ...«, beginne ich und merke, wie schnell ich mich in Rage rede. »Aber uns zu beleidigen - dich zu beleidigen, bloß weil er dich nicht leiden kann ...« Ich atme tief durch und dränge die aufkommenden Zornestränen zurück, bevor ich alles bei Lorcan ablade. Während ich schimpfe und fluche, hört er mir still und aufmerksam zu.

»Er meinte, wir wären der Loser-Trupp, und du übrigens ein Ausbilder, der eigentlich gar keiner ist, und in Wirklichkeit will uns niemand hier haben.« Noch immer fasse ich nicht, dass wir all diese Beleidigungen und die Ungerechtigkeit ertragen mussten.

»Ja, Dom ist nicht gerade der Netteste«, stimmt Lorcan mir zu.

»Nicht der Netteste? Er denkt, er wäre etwas Besseres als wir! Er hat uns total runtergemacht, uns ungerecht behandelt und beleidigt! Sein Team ist ja sowieso viel besser als wir!«

Lorcan seufzt. »Dom mag ein Arsch sein, aber er hat recht.«

»Was?« Ich muss mich verhört haben oder Lorcan macht Witze. Doch dafür sieht er viel zu ernst aus und auch Victor zeigt keinerlei Belustigung.

»Dom hat recht. Ich bin nicht erwünscht, und ihr seid es genau so wenig. Wir sind Lückenfüller, mehr nicht.«

Mir bleibt der Mund offen stehen. Genau das waren Dominiks Worte.

»Lorcan, das -«, beginnt Victor, wird jedoch von diesem unterbrochen.

»Du weißt es, Victor. Es ist tatsächlich so.« Er wendet sich wieder mir zu. »Ganz am Anfang habe ich dir doch erzählt, dass die meisten Kämpfer Ende letzten Jahres nach Tenal gereist sind und niemand lebend zurückkam. Hätte es diese Mission nicht gegeben, hätte man uns gar nicht hierher beordert. Die Teams von Dominik und Alice wurden ausgewählt, weil ihre Schüler dazu bestimmt sind, gute Kämpfer zu werden. Sie hatten bereits die besten Voraussetzungen, als sie hierher kamen. Ihr wurdet lediglich ausgesucht, um die entstandenen Lücken zu füllen, und weil aus euch vielleicht noch ganz passable Kämpfer werden können.«

»Ganz passable Kämpfer?«, frage ich ungläubig nach.

»Ich glaube, dass in euch mehr steckt, als alle vermuten. Und ich glaube, dass ihr nicht nur passabel, sondern richtig gut werden könnt. Aber dass wir nicht erwünscht sind, sondern nur geduldet, liegt auf der Hand.«

»Wie kannst du mit Dominik jeden Tag an einem Tisch sitzen und mit ihm zusammen essen, wenn er hinter deinem Rücken so über dich lästert?«

»Das ist mir völlig egal. Ich komme gut mit ihm zurecht, und was er hinter meinem Rücken erzählt, ist mir gleichgültig. Wir sind schließlich keine Freunde.«

Ich kann nicht anders, als ihn zu bewundern. Dafür, dass er so wenig auf Lästereien gibt, dass er so ruhig bleibt und einfach sein Ding macht.

»Ich glaube, du solltest allmählich auf dein Zimmer gehen, immerhin ist es gleich Mitternacht. Ein bisschen Schlaf wird dir guttun.«

»Mitternacht?« Schockiert sehe ich mich um, bis mir einfällt, dass es hier keine Uhr gibt. »Aber dann müssen wir ja schon längst auf unseren Zimmern sein!«

Lorcan schmunzelt. »Das gilt für dich, nicht für uns.«

Victor ergänzt: »Wir trainieren oft um diese Uhrzeit, wie viele andere Kämpfer auch. Da hat man den meisten Platz und vor allem Zeit.«

Ich nicke. »Na gut. Dann werde ich mich beeilen, nicht dass Dios mich erwischt.«

Victor wirft seine Hände in die Luft. »Ich weiß gar nicht, was ihr gegen ihn habt.«

Ich sehe zu Lorcan und da ist er – der verschwörerische Blick, den ich eigentlich schon morgens im Unterricht erwartet hatte. Mit Schmetterlingen im Bauch lasse ich die beiden in der Trainingshalle zurück.

»Ich muss mit euch reden.« Ich beuge mich vor und senke meine Stimme, damit der Nachbartisch nicht zuhören kann.

»Ja, und erzählen, warum du nachts zurückgekommen bist. Dominik haben wir abends gesehen, aber du nicht.« Giulia sieht mich vorwurfsvoll an. Schon den ganzen Morgen hat sie mich gelöchert.

»Ich habe gestern etwas Wichtiges erfahren. Nämlich, dass du die ganze Zeit recht hattest, Isaac.«

Verdutzt zeigt dieser mit dem Finger auf seine Brust. »Ich? Womit?«

»Erinnerst du dich, dass du am Anfang gesagt hast, wir wären Loser und Chester wäre deswegen frustriert?«

Alle schauen mich perplex an.

»Hat Dominik dir den Quatsch ins Gehirn gepflanzt?«, meldet sich Finn zu Wort.

»Das ist kein Quatsch, sondern die Wahrheit. Und nein, ich weiß es nicht von ihm.« Ich atme tief durch. »Wir sind tatsächlich nicht erwünscht. Nur Lückenfüller, um die Risse zu stopfen, die die letzte Mission hinterlassen hat. Die Teams von Dominik und Alice sind die eigentlichen Kämpfer. Die, die auch vorher schon gewisse Talente hatten. Kein Wunder, dass sie mit ihrem Training weiter sind als wir.«

»Von was für einer Mission sprichst du?«, will Isaac wissen.

Ich schaue mich um, doch niemand achtet auf uns. »Vor etwa einem Jahr gab es eine Mission. Die meisten der Kämpfer sind nach Tenal gereist, aber keiner von ihnen kam wieder zurück. Sie wurden alle für tot erklärt.«

»Von wem weißt du das?« Finn ist sichtlich geschockt.

Für einen Moment überlege ich, ob ich meine Quelle für mich behalten soll, aber das hier sind meine Freunde, wir sind ein Team. Und um gemeinsam besser werden zu können, müssen wir uns gegenseitig vertrauen.

»Ich habe Chester gestern noch getroffen und wir haben uns unterhalten.«

»Pff, Chester ...« Finn verschränkt die Arme. »Ist euch schon mal aufgefallen, dass er der einzige Trainer ist, den wir beim Nachnamen nennen müssen?«

»Wohl eher sind Dominik und Alice die Einzigen, die beim Vornamen genannt werden. Und das vermutlich nur, damit sie cool wirken ... Ich vertraue Chester.« Herausfordernd sehe ich die anderen an. Keiner traut sich, mir etwas entgegenzusetzen. »Also, wie wollen wir weiter vorgehen? Ich habe keine Lust, von allen als Verliererin abgestempelt zu werden.«

Die anderen stimmen mir zu. Schnell entscheiden wir uns für ein paar zusätzliche Trainings.

»Meint ihr, Chester macht mit?« Finn schaut in die Runde.

»Ich würde ihm gar nichts davon erzählen«, sagt Isaac entschlossen. »Schließlich ist das unser Ding und nicht seins.«

»Aber wir können ihn doch nicht belügen«, entgegne ich entrüstet.

»Etwas zu verschweigen ist keine Lüge.«

»Das sehe ich anders.«

»Chester muss nicht darüber informiert werden, wie wir unsere zugeteilte freie Zeit verbringen«, sagt Marc. »Wir werden ja auch nicht über seine Freizeitgestaltung in Kenntnis gesetzt.«

»Gut, dann wäre das geklärt«, sagt Finn und sieht in die Runde. »Aber wer soll uns trainieren?«

»Es gäbe die Möglichkeit, uns bei den anderen Teams nach deren Trainingsmethoden zu erkundigen und anschließend auf diesen Grundlagen und unserem bereits erworbenen Wissen einen individuellen Plan zu erarbeiten.« Marc will mit dem Finger seine Brille hochschieben, bis er bemerkt, dass er Kontaktlinsen trägt.

»Das ist *die* Idee! Wir spionieren die anderen aus!« Finn strahlt über das ganze Gesicht, während Marc ihn erschrocken anstarrt.

»Das habe ich damit nicht gemeint.«

»Ist doch egal! Die Idee ist auf jeden Fall super! Wer ist dabei?«

»Wie willst du die anderen Teams ausspionieren?«, frage ich skeptisch.

»Keine Ahnung. Im Lagerraum der Trainingshalle verstecken oder so.«

»Und woher weißt du, in welcher Trainingshalle sie trainieren? Schließlich gibt es mehrere …«

»Das finden wir schon noch raus.« Finn ist zuversichtlich.

Ich lege meinen Kopf schief. »Wir brauchen einen Plan, Finn. Sonst funktioniert das Ganze nicht.«

»Ich mache das.«

Verwundert sehen wir zu Marc.

»Ich besorge uns die Informationen, die wir benötigen, wenn jemand anderes die Spionage übernimmt.«

Für einen Moment bin ich bloß in der Lage, ihn anzustarren. Marc war bislang immer der Zurückhaltendste und Schüchternste von uns, aber jetzt bietet er freiwillig seine Hilfe an, um Informationen zu besorgen.

»Wie willst du an die Infos kommen?«, fragt Isaac.

»Ich habe im Kopf bereits mehrere Möglichkeiten durchgespielt. Morgen Abend weiß ich, wann und wo das Team von Dominik Training hat. Wer übernimmt die Spionage?«

Giulia meldet sich und ahmt einen leidenden Tonfall nach. »O Chester, mir ist so schlecht … Ich glaube, ich habe meine Medikamente in der Umkleide vergessen … Ich werde sie schnell holen.«

Ich bin begeistert. »Die Ausrede ist super! Du hast heftige Unterleibsschmerzen, da kann man nichts anderes machen, als Schmerzmittel zu nehmen. Am besten kramst du vorher in deiner Tasche und stellst dann fest, dass du sie verloren hast. Falls Chester dein GPS checken kann, sieht er nur, dass du tatsächlich nach deinen Medikamenten suchst. Solange du weg bist, halte ich dir den Rücken frei.«

»Vielleicht sollte dich jemand begleiten?« Isaac schielt zu ihr hinüber und Giulia schenkt ihm ein Lächeln.

»Besser nicht«, sagt sie. »Zwei fallen leicht auf.«

Mir fällt es schwer, mich auf den Unterricht zu konzentrieren. Eigentlich warte ich nur darauf, dass Lorcan mich wegen meiner mangelnden Aufmerksamkeit vor die Tür schickt. Doch das passiert nicht. Vielleicht schreibt er meinen Gemütszustand unserem gestrigen Aufeinandertreffen zu. Wie auch immer, mir ist es recht so.

Abends fehlt Marc in unserer Runde. Wir vermuten, dass er die Informationen besorgt, die wir brauchen, und rätseln stundenlang, wie er das anstellt, doch er lässt uns zappeln. Weder bei den Mahlzeiten noch beim Training sagt er auch nur ein Wort zu seiner abendlichen Mission. Erst als wir uns gegen acht im Garten niederlassen, ist er endlich bereit, zu reden.

»Unser Plan ist nahezu perfekt«, berichtet er. »Morgen früh haben wir eine Trainingseinheit, bei der Giulia während der Übungen über Unterleibsschmerzen klagen kann.« Er sieht zu ihr. »Zufällig vergisst du deine Schmerzmittel in eurer Umkleide. Am Nachmittag belegt

Dominik mit seinem Team dieselbe Halle. Während wir bei Chester im theoretischen Unterricht sitzen, klagst du erneut über deine unerträglichen Schmerzen und begibst dich auf die Suche nach deinen Medikamenten. Du solltest das nach ungefähr einer halben Stunde machen, dann verpasst du nur die Aufwärmphase und kannst sehen, wie das Training gestaltet wird. Aber du darfst auf keinen Fall durch die normale Tür gehen! Der Lagerraum hat eine zweite Tür, die nach draußen auf den Flur führt. Dort solltest du ungesehen hineingelangen.« Marc stoppt kurz und holt tief Luft. Dann fährt er fort: »Versuch, so lange wie möglich zu bleiben. Sobald die Entspannungsphase losgeht, ziehst du dich auf demselben Weg zurück. Es müsste reichen, damit du die letzte halbe Stunde noch am Unterricht teilnehmen kannst. Über den Rest werden wir dich natürlich lückenlos aufklären.«

»Und so lange halten wir Chester hin, wenn er Fragen stellen sollte.« Isaac nickt Giulia entschlossen zu.

Viel zu schnell vergeht die Zeit. Im Training ist Giulia so überzeugend, dass ich mir zwischendurch nicht mehr sicher bin, ob es tatsächlich nur geschauspielert ist von ihr. Unwillkürlich muss ich zum Lagerraum hinüberschauen. Dort wird sie sich verstecken und durch eines der kleinen Fenster spähen. Noch hält sich meine Aufregung in Grenzen, doch ich weiß, dass sich das ändern wird, wenn die Zeit gekommen ist.

Ich behalte recht. Schon das Mittagessen ist eine Qual für mich. Trotz dessen, dass sich mein Körper ausgelaugt fühlt, bekomme ich kaum etwas herunter. Giulia scheint das Ganze weniger auszumachen. Obwohl sie den gefährlichsten Teil übernimmt, isst sie völlig normal.

Und dann ist so weit. Wir sitzen im Klassenraum und Lorcan erzählt uns etwas über die verschiedenen Arten von außerirdischer Materie. Ich versuche, so gut es geht, Notizen zu machen, doch meine

Konzentration liegt mehr auf meinen Händen, die seit Betreten des Raumes angefangen haben, leicht zu zittern. Das darf Lorcan auf keinen Fall sehen.

Neben mir fängt Giulia an, hektisch in ihrer Tasche zu wühlen. Sie krümmt sich und stöhnt. Lorcan schaut zu ihr.

»Maeve?« Sie dreht sich zu mir und ich lehne mich in ihre Richtung. »Hast du Schmerzmittel?«

Bedauernd schüttle ich den Kopf. Ihre Hand wandert zu ihrem Bauch und mit schmerzverzerrtem Gesicht beugt sie sich weit nach vorne.

»Was ist los, Mariani? Immer noch Schmerzen?«

Giulia bringt nur ein Nicken zustande.

Lorcan greift zu seiner eigenen Tasche. Er öffnet sie und lässt seine rechte Hand darin verschwinden. Ich halte die Luft an. Das darf nicht wahr sein! Wieso haben wir an diese Möglichkeit nicht gedacht? Lorcan fördert einiges aus seiner Tasche zu Tage, dann hält er eine Blisterpackung in der Hand. Doch sie ist leer.

»Tut mir leid, ich dachte, ich hätte noch welche. Am besten gehst du zur Krankenstation und lässt dir neue geben.«

Giulia nickt und steht hastig auf.

»Dawson, geh mit.«

Panisch drehe ich mich zu Giulia. Sie schaltet schnell und winkt ab.

»Nicht nötig. Ich schaffe das. Maeve muss aufpassen für mich.« Sie schenkt mir ein Lächeln und geht.

Dann fällt mir das GPS ein. Sollte Lorcan eine Möglichkeit haben, nachzusehen, wo Giulia sich befindet, wird er schnell feststellen, dass sie einen ganz anderen Weg eingeschlagen hat. Mir wird schwummrig im Magen. Einfach hoffen und beten. Hoffen und beten.

Lorcan fährt mit dem Unterricht fort. Ich muss mich konzentrieren, schließlich müssen wir Giulia hinterher über alles informieren. Lorcan legt drei kleine schwarze Plättchen vor uns auf den Tisch. Sie erinnern mich an Tabletten.

»Was seht ihr?« Lorcan geht vor uns auf und ab und beobachtet uns dabei.

Nacheinander nehmen wir jedes einzelne in die Hand, besehen es uns von allen Seiten, fühlen die Beschaffenheit, die mal rau und mal glatt ist, und geben es dann weiter.

»Gibt es einen Unterschied?« Lorcans Blick wandert aufmerksam von einem zum anderen.

»Sie unterscheiden sich weder in Größe noch in Gewicht. Einzig ihre Farbe variiert sowie die Oberflächenbeschaffenheit.« Marc hat gesprochen, bevor Lorcan ihn drangenommen hat.

»Richtig. Diese I-Materie bekommt ihr, wenn ihr die Ausbildung beendet habt.« Er nimmt eine der drei Plättchen in die Hand. »Seht ihr diese Farbe? Schwarz, und ganz wichtig: matt. Eine Tablette reicht, damit ihr für mehrere Stunden unsichtbar seid - allerdings nur für Menschen, die nicht von Tenal stammen. Die Dauer der Wirkung hängt davon ab, wie gut euer Körper die Materie verträgt. Es ist also besser, das Ganze vorher zu testen, bevor man es anwendet.«

Er zeigt uns die zweite Tablette, ebenfalls schwarz, aber glänzend.

»Für die hier braucht ihr eine Sondergenehmigung der Leibgarde. Denn damit seid ihr für alle unsichtbar, selbst für den Regenten.«

»Wie funktioniert diese Materie?« Marc scheint ehrlich interessiert zu sein, während ich mich dazu zwingen muss, zuzuhören und nicht in Gedanken bei Giulia zu verweilen.

»Beide Tabletten wirken in unserem Gehirn und sorgen dafür, dass Botenstoffe ausgesandt werden. Unser Körper erhält das Signal, sich unsichtbar zu machen, was auf zwei unterschiedliche Weisen passiert.

Bei der I-1 Materie verändert sich unsere Haut, ähnlich wie bei einem Chamäleon, und passt sich der Umgebung an. Es gibt spezielle Kleidung, die sich ebenfalls anpasst, sodass es für das normale Auge sehr schwer ist, uns zu entdecken. Unsere Sinne, insbesondere der Riech- und Hörsinn, sind jedoch besonders ausgeprägt und können solche Tricks leicht entlarven. Unser Herzschlag und der Geruch verraten uns. Dadurch können wir Menschen, die von Tenal stammen, nicht täuschen. Für alle anderen wird es schwer, das Ganze zu durchschauen.«

Er legt die matt-schwarze Tablette zur Seite und hält die zweite hoch.

»Diese hier wirkt noch etwas anders. Sie verändert nicht nur unsere Haut, sondern auch unseren Geruch. Ein weiterer Botenstoff wird ausgeschüttet. So wie wir anfangen zu schwitzen, wenn wir Angst haben, sendet unser Körper einen neutralen Duft aus, der von anderen Gerüchen aus der Umgebung schnell überdeckt wird. Zusätzlich werden unser Herzschlag und unser Atem ruhiger und leiser, sodass das Ohr eines Tenalers uns nicht mehr klar identifizieren kann. Andere Geräusche sollte man trotzdem nicht machen. Denn dann hilft auch die beste Tarnung nicht. Aber wie gesagt, ohne Sondergenehmigung bekommt ihr nicht mal einen Krümel von dieser I-2 Tablette.«

Zusammen mit der I-1 Materie lässt er sie in einem kleinen Etui verschwinden.

»Und zu guter Letzt: diese hier. Die I-3 Materie.« Er hält eine dritte Tablette hoch. »Ihr erkennt sie leicht an ihrem grünlichen Schimmer. Wenn ihr die schluckt, wird die Wirkung der anderen beiden sofort wieder aufgehoben. Habt ihr bis hierhin irgendwelche Fragen?«

Meine Finger fliegen, so schnell es geht, über mein Tablet, um alles mitzuschreiben. Giulia müsste inzwischen in der Trainingshalle sein.

Oder besser gesagt in deren Lagerraum. Ich hoffe inständig, dass sie von niemandem entdeckt wird. Hier würde ihr die I-2 Materie echt helfen.

»Ich schicke euch jetzt eine Datei und will, dass ihr euch alles durchlest, was dort drinsteht.« Lorcan hat nun ebenfalls sein Tablet auf dem Arm.

Nur wenig später leuchtet die Benachrichtigungszeile auf. Ich tippe mit dem Finger darauf und öffne die Datei, doch bevor ich diese lesen kann, ruft Lorcan mich auf.

»Dawson, einmal mitkommen.«

Verwundert schaue ich auf. Lorcan geht bereits Richtung Tür. Erstaunt drehe ich mich zu den anderen. Sie sehen mich nur stumm an. Als ich aufstehe, schlägt mir die Übelkeit mit voller Wucht auf den Magen.

Kaum, dass wir auf dem Flur stehen, schließt Lorcan die Tür und führt mich wenige Schritte weg.

»Was ist los?«, will er von mir wissen.

Ich stecke meine Hände in die Hosentaschen, um das Zittern zu verbergen.

»Ich weiß nicht, was du meinst.«

»Du bist unkonzentriert und abwesend. Worüber machst du dir Gedanken?«

Verdammt. Warum ist Lorcan nur so ein guter Beobachter? Mein Herz rast schon wieder, genau wie mein Gehirn auf der Suche nach einer passenden und vor allem plausiblen Antwort.

»Unser nächtliches Treffen ist drei Tage her, das wird es also wohl kaum sein«, überlegt Lorcan laut.

»Nein«, sage ich. »Das ist es nicht.«

»Und was dann?«

»Ich mache mir Sorgen.«

»Wegen Giulia?« Lorcan ist überrascht. »Ich glaube nicht, dass du dir wegen ihr Sorgen machen musst.«

»Nein, es ist auch nicht Giulia, sondern mein Vater.« In dem Moment, in dem ich es ausgesprochen habe, weiß ich, dass es stimmt. Bis jetzt habe ich noch nicht wirklich darüber nachgedacht, doch ein unbestimmtes Gefühl begleitet mich schon seit einigen Wochen, ohne dass ich es bisher in Worte fassen konnte.

»Was ist mit deinem Vater?«

»Eigentlich nichts. Genau das ist es ja. Es ist schon viel zu lange ruhig. Ich weiß, dass es immer mal wieder Kleinigkeiten gibt und dass er weiterhin trinkt. Aber bislang waren alle meine Besuche total friedlich. Keine Streitereien, keine Szene, die er mir gemacht hat, weil ich mich so selten blicken lasse. Und bisher war es immer so, dass es irgendwann eskaliert ist, wenn ich gerade dachte, dass es besser wird. Ich warte förmlich nur darauf, dass irgendetwas passiert. Und davor habe ich Angst.«

Lorcan scheint nachzudenken. Von mir aus müsste er auch gar nicht antworten, schließlich wüsste nicht einmal ich, was ich an seiner Stelle dazu sagen könnte. Doch Lorcan antwortet mir.

»Ich glaube, es bringt nichts, sich deswegen verrückt zu machen. Genieß die schönen Momente, die du mit ihm verbringen kannst. Wenn es kommt, dann kannst du es sowieso nicht verhindern. Aber ich verstehe, dass du dir Gedanken machst.«

Dankbar lächle ich ihn an. Meine Übelkeit zieht sich zurück und auch das Zittern meiner Hände wird weniger. Ich wende mich der Tür zu, um zum Unterricht zurückzukehren.

»Eine Frage habe ich aber noch.«

»Ja?« Meine Hand lag fast schon auf der Klinke.

»Nolan scheint heute der Einzige zu sein, der sich an meinem Unterricht beteiligt. Mich interessiert, warum Reza und Sutherland genau so abgelenkt und unkonzentriert sind. Hast du dafür auch eine Erklärung?«

KAPITEL 15

Ich kann es nicht fassen. Kann nicht glauben, was ich da gerade getan habe. Unsicher schiele ich zu Isaac und Finn hinüber. Sie wirken fast wie immer, nur ein bisschen angespannt. Eine Stunde. Nur noch eine Stunde, dann ist Giulia wieder hier. Aber vermutlich wird Lorcan nicht mehr so lange warten, bis er auch Fragen über Giulia stellt.

Eine Gänsehaut kriecht mir über den Rücken. Lorcan war mir so nah. Ich konnte sogar seinen leichten Duft nach Zitronengras riechen. Sofort musste ich an seinen Geburtstag denken, als er neben mir auf der Schaukel gesessen und mir von dem Ring erzählt hat. Er hat sich mir anvertraut. Die Buchstaben verschwimmen vor meinen Augen und ich schließe sie für einen Moment. Was habe ich getan?

Ich fühle mich schuldig, beschämt und hoffe inständig, dass Isaac und Finn mir das nicht übel nehmen. Aber in diesem Augenblick habe ich keine passendere Lösung gefunden.

Seufzend lege ich meinen Kopf auf meiner Hand ab und versuche, halb liegend den Text vor mir weiterzulesen. Ich spüre Lorcans Blick auf mir und gleichzeitig auch wieder dieses lästige Bauchkribbeln. Den Satz, den ich gerade vor mir habe, lese ich bereits zum fünften Mal, ohne dass ich ihn richtig verarbeiten kann. Worum geht es denn überhaupt noch mal? Ich setze mich aufrecht hin. Ach ja, die I-Materie, mit der man sich unsichtbar machen kann. Vorsichtig luge ich zum Lehrerpult. Lorcan schaut auf seine Uhr. Gleich wird er uns nach Giulia fragen. Schnell senke ich meinen Kopf und tue so, als hätte ich nichts gesehen. Der Text will einfach nicht spannend genug werden.

»Sutherland, Reza, besprecht eure Probleme nach dem Unterricht!«

Mist. Jetzt glaubt Lorcan, dass sie über ihre Pläne sprechen. Pläne, die nicht existieren ... Aber was hätte ich ihm anderes erzählen sollen? Mein Plan hat immerhin funktioniert, Lorcan hat mir alles geglaubt.

Mir wird übel. Noch nie habe ich jemanden so dreist angelogen. Aber ich kann ja wohl schlecht mein eigenes Team verraten.

»Sie wollen was?«, hat mich Lorcan ungläubig gefragt.

»Na ja, Finn war bisher immer ein Außenseiter, hatte kaum Freunde, geschweige denn eine Freundin. Isaac will ihn unterstützen mit Flirttipps, ich glaube, deswegen sind sie so unkonzentriert heute.« Meine Stimme ist zum Ende hin immer leiser geworden.

Die Worte hallen in meinem Kopf nach. Wieder bete ich inständig, dass Lorcan die beiden nie darauf anspricht. Ich muss dunkelrot gewesen sein, so heiß hat sich mein Gesicht angefühlt. Aber Lorcan hat hoffentlich geglaubt, dass das daran liegt, dass mir die Geschichte so peinlich ist. Er hat es hingenommen und ich durfte mich mit gesenktem Kopf wieder auf meinen Platz setzen.

Und hier sitze ich noch immer, habe erst eine Seite gelesen, obwohl ich zeitlich längst zehn hätte lesen können. Doch mein Kopf ist einfach zu voll mit anderen Dingen. Giulia zum Beispiel. Sie ist noch nicht zurück und wird es auch in den nächsten fünfundvierzig Minuten nicht sein. Ich warte eigentlich nur darauf, dass Lorcan Fragen stellt. Stattdessen verlässt er plötzlich den Raum und lässt uns allein. Sofort fangen wir an, miteinander zu reden. Wir sind alle überrascht und fragen uns, wohin er gegangen ist. Dann wollen die anderen wissen, was Lorcan und ich draußen zu besprechen hatten. In Kurzform beichte ich ihnen die Geschichte, die ich Lorcan aufgetischt habe, und warne sie, dass sie sich konzentrieren müssen, als sich die Tür wieder öffnet und Lorcan zurückkommt.

»Kaum aus dem Blickfeld, schon lest ihr nicht mehr, sondern führt private Unterhaltungen? Habe ich euch dafür die Erlaubnis gegeben?«

Stille.

»Na schön, ihr scheint sowieso nicht bei der Sache zu sein. Ich schlage vor, ihr schließt die Datei und wir reden stattdessen über etwas anderes.«

Wir folgen seiner Aufforderung und schalten unsere Tablets aus.

Lorcan sieht uns der Reihe nach an. »Vielleicht über ein Thema, das gar nichts mit dem Unterricht zu tun hat. Zum Beispiel ...« Er scheint zu überlegen und sein Blick gleitet dabei über die Decke, bevor er ihn lächelnd auf uns richtet. »Giulia Mariani.«

Mein Herz macht einen Satz und geht dann in einen wilden Galopp über. Jetzt ist es soweit und ich habe keine Ahnung, was wir antworten sollen. Nur, dass wir ihn hinhalten müssen.

»Kann mir einer von euch verraten, was sie in der Trainingshalle macht, obwohl ich sie zur Krankenstation geschickt habe?«, fragt er.

Mein Moment ist gekommen. Ich weiß nicht, ob ich gut im Schauspielern bin, doch ich muss es einfach versuchen.

Ich tue so, als würde mir gerade etwas einfallen, dabei weite ich meine Augen und öffne meinen Mund ein kleines Stück. »Ich glaube, ich weiß, warum sie zur Trainingshalle ist. Sie hatte doch heute Morgen auch schon so Schmerzen und da hatte sie ihre Tabletten noch mit. Vermutlich hat sie die in der Umkleide vergessen oder verloren und jetzt sucht sie danach.«

Ich warte auf seine Reaktion.

»Sie sucht seit anderthalb Stunden?« Skepsis liegt in seinem Blick.

»O scheiße!«, fängt Isaac plötzlich an. »Haben nicht gerade die aus Dominiks Team da Training?«

»Was ist mit denen?«, will Lorcan wissen.

»Na ja, es gibt eine gewisse Merizadi, die kann uns auf den Tod nicht ausstehen. Was ist, wenn sie Giulia in der Umkleide entdeckt und sie fertig gemacht hat?«

»Unwahrscheinlich. So etwas ist euch untersagt, das wisst ihr und die anderen Teams wissen das auch. Gibt es noch andere Vorschläge?«

Wir schweigen. Niemandem will mehr eine plausible Erklärung einfallen.

»Gut, ich kläre das später mit ihr. Ich erinnere euch nur noch mal daran, dass ihr ein Team seid. Wenn einer Scheiße baut, müsst ihr alle dafür bezahlen.«

Lorcan hat uns früher aus dem Unterricht entlassen. Wir wissen nicht so recht, was wir mit unserer freien Zeit anfangen sollen. Unsere SOS-Nachricht an Giulia hat sie nicht gelesen und sie erscheint auch nicht zum Abendessen. Wir beschließen, zu unserem Platz unter der großen Ulme zu gehen. Dort wird Giulia uns auf jeden Fall finden. Marc reicht uns wieder Pfefferminzblätter, die wir schweigend kauen. Isaac verschluckt sich plötzlich und noch während er hustet, deutet er mit ausgestrecktem Arm hinter uns.

Giulia ist da. Sie ist unversehrt, setzt sich neben uns in den Kreis, scheint dabei allerdings nicht gerade fröhlich.

»Wie ist es gelaufen? Hat Chester dich erwischt?« Finn beugt sich nach vorne und wartet aufgeregt auf Giulias Antwort.

Diese schnaubt. »Chester ist nicht das Problem.«

»Was? Entschuldige mal, aber ich glaube, Chester ist ein ziemlich großes Problem!«

»Er hat mich erwischt, als ich in die Moca wollte. Hat gefragt, warum ich hier bin und nicht auf der Krankenstation. Ich habe ihm gesagt, meine Tabletten sind in der Umkleide und ich habe sie geholt.«

»Ja, das habe ich ihm auch erzählt«, schalte ich mich ein. »Aber das hat er mir nicht abgekauft, weil es nicht so lange dauert, die Tabletten aus der Umkleide zu holen.«

Giulia legt theatralisch ihren Handrücken an die Stirn. »Ich habe ihm gesagt, dass ich ohnmächtig geworden bin. Durch die starken Schmerzen. Niemand hat mich gesehen, also hat niemand geholfen. Es hat eine Zeit gedauert, bis ich wieder wach geworden bin. Erst dann konnte ich die Tabletten nehmen und zurückgehen.«

»Wow, du bist Wahnsinn!« Ich drücke ihr einen Kuss auf die Wange.

»Er hat mich zur Krankenstation gebracht und ich muss mich untersuchen lassen. Sie können aber nichts feststellen. Deswegen war ich so lange weg.«

Isaac lenkt das Gespräch auf den wesentlichen Punkt. »Und was ist jetzt mit dem Training? Konntest du gut beobachten?«

»Ja! Sehr gut! Aber wir haben ein Problem. Dominik hat recht. Sie sind viel besser als wir. Der gleiche Parcours, wie er uns gezeigt hat – die halbe Zeit.«

»Dann müssen wir eben schneller werden.«

»Nein. Nicht nur das. Sie sind auch stärker und treffen immer das Ziel. Nach dem Parcours haben sie gekämpft. Sie sind gegeneinander angetreten mit Ausrüstung. Wir üben Verteidigung, sie üben den Kampf!«

»Dann wissen wir jetzt, was wir zu tun haben.« Isaacs Stimme strotzt vor Entschlossenheit. »Wir müssen ebenfalls üben zu kämpfen. Das kriegen wir auf jeden Fall hin und dafür brauchen wir auch keine komplette Halle. Wir können uns einfach einen leerstehenden Raum suchen, allerdings habe ich keine Ahnung, ob überhaupt welche leerstehen.«

»Ich kenne einen«, meldet sich Marc zu Wort. »Es gibt einen ehemaligen Fitnessraum, der seit geraumer Zeit nicht mehr genutzt wird. Dort können wir ungestört üben, ohne dass uns jemand dabei entdeckt.«

»Woher weißt du von so einem Raum?« Isaac ist sichtlich beeindruckt.

»Ich gebe meine Quelle nicht preis.«

Für einen Moment sind wir still, lediglich die Blätter über uns rascheln leise im Luftzug. Schließlich klatscht Isaac in die Hände.

»Alles klar! Wir haben einen Raum, wissen, wie wir trainieren wollen und wann wir dafür Zeit haben. Ich würde sagen, morgen Abend zeigt uns Marc, wo der Raum ist und wir fangen an, oder?«

Marc führt uns am nächsten Tag in ein altes Fitnessstudio. Geräte stehen noch herum, die allerdings nicht mehr vertrauenserweckend aussehen und die wir deswegen lieber nicht benutzen wollen. Einige Deckenlampen sind defekt oder flackern und werfen groteske Schatten auf den staubigen Boden. Diverse Schleifspuren und Fußabdrücke sind zu erkennen.

»Warst du hier schon mal drin?« Finn sind die Spuren auch aufgefallen.

Marc bejaht nur knapp.

Wir haben unsere Sportkleidung mitgebracht und suchen uns zwei geschützte Ecken. In einer ziehen Giulia und ich uns um, in der anderen die Jungen. Nebenbei unterhalten sie sich lautstark, doch ich kann mich nicht auf den Inhalt konzentrieren. Mein Blick ist auf eine große Haarspange gerichtet, die vergessen auf dem Boden liegt, halb bedeckt von Staub.

Ich bücke mich, hebe sie auf und puste den Dreck herunter. Die schillernden Lilatöne kommen mir bekannt vor, eine verblasste Erinnerung schiebt sich vor mein inneres Auge.

Meine Mutter hatte früher eine Schachtel, voll mit Zopfgummis und Haarspangen in allen erdenklichen Farben und Größen. Als Kind habe ich liebend gern darin herumgewühlt, habe die schönsten Spangen herausgesucht und sie Mum in die Haare geklemmt, die Schachtel seit ihrem Verschwinden jedoch nicht mehr hervorgeholt.

Diese Haarspange hätte hervorragend in ihre Sammlung gepasst. Ob sie wirklich Mum gehört, kann ich nicht mit Sicherheit sagen. Vielleicht halte ich hier den Beweis dafür in den Händen, dass das Auge für das Verschwinden meiner Mutter verantwortlich ist, eventuell täusche ich mich aber auch und eine ganz andere Person hat diese Spange hier verloren.

»Alles gut?«, fragt mich Giulia und reißt mich damit aus meiner Starre.

Schnell lasse ich die Haarspange in meiner Hosentasche verschwinden.

»Ja, na klar«, antworte ich in viel zu hoher Tonlage und räuspere mich anschließend, um meine Stimme wieder unter Kontrolle zu bringen.

Giulia wirft mir zwar einen prüfenden Blick zu, hakt aber nicht weiter nach, wofür ich ihr dankbar bin. Zu sehr wirbeln meine Gedanken umher und wissen nicht, wie sie das Fundstück einordnen sollen. Mit Macht dränge ich sie zurück, um mich auf meine Teamgefährten konzentrieren zu können.

Wir beginnen unser inoffizielles Training wie das offizielle mit einer Aufwärmphase. Danach tasten wir uns langsam an das Thema Angriff heran. Giulia zeigt uns einige von den Griffen und Schlägen, die sie beobachtet hat. Unser Problem ist, dass uns die Schutzkleidung fehlt und wir aufpassen müssen, uns nicht gegenseitig zu verletzen. Also deuten wir alles nur an. Dabei wird uns klar, dass wir auf diese Art nicht vorankommen werden.

»Sag mal, Marc«, fängt Isaac in einer Pause an, »kannst du über Paul nicht an H-2 Materie herankommen? Dann wäre es egal, wenn wir uns verletzen. Ein paar Tropfen und wir sind wieder wie neu.«

»Ich fürchte, dass es auffallen würde, wenn plötzlich eine größere Menge davon fehlt«, sagt Marc. »Und die bräuchten wir, wenn wir tatsächlich jeden Abend üben wollen.«

»Wichtiger wäre eine eigene Schutzkleidung«, überlege ich laut. »Aber ich fürchte, das dauert noch, bis wir die bekommen ...«

»Wir können Chester fragen«, schlägt Giulia vor.

Isaac scheint sich für unsere Unterhaltung nicht mehr zu interessieren. Stattdessen steht er bei dem alten mit Rissen überzogenen Boxsack und dreht ihn langsam hin und her.

»Ich glaube nicht, dass er uns einfach so die Schutzkleidung gibt.« Finn fährt sich durch die Haare, sodass sie in alle Richtungen querstehen. »In seinen Augen sind wir noch nicht so weit. Er wird fragen, wofür wir sie brauchen, und dann müssen wir mit der Sprache herausrücken. Anschließend würde er uns die ganze Sache verbieten, schließlich lernen wir das ja früh genug.«

»Wir basteln uns eine eigene«, kommt es von Isaac.

»Was?« Wie aus einem Mund stellen wir alle die gleiche Frage, während wir uns zu Isaac umdrehen.

»Warum nicht? Material gibt es hier genug. Keiner wird bemerken, wenn wir uns einfach bedienen. Vielleicht dauert es etwas, bis wir damit fertig sind, aber immerhin können wir dann richtig üben.«

Marc hat seine freundschaftliche Beziehung zu seinem Zimmernachbarn Paul genutzt, um an Werkzeuge wie Messer und Klebeband zu kommen. Während wir den Fitnessraum auseinandernehmen, suche ich nach weiteren möglichen Beweisen, finde allerdings nichts Besonderes mehr.

Es dauert ganze drei Tage, bis wir die alten Polsterungen von den Geräten abgetrennt und daraus passende Schutzkleidung für Hände, Rumpf und Gesicht gebastelt haben. Da wir uns gegenseitig mögen, fällt es uns anfangs schwer, wirklich zuzuschlagen. Die Polsterung der Hände kommt Boxerhandschuhen nah, doch der weiche provisorische Helm ist ungewohnt und schränkt teilweise das Sichtfeld ein, weil er auch über den Nasenrücken verläuft. Mit der Zeit werden wir jedoch besser, lernen, Schläge zu setzen und einzustecken. Es passiert mir nur einmal, dass ich durch den Ruck im Kopf einen steifen Nacken bekomme.

An den freien Wochenenden füttern wir unsere Gehirne zu Hause mit Wissen aus Dokumentationen und Berichten und üben die verschiedenen Kampfkunsttechniken unter der Woche gemeinsam im alten Fitnessraum.

Auch im regulären Unterricht geht es voran. Lorcan trainiert mit uns die anderen Sinne. Wir müssen uns im Dunkeln so leise verstecken, dass er uns nicht hören kann. Es dauert jedes Mal nicht lange, bis er ausgemacht hat, wo wir uns befinden. Sein Gehör scheint besonders gut ausgeprägt zu sein oder wir machen tatsächlich sehr laute Geräusche beim Laufen und Atmen.

»Tenaler haben ein ausgesprochen feines Gehör. Sie erkennen sofort, wenn ihr irgendwo mit dem Fuß auftretet. Ihr müsst lernen, lautlos zu gehen, eure Bewegungen so langsam und ruhig auszuführen, dass ihr nur schwer zu identifizieren seid. Hier sind eure Geschicklichkeit und eure Ausdauer gefragt.«

Also üben wir. Und wenn wir abends das alte Fitnessstudio besuchen, trainieren wir im Dunkeln weiter. Dabei schärfen wir unser eigenes Gehör, denn um richtig treffen zu können, müssen wir anhand der Geräusche ausmachen, wo sich unser Gegner befindet. Dank unserer Schutzausrüstung verhindern wir blaue Flecken im Gesicht. Die restlichen können wir mit unserer alltäglichen Kleidung gut vor anderen verbergen.

Die Haarspange trage ich ständig mit mir herum. Ich habe sie Dad gezeigt, aber er hat sie nicht wiedererkannt. Danach habe ich meinen Freunden von dem Fund erzählt. Marc hat bei seiner *Quelle* nachgefragt, doch niemandem gehört sie. Nach mehreren Wochen verschwindet die Spange in den Tiefen meiner Tasche und damit auch in den hinteren Winkel meines Gehirns.

Nur noch ein Monat, dann ist Weihnachten. In unser freies Wochenende verabschieden wir uns mit den inzwischen vertrauten Worten: »Wir sehen uns wieder, Lückenfüller!« Es ist ein Running Gag geworden zwischen uns, der mich jedes Mal zum Lächeln bringt.

Als ich zu Hause ankomme, hat mein Vater ausgesprochen gute Laune. Am Samstagmorgen kaufe ich gemeinsam mit ihm frische Zutaten für unser Abendessen. Er hat sich einen italienischen Abend gewünscht, und den soll er bekommen. Am liebsten hätte ich mir noch ein paar Tipps von Giulia geholt, allerdings kocht sie nicht besonders gern.

Mein Vater und ich machen einen ausgiebigen Spaziergang und wärmen uns anschließend bei einem heißen Tee unter einer kuscheligen Decke auf dem Sofa. Wir lachen viel und ich genieße unsere gemeinsame Zeit. Dad berichtet mir von seinen letzten zwei Wochen.

Es gab einige schlechte Tage, aber er hat sich immer wieder zusammengerauft. Ich drücke ihm einen Kuss auf die Wange, habe jedoch gleichzeitig Gewissensbisse, weil meine Nachforschungen zu Mums Verschwinden bisher noch kein Ergebnis erzielt haben. Besonders für Dad will ich etwas herausfinden - in der Hoffnung, dass wenn wir etwas Handfestes haben, er mit der ganzen Sache abschließen kann. Aber Victor habe ich seit dem Montagabend nach Lorcans Geburtstag nicht mehr gesehen, und ich traue mich auch nicht, Lorcan nach ihm zu fragen, da er von meinem Auftrag an Victor nichts weiß. Um mich von den trüben Gedanken abzulenken, stehe ich auf.

»Komm, in der Küche warten die Zutaten darauf, zu einer leckeren Pizza verarbeitet zu werden.« Ich ziehe meinen Vater an den Händen hoch und er folgt mir.

Wir binden uns beide eine Schürze um, stellen die Zutaten zusammen und fangen mit dem Teig an. Es fühlt sich beinahe wie früher an, als Mum noch da war und wir uns zu dritt in der Küche gegenseitig im Weg gestanden haben.

Mein Vater schaltet das Radio ein und summt etwas schräg zu einem Oldie mit. Während der Teig im Ofen geht, machen wir es uns wieder auf dem Sofa bequem. Als die Zeitschaltuhr schrillt, schrecke ich hoch.

Nachdem ich den Teig noch einmal durchgeknetet habe, breite ich ihn auf dem Backblech aus.

Kurze Zeit später klingelt es überraschend an der Haustür und weil ich beschäftigt bin, schaut Dad nach, wer davor steht. Ich summe einen Klassiker mit, während ich anfange, die Zwiebel für die Tomatensoße zu zerkleinern. Ein Räuspern lässt mich zusammenzucken. Mein Vater lehnt in der Tür.

»Du hast Besuch.« Er verschwindet schnell im Wohnzimmer und

kurze Zeit später höre ich den Fernseher.

Verwundert lasse ich die Zwiebel liegen und schaue in den Flur. Dort zieht sich Lorcan gerade die Schuhe aus.

»Hey«, begrüßt er mich wie selbstverständlich. »Dein Vater hat mich reingelassen. Ich hoffe, das ist okay?«

Ich fühle mich völlig überrumpelt und ohne, dass ich es verhindern kann, fängt mein Herz an zu rasen. »Ja, natürlich!«, antworte ich schnell. »Ich koche gerade. Willst du dazukommen?« Meine Stimme klingt viel zu hoch und aufgeregt.

»Gern.« Schmunzelnd folgt er mir.

In meinem Kopf wirbeln die Gedanken umher. Ich frage mich, warum Lorcan da ist, doch ich traue mich nicht, nachzufragen. Inständig hoffe ich, er ist nicht hier, um mir eine schlechte Nachricht zu überbringen. Allerdings deutet sein Schmunzeln nicht daraufhin. Aber was will er dann? Unvermittelt muss ich an das letzte Mal denken, als wir privat zusammen waren, und da wurde er anschließend von Dios zur Rede gestellt.

»Soll ich dir irgendwie helfen?« Lorcan schaut skeptisch zur Zwiebel und zu den anderen Zutaten.

»Es reicht, wenn du zuguckst und mir das ein oder andere gibst«, erwidere ich zwinkernd.

Erleichtert atmet er aus. Während ich die Zutaten zerkleinere und im Topf koche, unterhalten wir uns über unwichtige Kleinigkeiten.

»Danke übrigens, dass ihr beiden mir Asyl gewährt«, sagt Lorcan plötzlich unvermittelt.

Ich horche auf. »Was meinst du mit Asyl? Bist du auf der Flucht?«

»Na ja, was heißt auf der Flucht?« Er kratzt sich am Kinn. »Irgendwie schon, ja.«

»Wovor?«

Zunächst schweigt Lorcan, er scheint zu überlegen, ob er mir davon erzählen will oder nicht. Schließlich entscheidet er sich dafür.

»Vor einer Frau. Genauer gesagt vor einem Date.«

Während Lorcan verlegen grinst, stolpert mein Herz und kann einen Fall nur mit Mühe verhindern. Mein Bauchkribbeln meldet sich vielfach verstärkt zurück und die auftauchenden Gedanken von einer möglichen Freundin schiebe ich vehement beiseite.

»Sie stand plötzlich vor meiner Tür«, verteidigt Lorcan sich, obwohl ich gar nichts dazu gesagt habe. »Hatte eine Flasche Wein in der Hand und war der Meinung, wir könnten einen romantischen Abend miteinander verbringen. Also hab ich ihr erzählt, dass ich schon ein Date habe.«

»Und da hast du an mich gedacht?« Meine Wangen beginnen zu glühen, während ich die Frage stelle. Sie ist schneller aus meinem Mund gekommen, als ich sie aufhalten konnte.

»Zuerst habe ich an Connor gedacht, der wohnt nicht weit weg. Allerdings hatte ich Bedenken, dass sie mir folgen könnte, um meine Aussage zu überprüfen. Und da sie weiß, wo meine Brüder wohnen, wollte ich das nicht riskieren. Sie kennt auch die meisten meiner Freunde. Also musste schnell eine andere Lösung her.«

»Aha. Und da hast du beschlossen, dein Date mit mir zu verbringen?« Woher nehme ich bloß dieses Selbstbewusstsein?

Ich beuge mich über den Kochtopf. Vielleicht denkt Lorcan dann, dass mein Gesicht wegen der Hitze so rot ist. Ich höre ihn leise lachen und drehe mich doch zu ihm. Er hat wieder diese süßen Grübchen.

»Kann man so sagen, ja. Wobei ich glaube, dass es da eher jemand anderes gibt, der viel lieber ein Date mit dir hätte.«

»Was?« Entsetzt wende ich mich wieder dem Kochtopf zu. »Ich glaube kaum, dass es da jemanden –«

»Reza.«

»Wie bitte?«

»Isaac Reza.«

Ich spüre seinen intensiven Blick im Nacken, bin völlig verdattert und weiß nicht, was ich darauf antworten soll. Schließlich lache ich, um die Peinlichkeit dieser Situation zu überspielen.

»Reich mir doch bitte mal die Gewürze.« Ich zeige auf die kleinen Gläschen, die ich bereitgestellt habe. Mit einem breiten Grinsen stellt Lorcan sie neben dem Herd ab.

»Du glaubst mir nicht.« Noch immer beobachtet er mich genau.

»Nein.« Ich schalte den Herd aus und stelle den Topf auf eine der kalten Kochfelder.

»Vielleicht fehlt dir einfach die Erfahrung. Man erkennt es an der Art, wie er dich ansieht.«

»Er sieht mich so an, wie jeden anderen auch«, behaupte ich.

»Nein, das tut er nicht.«

Ich versuche, mein Herzrasen zu ignorieren, und schmecke vorsichtig die Soße ab, lasse mir jedoch absichtlich Zeit, um diese Unterhaltung hinauszuzögern.

Nach einer Weile sagt Lorcan: »Was genau wird das eigentlich?«

»Pizza«, antworte ich und bin froh über diesen Themenwechsel.

»Ich habe Pizza noch nie selber gemacht. Ich kaufe die immer schon fertig.«

»Selbstgemacht schmeckt viel besser.« Ich drücke ihm den Kochlöffel in die Hand. »Hier, du kannst die Soße auf dem Teig verteilen.«

Während er meiner Anweisung nachkommt, hole ich die Zutaten für den Belag aus dem Kühlschrank und fange an, den Schinken zu schneiden.

»Ich bin in der Küche echt nicht begabt«, sagt Lorcan. »Und bevor das Essen nach stundenlanger Arbeit in die Tonne wandert, weil ich es vergurkt habe, mache ich mir lieber Fertiggerichte warm.«

»Vielleicht hängt es damit zusammen«, überlege ich laut.

»Was denn?« Lorcan stellt den Topf in die Spüle und leckt etwas Soße von seinem Finger.

»Deine Unterlippe. Seit du zurück im Auge bist und dich dort ernährst, ist sie nicht wieder eingerissen.«

»Und du meinst, das liegt an der Ernährung?«

»Könnte doch sein, oder?«

Gemeinsam belegen wir die Pizza mit den Schinkenstreifen. Statt zu antworten, zuckt Lorcan nur mit den Schultern.

Mein Magen ist voll und die Pizza restlos verzehrt. Lorcan und mein Vater unterhalten sich schon eine ganze Weile über das Thema Spionage, was nicht mein Lieblingsthema ist, aber zum Glück verstehen die beiden sich. Lorcan scheint sich damit gut auszukennen und beantwortet meinem Vater sämtliche Fragen, der aufgrund seiner Halluzinationen brennend daran interessiert ist. Ich beobachte sie dabei und kann mir ein Lächeln nicht verkneifen. Alles wirkt so natürlich und normal. Einfach nur schön. So richtig höre ich gar nicht zu.

Lorcan wirft mir einen kurzen Blick zu, bevor er meinem Vater eine weitere Frage beantwortet. Er hat die Haare wie immer zu einem Knoten zusammengebunden. Dunkelbraun wie Zartbitterschokolade wirken sie. Ich grinse und denke an Joyce. Morgen sehe ich sie noch einmal, bevor sie mit Brad für drei Wochen in ihren ersten gemeinsamen Urlaub nach Deutschland fliegt. Ich seufze, worauf mein Vater mich anschaut und ich ihm zulächle. Er sieht glücklich aus. Nur selten sehe ich diesen Gesichtsausdruck.

»Danke, dass du so gut auf meine Tochter aufpasst«, sagt er

zu Lorcan. »Die Ausbildung scheint ihr gutzutun.«

»Ich gebe mein Bestes.« Lorcan nimmt einen Schluck von seinem Wasser.

»Er ist ein toller Ausbilder«, sage ich in der Hoffnung, meinen Vater zu überzeugen, sich keine Sorgen mehr machen zu müssen. »Er bringt uns alles bei, was wir wissen müssen. Und er hat sein Herz am richtigen Platz.«

Mein Vater lächelt und Lorcan scheint tatsächlich etwas verlegen. Vielleicht ist er es nicht gewohnt, solche Komplimente zu bekommen, aber mir ist es egal - wichtig ist nur, dass mein Dad mich gut aufgehoben weiß.

Es ist schon spät, als sich Lorcan von uns verabschiedet. Ich schließe die Haustür hinter ihm und drehe mich zu meinem Vater, der ebenfalls im Flur steht und lächelt.

»Scheint ein anständiger junger Mann zu sein. Ich bin froh, dass er sich um dich kümmert, mein Schatz.« Er nimmt mich in den Arm und gibt mir einen Kuss auf die Stirn. Dann wünscht er mir eine gute Nacht.

Ich räume noch ein bisschen in der Küche auf und versuche nebenbei, die Gedanken in meinem Kopf ebenfalls ein wenig zu sortieren. Nicht zu fassen, dass Lorcan ausgerechnet hierher gekommen ist. Dass wir so einen schönen Abend zusammen hatten, gemeinsam mit meinem Vater. Er hätte ein Date haben können, aber an dieser Frau war er nicht interessiert. Ich frage mich, ob sie auf seiner Geburtstagsfeier war und ich sie vielleicht sogar schon kennengelernt habe. Doch mir ist nicht aufgefallen, dass irgendjemand versucht hätte, mit ihm zu flirten. Wer weiß, woher sie sich kennen.

Das Bauchkribbeln wird wieder stärker, als ich daran denke, dass er meine Gesellschaft seinem Date vorgezogen hat. Ob ich ihm etwas bedeute? Sieht er mehr in mir als nur eine Schülerin?

Kopfschüttelnd wische ich mit einem Tuch über die Arbeitsplatte. Ich sollte mir nichts darauf einbilden. Ich war lediglich eine Notlösung, mehr nicht. Und dennoch habe ich jede einzelne Minute des Abends mit ihm genossen. Ich wünschte, wir könnten das wiederholen, aber ihn zu fragen, traue ich mich nicht.

Seufzend gleitet mein Blick durch die saubere Küche, bevor ich das Licht ausschalte und schlafen gehe.

Wieder im Auge warte ich in der Eingangshalle auf meine Mitschüler, insbesondere auf Isaac. Ich will sehen, ob Lorcan recht hat und er mich tatsächlich anders ansieht. Sind seine zufälligen Berührungen zwischendurch doch nicht so zufällig? Ich will es nicht so richtig glauben, denn zumindest von meiner Seite aus sind wir lediglich Freunde.

Endlich kommt er aus einem der Ankunftsräume. Ich erkenne sofort, dass etwas nicht stimmt. Er wirkt abgeschlagen, das Weiß seiner Augen ist gerötet und er lässt seine Schultern hängen. Mir fällt der Krieg in seiner Heimat ein. Als er mich sieht, lächelt er und nimmt mich zur Begrüßung in den Arm.

»Hey, was ist passiert?«, frage ich. »Der Krieg?«

»Hm? Nein. Diesmal nicht. Mein Bruder macht Probleme. Will ins Drogengeschäft einsteigen, weil es ja so lukrativ ist. Er sagt, sein Leben ist sowieso nichts wert und wenn er es schafft, reich zu werden, würde er mit meiner Familie weit wegziehen, irgendwohin, wo es sicherer ist. Meine Eltern sind total fertig. Sie haben Angst, dass er sich auf die falschen Leute einlässt und sich noch mehr in Gefahr bringt, als wir es durch den Krieg sowieso schon sind. Außerdem wollen sie ihre Heimat nicht verlassen, aber das will mein Bruder nicht begreifen.«

Ich weiß nicht, was ich darauf antworten soll. Tatsächlich kann ich sowohl Isaacs Bruder als auch seine Eltern verstehen. Mir ist bewusst, dass sich unter Isaacs fröhlichem Gesicht die Sorge um seine Familie versteckt. Jedes Mal, wenn er hierher kommt, weiß er nicht, ob er seine Familie wiedersieht. Sobald er nach Hause reist, setzt er sein eigenes Leben aufs Spiel. So wie wir uns an unseren freien Wochenenden um Isaac sorgen, so macht er sich vermutlich in jeder einzelnen Minute Gedanken um seine Familie.

Überwältigt von Mitgefühl schließe ich ihn in meine Arme und drücke ihn fest an mich. Nach wenigen Minuten löst sich Isaac aus der Umarmung.

»Lass uns nicht weiter darüber reden«, sagt er. »Ich brauche ein bisschen Ablenkung. Wie war denn dein Wochenende?«

Gemeinsam schlendern wir zu den Stufen und setzen uns hin. Zu gern würde ich ihm von meinem italienischen Abend erzählen, aber das wäre nicht klug, da Lorcan nun mal unser Ausbilder ist. Und sollte er tatsächlich recht haben, würde Isaac es wahrscheinlich auch nicht gerade toll finden, wenn ich ihm von einem Treffen mit einem anderen Mann berichte. Stattdessen reiße ich mich zusammen, dränge die düsteren Gedanken nach hinten und versuche, ihm möglichst gelassen zu antworten.

»Mein Wochenende war wirklich gut«, erzähle ich. »Mein Vater macht einen glücklichen Eindruck und Joyce habe ich auch noch mal gesehen, bevor sie in ihren Liebesurlaub fliegt.«

»Uhhh«, macht Isaac und grinst verschmitzt. Er pikst mich in die Seite. »Neidisch?«

»Ein bisschen«, gebe ich zu. »Drei Wochen frei wäre echt mal was Tolles.«

»Wohin würdest du fliegen wollen?«

»Island«, antworte ich prompt. »Die Nordlichter faszinieren mich. Und du?«

»Ich würde gern mal in den Dschungel. Brasilien oder so.«

»Tarzan spielen? So flink wie du bist, könntest du dich bestimmt prima von Liane zu Liane schwingen. Und vielleicht findest du ja dann auch deine Jane.« Neckisch stupse ich ihn gegen die Schulter.

Er lacht. »Der war gar nicht schlecht. Du lernst dazu.«

»Ich lerne ja auch vom Besten!« Ich beobachte, was meine Worte für eine Reaktion auslösen. Doch abgesehen von seinem Lächeln kann ich nichts Weiteres ausmachen. Ich fürchte, Lorcan bildet sich Isaacs Blicke mir gegenüber nur ein.

Endlich kommen auch die anderen. Es klingt vielleicht verrückt, aber ich habe sie in den letzten zwei Tagen vermisst und freue mich schon jetzt darauf, wieder heimlich mit ihnen im alten Fitnessraum zu trainieren. Immerhin merken wir die ersten Fortschritte, auch wenn es nur langsam vorangeht. Doch irgendwann werden wir besser sein, werden die anderen erst ein- und schließlich überholen. Und dann werden wir beweisen, dass sich alle getäuscht haben. Dass in uns mehr Talent steckt, als sie angenommen haben, und wir zu Unrecht bloß zweite Wahl waren. Wir werden zu den Besten gehören. Davon bin ich überzeugt.

KAPITEL 16

Mit jedem Training steigern wir uns. Unser Gehör wird besser und unsere Schritte leiser. Nur mit meiner Atmung will es noch nicht so ganz klappen. Das Herzklopfen, das ich mittlerweile jedes Mal habe, wenn Lorcan und ich uns im selben Raum befinden, ist nicht gerade hilfreich. In Bezug auf Isaac glaube ich, dass Lorcan sich täuscht. Ich sehe einfach keinen Unterschied in seinem Blick, wenn er mich anschaut oder beispielsweise Giulia.

Victor treffe ich am Mittwoch in der Kantine an, doch er erbittet sich mehr Zeit, um seine Recherche zu meiner Mutter noch weiter vertiefen zu können, und so bleibt mir nichts anderes übrig, als geduldig abzuwarten.

Viel zu schnell vergehen die zwei Wochen bis zu unserem nächsten freien Wochenende. Isaacs Stimmung ist schon die ganze Zeit gedrückt, vermutlich weil er Angst vor dem hat, was ihn zu Hause erwartet, aber sprechen möchte er darüber nicht. Mit schwerem Herzen verabschiede ich mich von ihm und von den anderen.

Auf dem Weg nach Hause überlege ich, was Dad und ich zusammen kochen könnten. Vielleicht chinesische Nudeln?

Dieses Wochenende will ich mich ablenken und mal keine Dokumentationen über Selbstverteidigung und Kampfkunst schauen.

Ich bin heute etwas früh dran und beschließe kurzerhand, meinen Vater zu überraschen.

Leise drehe ich den Schlüssel in der Wohnungstür herum. Ich

grinse in mich hinein, weil das Training sich zum ersten Mal bezahlt macht, denn ich schaffe es, beinahe lautlos meine Jacke auszuziehen und an den Haken zu hängen.

Ich höre Holzbeine über den Boden kratzen, dann poltert es gewaltig, als ein Stuhl umkippt. Was darauf folgt, ist das grässlichste Geräusch, das ich je gehört habe: Ein würgendes Röcheln.

»Dad?«

Ich laufe los, stoße mich am Türrahmen, sprinte jedoch achtlos weiter ins Wohnzimmer, dann in die Küche. Das blanke Entsetzen packt mich, als ich Dad sehe, wie er an einem Seil vom Dachbalken hängt. Schnell schlinge ich meine Arme um seinen Unterleib und hebe ihn hoch. Das Röcheln verstummt oder vielleicht war es davor schon verstummt, ich weiß es nicht.

Wo ist der Stuhl? Ich drehe meinen Kopf, so gut es geht. Der Stuhl liegt auf dem Boden, für mich zu weit weg, als dass ich ihn mit meinem Fuß heranziehen könnte. Den Tisch und die anderen Stühle muss Dad aus dem Weg geräumt haben. Dann fällt mir der Knoten ein.

Im Kehlkopf spüre ich meinen Herzschlag, als ich nach oben blicke. Der Kopf meines Vaters hängt ihm auf der Schulter und ich versuche, sämtliche Emotionen beiseitezuschieben, mich ganz auf das Seil zu konzentrieren und darauf, den Knoten zu lösen.

Etwas kitzelt mich am Dekolleté. Erst jetzt werde ich mir meiner Tränen bewusst, die mir übers Gesicht fließen und ihren Weg über meinen Hals in den Pulli finden. Ich fasse Dad fester mit meinem linken Arm, umschlinge ihn ganz, um dann die rechte Hand zu lösen. Ich stöhne, als ich versuche, an den Knoten zu kommen. So sehr ich mich auch strecke, ich kriege ihn nicht zu greifen. Stattdessen spüre ich, wie Panik in mir hochsteigt. Mir wird bewusst, dass ich allein bin, es ist niemand da, der mir helfen könnte.

»Hilfe!«, schreie ich trotzdem in meiner Verzweiflung.

Nur Sekunden später fällt mir mein Handy ein. Schnell stecke ich meine zitternde Hand in die Hosentasche und hole es hervor. Aus Angst, es fallenzulassen, umklammere ich es, so fest ich kann. Ich muss unbedingt den Notruf absetzen.

Den Mann am anderen Ende der Leitung schreie ich an, unfähig, die Worte ruhig über meine Lippen kommen zu lassen. Ich bin zu panisch, kann kaum einen klaren Gedanken fassen.

»Bitte kommen Sie schnell!« Das ist mein Mantra. Ich weiß nicht, wie oft ich es am Telefon wiederhole, während der Mann am anderen Ende der Leitung versucht, mich zu beruhigen. Er fragt mich nach der Adresse und ich antworte ihm mit zittriger Stimme, merke, wie diese immer wieder zwischen den Tonlagen wechselt.

Mein ganzer Körper bebt, ich habe Angst, dass meine Muskeln mir den Dienst versagen. Ich muss durchhalten, eine Alternative gibt es nicht.

Das Handy rutscht mir aus der Hand und ich höre den Aufprall als dumpfes Geräusch, so als würde ich Ohropax tragen. Ich umklammere meinen Vater mit beiden Armen, meine Schultern beben, während ich versuche, die Schluchzer zurückzuhalten.

Ein Knall lässt mich zusammenzucken und dann kommen endlich drei Männer in den Raum, alle in Neongelb gekleidet. Ich bekomme kaum mit, was sie sagen, bin aber unglaublich erleichtert, als sie mir helfen. In wenigen Minuten haben sie das Seil gelöst und meinen Vater auf den Fußboden abgelegt. Sie überprüfen seinen Puls und die Atmung und legen ihm ein Blutdruckmessgerät an.

Einer von ihnen schiebt mich sanft aber bestimmt ins Wohnzimmer und begleitet mich zum Sofa. Kaum, dass ich sitze, habe ich das Bedürfnis, wieder aufzustehen. Ich bin viel zu aufgekratzt, um ruhig zu bleiben. Nur am Rande nehme ich wahr, dass die fehlenden Stühle und der Tisch aus der Küche im Wohnzimmer stehen.

Rastlos drehe ich meinen Kopf. Die Rettungssanitäter bewegen sich schnell, sie nennen irgendwelche Zahlen, mit denen ich nichts anfangen kann. Es kommen noch weitere dazu, eine Trage wird hereingeschoben und mein Vater darauf verfrachtet. Einer von ihnen bringt mir ein Glas Wasser, aber als ich versuche, es an meine Lippen zu heben, zittert meine Hand so stark, dass ich es absetzen muss. Die Sanitäter nehmen Dad mit und ich bin unglaublich froh, als einer von ihnen auf mich zukommt. Er begleitet mich aus der Wohnung.

Draußen steht der Krankenwagen bereit, in den mein Vater auf der Trage hineingeschoben wird.

Ich drehe mich zu dem Sanitäter, der mir geholfen hat. »Mein Vater ...«

Mehr bringe ich nicht hervor, zu brüchig ist meine Stimme.

»Wir nehmen ihn mit ins Krankenhaus. Steigen Sie ein, Sie können mitfahren.« Er deutet auf den Krankenwagen. Ich zwinge meine schwachen Beine, zu gehorchen, und meinen Körper ins Innere zu hieven. Alles, was für mich zählt, ist mein Vater.

Ich spüre nichts. Ich sehe, wie mein Körper zittert, meine Arme und meine Beine. Ich höre auch, wie meine Zähne aufeinanderschlagen. Doch spüren kann ich die Kälte nicht. Joyce ist nicht da. Drei Wochen Liebesurlaub in Deutschland. Und in unsere Wohnung will ich nicht. Ich muss woanders hin. Also setze ich weiterhin einen Fuß vor den anderen. Ein Auto blendet mich, doch es ist mir egal. Ich wende meinen Blick davon ab und gehe weiter, bis die Lichter vorüber sind und es wieder angenehm dunkel wird.

Wie spät es ist oder wie lange ich schon laufe, weiß ich nicht. Ich habe nichts bei mir, habe alles in der Wohnung gelassen. Mein Handy, meine Schlüssel und meine Jacke. Aber es ist auch nicht wichtig. Die Ärzte und Sanitäter haben mich gelobt, so schnell reagiert zu haben, doch der Stolz darüber will nicht in meinem Inneren ankommen. Nichts kommt im Moment darin an. Ich fühle mich so leer wie eine Seifenblase, die jeden Augenblick zerplatzen könnte.

Der Wind wird stärker und lässt meine Haare um mich herum tanzen. Mir ist nicht nach Tanzen zumute, allerdings fehlt mir die Kraft, meine Haare zurückzubinden. Ich habe das Gefühl, dass mich sämtliche Energie verlässt. Es ist bestimmt nicht klug, aber ich muss mich einfach auf dem Grünstreifen niederlassen. Nur kurz hinlegen, um meine Reserven aufzufüllen.

Doch kaum, dass ich im kaltfeuchten Gras liege, spüre ich bereits die Kälte des Bodens in meinen Körper hineinkriechen. Ich sollte nicht zu lange liegenbleiben.

Plötzlich muss ich an den Moment denken, in dem der Arzt auf mich zukam und mir mitteilte, dass mein Vater stabil ist. Ich habe geweint vor Erleichterung, saß mehrere Stunden an seinem Krankenbett.

Als es schließlich nachts wurde, musste ich das Krankenhaus verlassen. Da ich weder Handy noch Portemonnaie bei mir habe, konnte ich kein Taxi rufen. Abgesehen davon hätte ich sowieso nicht gewusst, wohin. Der Spaziergang sollte mir helfen, meine Gedanken und Gefühle irgendwie in geregelte Bahnen zu bekommen, aber bisher will mir das nicht gelingen. Immer wieder stelle ich mir die Frage, warum mein Vater das getan hat, warum ausgerechnet heute, wo er wusste, dass ich nach Hause kommen würde. Doch Grübeln bringt nichts. Er hat überlebt und das ist alles, was zählt.

Wenn ich nicht erfrieren will, muss ich weiter, also stehe ich auf und setze meinen Weg fort. Eigentlich sollte ich mein Portemonnaie von zu Hause holen, damit ich mir in einem Hotel ein Zimmer nehmen kann. Aber allein beim Gedanken daran, zur Wohnung zurückzukehren, wird mir so schlecht, dass ich würgen muss. Ich werde wohl einfach bis zur Morgendämmerung weiterlaufen, vielleicht kann ich dann schon zum Auge zurückkehren. Dort hätte ich mein Zimmer, regelmäßige Mahlzeiten und bräuchte weder mein Handy noch mein Geld. Allerdings könnte ich Dad nicht mehr besuchen. Jetzt ins Auge zurückzukehren kommt also nicht in Frage.

Ich hebe meinen Blick und registriere zum ersten Mal seit langer Zeit meine Umgebung. Verwundert bleibe ich stehen. Das Wohngebiet kenne ich, und plötzlich fällt mir auch ein, woher: Nur wenige Gehminuten entfernt wohnt Lorcan. Heimlich danke ich meinem Unterbewusstsein, mich hierher geführt zu haben. Vielleicht kann ich zumindest für heute bei Lorcan unterkommen. Mit dem Gedanken folge ich der Straße, gehe an der Bushaltestelle vorbei und auf den Waldrand zu. Alles ist so still hier, fast schon unheimlich.

Lorcans Grundstück ist dunkel, aber sein Pick-up steht dort. Meine Hoffnung wächst, dass er zu Hause ist.

Die Holzstufen knarzen, als ich die Treppe zur Haustür hochgehe. Nachdem ich geklingelt habe, höre ich, wie der helle Klang im Inneren verhallt, ohne dass weitere Geräusche folgen. Vielleicht ist er doch nicht zu Hause. Ich drehe mich um und gehe zur Hollywoodschaukel. Beim letzten Mal hat er mir hier von seinem Ring erzählt. Das Ganze scheint eine Ewigkeit her zu sein, dabei sind es nur zwei Monate.

Ich lasse mich in die blauen Kissen nieder, bette meinen Kopf darauf, während die Beine herunterbaumeln. Der kalte Stoff ist unangenehm an meiner Wange, aber schon bald wird er meine Körperwärme annehmen. Ich stoße mit den Füßen die Schaukel an, sodass sie sanft ins Schwingen gerät, und lasse mich davon einlullen. Mein Körper zittert noch immer, meine Augenlider sind schwer und der Rest ist es auch.

Als ich gerade wegdämmere, höre ich ein metallisches Klimpern, bevor die Haustür geöffnet wird. Lorcan ist doch zu Hause.

Ich zwinge meine Augen, sich wieder zu öffnen.

»Hey, was machst du hier?« Lorcan steht vor mir, in T-Shirt und langer Schlafhose. »Maeve?«, fragt er.

»Schlafen«, antworte ich halb fragend, halb feststellend.

»Das sehe ich. Komm mit rein, du holst dir hier draußen den Tod.«

Ich schnaube. »Ja, klar.«

»Ich meine es ernst. Komm her.« Lorcan packt mich am Oberarm und zieht mich hoch. Er stellt mich auf die Füße und schiebt mich ins Haus. Nach Stunden in der winterlichen Kälte prickelt die Wärme des Hauses auf meiner Haut. Lorcan bugsiert mich ins Wohnzimmer aufs Sofa.

»Du bist eiskalt«, stellt er fest. »Warum läufst du mitten in der Nacht bei so einer Kälte ohne Jacke herum?«

»Ich bin nicht an den Knoten gekommen.«

»Was?« Er hockt sich vor mich, sieht mir besorgt in mein nach unten gerichtetes Gesicht. »Maeve, was ist passiert? Warum bist du hier und nicht zu Hause?«

»Ich kann nicht«, flüstere ich. Und dann schüttle ich den Kopf, weil ich spüre, wie mir schon wieder die Tränen kommen und sie sich nicht unterdrücken lassen. Ein Wimmern entweicht meiner Kehle, mein Körper beginnt zu beben, während ich immer heftiger weine. Es fühlt sich an, als hätte ich in den letzten Stunden in mühsamer Arbeit einen Damm aufgebaut, um meine Emotionen irgendwie unter Kontrolle zu behalten. Doch jetzt bricht dieser und lässt alles Aufgestaute dahinter frei.

Undeutlich spüre ich, wie das Sofa neben mir nachgibt, als sich Lorcan neben mich setzt und mich in den Arm nimmt. Eine halbe Ewigkeit sitzen wir so. Lorcan versucht nicht, mich zu beruhigen. Er lässt mich einfach weinen. Genau das, was ich jetzt brauche. Er hält mich fest, gibt mir Geborgenheit, ein Stückchen Sicherheit und Zuversicht. Es ist noch mal gut gegangen, das sage ich mir in Gedanken immer wieder auf. Alles ist gut.

Mein Kopf dröhnt, die Schläfen pochen. Aber meine Schluchzer werden seltener, die Tränen weniger. Irgendwann habe ich mich soweit beruhigt, dass ich mich etwas zurücklehnen und Lorcan anschauen kann. Sein T-Shirt ist im Oberkörper- und Schulterbereich völlig nass.

»Tut mir leid«, nuschle ich und wische mit meiner Hand über die nasse Stelle auf seiner Brust, bevor ich registriere, dass das sowieso nichts bringt. Peinlich berührt ziehe ich meine Hand zurück.

Er lächelt. »Willst du jetzt darüber reden?«

Ich nicke, aber weiß nicht, wie ich anfangen soll.

Nach einer Weile fragt Lorcan: »Willst du erzählen, wie du nach Hause gekommen bist? Vielleicht hilft dir die chronologische Reihenfolge, deine Gedanken zu ordnen.«

Mit Entsetzen starre ich den Couchtisch an und flüstere: »Mein Vater wollte sich umbringen.« Erneut spüre ich das Brennen in den Augen. »Er hat sich ein Seil besorgt und damit in der Küche aufgehängt.« Meine Stimme versagt, ich bleibe stumm, fixiere nach wie vor einen Punkt auf dem Couchtisch.

»Maeve?«

Ich zucke zusammen, räuspere mich und schaffe es noch immer nicht, meinen Blick loszureißen. »Ich bin hingerannt und hab ihn hochgehoben. Aber ich konnte den Knoten nicht erreichen und meinen Vater nicht runterholen.« Ich atme tief durch, dränge die Tränen zurück. »Zum Glück konnte ich den Notruf absetzen. Sie haben ihn ins Krankenhaus gebracht, ich durfte mitfahren und irgendwann haben sie mir gesagt, dass er stabil ist. Er ist stabil«, wiederhole ich noch einmal, um mich selbst davon zu überzeugen, dass alles gut ist.

Endlich hebe ich meinen Blick und begegne dem besorgten Ausdruck von Lorcan. »Es tut mir so leid, Maeve.«

»Ich habe alles dagelassen. Meine Schlüssel, mein Handy und mein Portemonnaie.« Plötzlich fällt mir der Stein ein. Der letzte Gegenstand, der mir von meiner Mutter geblieben ist. Ihn zu verlieren, fühlt sich an, als würde ich Mum ein zweites Mal verlieren. Und nachdem Dad beinahe gestorben wäre, ist dieser Gedanke schier unerträglich für mich.

»Nein, nein, nein!« Ich raufe mir die Haare, lege dann mein Gesicht in meine Hände, bevor mir wieder die Tränen kommen.

»Was ist los?«

»Der Stein ist dort!«, würge ich hervor.

»Der Stein deiner Mutter?«

Ich kann nur nicken.

»Das macht nichts, Maeve. Den können wir morgen zusammen holen. Oder wenn du willst, hole ich ihn für dich.«

»Ich habe ihn dagelassen. Nicht eine Sekunde habe ich an Mum gedacht!« Mein Blick ist wieder verschwommen, ich kann Lorcan nicht sehen, doch das ist auch nicht wichtig. Wie konnte ich nur so vergesslich sein? Der Stein ist das Wertvollste, das ich habe!

»Maeve, hey!« Lorcan fasst mich wieder am Oberarm.

Unter Tränen schüttle ich den Kopf. »Du verstehst das nicht. Das ist das Einzige, was mir von ihr geblieben ist. Ich hätte beinahe meinen Vater verloren, und jetzt habe ich auch noch meine Mutter vergessen!

Sie ist weg, hörst du?«

Lorcan dreht meinen Oberkörper in seine Richtung. Ich sehe ihn an, auch wenn ich nur seine Umrisse durch meinen Tränenschleier ausmachen kann.

»Trotzdem bist du nicht allein.« Seine Stimme ist eindringlich, sie berührt mein Herz und klärt meinen Blick. »Ich bin bei dir und du hast Freunde, die zu dir stehen und für dich da sind.«

»Sie sind zu weit weg«, flüstere ich.

»Aber ich bin nicht weit weg. Ich bin hier. Bei dir. Und ich werde dir dabei helfen, diese ganze Situation zu überstehen. Dein Vater wird wieder gesund. Es ist möglich, dass deine Mutter nicht mehr auftauchen wird, aber der Stein von ihr liegt in eurer Wohnung. Wir müssen ihn nur holen, dann hast du ihn sofort zurück. Es ist nichts verloren, Maeve.«

Seine Augen scheinen durch meine direkt in meine Seele zu blicken, sodass mein Herzschlag ruhiger wird und meine Atmung langsamer. Er hat recht. Alles wird wieder gut werden. Zumindest so gut, wie es vorher war.

Plötzlich wird mir bewusst, wie nah wir uns sind. Er sitzt direkt vor mir, schaut mir immer noch in die Augen, ernst, eindringlich. Mein Puls verstärkt sich. Sein Blick wandert kurz zu meinem Mund, dann sieht er mir in die Augen. Ich registriere, wie sich der Abstand unserer Gesichter verringert. Und ebenso nimmt auch mein Herzschlag weiter zu. Immer stärker pocht es gegen meine Rippen. Bald wird mich Lorcan berühren und dann kann er mein Herz wahrnehmen.

Er schließt seine Augen und im selben Moment spüre ich seine Lippen auf meinen. Sie fühlen sich unglaublich zart an, wenngleich seine Barthaare kratzen, doch es ist ein angenehmes Gefühl, das für diesen Augenblick alles Negative beiseiteschiebt. Mein Mund folgt den sanften Bewegungen Lorcans und lässt mich alles andere vergessen.

Der Kuss dauert nur wenige Sekunden. Ich schaue Lorcan an, so wie er mich auch anschaut. Sein Blick hat sich verändert, er scheint überrascht. Mit einem Räuspern steht er auf und verlässt den Raum.

Ich bleibe geschockt auf dem Sofa sitzen, presse eine Hand an mein hämmerndes Herz.

Nach einigen Augenblicken, in denen ich nur vor mich hingestarrt habe, kommt Lorcan wieder.

»Ich habe dir Tee aufgesetzt. Percy hat mir einen gegeben, der angeblich beruhigen soll.«

Allmählich löse ich mich aus meiner Schockstarre, doch Worte bringe ich nicht hervor.

»Du kannst hier schlafen. Und morgen fahre ich dich ins Krankenhaus zu deinem Vater.«

»Danke«, ist das Einzige, das ich schließlich doch über die Lippen bekomme.

Eingekuschelt in Lorcans warmer Decke geht es mir besser, als ich aufwache. Doch nur Sekunden später reiße ich erschrocken die Augen auf und sehe mich um. Ich liege in seinem Bett! Lorcan selbst ist nicht hier. Draußen ist es bereits hell und am liebsten will ich wieder in den Kissen versinken, doch die Erinnerungen von gestern kommen ungewollt hoch. Ich muss ins Krankenhaus und sehen, wie es meinem Vater geht.

Ich setze mich auf. Das Schlafzimmer ist ordentlich, fast schon spartanisch eingerichtet. Ein großer hölzerner Kleiderschrank nimmt beinahe die Hälfte des Raumes ein. Außer dem breiten Bett gibt es nur noch zwei Nachtschränke und einen Stuhl, über dessen Lehne Lorcans Schlafhose liegt. Meine Kleidung habe ich nach wie vor an. Trotzdem frage ich mich, wie ich hierher komme. Ich bin mir sicher, gestern auf dem Sofa eingeschlafen zu sein. Und dann sind da aber auch verschwommene Erinnerungen an Albträume, an tröstende Arme und beruhigende Worte.

Ich stehe auf und verlasse das Schlafzimmer. Gegenüber steht eine Tür offen und führt direkt ins Bad. Auf Lorcans Feier habe ich nur das Gäste-WC im Erdgeschoss gesehen, dieses hier ist deutlich größer. Es gibt eine geräumige Eck-Badewanne, einen beleuchteten Spiegelschrank und Pflegeprodukte stehen in einem schmalen Regal. Alles ist sauber und ordentlich. Schnell spritze ich mir Wasser ins Gesicht, um mir den Schlaf aus den Augen zu waschen, spüle mir den Mund aus und schaue mich dann weiter nach Lorcan um.

Ich finde ihn in der Küche, als er gerade einen Napf mit einem braunen, dicken Brei auf den Boden stellt.

»Hier, du kleiner Gierschlund. Sollst schließlich nicht verhungern.« Er streicht Kitty übers Fell, während sie sich durch seine Beine hindurch zum Napf schlängelt.

»Guten Morgen.«

Lorcan richtet sich auf. »Hey. Guten Morgen? Dafür ist es ziemlich spät. Es ist gleich halb drei.«

»Was? Ich muss ins Krankenhaus!« Hektisch suche ich im Flur nach meinen Schuhen.

»Keine Panik«, sagt Lorcan. »Ich fahre dich.«

Im Auto reden wir kaum miteinander. Meine Gedanken wirbeln umher, zu viel Chaos herrscht in meinem Kopf, das ich nicht geordnet bekomme.

Lorcan lässt mich am Krankenhaus raus und fährt dann weiter. Er hat mir sein Handy dagelassen und den PIN-Code entfernt, damit ich ihn übers Haustelefon anrufen kann, wenn er mich wieder abholen soll. Mit Übelkeit im Magen und Sorgen im Herzen mache ich mich auf ins Innere des sterilen Gebäudes.

Während des Besuchs fühle ich mich unwohl. Dad schläft viel und wenn er wach ist, kann er kaum sprechen und ich weiß nicht, was ich sagen soll. Seine tränenerfüllten Augen brechen mir das Herz. Ich halte seine Hand, versuche, ihm irgendwie Sicherheit und Geborgenheit zu geben.

»Es tut mir leid«, kommt es irgendwann kaum hörbar über seine Lippen.

»Schon okay«, beruhige ich ihn und muss mich selbst zusammenreißen, nicht wieder zu weinen.

»Du brauchst …«

Ich schüttle vehement den Kopf. »Nicht sprechen, Dad. Das können wir später immer noch.«

»… mich nicht mehr.« Seine raue Stimme bricht ab.

Entsetzliche Kälte ergreift meinen Körper und lässt ihn erstarren. Stille drückt auf meine Ohren und lediglich Dads Blick hält mich im Hier und Jetzt.

»Ich brauche dich nicht mehr?«, frage ich tränenerstickt nach. »Warum denkst du, ich würde dich nicht mehr brauchen?«

Dad setzt zum Sprechen an, doch es kommt nur ein undefinierbares Krächzen heraus. Ich entziehe ihm meine Hand, halte es keine Sekunde länger auf dem Stuhl aus. Ich gehe vor ihm auf und ab, versuche, die Wut und die Verzweiflung zurückzudrängen. Schließlich bleibe ich stehen und sehe ihn durchdringend an.

»Ich werde dich immer brauchen, hörst du? Du bist mein Vater, natürlich brauche ich dich! Das wird sich nie ändern.« Ich nehme einen tiefen Atemzug.

Die Tränen, die ihm über die Wangen laufen, lassen mich schlucken. Erneut setze ich mich neben ihn, greife wieder nach seiner Hand.

»Ich werde dich immer brauchen, Tad«, sage ich ruhiger.

Gegen Abend holt mich Lorcan wieder ab. Als ich sein Wohnzimmer betrete, fällt mir sofort meine Tasche auf, die auf dem Couchtisch liegt.

»Du warst bei mir zu Hause?«

»Ja, das Türschloss wurde von den Sanitätern aufgebrochen und ist dementsprechend kaputt. So konnte ich die wichtigsten Dinge herausholen, zumindest hoffe ich, dass ich alle wesentlichen Sachen zusammenbekommen habe. Schau gern nach.«

Mit wenigen Schritten bin ich am Sofa und lasse mich darauf nieder. Ich lege die Tasche auf meinen Schoß und öffne sie. Handy, Portemonnaie, Schlüssel – es ist alles da. Genauso wie mein Stein.

Beruhigt nehme ich ihn heraus und halte ihn wie einen kleinen Schatz in meiner Hand. »Danke.«

Lorcan deutet auf eine größere Tasche, die auf dem Boden steht und die ich bisher übersehen habe. »Ich habe mir außerdem erlaubt, ein paar Klamotten von dir zusammenzupacken.«

»Danke«, sage ich erneut und mustere Lorcan, der auf einmal nervös wirkt, so als würde er sich nicht wohlfühlen in seiner Haut. »Was ist?«, frage ich deswegen.

Er setzt sich neben mich aufs Sofa. »Es gibt da noch etwas ...«, druckst er herum.

Auf meinen fragenden Blick hin holt er ein zusammengefaltetes Blatt Papier aus seiner Hosentasche heraus.

»Das hier habe ich noch gefunden. Ich habe ihn nicht gelesen, aber ich glaube, es ist ein Brief deines Vaters. Er lag in der Küche.« Er überreicht mir das Papier und ich nehme es mit klammen Fingern entgegen.

Bin ich bereit für einen möglichen Abschiedsbrief? Steht dort die Begründung drin, warum mein Vater glaubt, ich würde ihn nicht mehr brauchen?

Mein Herz rast, als ich das Papier auseinanderfalte. Die Handschrift gehört unverkennbar meinem Vater. Ich atme tief durch, bevor ich anfange zu lesen.

Liebste Maeve. Wenn du das hier liest, bin ich bereits gegangen. Ich konnte nie der Vater sein, den du verdient hättest. Du warst schon früh selbstständig, im Grunde genommen hast du mich nie gebraucht. Aber ich war ohne dich verloren und viel zu lange egoistisch. Ich will dich nicht länger an mich binden. Lorcan ist ein anständiger Mann und ich weiß, dass er auf dich aufpassen wird. Ich muss meinen Frieden machen. Mit dir und vor allem mit deiner Mutter. Das kann ich jedoch nur, wenn ich jetzt gehe. Trotz der Schwierigkeiten zwischen uns habe ich dich immer geliebt. Meine kleine Maeve.

Der Brief gleitet mir aus der Hand, ein Zittern durchläuft meinen Körper und die Umgebung ist auf einmal so verschwommen. Ich werde hier und jetzt zusammenbrechen, ich werde mich in sämtliche Einzelteile auflösen. Was hält mich hier noch?

Auf einmal spüre ich Lorcans starken Griff, wie er mich umklammert, mich festhält, mich sanft hin und her wiegt, während ich mein Gesicht schluchzend in seinem Pullover verstecke. Ich kralle mich an seiner Kleidung fest und weine so lange, bis ich das Gefühl habe, keine Tränen mehr zu besitzen. Bis mich eine bleierne Schwere in die Tiefen des Schlafs zieht.

Als ich wach werde, stelle ich fest, dass Lorcan eine Decke über mir ausgebreitet und meinen Kopf auf ein Kissen gebettet hat. Ich setze mich auf und im selben Moment hebt Lorcan den Blick und sieht mich an. Er hat sich mir gegenüber auf einen Schemel gesetzt, den Brief meines Vaters in der Hand.

»Fühlst du dich ein bisschen besser?«

Ich nicke schwach, bin mir jedoch nicht sicher, ob das stimmt. Lorcan hebt den Brief an.

»Ich hoffe, es ist okay für dich? Ich wollte wissen, was dich so aus der Bahn geworfen hat.«

Erneut nicke ich, außerstande, meine Stimme zu benutzen.

Lorcan sieht kurz zu dem Blatt Papier, bevor er mit ernster Stimme sagt: »Du weißt, dass du keine Schuld trägst an dem, was passiert ist, oder?«

Ich räuspere mich und antworte mit heiserer Stimme: »Ich trage eine Teilschuld. Ich habe ihm erzählt, was für ein toller Ausbilder du bist und wie gut es mir geht.« Ich drehe meinen Kopf weg, blinzle gegen die Tränen an.

»Du hast nichts falsch gemacht«, betont Lorcan eindringlich. »Deinem Vater geht es schon seit vielen Jahren schlecht und du kannst nicht rund um die Uhr für ihn da sein. Das Ganze hätte genau so gut passieren können, wenn du die Ausbildung nicht angetreten hättest.«

Erneut setzt er sich zu mir, nimmt mich in den Arm.

Mir fallen Dads Worte im Krankenhaus ein. *Du brauchst mich nicht mehr.* Und dann, was im Brief steht: *Ich weiß, dass Lorcan auf dich aufpassen wird.* Aber dort steht ebenfalls, dass er seinen Frieden machen muss, sowohl mit mir als auch mit meiner Mutter.

Ja, vielleicht wäre es auch passiert, wenn ich nie ins Auge gegangen wäre, und vielleicht wäre es ebenso passiert, hätte Lorcan mich nicht besucht. Herausfinden werde ich es nie.

»Maeve.« Lorcan hebt mein Kinn an und sieht mir direkt in die

Augen. »Das hier ist nicht das Ende der Welt. Versuch, es als einen Neuanfang zu sehen. Dein Vater befindet sich im Krankenhaus in guter Obhut, ihm kann nichts passieren. Nicht nur er muss seinen Frieden machen, sondern auch du. Wenn es ihm besser geht, solltest du mit ihm offen über alles reden. Das ist der erste Schritt, um das zu verarbeiten.«

Ich nicke ihm zu und begebe mich wieder in die Geborgenheit seiner Umarmung.

KAPITEL 17

Als ich am nächsten Tag im Auge ankomme, fühle ich mich elend. Lorcan verabschiedet sich flüchtig und verschwindet in der Menschenmenge. Ich suche die Eingangshalle ab und entdecke schon bald meine Freunde. Ich versuche mich an einem Lächeln, aber ich merke, wie es ständig zittert und meine Mundwinkel immer wieder herunterfallen. Ich traue mich kaum, zu den anderen zu gehen. Sie sehen so fröhlich aus und ich würde ihnen die gute Laune wahrscheinlich nur verderben.

Meine Füße tragen mich bereits in Richtung der Mocas, als ich Giulia höre, die meinen Namen laut über die Köpfe der anderen hinweg ruft. Ich kann sie nicht ignorieren, zumal alle vier auf mich zukommen. Unschlüssig bleibe ich stehen und warte, bis sie zu mir aufgeschlossen haben.

»Was ist denn mit dir los?«, fragt Finn als Erster.

Sie sehen mich erschrocken an. Ich habe heute Morgen zwar deutlich weniger geweint als die letzten Tage, doch anscheinend sind meine Augen trotzdem rot und die Lider geschwollen. Ich weiß, dass ich um eine Erklärung nicht herumkomme, aber hier in der Eingangshalle, wo so viele Menschen sind, möchte ich das nicht erzählen.

»Fitnessraum?«, frage ich deswegen.

Wir machen es uns auf dem staubigen Boden bequem, nutzen abgerissene Polsterungen als Sitzkissen. Als mich alle erwartungsvoll anschauen, fangen meine Hände wieder an zu zittern. Ich richte meinen Blick auf einen Fleck vor mir, so ist es einfacher, zu erzählen. Stockend berichte ich, wie ich nach Hause kam und meinen Vater vorgefunden habe. Ich schildere, wie ich den Notruf abgesetzt habe, anschließend mit ins Krankenhaus gefahren bin und hinterher nicht wusste, wo ich hingehen sollte, weil meine beste Freundin nicht da war und es sonst niemanden gab, wo ich hätte bleiben können. Ich erzähle ihnen auch, dass ich schließlich Lorcan aufgesucht habe und er mir einen Platz auf seiner Couch angeboten hat. Den Kuss verschweige ich ihnen, ebenso wie gut es mir getan hat, von ihm getröstet zu werden. Aber ich erzähle ihnen, dass Lorcan mich ins Krankenhaus gefahren und meine Sachen aus der Wohnung geholt hat. Dann ziehe ich den Brief meines Vaters aus der Hosentasche und gebe ihn Isaac, der ihn laut vorliest.

Erneut kommen mir die Tränen, aber ich wische sie entschlossen weg.

»Was soll denn der Satz mit Chester bedeuten?«, fragt Isaac irritiert, als er geendet hat, und reicht mir den Brief zurück.

Während ich ihn in die Tasche stecke, antworte ich: »Ich habe ihm erzählt, dass Chester ein guter Ausbilder ist und dass ich mich hier sehr wohl fühle. Ich wollte lediglich, dass er sich keine Sorgen um mich macht. Nur irgendwie hat er das anscheinend so ausgelegt, dass er dachte, da wäre mehr zwischen uns.«

»Ist es doch aber nicht, oder?«

»Nein«, antworte ich schnell und muss unweigerlich an den Kuss denken. »Warum sollte es auch?«

In Gedanken füge ich hinzu, dass es nur diesen einen Kuss gab und es mit Sicherheit nicht zu einem zweiten kommen wird. Vermutlich war er nur unseren verwirrten Gefühlen zuzuschreiben, die wir zweifellos in diesem Moment hatten. Nichts, was eine tiefere Bedeutung hätte.

Nur warum kribbelt es in meinem Bauch dann so?

»Das ist echt heftig. Wenn wir irgendetwas für dich tun können, sag Bescheid.« Isaac nimmt meine Hand und drückt sie.

Ich erwidere den Druck und lächle ihm zu. »Ich glaube, du hast selbst genug Sorgen. Letztendlich ist ja alles noch mal gut gegangen. Chester meinte, ich soll das Ganze als einen Neuanfang sehen. Also werde ich es versuchen.«

»Ich hätte nie gedacht, dass Chester so mitfühlend sein könnte«, meldet sich Finn zu Wort. »Im Unterricht wirkt er immer so distanziert.«

Die anderen stimmen ihm murmelnd zu.

»Danke jedenfalls, dass du uns davon erzählt hast. Und wie Isaac schon sagte, wenn du jemanden zum Reden brauchst oder anderweitig irgendeine Hilfe, dann sind wir alle für dich da.«

Ich schenke Finn ein dankbares Lächeln. »Ein bisschen Ablenkung wäre nicht schlecht.«

»Ja, das tut mir auch immer gut«, gesteht Isaac grinsend. »Also, worauf hast du Lust? Eine Runde Training? Spaziergang im Garten oder Chillen im Entspannungsraum?«

»Was haltet ihr von unserem Stammplatz unter der Ulme?«, frage ich. »Dann könnt ihr mir erzählen, wie euer Wochenende verlaufen ist.«

Sofort stehen alle auf und wir machen uns gemeinsam auf den Weg in den Garten.

Als Dad Geburtstag hat, bekomme ich vom Auge eine Sondergenehmigung, um ihn im Krankenhaus besuchen zu können. Sein behandelnder Arzt teilt mir mit, dass mein Vater in eine psychiatrische Klinik verlegt wird. Dad ist damit einverstanden und hofft, dass ihm dort geholfen werden kann. So klar habe ich ihn seit vielen Jahren nicht mehr sprechen gehört. Erneut muss ich weinen, doch diesmal vor Freude und Erleichterung. Zum ersten Mal habe ich wirklich Hoffnung, dass Dad seine Psychose und die Alkoholsucht behandeln lässt. Als er sich wiederholt bei mir entschuldigen will, mache ich ihm klar, dass ich keine Entschuldigung von ihm erwarte. Alles, was ich mir wünsche, ist, dass es ihm durch eine Therapie besser geht.

Als ich das Krankenhaus verlasse, fühle ich mich unglaublich befreit und glücklich.

Den Weihnachtsurlaub verbringe ich bei Joyce und ihrer Familie. Sie hat für mich das Schlafsofa in ihrem Zimmer ausgeklappt und abends hören wir erst auf mit Quatschen, wenn eine von uns bereits eingeschlafen ist.

Außerdem besuche ich Dad in der Klinik. Er bekommt Medikamente, hat keine Halluzinationen mehr, ist aber oft müde und schläfrig. Er erzählt mir von seinem neuen Alltag und den Therapien und davon, dass er über vieles nachdenkt. Ich habe das Gefühl, dass ihm etwas auf der Seele brennt, etwas, das er bisher noch nicht in Worte fassen kann. Wahrscheinlich braucht er einfach Zeit. Wenn er sich dafür bereit fühlt, dann wird er es mir erzählen. Zumindest hoffe ich das.

Das neue Jahr beginnt mit Schieß- und Kampfunterricht. Endlich lernen wir, die Schläge präzise zu setzen, Kraft und Geschick richtig zu dosieren. Lorcan ist überrascht, wie schnell wir uns verbessern, und passt seinen Unterricht dementsprechend an. So gut wir im Kampfunterricht sind, so viel Angst habe ich vor dem Schießtraining. Doch die ersten Wochen sind vorerst nur Theorie. Bevor wir schießen dürfen, müssen wir lernen, die verschiedenen Waffen auseinanderzunehmen und wieder zusammenzubauen. Das beruhigt mich ein bisschen, denn es gaukelt mir vor, dass so eine Waffe ungeladen im Grunde genommen harmlos ist und nur aus einer Menge Metall besteht.

Viel zu schnell sind die ersten zwei Wochen herum. Nervös stehe ich in dem kleinen schallisolierten Raum und versuche, die Pistole in meiner ausgestreckten Hand ruhig zu halten. Lorcan hat uns genau erklärt, worauf wir achten müssen, um die Zielscheibe richtig zu treffen.

»Bereit?« Seine Stimme klingt merkwürdig, klar und doch so weit entfernt durch die Kopfhörer.

Ich achte auf die Linien, wie Lorcan es mir gesagt hat, stütze meine rechte Hand mit der linken. Meine Beine haben einen festen Stand. Der schwarze Punkt der Zielscheibe befindet sich genau mittig in meiner Sichtlinie. Tief atme ich aus, dann drücke ich den Abzug.

Es reißt mein Handgelenk nach oben. Der Knall ist laut, doch dank der Kopfhörer gut zu ertragen. Mein Herz pocht hart gegen meine Rippen und ich atme mehrfach ein und aus. Mit zitternden Fingern reiche ich Lorcan die Waffe. Er nickt mir anerkennend zu. Mein Blick wandert zur Zielscheibe am anderen Ende des Raumes. Ich habe die Mitte nur knapp verfehlt und damit deutlich besser getroffen als der Rest des Teams. Wahrscheinlich Anfängerglück.

Doch je mehr wir üben, desto bewusster wird mir, dass es nicht nur Glück war. So sehr ich das Schießen auch verachte - das knallende Geräusch, der Rückstoß und vor allem die Überwindung, den Abzug zu drücken - ich schlage mich gut und das Zielen macht mir Spaß. Zumindest solange es sich dabei um ein Stück Papier handelt. Ich will gar nicht darüber nachdenken, wie es sein wird, auf ein lebendes

Objekt zu schießen. Obwohl ich weiß, was passiert, wenn ich abdrücke - an den Rückstoß habe ich mich auch nach fünf Tagen noch nicht gewöhnt.

Am Samstag lassen Giulia, Marc und ich das Frühstück ausfallen und fahren direkt zur Trainingshalle. Selbst Lorcan ist noch nicht hier. Schnell holt Giulia aus ihrer Tasche, was sie am Sonntag mit ins Auge geschmuggelt hat. Wir verteilen die Aufgaben. Marc erklärt sich bereit, die Luftballons aufzupusten, die Giulia verschönert und ich überall in der Halle aufhänge. Die Tür öffnet sich, als Giulia die Luftschlangen an uns verteilt. Erschrocken drehen wir uns um.

Lorcan starrt die vielen Luftballons an und sieht sich langsam in der Halle um. Schließlich presst er kurz die Lippen aufeinander, nickt uns aber zu, bevor er in den Umkleiden verschwindet.

Wir beeilen uns mit den Luftschlangen, immerhin wird es nicht mehr lange dauern, bis Finn und Isaac kommen. Giulia holt mehrere Partyhüte aus ihrer Tasche, bunte Tröten und sogar eine Konfettikanone. Wie hat sie es geschafft, das alles ungesehen mit herzubringen? Grinsend schüttle ich den Kopf.

»Ist das euer Ernst?« Lorcan besieht sich ungläubig die Mitbringsel. »Das mit dem Konfetti könnt ihr vergessen.« Streng sieht er Giulia an. Nein, er versucht, streng zu gucken, aber ein Grinsen stiehlt sich auf seine Lippen.

Giulia setzt ihm einen knallroten Partyhut auf, während Lorcan gespielt genervt dasteht und es einfach über sich ergehen lässt. Er atmet tief ein, schaut zur Decke und pustet sich schließlich eine Haarsträhne aus dem Gesicht.

»Na schön, aber die Schweinerei müsst ihr selbst wieder wegmachen.« Er nimmt sich eine der Tröten, steckt sie sich lässig in den Mundwinkel und geht zum Geräteraum hinüber.

»Yay!« Giulia schlägt mit uns ein und wir postieren uns links und rechts von der Tür.

Nach einigen Minuten, in denen nur Lorcan zu hören ist, wie er die Matten holt und für uns bereitlegt, öffnet sich endlich die Tür. Sofort lässt Giulia die Konfettikanone los und Marc und ich pfeifen um die Wette. Finn ist der Erste, der Isaac umarmt und ihm gratuliert. Völlig verdattert, aber auch gerührt steht Isaac da, nimmt jeden von uns lächelnd in den Arm und lässt seine Augen dann über die geschmückte Trainingshalle schweifen.

»Wir dachten, wir machen dir eine Freude«, sage ich.

Überwältigt nickt Isaac mir zu. Giulia setzt auch ihm einen Partyhut auf, einen in sattem Gelb. Selbst Lorcan kommt zu uns und schüttelt Isaac die Hand.

»Alles Gute, Reza.« Er klatscht laut in die Hände. »So, wir müssen trotzdem noch etwas trainieren heute. Zieht euch um und dann fangen wir an.«

»Mit Partyhütchen?« Finns Augen leuchten.

»Meinetwegen mit Partyhütchen und Tröte. Aber vergesst nicht, nach dem Training noch sauber zu machen.« Lorcan scheucht uns in die Umkleide.

Es wird das lustigste Training, das wir je hatten. Wir strengen uns genau so an wie immer, doch ständig brechen wir in Lachen aus, weil wir alle so komisch aussehen. Dann pustet Lorcan in die Tröte und wir müssen noch lauter lachen. Am Ende haben wir mehr für unsere Bauchmuskeln getan als für den restlichen Körper. Doch Isaac an seinem Geburtstag fröhlich zu sehen, ist das Schönste.

Die nächsten Monate sind geprägt von Kampfübungen, unseren heimlichen Treffen im alten Fitnessraum und Besuchen bei meinem Vater in einer Privatklinik, für die ich fast mein gesamtes Gehalt ausgebe. Doch es lohnt sich – meinem Vater geht es deutlich besser. Er arbeitet alles auf, seine Kindheit, das Verschwinden meiner Mutter, seine anschließende Alkoholsucht und die Vernachlässigung seiner Vaterpflichten. Die Halluzinationen sind nicht zurückgekehrt, die Medikamente inzwischen so eingestellt, dass er nicht mehr ständig einschläft und sich besser konzentrieren kann, und er freundet sich sogar mit anderen Patienten an.

Zum ersten Mal in meinem Leben mache ich mir keine Sorgen um ihn. Ich weiß, dass er dort gut aufgehoben ist und sich wohl fühlt. Wenn ich ihn besuche, machen wir meist ausgedehnte Spaziergänge, spielen Schach oder Karten und reden so viel miteinander wie nie zuvor. Schlafen kann ich weiterhin bei Joyce.

Ich habe die alte Wohnung gekündigt und bin auf der Suche nach einer neuen. Ich ertrage die Vorstellung nicht, dorthin zurückzukehren, und ich bin zuversichtlich, dass ich eine neue Wohnung habe, wenn mein Vater aus der Klinik entlassen wird und Joyce mit Brad zusammenzieht.

Mit Victor habe ich mich auch noch einmal getroffen, allerdings konnte er nichts bezüglich meiner Mutter herausfinden. Egal, wen er gefragt hat – niemand konnte mit dem Namen etwas anfangen. Somit stehe ich wieder am Anfang meiner Nachforschungen.

»Dawson!«

Ich schrecke zusammen. Mir war gar nicht bewusst, so in Gedanken zu sein. Mit zusammengepressten Lippen wende ich mich Lorcan zu.

»Nach dem Training kommst du bitte zu mir.«

Das klingt nach Ärger. Meine Freunde schauen mich mitleidig an, bevor wir mit der Übung beginnen, die Lorcan uns gerade erklärt hat.

Ich beobachte die anderen, um sicherzugehen, dass ich alles richtig mache.

»Nolan, würdest du bitte Dawson helfen? Ich fürchte, sie hat nicht mitbekommen, worauf sie achten muss.«

Ich lasse die Schultern hängen, als Marc zu mir kommt und noch einmal erklärt, was ich eben verpasst habe. Obwohl Marc nett zu mir ist, fühle ich mich schlecht dabei.

Als die anderen in den Umkleiden verschwinden, gehe ich zu Lorcan. Ob ich eine Strafe zu erwarten habe? Oder hält er mir nur eine Standpauke?

»Geh dich umziehen, Dawson.« Lorcan rollt bereits die Matten zusammen.

»Wie bitte?« Verwirrt starre ich ihn an.

»Du sollst dich umziehen und im Anschluss zu mir kommen.« Sein Blick fordert mich unmissverständlich dazu auf, zu gehen.

Also mache ich auf dem Absatz kehrt und begebe mich ebenfalls zu den Umkleiden.

»Schon fertig?« Giulia ist überrascht. »Was hat er gesagt?«

Ich verziehe das Gesicht. »Ich soll mich erst umziehen und dann zu ihm kommen. Keine Ahnung, warum.«

»Wahrscheinlich stinkst du zu sehr.«

Giulia und ich prusten los. Ihr Witz vertreibt für eine Weile das mulmige Gefühl. Erst als sie sich von mir verabschiedet und ich zum Geräteraum hinübergehe, wo Lorcan gerade noch die letzten Sachen einräumt, spüre ich wieder die leichte Übelkeit.

»Da bin ich«, sage ich zu Lorcan, weil er mir den Rücken zugewandt hat und in einem der Schränke herumwühlt.

»Gut«, antwortet er nur knapp, stopft weiter im Schrank herum und schafft es schließlich, die Türen zu schließen, ohne dass etwas herausfällt. Dann dreht er sich zu mir um und streicht sich dabei einige lose Strähnen aus dem Gesicht.

»Sind die anderen weg?«, will er von mir wissen.

»Keine Ahnung. Ich weiß nur, dass Giulia schon gegangen ist.«

Er geht zur Bank und setzt sich quer darauf, sodass seine Beine links und rechts daneben stehen. Etwas widerwillig folge ich ihm. Wenn er sich schon hinsetzt, wird es vermutlich länger dauern, was mein mulmiges Gefühl noch steigert. Vorsichtig setze ich mich mit einer Armlänge Abstand ihm gegenüber. Einen Moment sieht er mir nur in die Augen, ohne etwas zu sagen und ohne, dass ich irgendetwas in seinem Gesicht ablesen könnte.

»Was genau hast du an deinem nächsten freien Wochenende vor?«, fragt er.

Mir stockt der Atem. Mit großen Augen sehe ich ihn an. Irgendwie ist es mir peinlich, auf diese Frage zu antworten.

»Ähm …« Ich senke den Blick auf das helle Braun der Bank. »An dem Freitag habe ich Geburtstag.«

»Ja, das weiß ich.« Lorcans Stimme ist ruhig. Ich schaue ihn wieder an. »Hast du irgendwas geplant? Eine Feier für Samstag zum Beispiel?«

»Nein. Ich werde meinen Vater besuchen wie immer. Vielleicht hat Joyce etwas vorbereitet, aber das weiß ich nicht.« Mein Herz fängt wieder an, kräftig in meiner Brust zu klopfen. Will sich Lorcan etwa selbst einladen? Was ist mit der Distanz, die sich in den letzten Wochen ganz selbstverständlich zwischen uns gedrängt hat?

Er fährt sich mit der Zunge über die Lippen und scheint zu überlegen, wie er seine nächsten Worte formuliert.

Schließlich sagt er schlicht: »Connor heiratet.«

Damit habe ich nicht gerechnet. »Oh, wie schön«, sage ich überrascht und irritiert, weil ich nicht weiß, warum er mir das erzählt.

»Ja, an sich finde ich das ja auch schön …« Lorcan kratzt sich etwas verlegen am Nasenrücken. »Es gibt nur ein Problem.«

Plötzlich spüre ich das altbekannte Flattern im Bauch, das ich schon seit Monaten nicht mehr hatte. Ich habe eine leise Vermutung, traue mich jedoch nicht, diese auszusprechen.

»Mir fehlt eine Begleitung. Ich könnte natürlich auch ohne hingehen. Aber zu zweit ist es schöner, man fühlt sich nicht wie das fünfte Rad am Wagen, muss sich keine blöden Sprüche anhören, und ich dachte, vielleicht hast du ja Lust und Zeit mitzukommen? Ich kann mir vorstellen, dass es mit dir ganz angenehm werden könnte.«

Mein Herz klopft noch stärker. Mit Lorcan zu einer Hochzeit? Unwillkürlich denke ich an unseren Kuss. Wir haben nie darüber gesprochen, sondern stattdessen so getan, als wäre er nie geschehen. Angesichts dessen habe ich keine Ahnung, ob es klug ist, ihn zur Hochzeit zu begleiten.

»Hm«, mache ich, um Zeit zu gewinnen. Ich weiche seinem Blick aus, konzentriere mich auf einen Holzsplitter vor mir und weiß immer noch nicht, was ich antworten soll. Mein Herzklopfen hilft mir bei der Entscheidung nicht weiter.

»Du kannst auch Nein sagen.«

Ich löse meinen Blick von der Bank, sehe ihm in die Augen und mir wird wieder bewusst, was für eine schöne Farbe sie haben. Lorcan hat im Dezember von einem Neuanfang gesprochen. Mit meinem Vater hat das bisher gut geklappt. Vielleicht bietet die Hochzeit eine Chance auf einen Neuanfang zwischen mir und Lorcan?

»Lust hätte ich schon …«, beginne ich.

»Aber?«

»Ich habe im Moment kein Geld, um mir ein Kleid zu besorgen oder Schuhe …«

»Das sollst du auch gar nicht. Ich bringe alles mit, was du brauchst. Ich nehme an, du bist wieder bei deiner Freundin?«

»Ja, bin ich. Ich kann dir die Adresse aufschreiben.«

Lorcan fängt an zu lachen. Verdutzt warte ich ab, bis er eine Erklärung liefert. Er tippt sich mit dem Finger hinter sein rechtes Ohr.

»Du vergisst immer wieder den Chip. Ich werde keine Probleme haben, das Haus deiner Freundin zu finden.« Er grinst mich an.

Verlegen schweige ich. Es stimmt, dass ich nicht daran gedacht habe.

»Ich bringe dir das Kleid und die Schuhe am Freitag vorbei, dann kannst du sie schon mal anprobieren. Sollte irgendwas nicht passen, tausche ich es um.«

»Okay«, sage ich und stehe auf.

Lorcan fasst plötzlich nach meinem Handgelenk und sieht zu mir hoch. »Danke, Maeve. Das bedeutet mir viel.«

Ich antworte ihm mit einem Lächeln, er lässt mein Handgelenk los und ich verlasse die Trainingshalle. Das Gefühl seines warmen Griffes jedoch bleibt.

Die nächsten Tage fällt es mir schwer, mein Grinsen zu verbergen. Immer wieder taucht es einfach so auf, ohne Vorwarnung. Zum Glück kann ich meinen bevorstehenden Geburtstag vorschieben, sodass ich niemandem von der Hochzeit erzählen muss. Ein bisschen wundere ich mich selbst darüber, dass ich mich so auf diesen Tag freue. Ich muss mir eingestehen, dass sich meine Gefühle für Lorcan nicht verändert haben. Jetzt wo es meinem Vater und damit auch mir besser geht, hoffe ich insgeheim sogar auf einen zweiten Kuss. Doch ich will mir nicht zu große Hoffnungen machen, deswegen schiebe ich diesen Gedanken schnell wieder in die hinterste Ecke meines Kopfes. Aber selbst wenn es nicht dazu kommt – ich werde trotzdem viel Zeit mit Lorcan verbringen und allein das macht mich schon unheimlich glücklich.

An meinem Geburtstag fahre ich beschwingt zur Klinik, um Dad einen Besuch abzustatten. Er sitzt vor dem Haupteingang auf einer Bank, eingepackt in einer dicken Jacke, den Kopf tief gesenkt.

»Hey Tad«, sage ich, als ich näherkomme.

Als er seinen Kopf hebt, erkenne ich sofort die Sorgen in seinem Gesicht. Ich setze mich neben ihn, nehme ihn in den Arm und er hält mich länger fest als üblich.

»Was ist los?«, frage ich ihn, als er mich loslässt.

»Ach«, beginnt er seufzend, »schwere Therapiestunden.« Er richtet den Blick in die Ferne. »Dr. Monrose hat wieder tief gegraben in den letzten Sitzungen. Ich denke über alles Mögliche nach und es gibt so viel, was ich verdrängt hatte. Sie sagt, normalerweise müssten wir als Ergänzung auch dich zu bestimmten Sitzungen dazuholen, es gibt so vieles, über das wir nie gesprochen haben.« Er sieht mich an und in seinen Augen liegt Kummer.

Bei meinen letzten Besuchen war er immer fröhlich und zuversichtlich. Er hat zwar auch geäußert, dass die Therapie anstrengend ist und ihn sehr zum Nachdenken bringt, aber er wirkte mit sich im Reinen. Dieses Gefühl habe ich jetzt nicht. Viel mehr macht er den Eindruck, als würde ihn eine zentnerschwere Last zu Boden drücken.

»Möchtest du darüber reden?«

Dad ringt sich ein Lächeln ab. »Nein. Heute ist dein Geburtstag und den wollen wir nicht mit Trübsal füllen. Es tut mir leid, dass ich dir Kummer bereite.«

»Du hast mir schon lange keinen Kummer mehr gemacht, Dad«, sage ich und stehe auf.

Er tut es mir gleich und gemeinsam machen wir einen Spaziergang über das weitläufige Gelände.

»Weißt du«, beginne ich nach einer Weile, »es gibt da etwas, was ich dir noch nicht erzählt habe. Ich wollte es dir eigentlich erst sagen, wenn ich ein Ergebnis habe, aber vielleicht hilft es dir ja jetzt schon, besser damit zurechtzukommen.«

Überrascht und erwartungsvoll wirft mir Dad einen Blick zu. Bevor ich es mir noch anders überlegen kann, spreche ich weiter.

»Es gibt einen Grund, warum ich diese Ausbildung machen wollte, und zwar glaube ich, zu wissen, wohin Mum verschwunden ist. Ich habe nur noch nicht herausgefunden, warum und was mit ihr passiert ist.«

Dad bleibt abrupt stehen, das Gesicht bleich. »Tu das nicht«, flüstert er.

»Ich tue das für uns«, antworte ich irritiert.

»Nein, Maeve. Such nicht nach ihr. Bitte, versprich mir das.«

»Das kann ich nicht. Mein ganzes Leben schon frage ich mich, warum sie uns verlassen musste. Sie ist nicht freiwillig gegangen, da bin ich mir sicher.«

»Sie ist freiwillig gegangen. Bitte, Maeve. Es würde dir nur das Herz brechen. Hör auf, nach ihr zu suchen.«

Schweigend und verletzt sehe ich ihn an. Er hat die Lippen aufeinandergepresst und legt mir vorsichtig eine Hand auf den Arm. Ein Windstoß fährt ihm durch die bronzefarbenen Locken und mir unter die Jacke. Gänsehaut jagt mir über die Haut und verschwindet erst nach einigen Sekunden wieder.

»Was genau weißt du, Dad?«, frage ich ihn schließlich.

Ich erhalte ein Seufzen von ihm als Antwort.

»Was verschweigst du mir?«, formuliere ich meine Frage um.

Erneut seufzt er, setzt sich jedoch wieder in Bewegung und fängt an zu sprechen. Ich folge ihm und lausche seinen Worten, um keines zu verpassen.

»In der Nacht, in der Juna verschwand, hat sie nicht nur dir einen Stein hinterlassen, sondern mir auch einen Brief.«

Überrascht weiten sich meine Augen. Davon hat Dad noch nie gesprochen und einen Brief habe ich auch nicht gesehen.

»In diesem hat sie geschrieben, warum sie uns verlassen wollte. Sie hat sich in einen anderen Mann verliebt und ihre Liebe zu ihm wurde mit der Zeit so stark, dass sie sich nicht länger gegen ihre Gefühle wehren konnte. Erst wollte sie dich mitnehmen, aber wenn ihr neuer Freund eine Schwäche hatte, dann war es die Tatsache, dass er nicht sehr gut mit Kindern umgehen konnte. Mich dagegen bezeichnete sie als liebevollen Vater und sie war sich sicher, dass ich dich gut erziehen würde. Sie wusste, dass sie mich verletzen würde, und um mir nicht alles zu nehmen, was mir wichtig war, hat sie dich bei mir gelassen. Sie ist nachts gegangen, als wir beide geschlafen haben, da wir sie sonst nicht gehen gelassen hätten.«

Mit schnellen Schritten haste ich zur nächsten Parkbank und lasse mich darauf nieder, weil ich das Gefühl habe, meine Beine könnten jeden Moment nachgeben. Dad kommt mir hinterher und setzt sich neben mich.

»Warum hast du mir nie was gesagt?«, presse ich hervor. »Stattdessen hast du mich in dem Glauben gelassen, ihr wäre etwas Schreckliches passiert.«

»Reicht es nicht, dass sie mich so verletzt hat? Wie hätte ich einem sechsjährigen Mädchen sagen sollen, dass ihrer Mutter ein fremder Mann wichtiger ist als sie? Das habe ich nicht übers Herz gebracht.«

Jahrelang war ich wütend und enttäuscht. Die Polizei hat wochenlang nach meiner Mutter gesucht. Einige Jahre später bin ich selbst jeden Tag losgezogen, habe jeden Winkel nach ihr abgesucht. Und Dad saß die ganze Zeit zu Hause, stumm, starr, unfähig, sich zu rühren, mit Tränen auf den Wangen, ohne Kraft und ohne Mut. Ich habe es nicht verstanden, habe versucht, ihn zu motivieren, mit mir gemeinsam zu suchen. Doch er wollte nicht. Stattdessen hat er seine Sorgen in Alkohol ertränkt.

Jetzt weiß ich, warum. Dass es nicht die Sorgen waren, die er weggespült hat, sondern das Gefühl, nicht genug zu sein und nicht geliebt zu werden. Genau dieses Gefühl wollte er mir ersparen.

»Wo hast du den Brief?«, frage ich mit erstickter Stimme und wische die Tränen beiseite.

»Ich habe ihn noch am selben Tag verbrannt, aus Wut und Enttäuschung. Eine Tat, die ich später bereut habe, denn es war ein Beweismittel.«

Ein Zittern erfasst meinen Körper, was nichts mit der Kälte zu tun hat. Ich habe das Gefühl, mein Leben wäre auf einem Kartenhaus aufgebaut und nun hätte jemand dagegen gepustet. Ich habe nach ihr gesucht, wochenlang, jahrelang, habe nie aufgehört, daran zu glauben, dass sie nie gehen wollte, dass es nicht ihre freie Entscheidung war. Wie kann es sein, dass ich mich all die Jahre so getäuscht habe? Habe ich mir als Kind die perfekte Mutter erdacht, die uns niemals freiwillig im Stich gelassen hätte, nur um den Schmerz nicht fühlen zu müssen, der sich jetzt in mein Herz bohrt?

»Es tut mir leid«, höre ich Dads Stimme wie aus weiter Ferne. Ich spüre seine Arme um meinen Körper, doch ich bin zu betäubt, um die Umarmung zu erwidern. Das Einzige, was mir stetig durch den Kopf hämmert, sind diese Worte: Wir waren nicht genug für sie. Wir waren einfach nicht genug.

Mein Kopf ist noch immer voll mit diesen Gedanken, als ich längst wieder bei Joyce bin. Ich kann das Gespräch nicht verdrängen, egal wie viel Mühe sich meine beste Freundin gibt, um mich abzulenken. Als es an der Tür klingelt, fällt mir plötzlich ein, dass Lorcan vorbeikommen wollte, um mir das Kleid und die Schuhe für die morgige Hochzeit zu bringen. Das hatte ich völlig verdrängt und ich habe auch vergessen, Joyce davon zu erzählen. Während sie aus dem Zimmer läuft, um die Haustür zu öffnen, würde ich mich am liebsten unter der Decke verkriechen und es ihr überlassen, die Sachen von Lorcan entgegenzunehmen.

Gedämpft höre ich die Stimmen der beiden aus dem Erdgeschoss. Ich atme tief durch und zwinge mich dazu, aufzustehen. Kaum an der Treppe angelangt, brüllt mir Joyce schon entgegen, bevor sie sich dafür entschuldigt, dass sie mich nicht hat kommen sehen. Als ich nach unten gehe, verdrückt sie sich und lässt mich mit Lorcan allein. Er hat eine große Pappschachtel auf dem Arm.

»Hey.« Er lächelt mich an.

»Hey«, antworte ich knapp und beiße mir sofort auf die Lippe. Ich will eigentlich nicht so abweisend sein, aber momentan kann ich nicht aus meiner Haut.

Lorcan mustert mich aufmerksam. »Alles in Ordnung?«

Ich schlucke und schüttle den Kopf.

»Wie geht es deinem Vater?«, will er wissen und es wundert mich nicht, dass er zuerst an ihn denkt.

»Er arbeitet vieles auf«, sage ich leise.

Lorcan beobachtet mich weiterhin. »Möchtest du darüber reden?«

»Nein, besser nicht.«

»Okay.«

Für einen Moment ist es still zwischen uns. Lorcan sieht mir in die

Augen und ich erwidere den Blick widerwillig.

»Wird es dir morgen besser gehen?«

Über diese Frage bin ich erstaunt und brauche einen Moment, bis ich sie beantworten kann. »Vermutlich nicht.«

»Dann rede darüber. Was ist passiert, Maeve?«

Tränen füllen meine Augen und ich versuche verzweifelt, sie wegzublinzeln. Wie zum Schutz verschränke ich die Arme vor meiner Brust und atme tief durch, um mich zu beruhigen.

»Maeve.« Lorcan macht zwei Schritte auf mich zu, legt die Pappschachtel auf den Boden und nimmt mich in den Arm.

Eigentlich will ich das nicht, ich will nicht schwach sein und ich will nicht getröstet werden müssen. Aber es tut so gut, sich anlehnen zu können, gehalten zu werden und sich sicher zu fühlen.

Ich erwidere die Umarmung, lasse meine Tränen laufen und vergrabe mein Gesicht an seiner Halsbeuge.

»Was hast du erfahren?«, fragt Lorcan schließlich leise und streicht mir beruhigend über den Kopf.

Ich halte die Augen geschlossen, als ich ihm antworte. »Mein Vater hat mir von einem Abschiedsbrief von Mum erzählt. Ich habe sie so lange gesucht und dabei nicht gewusst, dass sie gar nicht gefunden werden will. Sie hat uns für einen anderen Mann verlassen. Sie ist freiwillig gegangen.« Ich schluchze laut auf, kralle mich an Lorcans Jacke fest, während er seinen Halt verstärkt. »Sie wollte uns nicht mehr«, würge ich hervor, Wut schäumt in meinem Bauch, Verzweiflung in meinem Herzen. »Wir waren ihr nicht wichtig genug. Wir waren einfach nicht genug.«

Lorcan hält mich fest, während ich all meine Gefühle herauslasse. Unablässig streicht seine Hand über meinen Kopf, beruhigt mich so immer mehr und mehr.

Nach gefühlt etlichen Minuten löse ich mich von ihm und hole ein Taschentuch aus meiner Hosentasche. Dabei streifen meine Finger den Stein meiner Mutter. Mit entschlossenen Schritten gehe ich zur Haustür, öffne sie und trete hinaus in den dunkler werdenden Abend. Ich nehme den rötlichen Stein aus meiner Tasche und schleudere ihn mit aller Kraft von mir. Lorcan sieht mir dabei stumm zu. Ich dachte, ich würde mich dadurch befreit fühlen, aber leider ist das nicht der Fall.

Ich gehe wieder ins Haus und schließe die Tür hinter mir.

»Besser?«, will Lorcan von mir wissen.

»Es wird schon. Danke, dass du für mich da bist.«

»Denk niemals, dass du nicht gut genug wärst, okay? Du bist verdammt wertvoll, nicht nur für deinen Vater.« Eindringlich sieht er mich an, dann werden seine Gesichtszüge weicher. »Vielleicht kann dich das hier ein bisschen aufmuntern.« Er bückt sich und hebt die Pappschachtel auf. »Dein Geburtstagsgeschenk. Happy Birthday.«

Ich nehme den Karton entgegen und lächle ihn versuchsweise an. »Danke.«

»Ich habe dir einen Zettel mit meiner Handynummer reingelegt. Falls irgendwas nicht passt, kannst du mir Bescheid geben, dann tausche ich es um.«

»Danke«, sage ich erneut.

»Und du kannst natürlich jederzeit anrufen, wenn es dir schlecht geht«, fügt er noch hinzu. »Egal, zu welcher Uhrzeit. Und morgen hole dich gegen Mittag hier ab.« Noch einmal mustert er mich. Bevor er geht, legt er seine Hand an meine Wange und drückt mir einen Kuss auf die Stirn.

Kaum, dass die Tür hinter ihm ins Schloss fällt, mache ich mich auf den Weg nach oben. Mein Herz pocht wieder kräftig gegen die Rippen und erleichtert stelle ich fest, dass nicht nur Joyce auf das Kleid gespannt ist, sondern auch ich. Das ausgelaugte Gefühl verschwindet mit der Vorfreude und gemeinsam mit meiner besten Freundin öffne ich den Deckel der Pappschachtel.

KAPITEL 18

Ich bin froh, dass wir früh aufgestanden sind und Joyce mir geholfen hat, mich zurechtzumachen. Die verspielte Hochsteckfrisur und das roséfarbene Make-up sind ihr Verdienst. Als ich mich ein letztes Mal im Spiegel betrachte, kribbelt es auf meiner Haut. Ich sehe nicht aus wie jemand, der auf eine Hochzeit geht und sich deswegen hübsch gemacht hat. Ich könnte zur britischen Adelsfamilie gehören. Zumindest im letzten Jahrhundert. Das hellblaue Kleid endet an meinen Knöcheln, hat Rüschen und Schleifen und sogar einen Reifrock. Allein werde ich damit nicht auf die Toilette gehen können …

Joyce sprüht etwas Parfüm über meine Haare und an meinen Hals und der blumige Duft nach Kirschblüten dringt mir in die Nase.

Als Joyces Mutter von unten ruft, streife ich mir schnell die passenden Handschuhe über und gehe noch etwas wackelig auf den ungewohnten Absätzen die Treppe hinunter. Mit einer Hand halte ich mich am Geländer fest, mit der anderen hebe ich meinen Rock an. Graziös sieht jedenfalls anders aus. Erleichtert atme ich aus, als ich diese Hürde überwunden habe.

Unten wartet Lorcan bereits auf mich und muss sich ein Lachen verkneifen.

»Ungewohnt?«, bringt er halb erstickt hervor.

Ich kann nicht anders und muss angesichts seiner kaum mehr beherrschten Mimik kichern. Erst jetzt lässt Lorcan sein Lachen frei.

»Was hast du mir hier nur ausgesucht? Dein Geschmack ist jedenfalls ... sehr interessant.« Ich schaue an meinem Kleid herunter und schmunzle, weil Lorcan das Gleiche tut.

»Na ja, so hundertprozentig trifft es meinen Geschmack nicht«, gesteht er. »Wenn es nach mir gehen würde, hätte das Kleid weniger Rüschen und Tüll.«

»Dann hast du das gar nicht ausgesucht?«

»Doch schon. Aber es gab einige Vorgaben von Connor.«

Erst jetzt begutachte ich Lorcans Aufzug. Er sieht einfach nur cool aus in einem schwarzen Smoking mit Fliege und Gehrock. Die Haare trägt er offen, nur die vordersten Strähnen sind hinten zusammengebunden. Er bietet mir seinen Arm an, doch bevor ich mich unterhaken kann, fällt mir Joyce um den Hals.

»Ich wünsche euch so, so viel Spaß! Lasst es richtig krachen! Und wehe, du bist vor Mitternacht zu Hause!« Mahnend hebt sie einen Finger, grinst jedoch im nächsten Moment verschwörerisch und entlässt uns nach draußen.

Lorcan ist mit seinem alten Pick-up hier. Galant öffnet er mir die Beifahrertür und ich setze mich hinein. Sofort fällt mir der neue Duftbaum auf, der einen angenehm frischen Geruch im Wageninneren verteilt. Ich erinnere mich, wie er mich das erste Mal abgeholt hat. Damals hatte ich noch Angst vor ihm und war sehr skeptisch, was seine Erzählungen über das Auge angeht.

»Du grinst?« Lorcan reißt mich aus meinen Gedanken und mein Grinsen wird unwillkürlich breiter. »Demnach geht es dir etwas besser?« Er startet den Motor und fährt los.

Seine Bemerkung versetzt mir einen leichten Stich, doch davon will ich mich heute nicht runterziehen lassen.

»Ich dachte gerade daran, wie ich das erste Mal hier in deinem Wagen saß.«

Lorcan lacht. »Ja, das werde ich wohl nie vergessen. Ich glaube, am Anfang hättest du mich am liebsten umgebracht, als ich plötzlich vor deiner Wohnungstür stand.«

Ich lache ebenfalls. »Zu dem Zeitpunkt dachte ich, du wärst irgend so ein Irrer, der nachts durch die Straßen läuft, um sich sein nächstes Opfer zu suchen.«

»Was?« Entrüstet schnaubt er. »Dabei habe ich dir das Leben gerettet!«

»Ja, aber deine Kampfkünste und vor allem deine Treffsicherheit haben mich ziemlich eingeschüchtert«, gebe ich zu.

Lorcan grinst, während er weiterfährt, und auch ich lächle zufrieden vor mich hin.

Connors Hochzeit ist nicht nur irgendeine durchgeplante, glanzvolle Feier. Er heiratet im Stil des neunzehnten Jahrhunderts auf einer Burg umgeben von Wald. Alles passt dazu, die Kleider und Anzüge der Gäste, die Möbel und Dekorationen, sogar das Essen wurde angepasst. Trotz des außergewöhnlichen Ambiente herrscht eine Ungezwungenheit, wie ich sie selten erlebt habe. Niemand schimpft, wenn sich ein Kind dreckig macht, es wird viel gelacht und geschwatzt. Die Getränke werden in Kelchen herumgereicht. Ich bin tief beeindruckt und bringe die ersten Minuten kein Wort über die Lippen. Lorcan versucht vergeblich, zu verbergen, wie amüsiert er ist, doch seine Grübchen graben sich etwas zu tief in seine Wangen. Ich knuffe ihn in die Seite, damit er aufhört, so zu grinsen, aber das Gegenteil passiert.

»Und Maeve, was sagst du zur Location?« Percy gesellt sich zu uns, in der Hand einen Kelch.

Ich ignoriere Lorcans Grinsen und wende mich seinem Bruder zu. »Ich bin tief beeindruckt.«

Percy lächelt. Er beugt sich zu mir und spricht mit leiser Stimme: »Glaub mir, Lorcan war anfangs genau so sprachlos. Das würde er nur nie zugeben.«

Jetzt bin ich es, die sich das Grinsen nicht verkneifen kann.

»Ach und übrigens: hübsches Kleid. Passt perfekt zu deinen Augen.« Mit einem Lächeln verschwindet Percy zu den anderen Gästen.

Als ich mich verwundert wieder zu Lorcan drehe, ist aus seinem breiten Grinsen ein feines Lächeln geworden, das mich tief im Herzen berührt.

Der Tag ist wunderschön. Obwohl ich kaum jemanden kenne, unterhalte ich mich mit vielen verschiedenen Menschen und meistens ist Lorcan dabei an meiner Seite. Viele der Gäste stellt er mir vor, doch die Namen habe ich bei der nächsten Person schon wieder vergessen. Einige von ihnen äußern ihre Überraschung darüber, Lorcan mit Begleitung zu sehen. Allerdings erklärt dieser mir, dass die meisten ihn erst seit zwei oder drei Jahren kennen, und in der Zeit hatte er keine Freundin. Diese Aussage erweckt ein paar Schmetterlinge in meinem Bauch zum Leben, denn irgendwie fühle ich mich schon ein bisschen, als wären Lorcan und ich zusammen.

»Kannst du tanzen?« Lorcan hat sich zu mir herübergebeugt, sein Atem streift mein Ohr.

Ich befühle meinen Bauch. »Ich fürchte, das ist rein physikalisch schon nicht mehr möglich. Ich bin so vollgefuttert, dass ich mich kaum bewegen kann.«

»Ich habe gehört, dass Bewegung das beste Mittel gegen Völlegefühl sein soll. Wollen wir's probieren?«

Lorcan meint es wirklich ernst.

»Ich kann nicht tanzen«, gestehe ich. »Niemand hat mir das je beigebracht.«

Ein verschmitztes Grinsen bildet sich auf Lorcans Lippen. »Das beruhigt mich. Dann bin ich wenigstens nicht allein mit meinen unterirdischen Tanzfähigkeiten. Komm.« Er zieht mich von meinem Stuhl hoch und führt mich zur überfüllten Tanzfläche.

Wir suchen uns einen Platz am Rand und schon wirbelt mich Lorcan umher. Vor lauter Lachen weiß ich gar nicht, wohin ich meine Füße setzen soll. Lorcan dreht mich linksherum und nach rechts und entschuldigt sich jedes Mal, wenn er mich so schwungvoll herumwirbelt, dass ich mit einem anderen Gast zusammenstoße. Nicht bei mir, wohlgemerkt. Aber das ist mir egal.

Als Ausgleich trete ich ihm ständig auf die Füße, aus Versehen natürlich, doch er scheint es gar nicht zu bemerken. Stattdessen strahlt er unentwegt und konzentriert sich gleichzeitig darauf, mich nicht versehentlich loszulassen, denn dann würde ich vermutlich über die komplette Tanzfläche schlittern. Ich habe Glück. Lorcan packt mich immer wieder im richtigen Moment und zieht mich zu sich heran.

Als die Musik stoppt und das Brautpaar nach vorn gebeten wird, lasse ich mich erschöpft auf meinen Stuhl fallen und schnappe nach Luft. Mir ist unglaublich heiß. Ich falte meine Serviette so, dass ich sie als Fächer benutzen kann, und stürze einen ganzen Kelch Wasser hinunter. Auch Lorcan atmet schwer. In dem Zustand kann ich mich unmöglich auf das konzentrieren, was vorne passiert. Also lasse ich meinen Blick schweifen und beobachte die anderen Gäste. Die Eltern von Ann-Lee, der Braut, wirken unheimlich glücklich. Sie strahlen übers ganze Gesicht und immer wieder betupft sie mit ihrer Serviette die Augen. Ich sehe zu Lorcan. Als würde er es spüren, wendet er sein Gesicht mir zu.

Eine Frage geistert mir schon seit Beginn der Feier im Kopf herum, doch bisher hat es einfach noch nicht den passenden Augenblick gegeben.

»Warum sind eure Eltern nicht hier?« Ich spreche leise, damit wir die anderen Gäste nicht stören. Keine Ahnung, was mit dem Brautpaar gerade passiert, aber es scheint witzig zu sein, denn viele lachen.

Lorcan jedoch lacht nicht.

»Sie sind tot«, sagt er knapp.

Er hält meinem Blick stand, die Fröhlichkeit in seinen Augen ist verschwunden.

»Das tut mir unglaublich leid.«

»Dir muss überhaupt nichts leidtun. Ich bin derjenige, der -« Er verstummt, presst die Lippen aufeinander und starrt auf die Tischdecke.

»Wie lange ist das her?« Meine Frage ist nicht lauter als ein Flüstern.

»Ich war fünf.«

»Das muss schrecklich gewesen sein.«

»Nein. Schrecklich ist kein Ausdruck. Es war die Hölle.« Ernst sieht er mich an.

»Deine Brüder -«

»Vergiss meine Brüder. Wir haben uns nicht immer so gut verstanden wie jetzt.« Er schweigt, starrt vor sich hin und scheint einen ganz bestimmten Gedanken im Kopf herumzuwälzen, den er mir jedoch nicht mitteilt. Nach einigen Minuten wendet er sich mir zu.

»Egal. Das ist Vergangenheit. Lass uns davon nicht die Laune verderben.« Er setzt ein Lächeln auf, das ich erwidere. Ich greife nach seiner Hand und drücke sie und für einen Moment hält er meine fest, bevor er sie wieder loslässt.

Was auch immer gerade vorne passiert ist, es scheint vorüber zu sein, denn die Gäste klatschen und Connor und Ann-Lee begeben sich zurück zu ihren Plätzen. Ein allgemeines Gemurmel ertönt, als alle ihre Gespräche wieder aufnehmen.

»Ich bin gleich zurück.« Lorcan steht auf und lässt mich allein. Ich habe ein dumpfes Gefühl im Magen und versuche, es mit einem Schluck Wasser zu beruhigen.

»Darf ich mich setzen?« Ann-Lee hat ihren Platz verlassen und ist zu mir herübergekommen.

»Natürlich! Bitte.« Ich zeige überflüssigerweise auf Lorcans Stuhl.

Sie rafft ihre Röcke und bettet sich darauf, dann lächelt sie mir zu.

»Es ist so viel los hier, dass man kaum dazu kommt, sich mit allen Gästen zu unterhalten. Außerdem kennen wir uns bisher noch gar nicht wirklich. Du bist Lorcans Freundin, richtig?«

»Nicht ganz. Ich bin Maeve und seine Arbeitskollegin.«

»Ihr seid nicht zusammen?« Sie scheint ehrlich erstaunt über diese Nachricht. »Nun ja, dann kann es ja nicht mehr lange dauern, oder?« Sie lacht kurz auf eine sympathische und einnehmende Art.

Statt einer Antwort lächle ich sie nur an.

»Weißt du, es gibt Männer, die sind manchmal ein bisschen schwer von Begriff. Oder sagen wir mal so: Die emotionale Seite an ihnen ist nicht unbedingt ihre stärkste. Deswegen müssen wir Frauen öfter die Initiative ergreifen und sie auf das stoßen, was sie eigentlich schon längst vor Augen haben.«

Ich bin perplex. »Ich soll den ersten Schritt machen?«

Verschwörerisch lehnt sie sich zu mir herüber. »So wie ich Lorcan bisher kennengelernt habe und wenn ich das berücksichtige, was mir Connor über ihn erzählt hat, glaube ich, dass er in der Hinsicht etwas verklemmt ist. Vermutlich reicht ein kleiner Schubser in die richtige Richtung, damit er dir sein Herz öffnet. Du musst es nur versuchen.

Was hast du schon zu verlieren?« Wieder lächelt sie mir zu.

Connor stellt sich hinter seine Braut, legt ihr die Hände auf die Schultern und räuspert sich. Ann-Lee dreht ihren Kopf. »Ist es Zeit für den nächsten Tanz?«

»Aber nur, wenn ich bitten darf, Teuerste.« Connor verbeugt sich tief und gibt seiner Frau einen Handkuss. Ann-Lees Augen strahlen Glückseligkeit aus. Darauf bedacht, dass sie mit ihrem ausladenden Kleid nicht im Stuhl stecken bleibt, steht sie auf.

»Denk an meinen Rat«, raunt sie mir noch zu, bevor sie Connor folgt.

Kaum, dass die beiden weg sind, setzt sich Lorcan neben mich. Er schenkt sich Wein ein und nimmt einen Schluck. Ich betrachte ihn von der Seite. Was ich zu verlieren habe? Lorcan ist mein Ausbilder und das noch für fast eineinhalb Jahre. Außerdem sind da der Ring und die Geschichte mit Kaitlin. Das bedeutet ihm sein Leben.

»Alles okay?«, fragt Lorcan, als er meinen Blick auf ihm bemerkt.

Ich fühle mich ertappt und antworte sofort mit einem überschwänglichen: »Ja, klar!«

Lorcan schmunzelt. »Und warum starrst du mich so an? Hab ich irgendwo noch Klopapier hängen?«

Hitze kriecht mir ins Gesicht. »Nein, hast du nicht.«

»Na, dann ist ja gut. Gibt es irgendeinen anderen Grund?«

Was habe ich zu verlieren? Wenn ich es nicht versuche, habe ich weder etwas verloren noch gewonnen.

Mir wird heiß und kalt, mein Herz pocht kräftig gegen meine Rippen und die Schmetterlinge scheinen in Aufruhr zu sein. Langsam lehne ich mich zu Lorcan hinüber, beobachte, wie er darauf reagiert. Seine Mimik bleibt unverändert, auch sein Körper regt sich nicht. Der vertraute Duft nach Zitronengras vermischt sich mit meinem Kirschblütenduft. Ich nähere mich noch mehr, erkenne jeden einzelnen braunen Fleck in seinen grünen Augen. Meine Lippen sind seinen so nah und mein Herz droht vor Freude zu zerspringen.

»Was machst du da?«

Und dann zerspringt es tatsächlich, jedoch nicht aus Freude.

Ruckartig begebe ich mich wieder in Ausgangsposition. Lorcan bewegt sich kein bisschen, sieht mich aber interessiert an.

Die ganze Situation ist mir so peinlich, dass ich am liebsten einfach weggehen würde. Lorcan widmet sich wieder seinem Wein, als wäre nichts passiert, und hat wohl entschieden, das Ganze zu ignorieren. Ich versuche vergeblich, meine Atmung in den Griff zu bekommen, doch da das nicht funktioniert, stehe ich wortlos auf und gehe.

Die Nacht ist noch sehr kühl um diese Jahreszeit. Trotzdem tut es gut, die frische Luft einzuatmen. Ich laufe ein paar Schritte und schaffe es, meine aufkommenden Tränen zu verdrängen. Nie wieder, schwöre ich mir. Nie wieder werde ich versuchen, den ersten Schritt zu machen. Meine Füße tragen mich über die Brücke, die zur Burg führt. Unten angekommen folge ich nicht der Straße, sondern wende mich nach rechts und gehe einen kleineren Weg entlang, der um die Burg herumführt. Da diese an einem Hang steht, habe ich gehofft, von hier aus nach unten sehen zu können, doch die Bäume versperren mir die Sicht. Trotzdem bleibe ich am Fuß einer Treppe stehen und starre durchs dunkle Geäst. Seufzend lehne ich mich gegen das kalte Gemäuer.

Ich sollte mich in Zukunft von Lorcan fernhalten, so wie ich es die letzten Monate auch getan habe. Keine Ablenkung mehr. Kein Gefühlschaos. Irgendwie muss ich die Schmetterlinge beruhigen und in den Winterschlaf versetzen. Das Problem ist bloß, dass sie im Moment nicht hören wollen.

Ein regelmäßiges Knirschen auf dem Weg kündigt mir einen Besucher an. Ich schaue nach links, gespannt, wer dort gleich um die Ecke kommen wird.

Es ist Lorcan.

»Da bist du ja. Ich habe mich gefragt, wo du wohl hingegangen bist.«

Ich antworte ihm nicht, sondern richte meinen Blick wieder auf die dunklen Bäume. Er gesellt sich ungefragt zu mir.

»Was genau machst du hier?«, fragt er.

Ich spüre, wie er mich aufmerksam mustert.

»Nachdenken«, antworte ich knapp.

»Es tut mir leid«, sagt er und seufzt resigniert. »Aber ich bin nicht bereit, alles aufs Spiel zu setzen, um mit dir zusammen zu sein. Unser erster Kuss war eine einmalige Sache.«

Ruckartig drehe ich ihm meinen Kopf zu. »Glaub mir, das war das erste und letzte Mal, dass ich es versucht habe«, sage ich, unfähig die Verletzlichkeit in meiner Stimme zu unterdrücken.

Er sieht mich erschrocken an, aber ich lasse ihm keine Zeit, um zu antworten, denn schon setze ich mich in Bewegung.

»Maeve, warte doch mal!« Er packt mich am Handgelenk.

»Lass mich!« Mit einem Ruck befreie ich mich aus seinem Griff. Ich will weg hier, mir egal wohin. Einfach nur weg.

Lorcan fasst mich bei den Schultern und drückt mich gegen die harte Mauer. »Ich sagte, du sollst kurz warten!« Er hält mich fest und ich bin nicht stark genug, um ihn von mir wegzudrücken. Trotzdem versuche ich es.

»Jetzt hör doch mal auf, Maeve! Würdest du dich nicht so wehren, könnte ich dir schon längst einiges erklären!«

»Was willst du mir erklären?«, schimpfe ich keuchend. »Dass dir dein Job im Auge wichtiger ist als deine Gefühle? Oder dass du Kaitlin nicht loslassen kannst?«

»Weder noch!«

Ich halte inne. Wir beide atmen schwer, doch jetzt, wo ich mich nicht mehr wehre, verringert Lorcan den Druck auf meine Schultern. Sofort verblasst der Schmerz in meinen Schulterblättern.

»Vielleicht ist Kaitlin einer der Gründe«, beginnt Lorcan stockend. Er lässt mich los und macht ein paar Schritte rückwärts. »Aber sie ist definitiv nicht der einzige und schon gar nicht der ausschlaggebende Punkt. Es sind so viele Dinge, die eine Rolle spielen. Am wichtigsten ist mir, dass ich dich nicht in Gefahr bringe. Eben weil ...« Er atmet tief durch. »Eben weil du mir wichtig bist, Maeve.«

Ich lasse die Worte auf mich wirken, doch sie mildern den Schmerz in meinem Inneren nicht ab.

Lorcan atmet noch ein paar Mal durch, bevor er weiterspricht. »Kaitlin ist die eine Sache, aber die andere, die mir viel größere Sorgen bereitet, ist Dios.«

»Dios hat Kaitlin genau so geliebt wie du«, erinnere ich ihn an seine eigenen Worte. »Das ist also etwas ganz anderes. Ich glaube kaum, dass ich ihm in irgendeiner Art und Weise wichtig bin.«

»Dios hasst mich.« Lorcans Augen funkeln in der Dunkelheit. »Und wenn er mir eins auswischen kann, wird er die Gelegenheit nicht verstreichen lassen! Wenn er erfährt, dass wir eine Beziehung führen, wird er alles daran setzen, um uns wieder auseinanderzubekommen. Dieses Glück wird er mir nicht gönnen und ich will nicht, dass du dabei irgendwelchen Schaden nimmst.«

Der Zorn in seinen Augen ist verschwunden. Beinahe liebevoll sieht er mich an. Er legt eine Hand an meine Wange und mir wird trotz der kalten Nachtluft ganz heiß.

»Du bist wunderschön, Maeve. Das habe ich dir noch gar nicht gesagt.« Seine Hand lässt mich los, er dreht sich einfach um und geht. Und ich stehe hier – mit einem klopfenden Herzen und Schmetterlingen im Bauch.

KAPITEL 19

Und wieder verhalten wir uns, als wäre nichts gewesen. Nur dass ich mich diesmal anders fühle. Niedergeschlagen. Besiegt. Ich kann mich kaum auf den Unterricht konzentrieren, habe sogar vergessen, was das heutige Thema ist. Lorcan schaue ich so wenig wie möglich an, halte den Blick stattdessen auf mein Tablet gesenkt. Mir fällt mein Stein ein und meine Hand gleitet wie automatisch in meine Hosentasche, um ihn herauszuholen, bevor mir wieder einfällt, dass ich ihn weggeschmissen habe. Erneut spüre ich Zorn über meine Mutter aufsteigen, doch ich will mich davon nicht kontrollieren lassen.

Ich muss an etwas anderes denken. An Lorcan, wie er mir sagt, dass ich schön bin. Nein, das ist keine gute Idee. Der letzte Besuch bei meinem Vater ... Das geht auch nicht, denn mir fällt ein, dass das zufällig der Tag war, an dem er mir von dem Brief meiner Mutter erzählt hat. Still fluche ich in mich hinein. Irgendwie will mir im Moment nichts Positives einfallen.

»Dawson!«

Ich zucke heftig zusammen und spüre die Blicke der anderen auf mir. Mit einem Seufzen schnappe ich mir mein Tablet, gehe zur Tür und stelle mich in den Rahmen. Auch gut. Jetzt habe ich gar keine andere Möglichkeit mehr, als aufzupassen. Ich zwinge mich dazu, meinen Blick auf Lorcan zu heften. Er scheint überrascht zu sein, dass ich mich selbst bestrafe, bevor er es tut, aber dann nimmt er den Faden wieder auf und macht mit dem Unterricht weiter.

Als wir unterwegs zum Mittagessen sind, pfeift Isaac mich zu ihm.

»Komm, wir nehmen eine eigene Moca.«

Verwundert folge ich ihm. Kaum, dass sich diese in Bewegung setzt, fragt mich Isaac, wie es mir geht.

»Gut«, lüge ich. »Das habe ich euch doch gestern schon gesagt.«

»Ja, und dass dein Geburtstag ganz toll war, hast du auch erzählt«, erwidert er. »Aber mal im Ernst, Maeve. Das ist doch Grütze. Es ist offensichtlich, dass es dir schlecht geht. Du erzählst nur nicht, warum, und das wundert mich.«

Ich schweige. Vielleicht hat er recht und ich sollte mich wenigstens in Bezug auf meine Mutter noch jemandem anvertrauen.

»Ist es Liebeskummer?« Isaac sieht mich forschend an.

Ich muss erschrocken aussehen, denn sofort grinst er.

»Bingo!«, ruft er aus. »Wusste ich's doch! Und? Willst du mir verraten, wer es ist?«

»Nein!«, sage ich viel zu schnell und beiße mir daraufhin auf die Unterlippe.

»Na schön. Er hat dich abserviert, stimmt's?«

Abserviert – so könnte man es auch bezeichnen. Statt Isaac zu antworten, schweige ich beharrlich.

»Maeve, sieh mich an.«

Widerwillig folge ich seiner Aufforderung. Isaac hält mich mit seinem Blick fest.

»Der Typ ist ein Idiot! Wenn er dich abserviert, dann hat er nicht erkannt, wie wertvoll du bist. Demnach hat er dich auch gar nicht verdient. Sondern jemand, der dich besser kennt und der weiß, was er an dir hat.« Er lehnt seinen Kopf gegen die Stütze. »Also, wenn du Ablenkung brauchst, stehe ich dir jederzeit zur Verfügung.« Seine rechte Augenbraue zuckt, bevor er mir verschmitzt zuzwinkert.

Bei der Mimik lächle ich. »Danke, vielleicht komme ich eines Tages auf dein Angebot zurück.«

»Eines Tages?« Isaac spielt den Entrüsteten. »Lass mich nicht zu lange warten, sonst wird mein Fleisch irgendwann faul und gammelig. Und dann hast du gar nichts mehr von Isaac Superhero Reza.« Wieder zwinkert er und bringt mich damit zum Lachen.

»Bild dir nicht zu viel ein«, warne ich ihn. »So viel stärker als ich bist du auch nicht.«

»Waaas? Na warte, das werde ich dir aber beweisen!« Er will sich auf mich stürzen, doch der Unterdruck der Sitze lässt ihn nicht los, solange die Moca in Bewegung ist. Über sein verzweifeltes Gesicht, wie er sich bemüht, mich trotz dessen durchzukitzeln, lache ich so sehr, dass mir die Tränen kommen.

Isaac tut mir gut, das wird mir in diesem Moment bewusst. Und vielleicht hat er recht. Ich sollte mich nicht so auf Lorcan versteifen, er will sowieso keine Beziehung. Es wird Zeit, nach vorne zu blicken.

Als Giulia und ich uns abends vorm Schlaftrakt von den Jungs verabschieden, geht es mir deutlich besser. Auf dem Weg zu unserem Zimmer unterhalten wir uns über Belangloses. Als wir um die Ecke biegen, prallen wir beinahe mit jemandem zusammen.

»Dawson! Mariani.« Dios nickt Giulia kurz zu, während sie mit großen Augen sein dunkelblaues Hemd mustert.

Ich fühle mich wie versteinert. Was hat jemand wie er im Schlaftrakt der Frauen zu suchen?

»Dawson, das trifft sich sehr gut. Auf ein Wort.« Mit einer Armbewegung bedeutet er mir, auf den Gang zurückzugehen, aus dem wir gekommen sind. Giulia sieht mich etwas hilflos an, doch ich schüttle kaum merklich den Kopf. Mein Herz wummert und meine Hände fühlen sich schwitzig an. Immer und immer wieder kommen mir Lorcans Worte über Dios in den Sinn: *Und als es endlich vorbei war und ich zu Kaitlin bin, stand Dios bei ihr. Er hat mit einer Waffe auf sie gezielt und abgedrückt.*

An einer etwas abgelegeneren Stelle macht Dios halt. Er dreht sich zu mir und mustert mich, wodurch ich total nervös werde.

»Mir ist aufgefallen, dass dein Ausbilder wieder einen Großteil seiner Freizeit mit dir verbracht hat.« Er beobachtet mich, vermutlich um jede noch so kleine Regung in meinem Gesicht zu registrieren.

Ich zwinge mich dazu, eine Maske darüber zu legen, und mir an meiner Mimik nichts anmerken zu lassen.

»Weißt du, im Grunde genommen ist es egal, mit wem du deine Freizeit verbringst. Trotzdem möchte ich dich warnen. Chester ist nicht ganz so harmlos, wie er vielleicht aussieht. Und was auch immer er dir für Geschichten erzählt ... Mach dir bewusst, dass er zwar glaubt, alles zu wissen, aber tatsächlich kennt er nur einen Bruchteil der Wahrheit.«

Mir ist schlecht. Mir ist so unglaublich schlecht. Was genau deutet er da an?

Für einen Moment scheint er nachzudenken, dann spricht er es aus: »Wusstest du, dass Chester bereits in einer Beruhigungszelle saß?«

Er gibt mir Zeit zum Antworten, doch ich schweige. Mein Mund fühlt sich trocken an.

Schließlich spricht er weiter. »Niemand sitzt umsonst in einer Beruhigungszelle. Chester hat einen großen Fehler gemacht. Und dieser hat ihm ganze drei Wochen eingebracht, in denen er dort eingesperrt war.«

Ich fühle mich schwach, vor meinen Augen schwirren Sterne, weil mir plötzlich so schwindelig ist. Am liebsten möchte ich mich hinsetzen und irgendwo anlehnen, allerdings traue ich mich nicht.

»Chester ist gefährlich, Maeve«, sagt Dios eindringlich. »Deswegen würde ich es begrüßen, wenn du in Zukunft weniger freie Zeit mit ihm verbringst. Du hast viel Potenzial in dir und es wäre schade, wenn du es verschwenden würdest, nur weil dir Chester irgendwelche Flausen in den Kopf setzt.«

Es ist nicht der Inhalt seiner Worte, der mir unter die Haut kriecht, sondern die Art und Weise, wie er es sagt. Die unterschwellige Drohung und das, was Lorcan mir über ihn erzählt hat, jagen mir eine Riesenangst ein.

Ich kann nicht mehr und lehne mich gegen die Wand. Kurzzeitig wird mir schwarz vor Augen und dennoch zwinge ich meinen Körper dazu, weiterhin die Kontrolle zu behalten. Lange kann das hier nicht mehr dauern.

»Selbstverständlich bleibt unser Gespräch vertraulich. Schaffst du es allein auf dein Zimmer oder soll ich dir behilflich sein?«

»Nein.« Alles, nur das nicht, denke ich. Von Dios will ich keine Hilfe, also bemühe ich mich, wieder gerade zu stehen.

»Gut. Dann wünsche ich dir noch einen schönen Abend, Dawson.«

Endlich geht er. Ich wische mir meine Hände an der Hose ab und beeile mich, aufs Zimmer zu kommen, bevor mein Kreislauf völlig zusammenbricht.

Natürlich will Giulia sofort wissen, was Dios von mir gewollt hat.

»Das Gespräch war vertraulich, also darf ich wohl nicht darüber sprechen.«

Ich lege mich aufs Bett und schließe die Augen. Die Lageveränderung tut meinem Kreislauf gut. Ihrem Tonfall nach zu urteilen, scheint sich Giulia Sorgen zu machen, doch leider kann ich sie in der Hinsicht nicht beruhigen. Ich bin ja selbst völlig aufgekratzt. Immer und immer wieder gehen mir seine Worte durch den Kopf: *Wusstest du, dass Chester bereits in einer Beruhigungszelle saß?*

Ich habe nicht mal gewusst, dass es so etwas überhaupt gibt. Und dann die Andeutung, dass Lorcan nicht die ganze Wahrheit kennt ... Bezieht sich das auf die Geschichte mit Kaitlin?

Plötzlich fallen mir Susan Woods Worte wieder ein: *Er hat so eine bedrohliche Ausstrahlung. Und wirklich nett ist er auch nicht.*

Ich drehe mich zur Wand. Mit einem Mal wird mir etwas bewusst und sofort strömt Hitze durch meinen ganzen Körper.

Dios hat mich *Maeve* genannt.

Er hat es nur ein einziges Mal gesagt und vielleicht ist es ihm auch nur rausgerutscht. So oder so finde ich das Ganze äußerst beunruhigend. Warum sollte er mich beim Vornamen nennen? Wir stehen uns in keiner Weise nah, haben kaum etwas miteinander zu tun. Höchstens, wenn ich wieder irgendeinen Fehler mache. Warum also hat er mich Maeve genannt?

Diese Frage und das Wort *Beruhigungszelle* spuken mir die nächsten Tage ununterbrochen im Kopf herum. Ich schaffe es kaum, mich auf den Unterricht zu konzentrieren. Im Schießtraining bin ich nicht mehr so treffsicher wie sonst. Bei Kampfübungen muss ich viel einstecken, weil ich einfach nicht richtig aufpasse. Ein neues Gefühl hat von mir Besitz ergriffen. Ein ekliges und lähmendes Gefühl, das sich nicht abschütteln lässt.

Angst.

Ständig habe ich schweißfeuchte Hände und Herzklopfen und frage mich, wie lange dieses Gefühl wohl anhalten wird. An den gemeinsamen Gesprächen mit meinen Freunden beteilige ich mich kaum. Aber ich kriege mit, wie sie hinter meinem Rücken über mich reden.

Wie sie sich Sorgen machen. Giulia erzählt ihnen, dass es wohl mit der Neun zusammenhängt.

Ich kann nicht anders. Ich muss einfach darüber sprechen, auch wenn ich einen Maulkorb bekommen habe.

Nach dem Schießtraining lasse ich die anderen vorgehen. Während Lorcan alles zurück räumt und den Schießstand gewissenhaft abschließt, warte ich auf ihn. Er ist überrascht, als er mich dort stehen sieht.

»Du bist ja noch hier«, sagt er. »Ist alles in Ordnung?«

»Hm, ja, schon. Ich dachte, vielleicht können wir uns eine Moca teilen?«

Lorcan scheint nicht gerade begeistert, stimmt aber zu.

Als diese sich in Bewegung setzt, ändere ich das Ziel.

»Was hast du vor?«, will Lorcan verwundert wissen.

Ich lege nur meinen Finger an die Lippen. Lorcan verschränkt die Arme, hält aber seinen Mund. Die ganze Fahrt über schweigen wir uns an.

Die Moca stoppt und ich steige als Erste aus. Ich führe ihn in das alte verlassene Fitnessstudio und schließe hinter ihm die Tür. Ich weiß, dass es riskant ist, ihn hierherzubringen, aber dies ist der einzige Raum, von dem ich sicher bin, dass er nicht überwacht wird, weil er schon lange nicht mehr genutzt wird und wir ihn beim Herstellen der Schutzkleidung komplett auseinandergenommen haben.

»Okay, jetzt erklär mir, was das Ganze hier soll.«

»Sind die Räume verwanzt?«, frage ich ihn.

Lorcan sieht mich überrascht und verwundert an. »Keine Ahnung.«

»Könntest du es dir vorstellen?«

Nach einem Zögern sagt er: »Ja, das könnte ich mir durchaus vorstellen.«

»Gut.« Ich atme tief durch. »Ich glaube nicht, dass dieser Raum hier überwacht wird. Das wäre vermutlich reine Zeitverschwendung, weil er nicht mehr genutzt wird.«

»Und was ist so wichtig, dass du unbedingt unter vier Augen hier mit mir besprechen musst?«

Während Lorcan sich an eines der alten Geräte lehnt, gehe ich vor ihm auf und ab. Die Angst hat mich schon wieder gepackt. Nervös knete ich meine Finger.

»Dios hat mich am Montag abgepasst.« In Lorcans Gesicht steht Ungläubigkeit, seine Augen werden schmal.

»Warum hat er dich abgepasst?«, fragt er hastig. »Was wollte er von dir?«

Ich bleibe in einigem Abstand vor ihm stehen. »Er hat mich vor dir gewarnt. Ich soll nicht so viel von meiner freien Zeit mit dir verbringen. Ich hätte Potenzial und soll mir keine Flausen in den Kopf setzen lassen. Und ich soll nicht alles glauben, was du sagst, weil du nur den Bruchteil der Wahrheit kennst.«

Durch meine Angst schaffe ich es kaum, meine Atmung zu kontrollieren, vor allem nicht, wenn ich Lorcans Gesichtsausdruck sehe. Die Augenbrauen zusammengezogen presst er seine Kiefer aufeinander. Die Hände sind zu Fäusten geballt, die Adern an seinen Armen stehen hervor.

Ich weiß, dass er mir nichts tun wird, aber ich habe Angst, dass er Dios aufsuchen könnte.

»Er hat außerdem gesagt … dass du gefährlich bist.« Ich kann nicht atmen. »Weil du schon mal in der Beruhigungszelle warst.«

Lorcans Gesichtsausdruck ändert sich schlagartig. Er sieht nicht mehr wütend aus, sondern erschrocken. Seine Hände greifen haltsuchend hinter sich an das Gerät. Sein Blick wandert von mir zum Boden und schließlich dreht er sich um, stützt sich auf das Trainingsgerät ab. Für einen Moment herrscht Stille zwischen uns, bevor ich es wage, zu fragen.

»Was genau ist eine Beruhigungszelle? Eine Weichzelle?«

Ich sehe ihm dabei zu, wie er sich wieder aufrichtet und zu mir umdreht. Er scheint sich gefasst zu haben.

»Ja, so etwas in der Art«, sagt er kratzig.

»Warst du dort wegen Kaitlin? Weil du Dios angegriffen hast?«

Lange sieht Lorcan mich einfach nur an.

»Ja«, bringt er endlich hervor.

Ich überlege, ob ich ihm davon erzählen soll, dass Dios mich beim Vornamen genannt hat.

»Maeve?«

»Ja?«

»Tu nie irgendetwas, was Dios dazu veranlasst, dich in so eine Zelle zu stecken, okay?«

»Ist es so schlimm?«

»Es ist das Schlimmste.«

»Schlimmer als der Tod deiner Eltern? Oder Kaitlins Tod?«

Lorcan schließt kurz seine Augen und atmet tief durch. »Ja.«

Ich schweige nachdenklich. »Du hattest recht«, sage ich schließlich.

»Womit?«

»Damit, dass wir nicht zusammen sein sollten.« Ich streiche mir über die Oberarme. »Jetzt verstehe ich dich. Dios ist angsteinflößend und ich glaube, er schreckt vor Bestrafung nicht zurück. Er würde unsere Beziehung nicht tolerieren.«

Lorcan nickt. »Gut.« Er kommt zu mir, gibt mir einen sanften Kuss auf die Stirn und verschwindet, ohne noch ein weiteres Wort zu sagen.

Ich stehe allein da, fühle mich hilflos und verlassen. Um die innere

Kälte zu vertreiben, reibe ich mir über die Arme. Ich muss etwas gegen dieses Gefühl unternehmen, es darf nicht so von mir Besitz ergreifen. Kurzerhand schnappe ich mir mein Tablet und schaue auf die Uhrzeit. Es dauert nicht mehr lange, bis die anderen hier eintreffen und wir mit unserem allabendlichen Training anfangen. Also ziehe ich mich um und wärme mich auf.

»Maeve, du bist ja schon hier! Wir haben dich beim Essen vermisst.« Finn nimmt mich in den Arm.

Ich vermute, dass sie in der Kantine wieder über mich und meinen Gemütszustand gerätselt haben.

»Ja, ich hatte keinen Hunger und dachte, ich mache mich schon mal warm.« Das stimmt tatsächlich, denn die Angst unterdrückt jedes Hungergefühl. Lediglich das Gespräch mit Lorcan behalte ich für mich.

»Können wir dir irgendwie helfen?« Finn sieht mir direkt in die Augen.

Ich presse kurz die Lippen aufeinander und deute ein Kopfschütteln an. »Wo ist Isaac?«, frage ich stattdessen, da Giulia, Marc und Finn ohne ihn aufgetaucht sind.

»Ehrlich gesagt dachten wir, er wäre ebenfalls schon hier. Auch er war nicht beim Essen.«

»Das ist aber merkwürdig ...«

»Krisensitzung!« Wir zucken zusammen, als Isaac in den Raum stürmt, sichtlich aufgebracht. Er setzt sich im Schneidersitz auf den schmutzigen Boden und klopft mit der flachen Hand neben sich.

Verwundert setzen wir uns ebenfalls. Es muss sehr wichtig sein, was Isaac uns zu sagen hat.

Während er uns mustert, hebt und senk sich sein Brustkorb in kurzen Abständen. »Es wird Zeit, Merizadi eine Abreibung zu verpassen. Sonntag um Mitternacht im Entspannungsraum. Da sind wir ungestört.«

»Hast du einen Knall?«, ruft Finn empört. »Warum sollten wir? Sie mag vielleicht ätzend sein, aber sie hat uns nichts getan.«

Ich sehe von Finn zu Isaac. Was ist passiert, dass er so wütend ist? Sonst hat er sich über Merizadi lustig gemacht, aber er war nie gewaltbereit.

»Sie hat es nicht anders verdient«,zischt Isaac und ich erkenne ihn überhaupt nicht wieder.

Mit ruhiger Stimme mischt sich Marc in das Gespräch ein: »Isaac, es entzieht sich leider unserer Kenntnis, warum wir plötzlich von verbalen Auseinandersetzungen zu Handgreiflichkeiten wechseln sollen. Es wäre förderlich, wenn du uns in deine Überlegungen miteinbeziehen könntest.«

Isaac rauft sich die Haare und ich fange an, mir ernsthaft Sorgen zu machen.

»Sprich«, fordert auch Finn ihn auf.

Isaac scheint förmlich zu platzen. »Sie wollte mir Drogen andrehen!« Nichts hält ihn mehr auf dem Boden. Wie ein Tiger im Käfig schreitet er im Raum hin und her und greift sich dabei immer wieder mit den Fingern in die Haare.

Ich kann mir nicht vorstellen, wie es in seinem Inneren aussieht. Vermutlich hätte er nicht so extrem reagiert, wenn sein Bruder nicht mit Drogen handeln würde, um seine Familie aus dem Kriegsgebiet herausschaffen zu können. Doch Gewalt ist keine Lösung. Vielmehr müsste man Merizadi aufklären. Höchstwahrscheinlich weiß sie von den Umständen nichts.

Giulia steht auf und geht zu Isaac hinüber. Sie will ihn in den Arm nehmen, doch er wehrt sie ab.

»Wozu haben wir trainiert?«, will er plötzlich von uns wissen. »Warum trainieren wir jeden Abend, wenn wir unser Können nicht anwenden?«

»Wir wenden unser Können an, wenn wir angegriffen werden, Isaac«, erinnere ich ihn. »Nicht, um uns mit anderen Schülern zu duellieren, oder was auch immer du vorhast.«

»Ein Kampf, Maeve. Es wird einen Kampf geben und dann hält Merizadi in Zukunft ihren Mund. Ich werde ihr beweisen, dass ich keine aufputschenden Drogen brauche, um besser als sie zu sein.«

»Niemand behauptet das«, versuche ich, ihn zu beschwichtigen.

»Sie behauptet das!« Mit dem Zeigefinger deutet er anklagend zur Tür.

»Sie hat mit Sicherheit nur einen Scherz gemacht.«

»Darüber macht man keine Scherze!«, brüllt Isaac und ich zucke bei der Lautstärke zusammen. Seine Augen sind weit aufgerissen, an seiner Unterlippe schimmert ein Speicheltropfen. Jetzt macht er mir wirklich Angst. »Sie hat es nicht anders verdient«, zischt er wieder und sieht in die Runde. »Entweder ihr seid dabei oder ich ziehe das Ganze allein durch.«

Schwer atmend wartet er auf eine Antwort und so, wie er uns ansieht, will er die am liebsten sofort.

Ratlos und überfordert schaue ich zu den anderen. Sie wirken genau so eingeschüchtert, wie ich mich fühle.

»Wir sind dabei«, antwortet Giulia auf einmal.

»Gut.« Noch immer schwer atmend wendet sich Isaac von uns ab und verlässt den Raum.

Geschockt und überrumpelt sitze ich da und weiß nicht, was ich dazu sagen soll. Meinen Freunden scheint es nicht anders zu gehen, denn mehrere Minuten vergehen in völliger Stille, bis ich den Anfang mache.

»Warum hast du zugesagt?«, frage ich.

Giulia lässt die Schultern hängen. »Er braucht uns. Vielleicht schaffen wir es, ihn zu beruhigen und umzustimmen.«

Finn steht auf und stellt sich neben sie. »Ich stimme Giulia zu. Wir dürfen ihn jetzt nicht allein lassen. Und wenn wir mitgehen, können wir das Ganze direkt mit Merizadi klären – mit Worten natürlich, nicht mit Waffen. Wahrscheinlich weiß sie gar nicht, was sie angerichtet hat und wollte ihn nur provozieren, wie sie es öfter macht.«

»Ja, nur diesmal hat sie einen echt wunden Punkt erwischt«, sage ich matt.

»Sonntagnacht«, wiederholt Finn. »Bis dahin sollten wir alles versuchen, um Isaac umzustimmen. Vielleicht hilft es schon, wenn er eine Nacht darüber schläft. Ich werde mal auf unser Zimmer gehen und noch mal mit ihm reden.« Niedergeschlagen verabschiedet er sich von uns und verlässt ebenfalls den Raum.

Marc, Giulia und ich wissen nicht so recht, wie wir uns gegenseitig aufmuntern können, und nach ein paar missglückten Versuchen, machen auch wir uns auf den Weg in den Schlaftrakt.

Beim Frühstück am nächsten Morgen werfe ich Finn einen fragenden Blick zu, als er mit Isaac zusammen auftaucht. Dieser wirkt deutlich ruhiger als gestern, doch Finn schüttelt bedauernd den Kopf. Er hat es nicht geschafft, ihn umzustimmen.

Die beiden setzen sich an den Tisch und nach einigen belanglosen Kommentaren greife ich das Thema Merizadi auf.

»Isaac, hast du noch mal über deine Entscheidung nachgedacht?«, will ich wissen.

»Warum sollte ich?«, gibt er scharf zurück.

»Weil es nicht richtig ist.« Ich lehne mich zu ihm hinüber. »Wir sollten das Ganze friedlich lösen und nicht mit einem Kampf. Abgesehen davon sind illegale Kämpfe sowieso nicht erlaubt. Wir würden mächtig Ärger kriegen.«

»Ihr habt gesagt, ihr seid dabei«, erinnert mich Isaac mit einem vorwurfsvollen Blick.

»Wir wollen dich nicht allein lassen, trotzdem ist es nicht richtig.«

»Ach, aber Merizadi darf alles tun, was sie will? Und das ist dann in Ordnung, oder wie?«

»Natürlich nicht. Aber wenn wir -«

»Ich mache keinen Rückzieher, Maeve. Ich habe sie herausgefordert, sie hat angenommen und ich werde einen Teufel tun und ihr jetzt sagen, dass es nicht ernst gemeint war. Ich stehe da wie ein Feigling, aber ich bin keiner. Okay? Niemand soll mich mehr einen Feigling schimpfen.« Er wirft sein Besteck aufs Tablett zurück und steht ruckartig auf. Ohne noch ein weiteres Wort mit uns zu wechseln, bringt er sein Tablett mit dem halbvollen Teller zur Rückgabe und verlässt die Kantine.

Auch die nächsten Tage erreichen wir nichts bei Isaac. Er ist fest entschlossen, diesen Kampf durchzuziehen. Nicht nur Merizadi wird kommen, sondern ihr komplettes Team, sodass wir am Ende in der Unterzahl sind, da Team Dominik aus sechs Schülern besteht, während wir nur fünf sind. Wir haben immer noch die Hoffnung, das Ganze irgendwie friedlich lösen zu können. Marc ist besonders bemüht - er hat sich sogar mit Tian getroffen, der zwar auch nicht davon begeistert ist, die Regeln zu brechen, aber bei seinen Mitschülern ebenso wenig erreicht, wie wir bei Isaac.

Pünktlich um Mitternacht finden wir uns im Entspannungsraum ein. Merizadi und ihre Teammitglieder haben bereits die Möbel zur Seite gerückt und in der Mitte einen großen freien Platz geschaffen. Dort stehen sie in einer Reihe wie eine Mauer und erwarten uns.

»Ihr seid pünktlich«, stellt Merizadi fest.

»Hast du etwas anderes erwartet?«, fragt Isaac mit aggressivem Unterton.

»Bevor wir anfangen, haben wir noch etwas zu sagen«, wirft Finn ein und ich bin froh, dass er den Anfang macht, da meine Stimme mit Sicherheit vor Aufregung zittern würde.

»Ja, du hast recht«, mischt sich Alexej ein. »Wir sollten die Regeln festlegen.«

»Das meine ich nicht, sondern -«

»Keine Waffen«, fällt Isaac ihm ins Wort. »Wir kämpfen mit bloßen Händen. Wenn jemand nicht mehr kann, muss er sich ergeben und ist dann raus.«

»Isaac«, sage ich, doch er nimmt mich gar nicht wahr.

»Das alles ist ein Missverständnis«, sagt Finn lauter. »Merizadi, du weißt nicht, was du Isaac angetan hast -«

»Und deswegen werde ich es ihr zeigen!« Isaacs Gesicht ist wutverzerrt, als er sich auf Merizadi stürzt. Sie ist zwar überrascht, wehrt seinen Angriff aber geschickt ab.

Plötzlich bricht Chaos aus. Ich kann mich gerade noch ducken, als mich ein Mädchen angreift, von dem ich lediglich weiß, dass sie Sandra heißt. Innerhalb von Sekunden ist der gesamte Raum erfüllt von Kampfgebrüll, fliegenden Fäusten und schmerzverzerrten Schreien.

Sandra greift wieder an und ich weiche ihr erneut aus. Ich will mich nach meinen Freunden umsehen, aber ich habe keine Zeit, weil ich Sandra abwehren muss. Für einen Moment denke ich daran, dass man uns draußen auf dem Flur hören wird, doch dann fällt mir ein, dass der Entspannungsraum schallisoliert ist, damit man ungestört von äußeren Einflüsse ist. Dass es ausgerechnet in diesem Raum einen Kampf geben würde, klingt wie pure Ironie.

Sandras Faust landet in meinem Magen und augenblicklich wird mir schlecht. Ich schnappe nach Luft, reiße die Arme hoch, um ihren folgenden Schlag abzuwehren, und schaffe es tatsächlich, ihr auszuweichen. Der nächste Fausthieb trifft meinen Kiefer, meine Zähne krachen schmerzhaft aufeinander und Tränen treten mir in die Augen. Etwas verschwommen nehme ich sie ins Visier und hole zum Gegenschlag aus. Sie blockt ab. Ich will das hier nicht und doch versuche ich immer und immer wieder, irgendwie an sie heranzukommen. Denn erst, wenn sie aufgibt, wird sie mich in Ruhe lassen.

Erneut trifft mich ein Schlag und ich verliere das Gleichgewicht, falle auf den Boden. Hektisch rolle ich mich zur Seite, als ich Sandras Faust auf mich zukommen sehe. Sie verfehlt mein Gesicht und verzieht ihres schmerzhaft, als ihre Faust den harten Boden trifft. Schnell rapple ich mich hoch und laufe zur anderen Seite des Raumes, Sandra ist mir dicht auf den Fersen, doch immerhin kann ich dabei einen Blick auf meine Freunde erhaschen.

Es sieht nicht gut aus. Isaac kämpft am verzweifelsten. Keiner von uns macht den Eindruck, als würden wir gewinnen.

Als ich mich herumdrehe, schaffe ich es nicht mehr rechtzeitig, dem nächsten Schlag auszuweichen. Schmerz schießt mir durchs ganze Gesicht, ich glaube, sie hat mir die Nase gebrochen. Ich schmecke Blut auf meinen Lippen, weiche ein weiteres Mal aus und lande einen Gegenschlag in ihre empfindliche Seite.

Ich will, dass es aufhört, und laufe erneut davon, werde aber auf einmal auf den Boden geschleudert. Plötzlich ist nicht Sandra über mir, sondern Merizadi. Angst schnürt mir die Luft ab, denn eben war sie noch bei Isaac, was bedeutet -

Merizadis Hände legen sich um meinen Hals, sie zischt mir Worte zu, die ich nicht verstehe, weil das Blut in meinen Ohren so laut rauscht. Hektisch will ich ihre Hände von meinem Hals lösen, doch ihr Griff ist fest und versperrt meinem Atem den Weg zur Lunge. Verzweifelt strecke ich meine Hand in ihr Gesicht und versuche, sie wegzudrücken. Ich will schreien, aber ich kann nicht. Schwarze Flecken treten in mein Sichtfeld, panisch fange ich an, mit den Beinen zu strampeln, sie irgendwie von mir fortzustoßen, doch ich habe keine Chance.

Ich kann nicht atmen, sehe mich plötzlich in die Vergangenheit zurückversetzt und auf einmal ist es nicht mehr Merizadi, die mich würgt, sondern mein Vater. Sein irrer Blick verfolgt mich bis in die schlimmsten Albträume, die Todesangst, die mich zwischen ihren Fingern zerquetscht, wird sich nie mehr abschütteln lassen. Ich werde sterben, durch die Hand meines Vaters, getrieben von seiner krankhaften Psychose. Er ist nicht mehr er selbst. Das ist nicht er, sage ich mir immer und immer wieder, während Tränen über mein Gesicht laufen. Und dann kämpft sich sein eigentliches Ich zurück an die Oberfläche, erkennt plötzlich, was er tut, und lässt mich reflexartig los. Wie eine Ertrinkende schnappe ich gierig nach Luft, kann nicht aufhören, zu weinen, und mein Vater weint mit mir.

Die Erinnerung verschwindet, alles ist auf einmal ruhig. Ich habe keine Schmerzen, fühle mich wunderbar frei und erfüllt von Glück. Es gibt nichts mehr - keine Erinnerungen, keinen Körper und keine Welt.

KAPITEL 20

Ich spüre ein leichtes Rütteln an meiner Schulter. Geräusche dringen an meine Ohren, ein Stöhnen und Fluchen. Gleichzeitig machen sich die körperlichen Schmerzen wieder bemerkbar. Mein Kopf dröhnt und ein unablässiges Pochen geht von meiner Nase aus. Mühsam öffne ich die Augen.

Schlagartig wird mir bewusst, was passiert ist. Dieser chaotische Kampf, Merizadi, die mir die Luft abgedrückt hat, und die Erinnerung an meine Kindheit ... Ich drehe meinen Kopf zur Seite. Dort sitzen Isaac und Giulia auf dem Boden und Isaac besieht sich ihre blutende Nase, tastet sie ab, während Giulia zusammenzuckt, aber die Zähne zusammenbeißt. Ich blinzle. Sind das Tränen auf seiner Wange?

Marc erscheint in meinem Blickfeld und sieht besorgt auf mich hinunter. Er scheint weitaus weniger Verletzungen zu haben.

»Du bist bei Bewusstsein. Lass dir Zeit, bevor du dich aufsetzt. Dein Körper muss erst sämtliche deiner Gliedmaßen und Organe mit sauerstoffreichem Blut versorgen.«

Wo ist Finn? In meinem Sichtfeld kann ich ihn nicht entdecken.

Ich will die anderen fragen, doch ich bringe nur ein heiseres Krächzen heraus. Mein Hals fühlt sich an, als hätte jemand Benzin hineingegossen und angezündet. Das Schlucken fällt mir unglaublich schwer.

Langsam und vorsichtig richte ich mich auf. Sofort bilden sich wieder schwarze Flecken, die aber nach kurzer Zeit verschwinden. Ich lasse meinen Blick durch den Raum schweifen. Die Möbel sind noch immer zur Seite gerückt, doch irgendwo höre ich ein Schleifen. Endlich entdecke ich Finn. Er räumt tatsächlich die Möbel zurück. Nein, nicht ganz. Er schiebt sie genau dorthin, wo sie die roten Flecken auf dem Teppich verdecken. Dass wir daran nicht gedacht haben. Ich hoffe, dass die Sechser den Vorfall nicht melden, wenn sie den Raum hier säubern.

Marc setzt sich zu mir.

»Wir haben den Kampf leider verloren«, informiert er mich. Eine Überraschung ist das nicht. »Die Tatsache, dass unser Team einen Kämpfer weniger beherbergt, hat unsere Chancen auf einen Sieg deutlich abgemildert. Ebenso ist es uns nicht gelungen, Isaac von einer friedlichen Lösung zu überzeugen.« Sein Blick gleitet hinüber zu unserem Freund, der noch immer dabei ist, sich um Giulias Verletzungen zu kümmern.

Am liebsten möchte ich etwas Aufmunterndes sagen, aber mein Hals hindert mich daran. Wie wird Lorcan reagieren, wenn er uns morgen früh beim Training sieht? Wir werden den Ärger unseres Lebens bekommen.

Marc steht auf und hilft Finn beim Möbelrücken. Stumm sehe ich ihnen dabei zu. Erst als sie fertig sind, stemme ich mich mühsam hoch. Sofort ist Marc zur Stelle und stützt mich, während Isaac sich noch immer um Giulia kümmert. Schweigend und humpelnd verlassen wir den Raum und begeben uns zur Haltestation. Marc hilft mir in die Moca. Finn steigt dazu, Isaac und Giulia nehmen die nächste.

»Wie spät ist es eigentlich?«, will Finn nach einem Moment des Schweigens wissen.

Marc prüft seine ramponierte Armbanduhr. »In vier Minuten ist es zwei Uhr.«

Innerlich stöhne ich auf. Wir werden viel zu wenig Schlaf

bekommen. Ganz zu schweigen davon, dass wir ihn gerade jetzt nötig hätten, um unseren Muskeln und Verletzungen Zeit zum Regenerieren zu geben.

Isaac verabschiedet sich schnell und wortkarg von uns, Finn eilt ihm hinterher, während Marc Giulia und mich bis zu unserem Zimmer begleitet. Ich bin froh darüber, denn mein Kreislauf ist noch nicht richtig stabil. Am liebsten möchte ich mich nach Isaac erkundigen, aber meine Stimme versagt mir noch immer. Schwerfällig lassen Giulia und ich uns auf die Betten fallen, kaum dass Marc sich von uns verabschiedet hat. Ohne uns umzuziehen, bleiben wir einfach liegen und schon wenige Sekunden später höre ich die regelmäßigen Atemzüge meiner Freundin.

»4.1.1.LC erbittet Einlass«, kündigt die weibliche Computerstimme einen Besucher an. Von Giulias Bett ertönt ein Stöhnen. Ich öffne schwerfällig ein Auge.

»4.1.1.LC erhält Einlass«, informiert uns die Stimme, als die Tür auch schon zur Seite gleitet. Ich drehe meinen Kopf gerade so weit, dass ich Lorcan sehen kann, der unser Zimmer betritt und stehenbleibt. Noch nie zuvor habe ich ihn so wütend gesehen.

»Ihr habt zehn Minuten. Dann werdet ihr eure Hintern in die Moca schwingen und zur Trainingshalle kommen.« Seine Stimme zittert und obwohl er versucht, ruhig zu sprechen, funkeln seine schmalen Augen und die Falte an der Nasenwurzel gräbt sich tief ein. Ohne eine Antwort abzuwarten, verlässt er das Zimmer.

Am liebsten würde ich mir die Bettdecke über den Kopf ziehen, aber ich weiß genau, dass es nicht ratsam wäre, Lorcan noch wütender zu machen. Langsam quäle ich mich hoch. Mein Körper protestiert lautstark, jede einzelne Faser schreit vor Schmerzen und bittet mich um

Erlösung. Ich mache mir gar nicht erst die Mühe, mich umzuziehen. Lediglich das Gesicht wasche ich mir und achte darauf, die gröbsten Blutflecken wegzuschrubben. Meine Nase und Lippen sind geschwollen und schmerzen bei dieser Prozedur. Als ich das Bad verlasse, kommt mir Giulia entgegen. Sie sieht genau so schrecklich aus wie ich. Vor der Tür lehne ich mich an die Wand und warte auf sie.

Die Fahrt über schweigen wir. Mein Hals tut immer noch fürchterlich weh. Ich habe keine Ahnung, wie wir das Training überleben sollen. Ich wünschte mir so sehr, Marc hätte etwas H-2 Materie für uns schmuggeln können, aber wir haben ja auch nicht mit so einem Kampf gerechnet. Wenn diese Sache doch nur friedlich ausgegangen wäre …

Kopfschmerzen machen sich hinter meiner Stirn bemerkbar, sodass ich das Grübeln vorerst einstelle.

In der Trainingshalle erwarten uns bereits die anderen. Finn, Marc und Isaac sehen genau so lädiert aus wie Giulia und ich. Während Lorcan auf der Bank sitzt, haben sich die anderen im Halbkreis auf dem Boden um ihn platziert. Giulia und ich lassen uns ebenfalls auf der Erde nieder.

Schuldbewusst sehe ich zu Lorcan hoch. Er mustert uns der Reihe nach, immer noch mit Zornesfalte zwischen den Augen und mahlendem Kiefer.

»Gut, wer von euch erklärt mir das Ganze?« Er verschränkt die Arme vor der Brust und wartet.

Wir sehen uns gegenseitig an. Ich würde ja gern antworten, aber mein Hals brennt noch immer so sehr, dass ich lieber meinen Mund halte. Schließlich meldet sich Isaac zu Wort.

»Wir sind gegen das Team von Dominik Schwarz angetreten.«

»Ihr habt also einen illegalen Kampf ausgetragen. Im vollen

Bewusstsein, dass das verboten ist.« Lorcan fixiert Isaac.

»Ja«, antwortet dieser knapp.

»Und warum zum Teufel macht ihr so einen Scheiß?«

Betreten schweigen wir. Ich wünschte, irgendjemand würde etwas sagen, aber es bleibt still.

»Warum, verdammt noch mal?«, brüllt Lorcan.

»Weil wir uns nicht alles gefallen lassen! Sie sollen kapieren, dass sie uns nicht so herablassend behandeln dürfen. Sie haben uns genauso zu respektieren, wie jeden anderen auch!« Isaac funkelt unseren Ausbilder zornig an. Dessen Falte glättet sich ein wenig und seine Kiefer hören auf zu mahlen.

»So wie ihr ausseht, ist euer Plan nicht aufgegangen«, stellt Lorcan fest und mustert nebenbei unsere Verletzungen. »Ihr habt euch völlig daneben benommen, egal, aus welchen Gründen. Welche Bestrafung schlagt ihr vor?«

»Es ist allein meine Schuld«, gibt Isaac zu.

Ich räuspere mich. »Es war meine Schuld«, bringe ich gerade so hervor. Meine Stimme klingt eher nach einem heiseren Papagei mit Husten. Das Sprechen kratzt die Innenwand meines Halses auf und hinterlässt ein starkes Brennen.

»Das stimmt nicht, ich habe -«, begehrt Isaac auf, doch ich unterbreche ihn.

»Hör auf, mich in Schutz nehmen zu wollen«, sage ich, weil ich weiß, dass Lorcan darauf anspringen wird. Er hat schon einmal gedacht, dass Isaac Interesse an mir hätte. Jetzt spiele ich diese Karte aus, um Isaac zu schützen.

Lorcan sieht mich mit undefinierbarer Miene an.

»Ich habe ihnen von unserem Gespräch erzählt«, zwinge ich mich zu einer Erklärung.

Lorcans Gesichtsausdruck bleibt weiterhin unergründlich.

»Wir wollten beweisen, dass …« Ich breche ab, denn Schmerzen treiben mir Tränen in die Augen. »… dass wir eben keine Loser sind. Sondern dass wir genau so Talent haben, wie die anderen auch.« Aus dem Augenwinkel bemerke ich, wie Isaac den Kopf senkt und sich mit der Hand übers Gesicht fährt.

Lorcan vergräbt seines ebenfalls in den Händen und bleibt für einen Moment so sitzen. Wir warten still und angespannt, bis er seinen Kopf endlich wieder hebt.

»Ihr geht jetzt alle zur Krankenstation und lasst eure Verletzungen behandeln. Den Rest des Vormittags habt ihr frei.« Ohne ein weiteres Wort steht er auf und verlässt noch vor uns die Trainingshalle.

Ratlos sehen wir uns an, dann machen auch wir uns auf den Weg.

Nachdem unsere Wunden versorgt wurden, setzen wir uns im Garten unter die große Ulme.

»Maeve, komm her.« Isaac klopft mit der Hand neben sich aufs Gras. Ich lasse mich an seiner Seite nieder, weil ich weiß, dass er reden will. Sofort rückt er näher an mich heran und legt seine Arme um mich. Er drückt mich an sich und flüstert mir ein »Danke« zu. Als ich ihn ansehe, blitzen Tränen in seinen Augenwinkeln.

»Tu so etwas nie wieder, okay?«

Er schluckt und nickt mir zu. Dann zieht er mich erneut in eine Umarmung, die ich erwidere.

Ein lautes Räuspern lässt mich zusammenfahren. Isaac und ich lösen uns voneinander und wir sehen zu Lorcan auf. Sofort wird mir unangenehm heiß. Er wirkt immer noch wütend und enttäuscht.

Als er unsere gesamte Aufmerksamkeit hat, sagt er: »Ich habe sowohl mit Dom als auch mit Alice gesprochen. Wir haben eine

Sondergenehmigung bekommen, um eure Kampffähigkeiten in einem fairen Wettkampf zu testen. Team Dominik gegen Team Alice gegen Team Chester. Alle gegen alle. Wir haben zwei Wochen Zeit, uns darauf vorzubereiten. Dann findet der Kampf um Mitternacht in der Trainingshalle statt. Wir Ausbilder werden als Schiedsrichter dabei sein.« Sein Blick bleibt an mir haften. »Da du die Verantwortliche bist, Dawson, mache ich dich persönlich auch für das Ergebnis verantwortlich. Sieg oder Niederlage – du führst dieses Team an, also sorg dafür, dass wir gewinnen und nicht länger als Lückenfüller abgestempelt werden.« Er dreht sich um und geht.

Mein Herz rast, meine Gedanken wirbeln umher. Die anderen reden durcheinander, alle scheinen irgendwie fassungslos.

»Ein weiterer Kampf? Reicht eine Niederlage nicht aus? Und dann auch noch gegen zwei Teams«, stöhnt Finn.

»Wie sollen wir in zwei Wochen gewinnen, wenn wir es jetzt nicht geschafft haben? Und dann Maeve dafür zuständig machen? Dabei ist das Ganze meine Schuld.« Isaac beugt sich nach vorne und vergräbt seine Hände in den Haaren.

Marc meldet sich zu Wort. »Es ist unerheblich, was Chester sagt. Maeve trägt nicht die alleinige Verantwortung, immerhin sind wir ein Team, also werden wir auch als Gemeinschaft zum Kampf antreten.« Trotz seiner schwungvollen Rede sieht er merkwürdig matt aus. Als hätte ihm jemand den Kampfgeist geraubt.

»Wir tragen alle die Schuld«, mischt sich auch Giulia ein. »Chester kann uns mal.«

Ungläubig sehe ich sie an. »Chester ist eine Vier«, rufe ich ihr ins Gedächtnis. »Und er hat jedes Recht, einen Verantwortlichen zu benennen. Für den nächsten Kampf bin ich es und ich werde nicht zulassen, dass wir den wieder verlieren.«

Ich stehe auf. Die anderen sehen mich mit großen Augen an.

»Nichts für ungut, Maeve«, sagt Isaac. »Aber wie willst du das schaffen? Wir trainieren seit einem halben Jahr. Da werden zwei Wochen wohl kaum etwas ausrichten.«

»Das weiß ich selbst. Keine Ahnung, wie wir das hinkriegen sollen. Und genau deswegen muss ich nachdenken.« Ich werfe ihnen einen entschuldigenden Blick zu, bevor ich mich abwende und gehe. Das Einzige, das mir jetzt zu einem klaren Kopf verhelfen kann, ist ein ausgedehnter Spaziergang.

Lorcans miese Laune bleibt den ganzen Tag und verfliegt auch am nächsten nicht. Ich zerbreche mir den Kopf darüber, wie wir es schaffen sollen, die anderen zu besiegen, doch eine passende Lösung will mir nicht einfallen. Wir nehmen unsere abendlichen Trainingsstunden wieder auf. Die anderen sind genauso ratlos wie ich. Und dass Lorcan offensichtlich speziell auf mich sauer ist, macht es für mich nicht leichter. Sobald Isaac mich in seiner Gegenwart berührt, zieht sich mein Magen unangenehm zusammen. Ich bin einfach nur froh, als unser Training endlich zu Ende ist und wir uns auf dem Weg zum Abendessen befinden. Marc gesellt sich zu mir in die Moca.

»Maeve«, beginnt er das Gespräch und knetet seine Hände im Schoß. »Ich finde es sehr mutig von dir, dass du Isaac in Schutz genommen und die Verantwortung für unsere Niederlage übernommen hast. Aufgrund dessen muss ich mich bei dir in aller Form entschuldigen.«

Verwirrt sehe ich ihn an. »Weshalb? Du hast doch gar nichts gemacht.«

»Ich fürchte schon.« Seine Augen drücken Bedauern aus. »Vielleicht ist es nicht meine alleinige Schuld, aber ich trage auf jeden Fall einen großen Anteil daran, dass du dich in dieser prekären Lage befindest.«

»Wie kommst du darauf?«

»Ich habe mich während des Kampfes ablenken lassen. Ich war gedanklich nicht gefestigt.«

Ich schmunzle. »Das war keiner von uns, außer vielleicht Isaac. Aber Giulia, Finn und ich wollten diesen Kampf genauso wenig wie du, und auch wir hatten die Hoffnung, das Ganze friedlich beenden zu können.«

»Ich habe mich jedoch zusätzlich auf andere Art und Weise ablenken lassen.« Für einen Moment starrt er auf einen unbestimmten Punkt, bevor er seinen Blick wieder auf mich richtet.

Ich warte geduldig ab, bis er weiterspricht.

»Ich habe mich bisher niemandem anvertraut. Doch du hast Isaac in Schutz genommen, hast dich für ihn eingesetzt ... Ich vertraue dir.« Obwohl sein Tonfall ernst ist, zaubern mir seine Worte ein Lächeln ins Gesicht. »Ich war mit den Gedanken nicht beim Kampf, sondern bei einer ganz bestimmten Person.« Er lacht verlegen und reibt sich über den Nacken. »Ich habe bisher nie solche Gefühle verspürt und noch weniger habe ich darüber gesprochen. Alles, was ich über Liebe und das Verliebtsein weiß, habe ich aus Büchern erfahren. Meine Eltern haben mich auf ihrem Hof großgezogen, fernab von der Zivilisation. Wir hatten nur wenige soziale Kontakte, unterrichtet hat mich meine Mutter. Deswegen kostet es mich einiges an Überwindung, darüber zu sprechen.«

Ich kann mir ein Grinsen nicht verkneifen und gleichzeitig bin ich glücklich, dass sich Marc ausgerechnet mir anvertraut.

»Hast du schon mit jemandem gesprochen?«, will er plötzlich von mir wissen und mein Grinsen verblasst.

»Worüber?«, frage ich verdutzt.

»Das, was ich in den Büchern gelesen habe, erkenne ich oft auch bei dir. Wenn du dich im Unterricht unbeobachtet fühlst, hast du manchmal diesen Gesichtsausdruck …«

Mir wird abwechselnd heiß und kalt.

Als er meine besorgte Miene sieht, schenkt er mir ein Lächeln. »Keine Sorge, ich werde mit niemandem darüber reden.«

Ich muss mich räuspern, bevor ich sprechen kann. »Wie lange weißt du es schon?«

»Hm … Eine ganze Weile.« Er wird still, hängt seinen eigenen Gedanken nach. Wenn es Marc aufgefallen ist, wer weiß es dann noch alles? Und warum habe ich nie bemerkt, dass auch er sich verliebt hat?

»Willst du mir verraten, wer es ist?«

Meine Sorgen verschwinden so plötzlich, wie sie gekommen sind, und ein leichtes Gefühl macht sich stattdessen breit. Er weiß nicht, dass es Lorcan ist.

»Nein. Ist zu kompliziert. Willst du mir verraten, wer es bei dir ist?«

Mit einem Lächeln sagt er: »Nein. Ist zu kompliziert.«

Wir lachen auf, doch schon wird Marc wieder ernst. Viel zu ernst.

»Maeve, was würdest du tun, wenn du gegen diese Person kämpfen müsstest?«

»Ich hätte keine Chance«, antworte ich spontan. »Er ist viel stärker als ich.«

Er seufzt. »Ich hoffe, dass wir uns nicht in denselben Mann verliebt haben.«

Für einen Moment denke ich über diese Aussage nach. Könnte es wirklich sein, dass sich auch Marc in Lorcan verliebt hat? »Meiner ist keine Eins«, gestehe ich und bin gespannt auf seine Reaktion.

Marc schmunzelt. »Dann lieben wir definitiv zwei unterschiedliche Menschen. Macht der Rang es so kompliziert bei dir?«

»Ja. Und was ist es bei dir?«

Marc fängt wieder an, seine Hände zu kneten. »Das falsche Team«, antwortet er schließlich leise.

Sofort regt sich bei mir ein Verdacht, aber ich will ihn nicht weiter drängen und nicke stattdessen nur verständnisvoll.

Es tut gut, mit dem Geheimnis nicht mehr allein zu sein. Was Marc wohl sagen würde, wenn er wüsste, dass es sich um Lorcan handelt? Irgendwie habe ich das Gefühl, dass er es gar nicht schlimm fände. Vielleicht sollte ich es ihm einfach anvertrauen.

»Wie soll ich nur gegen ihn kämpfen?«, fragt er mich plötzlich.

»Gar nicht. Die Teams haben noch andere Mitglieder, gegen die du antreten kannst.«

Marc scheint darüber nachzudenken. »Das schon. Aber ich will auch nicht, dass jemand anderes ihm zu sehr zusetzt.«

Ein Lächeln bricht über meine Lippen. »Das verstehe ich. Wie du weißt, trage ich die Verantwortung für unser Team. Versuch, deine Gefühle für die Dauer dieses Kampfes irgendwie hintenanzustellen. Es wird niemand sterben und die Verletzungen lassen sich in Sekunden durch H-2 Materie beheben. Es gibt also keinen Grund, sich Sorgen zu machen. Und für den Kampf brauche ich dich - sowohl körperlich als auch geistig.«

Entschlossen nickt er mir zu und drückt meine Hand, bevor er zuversichtlich sagt: »Wir schaffen das.«

Am nächsten Tag graut mir schon vor dem morgendlichen Training. Seit Marc mir eröffnet hat, dass ihm meine Verliebtheit aufgefallen ist, habe ich Angst, dass es auch anderen auffallen könnte. Und zum anderen wird Lorcan vermutlich immer noch schlechte Laune haben und nicht viel mit uns reden.

Als ich die Trainingshalle betrete, kann ich ihn nirgendwo entdecken. Gemeinsam mit Giulia begebe ich mich in die Umkleide. Als wir wieder herauskommen, wartet Lorcan auf uns. Im Stehen ziehen wir unsere Turnschuhe an und binden die Schleifen, während Lorcan uns abwechselnd anschubst. Inzwischen sind wir so geübt darin, uns nicht aus dem Konzept bringen zu lassen, dass wir unser Gleichgewicht weiterhin halten können.

»Bevor ihr euch aufwärmt, muss ich noch etwas mit euch besprechen. Setzt euch.«

Widerwillig lasse ich mich neben den anderen auf dem Boden nieder.

»Habt ihr inzwischen schon einen Plan, wie ihr die anderen besiegen wollt?« Lorcans Blick bleibt an mir hängen.

»Nein«, gebe ich zu.

Für einen Moment schließt er die Augen, als wäre er genervt, doch als er spricht, ist seine Stimme ruhig und neutral. »Ich nehme an, ihr hattet beim ersten Kampf eine Strategie, die nicht aufgegangen ist. Was also müsst ihr anders machen, damit es diesmal klappt?« Er sieht uns reihum an.

Dass wir eine Strategie hatten, ist maßlos übertrieben. Aber das sollten wir lieber für uns behalten, denke ich.

Finn meldet sich zu Wort. »Die sind stärker als wir und jeweils einer mehr. Ich glaube nicht, dass wir gute Chancen haben.«

»Genau deswegen darf euch so eine Niederlage nicht noch mal passieren. Doms Team mag vielleicht stärker sein und das Team von Alice schneller, aber Kraft und Schnelligkeit sind nur zwei Fähigkeiten. Was sind eure Stärken?«

Überrascht tauschen wir untereinander Blicke.

Isaac antwortet als Erster. »Maeve ist unglaublich schnell und treffsicher.«

»Und du bist sehr geschickt und ausdauernd«, erwidere ich.

Lorcan schmunzelt. »Erinnert ihr euch noch an euren ersten Tag hier? Ich habe euch gefragt, was eure beste Eigenschaft ist. Ich glaube, darauf sollten wir setzen. Bei Reza ist es der Erfindungsreichtum. Bei Dawson die Hartnäckigkeit. Mariani hat Kreativität genannt. Sutherland kennt sich gut mit Technik aus und bei Nolan ist es die Autonomie. Wenn wir diese Eigenschaften mit euren Fähigkeiten vereinen, dann können wir die anderen zum Teufel schicken.«

Etwas zurückhaltend zollen wir unserem Ausbilder Applaus, indem wir mit den Fingerknöcheln auf den Boden klopfen.

»Was wir brauchen, ist eine Strategie. Worin seid ihr wirklich gut? Welche Bedingungen braucht ihr, um die anderen zu schlagen?« Lorcan macht eine erwartungsvolle Pause.

Ratlos schweigen wir, bis Marc schließlich antwortet.

»Ich schätze unsere Fähigkeiten, in völliger Dunkelheit zu kämpfen, als hervorragend ein. Wir haben auf diesem Gebiet viel trainiert und uns um ein Vielfaches verbessert. Meines Wissens nach haben die Mitglieder aus dem Team von Dominik Schwarz nur einen Bruchteil an Trainingsstunden in Dunkelheit absolviert. Wie es sich mit dem Team von Alice Stone verhält, kann ich jedoch nicht einschätzen. Trotzdem denke ich, dass wir auf diesem Gebiet durchaus Chancen haben könnten.«

Lorcan nickt. »Das sehe ich genau so. Allerdings hat das Ganze einen Haken. Wir können zwar das Licht ausschalten, aber sobald jemand klatscht, wird es wieder angeschaltet. Wie können wir dieses Problem aus der Welt schaffen?«

Finn räuspert sich. »Da gibt es nur zwei Möglichkeiten: Entweder kappen wir die Verbindung oder wir hacken uns ins System und programmieren es um.«

Meine Augen werden groß. »Du willst dich ins System hacken? Glaubst du nicht, dass wir dann auffliegen?«

»Doch, vermutlich schon. Aber ich habe nie behauptet, dass ich das machen will. Ich sage nur, dass es eine von zwei Möglichkeiten ist.«

»Gut«, sagt Lorcan. »Ich glaube auch, dass die erste Variante die bessere wäre. Jeder Raum hat eine eigene Sicherung. Die Sicherungskästen befinden sich hinter den Moca-Stationen. Meinst du, es gelingt dir, dich während des Kampfes wegzuschleichen und die Sicherung rauszunehmen?«

Finn wendet sich an uns. »Dann müsst ihr mir den Rücken freihalten und dafür sorgen, dass niemand bemerkt, dass ich die Halle verlasse.«

Isaac ist voller Eifer, vielleicht, weil er versucht, seinen Fehler wiedergutzumachen. »Vertrau uns. Wir werden sie von allen Seiten angreifen und verhindern, dass sie irgendetwas bemerken.«

»Wichtig ist, dass Sutherland bei der Begrüßung noch anwesend ist und von den anderen gesehen wird«, gibt Lorcan zu bedenken.

»Gut«, sage ich. »Das kriegen wir hin. Jetzt sollten wir noch besprechen, wie es weitergeht, sobald Finn die Sicherung herausgenommen hat.«

Schon lange war ich nicht mehr so zuversichtlich. Unser Plan ist gut und wir haben ihn in den letzten eineinhalb Wochen jeden Tag geübt, sind alle Möglichkeiten durchgegangen und haben gelernt, zusammenzuarbeiten und uns aufeinander zu verlassen. Das wird uns nicht nur im Wettkampf helfen, sondern auch wenn wir irgendwann einmal von den Tenalern angegriffen werden und keine Waffen zur Hand haben.

Ein bisschen nervös bin ich schon, als wir zum Abendessen den

Speiseraum betreten. Wieder wünsche ich mir, ich hätte den Stein meiner Mutter nicht weggeworfen. Auch wenn ich von ihr maßlos enttäuscht bin, so hat mir der Stein in all den Jahren geholfen, mich innerlich zu beruhigen und zu fokussieren. So oft habe ich mit meinen Fingern die raue Oberfläche berührt, habe darüber gestrichen und das Gewicht in meiner Handfläche gespürt. Jetzt muss ich mich damit begnügen, mir dieses Gefühl zurück ins Gedächtnis zu rufen.

Um endlich an etwas anderes zu denken, beobachte ich Marc, obwohl ich mir sicher bin, zu wissen, in wen er sich verliebt hat. Er lässt sich jedoch nichts anmerken. Neben ihn hat sich Giulia gesetzt. Ich habe sie schon lange nicht mehr nach ihrem Schwarm gefragt, vielleicht haben sich ihre Gefühle auch inzwischen geändert. Jedenfalls merkt man ihr nicht an, dass sie für jemanden schwärmt.

»Na, ihr Loser!«

Ich schrecke aus meinen Gedanken. Alexej und die anderen gehen an unserem Tisch vorbei.

»Nicht mehr lange, dann werdet ihr erneut verlieren. Habt ihr schon Probeliegen auf dem kalten Boden der Trainingshalle gemacht?«

Sie grölen über diesen Witz. Normalerweise würde Isaac nun aufstehen und ihnen Paroli bieten, doch stattdessen zieht er den Kopf wie eine Schildkröte ein.

Sein Anblick zerreißt mir fast das Herz. Wir müssen auf jeden Fall gewinnen. Ich will den alten Isaac zurück, den Jungen, der immer einen lustigen Spruch auf den Lippen hat und sich nicht einschüchtern lässt.

Langsam stehe ich auf. Wenn Isaac nicht mehr die Kraft hat, unsere Ehre zu verteidigen, dann übernehme ich das für ihn.

»Der Boden der Trainingshalle ist kalt und sehr hart. Zum Glück waren wir nur fürs Probeliegen zuständig. Wer am Ende tatsächlich dort liegt, entscheidet der Kampf. Und da wir die beste Strategie haben, werden wir das nicht sein.«

Ich lächle ihn freundlich an, während sein Grinsen und das der anderen verblasst. Als ich meinen Kopf zur Seite drehe, sehe ich gerade noch, wie Isaac ein Feixen hinter seiner Hand versteckt.

KAPITEL 21

Pünktlich um Mitternacht öffnet Lorcan die Tür zur Trainingshalle. Mir fallen sofort die drei Türme auf, die Lorcan, Alice und Dominik aus Sprungkästen in der Halle verteilt aufgebaut haben. Ersterer stellt sich zu den anderen beiden in die Mitte. Wir reihen uns vor unserem jeweiligen Ausbilder auf.

»Willkommen zum nächtlichen Wettkampf«, ergreift Dominik das Wort. »Bevor wir starten, setzt Alice euch über die Regeln in Kenntnis.«

Wir bleiben still, während Alice erklärt: »Ihr dürft alles nehmen, was ihr hier in der Halle findet, außer unsere drei Wachttürme. Wir werden dort oben sitzen und alles genau beobachten. Unterstützend nutzen wir Wärmebildkameras und Ferngläser, außerdem haben wir Kameras installiert, falls ein Videobeweis benötigt wird. Es gilt Team gegen Team gegen Team. Ihr dürft euch nicht mit einem anderen Team verbünden oder absprechen. Ziel ist es, euren Gegner zu Fall zu bringen. Wer zehn Sekunden lang am Boden liegt, ist raus und muss sich dort hinten auf die Bank setzen. Zum Kampf zurückzukehren ist verboten. Die Sekunden müssen laut angezählt werden. Das Team, das als letztes übrig bleibt, hat gewonnen. Hab ich noch irgendetwas vergessen?«, fragt sie an die anderen beiden gerichtet.

»Nein, es ist alles gesagt«, antwortet Lorcan.

»Die Teams gehen mit ihren Ausbildern zum jeweiligen Wachtturm. Wenn wir oben unsere Plätze eingenommen haben, wird Dominik euch das Startsignal geben.« Alice geht voran und ihre Schüler folgen ihr.

Auch wir laufen Lorcan hinterher, bis er an seinem Wachtturm ankommt und hinaufklettert. Der Blick auf seinen Hintern erinnert mich plötzlich an den Moment in der Dusche, als er sich zu früh herumgedreht hat. Da sich auf meine Lippen ein Grinsen schleicht, kneife ich sie hastig zusammen.

Kaum, dass sich alle drei Ausbilder auf die obersten Kästen gesetzt haben, gibt Dominik das Startsignal mit seiner Trillerpfeife.

Wie abgesprochen laufen Giulia, Finn, Isaac, Marc und ich los zum Geräteraum, doch auf dem Weg dorthin prallen wir auf Dominiks Team. Als Alexej mich angreifen will, ducke ich mich unter seinem Arm hinweg und renne weiter. Hinter uns ist auch das Team von Alice und ich höre, wie sie Alexej und seine Kameraden attackieren.

Wir erreichen den Geräteraum, schieben das Tor hoch und verschwinden darin. Finn läuft sofort zur Notausgangstür und damit die anderen es nicht mitbekommen, räumen Giulia, Marc, Isaac und ich lautstark die Schränke aus, wechseln dabei immer wieder die Positionen und schleppen Matten, Kegel und Bälle hinaus, hauptsächlich um diejenigen zu verwirren, die nun auf uns zugerannt kommen. Ich wehre Sandra ab, werde von Lynn aus Alices Team angegriffen und schaffe es gerade noch, auszuweichen und wegzulaufen. Jetzt heißt es: Hinhalten, bis Finn die Sicherung herausgenommen hat.

Ich komme ins Straucheln, als mich jemand hinten am T-Shirt packt. Schnell wirble ich herum und pariere einen Schlag von Merizadi. Da sie mein Shirt jedoch immer noch festhält, verlieren wir beide das Gleichgewicht, stolpern und landen schließlich auf dem Boden.

In diesem Moment geht die Beleuchtung aus und es wird stockdunkel. Lediglich das Notausgangsschild glimmt grün, spendet aber zu wenig Licht, um etwas erkennen zu können.

Da Merizadi mich bei unserem Sturz losgelassen hat, krieche ich von ihr fort, bevor sie nach mir greifen kann, und stehe wieder auf.

Ich höre, wie jemand in die Hände klatscht, dann regt sich Alexej auf: »Hey, was soll das? Macht sofort das Licht an!«

Ein Lachen kitzelt in meiner Kehle und ich muss die Lippen fest zusammenpressen, um es nicht nach draußen zu lassen.

»Lasst euch davon nicht ablenken!«, ruft Dominik von seinem Wachtturm herunter. »Wir haben das geübt, also kneift jetzt bloß nicht!«

Immer noch mit einem Grinsen im Gesicht mache ich mich auf den Weg zum Gerätelager, wobei ich meine Ohren spitze, um nicht aus Versehen mit jemandem zusammenzustoßen. Wie es scheint, haben die anderen beiden Teams tatsächlich nicht so viel im Dunkeln geübt wie wir, denn sie verraten sich durch lautes Atmen und unvorsichtige Schritte.

Bedacht steige ich über die Matten hinweg, die wir herausgeholt haben, und begebe mich in den hinteren Teil des Lagers, wo ich aus meinen Turnschuhen schlüpfe und sie dicht an den Rand schiebe. In der vergangenen Woche haben wir uns jeden Schrank mitsamt seinem Inhalt eingeprägt, haben mit verbundenen Augen geübt. Das macht sich nun bemerkbar und hilft mir ungemein. Auch wenn ich die anderen aus meinem Team nicht sehe und nicht weiß, wo sie sich herumtreiben, vertraue ich ihnen und bin mir sicher, dass jeder von ihnen sich an den Plan hält.

Wenige Sekunden später tippt mir jemand auf die Schulter. Das muss Finn sein. Gemeinsam gehen wir zu dem Regal mit den Tennisbällen und schnappen uns so viele davon, wie wir uns in die Hosentaschen stecken können. Vor dem Gerätelager bleiben wir stehen und lauschen.

Die anderen sind in der Halle verteilt, ich kann mehrere Paare miteinander kämpfen hören. Wo sind Isaac, Marc und Giulia? Laut unserem Plan sollten sie sich in der Nähe aufhalten, aber natürlich kann es sein, dass unsere Pläne von den anderen durchkreuzt wurden.

Finn tippt mir erneut auf die Schulter. Er nimmt meine Hand, dreht sie so, dass meine Handinnenfläche zur Decke zeigt, und malt mit seinem Finger Kreise, Linien und Buchstaben darauf. Ich vergleiche die Informationen mit den Geräuschen, die ich wahrnehmen kann: Isaac und Giulia befinden sich tatsächlich im vorderen Teil der Halle, doch Marc können wir nicht richtig ausmachen. Finn vermutet ihn im hinteren Teil.

In der Mitte sind eindeutig Stimmen zu hören, die nicht aus unserem Team stammen. Darauf konzentriere ich mich, als ich den ersten Tennisball in die Hand nehme und ziele. Ich hole weit mit dem Arm aus und lasse den Ball fliegen. Ein Schrei erfüllt die Halle, vermutlich mehr vor Schreck als vor Schmerz, ich glaube, ich habe Radu aus Alices Team getroffen. Der Lockenkopf hat auf mich bisher einen sympathischen Eindruck gemacht, aber näher kennengelernt habe ich ihn noch nicht.

Ich greife mir den nächsten Ball, den mir Finn vor die Brust hält, lausche, ziele und werfe erneut.

»Verflucht, was ist das?« Die zornige Stimme erkenne ich nicht. Anhand der hektischen Schritte höre ich, dass die anderen allmählich nervös werden, weswegen ich die Bälle in kürzeren Abständen werfe. Isaac, Giulia und Marc müssen sich auf die richtige Position begeben und so lange muss ich die anderen beschäftigen. Nachdem Finn mir den letzten Ball gereicht hat, verschwindet er, um Nachschub zu holen. In der Zwischenzeit werfe ich die Tennisbälle, die ich selbst noch in den

Hosentaschen habe.

»Eins«, höre ich plötzlich Isaac laut und deutlich durch die Halle rufen.

Jetzt geht es los. Das Echo folgt sofort aus einem anderen Teil der Halle.

»Eins«, zählt auch Giulia an, und während Isaac bereits die Zwei nennt, höre ich Marcs Stimme aus dem hinteren Teil ebenfalls anzählen.

Zwar drücken Finn und ich niemanden auf den Boden, doch wir hocken uns trotzdem hin und fangen an, laut zu zählen. Mit stiller Freude nehme ich die hektischen Schritte um mich herum wahr. Jeden Moment werden sie da sein, um mich von der Person herunterzuziehen, von der sie glauben, dass ich sie auf den Boden drücke. Es dauert nur wenige Sekunden, dann höre ich jemanden auf mich zustürmen. Ich warte angespannt bis zum letzten Moment, bevor ich ausweiche und mein Gegner an mir vorbeiprescht und gegen die Wand rennt. Mit einem Sprung hechte ich nach vorne, drücke die Person auf den Boden und fange von vorn an zu zählen. Ich weiß nicht, wer da unter mir liegt, aber es ist auf jeden Fall ein Junge. Er wehrt sich zwar, scheint jedoch kaum Kraft zu haben. Ich befürchte, dass er sich den Kopf angeschlagen hat.

Nachdem ich die zehn ausgesprochen habe, helfe ich ihm hoch und stütze ihn, bis wir bei der Bank angekommen sind, auf die er sich sofort sinken lässt, wobei jemand anderes ihm Platz machen muss. Dem Anzählen nach müssten wir bereits fünf Schüler ausgeschaltet haben.

Ich schleiche zurück zum Gerätelager, als ich plötzlich von hinten angegriffen werde. Irgendjemand zieht mich auf den Boden und ich versuche verzweifelt, mich dagegen zu wehren. Wer auch immer es ist, er oder sie ist eindeutig stärker als ich.

»Komm schon«, raunt die Person zwischen zusammengebissenen Zähnen und ich erkenne seine Stimme. Ich hatte gehofft, irgendjemand hätte Alexej bereits besiegt, aber leider ist das nicht der Fall.

Ich stoße einen lauten Pfeifton aus, bevor ich endgültig auf dem Boden liege, den schweren Körper von Alexej auf mir und seine Stimme im Ohr, die mich anzählt.

»Eins ... zwei ... drei ... vier.«

Jemand muss mir helfen. Allein schaffe ich es nicht, mich zu befreien, egal wie sehr ich mich aufbäume und versuche, Alexej wegzudrücken.

»Fünf ... sechs ... sieben ... acht.«

Und plötzlich trifft ihn etwas mit voller Wucht und reißt ihn von mir herunter.

Sofort springe ich auf die Füße, hin zu Alexej, als Finn ihn bereits anzählt. Ich klopfe meinem Freund dankend auf die Schulter und will mich gerade abwenden, als ich Merizadis Stimme höre. Auch sie zählt irgendjemanden an.

Ich bin froh, dass die Socken das Geräusch meiner Schritte dämpft. Sehr vorsichtig bin ich nämlich nicht, als ich zu ihr hinlaufe. Wie es zuvor Finn schon bei Alexej gemacht hat, nutze auch ich den Schwung aus und reiße Merizadi mit mir. Sie knallt auf den Boden und ich setze mich sofort auf sie.

»Eins«, sage ich, kurz bevor sie mir ihre Hand ins Gesicht drückt und versucht, sich aus meinem Griff zu befreien.

»Zwei«, presse ich hervor und bemühe mich, sie weiterhin am Boden zu halten, aber sie ist unglaublich stark und ich bezweifle, dass ich es schaffe, die zehn Sekunden durchzuhalten. Je verzweifelter Merizadi wird, desto größer werden ihre Kräfte.

»Drei.«

Mit einem Mal schlägt Merizadis Stirn hart gegen meine Nase. Es reißt meinen Kopf nach hinten und sofort schießt ein heftiger Schmerz in mein Gesicht. Meine Augen brennen, ich muss durch den Mund atmen, weil ich durch die Nase keine Luft mehr kriege, und in dem Moment drückt mich Merizadi auf den Boden. Doch bevor sie anfangen kann zu zählen, wird sie von mir heruntergerissen und dann höre ich Isaacs Stimme. Innerlich bete ich, dass er stärker ist als sie und sie es nicht noch einmal schafft, sich zu befreien.

Mit hämmernden Kopfschmerzen richte ich mich behutsam auf, lausche auf die Geräusche um mich herum, habe jedoch Schwierigkeiten, sie richtig zuzuordnen. Inzwischen habe ich völlig den Überblick verloren und nicht die geringste Ahnung, welche Schüler noch am Kampf beteiligt sind.

Es nützt nichts, ich muss irgendwie weitermachen. Wir haben jetzt schon so viele angezählt, so kurz vor dem Ziel darf ich nicht aufgeben.

Ich schmecke Blut auf meinen Lippen und wische mir mit dem Ärmel darüber. Meine Beine zittern leicht, als ich mich in Bewegung setze.

In den nächsten Minuten gelingt es mir, unter größter Anstrengung eine weitere Schülerin aus Alices Team zu überwältigen und anzuzählen. Inzwischen kann ich kaum noch klar denken, weil meine Kopfschmerzen mich völlig einnehmen. Umso erleichterter bin ich, als Dominiks Trillerpfeife durch die Halle schrillt - auch wenn es meine Kopfschmerzen verstärkt.

Erschöpft lasse ich mich auf den Boden sinken. Es kommt mir vor wie eine halbe Ewigkeit, bis das Licht endlich wieder angeht. Geblendet kneife ich die Augen zusammen und öffne sie langsam einen Spaltbreit, um mich an die Helligkeit zu gewöhnen.

»Team Lorcan hat gewonnen«, höre ich Dominiks verdrießliche

Stimme von seinem Wachtturm herunterrufen.

Blinzelnd schaue ich mich um. Die Bank ist vollbesetzt, doch keiner aus unserem Team sitzt dort. Meine Freunde grinsen sich gegenseitig an und ich spüre, wie sich meine Mundwinkel ebenfalls heben.

Wir haben es geschafft. Nicht nur gegen Dominiks Team, sondern auch gegen das von Alice. Sollte uns noch einmal jemand als Lückenfüller bezeichnen, werde ich an diesen Kampf erinnern.

Auf dem Weg zum Tisch der Ausbilder macht Lorcan mit seinem Frühstückstablett bei uns Halt.

»Ihr seht ganz schön fertig aus«, stellt er fest. »Es muss eine lange Siegesfeier gewesen sein. Habt ihr überhaupt geschlafen?«

Wir sehen uns reihum an und grinsen schuldbewusst, weswegen Lorcan sich ein Lachen verkneift.

»Ich hoffe nur, dass ihr den Unterricht durchhaltet.« Augenzwinkernd geht er weiter und begrüßt Alice und Dominik. Da Letzterer mit dem Rücken zu uns sitzt, kann ich seine Reaktion nicht sehen, aber ich vermute, dass er zerknirscht ist. Sein Team hat sich jedenfalls noch nicht blicken lassen, während Alices Team die Niederlage mit Fassung zu tragen scheint.

»Aaach, ich freu mich schon aufs Training.« Isaac reibt seine Handflächen aneinander. »Kein miesgelaunter Chester und die Bewegung wird unsere Müdigkeit vertreiben.«

»Wir sollten heute Abend pünktlich ins Bett. Noch so eine Nacht überstehe ich nicht ...« Wie zur Bestätigung unterdrücke ich ein Gähnen und schlürfe stattdessen an meinem Kaffee.

Giulia boxt mir spielerisch in die Seite und grinst verschwörerisch. »Du musst mehr feiern. Dann hältst du besser durch. A chi ci vuole male!«

Die letzte Nacht war tatsächlich eine der besten, die ich je hatte. Nach unserem ruhmreichen Sieg haben wir durchgefeiert. Die anderen wirken genau so müde und zufrieden wie ich. Mein Blick wandert zu Marc. Er hat bislang nicht viel gegessen und ist seit einiger Zeit ziemlich in sich gekehrt. Würde er nicht lächeln, würde ich vermuten, dass etwas nicht stimmt.

»Hey.«

Ich drehe mich um. Auch die anderen blicken auf. Vor uns steht Radu aus dem Team von Alice. Er verwuschelt sich kurz seine ohnehin nicht zu bändigenden Locken, bevor er spricht.

»Ich muss zugeben, dass ihr echt gut gekämpft habt. Ihr seid eine Einheit, das hat man gestern gemerkt. Respekt an euch, Glückwunsch.«

Ohne eine Antwort abzuwarten, dreht er sich um und geht zurück zu seinem Team. Verdutzt drehe ich mich zu den anderen. Ihnen scheint es genau so zu gehen wie mir. Schließlich zucke ich mit den Schultern und grinse erneut. Isaac lacht und Finn stimmt mit ein.

Dass jemand aus Alices Team uns ein Kompliment macht, ist sehr ungewohnt, aber anscheinend haben wir endlich bewiesen, dass wir keine Lückenfüller sind, sondern durchaus Talent haben. Wir müssen nur unsere Stärken einsetzen.

Die Aufwärmphase unseres Trainings startet wie immer mit Laufen. Während ich an der Spitze der Gruppe renne, schließt Marc zu mir auf.

»Können wir uns kurz unterhalten?«

»Du weißt, dass wir nicht miteinander sprechen dürfen, solange wir uns aufwärmen«, erinnere ich ihn.

»Chester ist heute guter Dinge. Ich glaube kaum, dass er uns eine Strafe auferlegen wird.«

»Worüber möchtest du denn reden?«

Marc schweigt und ich mustere ihn genauer. Er wirkt immer noch nachdenklich, außerdem beunruhigt.

»Versprichst du mir als meine beste Freundin, niemandem davon zu erzählen?«, fragt er.

Ich spüre etwas Warmes in meiner Brust. Beste Freundin? »Na klar«, antworte ich ihm.

Er holt tief Luft. »Ich habe ihn geküsst.«

»Du hast was?« Meine Augen werden groß und ich versuche, meine aufkommende Euphorie unter Kontrolle zu bringen. Ein breites Grinsen kann ich mir trotzdem nicht verkneifen. »Das ist toll, Marc! Ich freue mich so für dich!«

Ein verlegenes Lächeln huscht über seine Lippen.

»Seid ihr jetzt zusammen?«

Er wird bleich und meine Freude verblasst. »Das würde ich nicht behaupten. Immerhin war es nur ein einziger Kuss.«

»Fandest du ihn denn schön?«

Da kommt das Lächeln zurück auf seine Lippen. »Du kannst dir nicht vorstellen, wie! Mich überrollte zwischenzeitlich das Gefühl, als würde mein Herz nicht genügend Platz für all die verschiedenen Emotionen bieten. Es war unglaublich und wunderschön.« Seine Augen strahlen, als er sich an den Kuss erinnert. So euphorisch habe ich Marc noch nie erlebt, weswegen ich vor Freude lache.

»Ja, das kann ich gut verstehen«, sage ich.

»Wie war denn dein Kuss?«

Erschrocken werfe ich ihm einen Blick zu. Jetzt fängt Marc an zu lachen.

»Mein Gefühl hat mich also nicht betrogen. Los, erzähl mir davon!«

Erst will ich sauer auf ihn sein, aber die Erinnerung an jene Nacht lässt etliche Gefühle zu, nur nicht Zorn. Für einen Moment sitze ich wieder auf dem Sofa in Lorcans Wohnzimmer mit dem Schrecken des Vorfalls im Herzen und dem tröstenden Duft von Zitronengras in der Nase. Seine Augen, die näherkommen, die braunen Sprenkel in den grünen Iriden ... Mit aller Macht reiße ich mich von den Bildern und Gefühlen los. Marc wartet immer noch auf seine Antwort.

»Überraschend«, sage ich deshalb nur.

Marc grinst. »Demnach ist er auf dich zugekommen«, stellt er fest.

Ich beiße mir auf die Unterlippe. Wie kann ein einziges Wort nur so viel Information beinhalten? Fast wünschte ich, ich hätte gar nichts gesagt.

»Dawson! Nolan!«, ruft Lorcan plötzlich. »Habt ihr eure Sprechstunde endlich beendet?«

Irgendetwas stört mich, nur kann ich nicht zuordnen, was es ist. Wir haben unser nächtliches Training ausfallen lassen, um den Schlaf der vergangenen Nacht nachzuholen. Schon den ganzen Tag über rumort es in meinem Kopf, ohne dass ich bewusst darüber nachdenke. Doch jetzt, wo ich zur Ruhe komme, lässt es sich nicht länger verdrängen. Ich glaube, es liegt daran, dass ich Marc von dem Kuss erzählt habe. Aber instinktiv weiß ich, dass da noch mehr ist. Marc wird nichts verraten, dessen bin ich mir sicher. Ich behalte sein Geheimnis ja schließlich auch für mich. Nur was ist es dann?

Um auf die Lösung zu kommen, lasse ich unser Gespräch noch einmal Revue passieren. Nachdem er mich seine beste Freundin genannt hat, hat er mir von seinem Kuss vorgeschwärmt. Bin ich vielleicht neidisch, weil mein Kuss nicht so atemberaubend schön war, sondern mich überrumpelt hat und ich mich mental und emotional nicht darauf vorbereiten konnte?

Ein Schnarchen aus Giulias Bett lässt mich zusammenzucken. Eigentlich kann ich mir nicht vorstellen, dass ich deswegen neidisch bin. Wenn ich tief in mich hineinhorche, dann -

Ich richte mich auf. Es passt alles zusammen, bis auf diese eine Sache. Marc hat mich gefragt, was ich machen würde, wenn ich gegen meinen Schwarm kämpfen müsste. Er hat in den letzten Monaten öfter Zeit mit Tian verbracht, wusste, dass wir gegen ihn antreten müssen, und hat mit ihm geredet, als wir nicht an Isaac herangekommen sind. Ich glaube, dass Tian Marcs Quelle war. Marc hat uns den alten Trainingsraum gezeigt, wollte aber nicht verraten, woher er den kennt. Genau so wusste er, wann Dominiks Team trainiert. Und dann muss ich an unseren ersten Unterrichtstag zurückdenken. Damals ist Tian zu mir und Marc in die Moca gestiegen und ich habe mich gewundert, warum Marc so nervös war. Vermutlich hat er sich zu diesem Zeitpunkt schon in ihn verliebt.

Das alles klingt plausibel, aber eine Sache bleibt trotzdem. Marc hat mir von dem Kuss erzählt und was mich daran stört, ist die Frage nach der Zeit. Wann hätte er ihn denn küssen sollen? Immerhin waren wir ununterbrochen zusammen. Die Vorbereitung auf den Wettkampf hat uns die letzten Tage sämtliche Freizeit geraubt. Und nach dem Kampf haben wir die ganze Nacht in Isaacs und Finns Zimmer gesessen und unseren Sieg gefeiert.

Und dann kommt mir plötzlich ein Gedanke: Es muss während des Kampfes passiert sein. Eine andere Möglichkeit gibt es nicht. Es war dunkel und laut und hektisch - eigentlich die perfekten Umstände für einen geheimen Kuss.

Grinsend kuschle ich mich in mein Kissen. Vielleicht bin ich jetzt doch ein kleines bisschen neidisch.

KAPITEL 22

Am Wochenende hilft mir Joyce bei der Wohnungssuche. Es ist schwierig, etwas Geeignetes zu finden, wenn man nur jedes zweite Wochenende Zeit hat, sich damit zu befassen. Bei den Wohnungen, die wir uns ansehen, sind einige dabei, die mir gefallen. Nur leider gibt es viele Bewerber und ich rechne mir meine Chancen nicht gerade hoch aus. Joyce hat hingegen mit Brad bereits ein geeignetes Zuhause gefunden und dort werden sie im Sommer einziehen. Bis dahin will auch ich unbedingt eine eigene Wohnung haben.

Als Ausgleich zu den stressigen Wohnungsbesichtigungen machen wir uns einen gemütlichen Abend, während Joyces Eltern ausgegangen sind. Mit Fingerfood platzieren wir uns auf dem flauschigen Teppich im Wohnzimmer. Die ersten Minuten strecken wir uns bäuchlings aus, bevor wir uns im Schneidersitz hinsetzen und uns an den Crackern und den Gemüsesticks bedienen.

»Jetzt erzähl mal ein bisschen was«, bittet Joyce mich zwischen zwei Bissen.

Ich seufze. »Du weißt, dass ich dich nicht einweihen darf.«

Joyce sieht mich mit großen, bittenden Augen an. »Schon klar, dass ich nichts über deine Ausbildung wissen darf. Aber von Lorcan kannst du mir doch ruhig erzählen.«

Unbehaglich schlucke ich meinen Bissen hinunter und verziehe dabei den Mund. »Über Lorcan gibt es nichts zu berichten.«

»Er ist in dich verknallt, das hat man gesehen, als er dich abgeholt hat. Ich dachte, ich warte, bis du mir von allein davon erzählst, aber anscheinend tust du es nicht.« Sie versucht, ihren vorwurfsvollen Blick zu verbergen, indem sie sich ihr Glas schnappt und trinkt.

»Da gibt es einfach nichts. Lorcan ist mein Ausbilder und genau deswegen werden wir auch nie zusammenkommen. Das hat er mir sehr deutlich klar gemacht.«

Meine Frustration schwingt hörbar in meiner Stimme mit. Joyce rückt näher an mich heran und schlingt ihre Arme um meinen Oberkörper.

»Dann erzähl mir etwas anderes. Irgendwas Schönes.« Sie lässt mich los und nimmt sich ein Stück Gurke, das sie in die Schale mit dem Dip tunkt.

Ich schmunzle, als ich an die letzte Woche zurückdenke. So gern würde ich ihr von dem Wettkampf berichten und davon, wie wir als Team die anderen geschlagen haben. Ich beiße mir auf die Zunge, schaffe es jedoch nicht, mein Grinsen zurückzudrängen. Deswegen entscheide ich mich schnell für ein anderes Thema, was mich sehr glücklich gemacht hat.

»Marc hat mich als beste Freundin bezeichnet«, sage ich freudestrahlend, bevor mir bewusst wird, dass ich Joyce damit vielleicht verletze.

Ich beiße mir auf die Unterlippe, während ich auf ihre Reaktion warte. Sie wirft mir nur einen kurzen Blick zu, bevor sie sich wieder am Fingerfood bedient.

»Ich wollte dir nicht wehtun, falls ich das mit meiner Aussage getan habe«, sage ich leise, weil ich nicht weiß, wie ich ihr Verhalten interpretieren soll. »Ich meine nur, dass er sich verliebt hat, und ich bin die Einzige, die davon weiß.«

»Ich bin nicht sauer auf dich, falls du davor Angst hast«, sagt Joyce.

»Ich weiß ja, dass du mir nichts verraten darfst, und es ist nur ganz natürlich, dass du dir neue Freunde suchst, mit denen du dich über all eure Abenteuer austauschen kannst. Ich freue mich für dich, ehrlich. Zumindest versuche ich es, aber leider schieben sich auch immer Momente dazwischen, in denen ich mich ausgeschlossen fühle. Und vielleicht ist das hier einer davon«, schließt sie mit einem Seufzen.

»Es tut mir leid«, sage ich leise und berühre ihren Arm.

Sie legt ihre Hand auf meine und drückt sie. »Das muss es nicht. Wie gesagt, es ist völlig normal und verständlich. Ich finde es nur schade, weil wir früher nie Geheimnisse voreinander hatten, und jetzt merke ich, dass du verliebt bist, dass du neue Freunde hast, und ich glaube, dass dir die Ausbildung Spaß macht, immerhin wirkst du sehr glücklich. Nur leider gehöre ich irgendwie nicht mehr richtig dazu …«

»Sag das nicht.« Ich reiße Joyce in eine stürmische Umarmung, drücke sie ganz fest an mich. »Du bist mir das Liebste und das wirst du immer sein.« Ich gebe ihr einen Kuss auf die Wange und sehe neben ihren Tränen auch das Lächeln, das ihren Mund umspielt. »Ich bin dir unendlich dankbar! Für alles. Du bist und bleibst meine beste Freundin. Was wäre ich ohne dich? Wo würde ich heute stehen, wenn du nicht gewesen wärst? Ich verdanke dir so viel und es fällt mir so unheimlich schwer, all die Dinge, die ich im Auge erlebt habe, für mich zu -«

Schmerz durchzuckt meinen Körper, ich lasse Joyce los, habe plötzlich keine Kontrolle mehr über meine Gliedmaßen. Ich schreie auf, winde mich am Boden, während meine Muskeln krampfhaft zucken. Ich kann nicht sprechen, nicht richtig sehen oder hören. Und dann ist es auf einmal vorbei. Schwer atmend liege ich auf dem Boden, nur vereinzelt zittern meine Muskeln noch. Der Schmerz klingt leicht nach, ich fühle mich matt und kraftlos.

Das bleiche Gesicht von Joyce schiebt sich in mein Gesichtsfeld. Geschockt sieht sie mich an.

»Was war das, Maeve?«

Unter Stöhnen hieve ich mich in eine sitzende Position und wische mir schnell mit dem Ärmel über den Mund. »Ich habe keine Ahnung«, gebe ich zu.

»Ist dir sowas schon mal passiert?«

»Nein.«

Joyce hilft mir, mich mit dem Rücken an die Couch zu lehnen, und hält mir die Schale mit den Crackern hin.

»Hier, du musst dich stärken. Das sah beinahe aus wie ein epileptischer Anfall.«

Dankbar nehme ich mir einen. »Es ist auf jeden Fall sehr merkwürdig«, stimme ich ihr zu.

»Vielleicht solltest du zum Arzt. Soll ich den Notruf wählen?«

»Ich glaube, das ist nicht nötig. Mir geht es schon besser.« Meine Muskeln entspannen sich merklich und meine Kraft kehrt auch allmählich zurück.

»Sowas darfst du nicht auf die leichte Schulter nehmen!«

»Wenn es noch mal vorkommt, gehe ich zum Arzt. Das verspreche ich dir hoch und heilig.« Mit Mittel- und Zeigefinger deute ich ein Peacezeichen an.

Joyce atmet tief durch. Ihre Gesichtsfarbe hat sich wieder normalisiert. »Solltest du dein Wort nicht halten, schleife ich dich höchstpersönlich zum Arzt.« Ihre Androhung bringt mich zum Lachen. Auch auf ihrem Gesicht zeigt sich ein zaghaftes Lächeln. Joyce ist mir viel zu wichtig, um sie als Freundin zu verlieren. Als sie sich neben mich setzt, umarmen wir uns und halten uns ganz fest.

Erst als Joyces Handy piept, lösen wir uns voneinander. Meine beste Freundin nimmt das Gerät vom Couchtisch und wirft einen Blick aufs Display, bevor sie aufstöhnt.

»Was ist los?«, frage ich sie.

»Das ist nur eine Benachrichtigung«, murmelt sie und hält mir das Handy vors Gesicht. »Während wir zwei auf dem Fußboden sitzen und Gemüse in uns schaufeln, hat unser toller, ehemaliger Schulkamerad Peter ein neues Video hochgeladen und verdient damit wahrscheinlich wieder so viel, wie ich in einem ganzen Monat.«

Sie rollt mit den Augen, was mich zum Lachen bringt.

»Lass ihn ruhig reich werden«, sage ich und lehne mich an sie. »Das ist nichts, worauf man neidisch sein muss.«

»Das stimmt. Ich finde es nur ziemlich ungerecht, dass ausgerechnet er, der uns so mies behandelt hat, jetzt so viel Glück hat.«

»Warte ab«, antworte ich ihr. »Karma sieht alles.«

Mit einem Augenzwinkern bringe ich Joyce zum Schmunzeln. Sie steckt ihr Handy weg und holt stattdessen die Platte mit dem Gemüse.

»Wollen wir nebenbei noch einen Film schauen?«, fragt sie mich.

»Unbedingt«, antworte ich mit einem Grinsen, das Joyce erwidert.

Auch wenn ich noch keine geeignete Wohnung gefunden habe, war das Wochenende auf emotionaler Ebene ein Erfolg. Mein Vater hat mir von einer Frau erzählt, die er in der Klinik getroffen hat und mit der er sich sehr gut versteht. Ich habe Brad endlich kennengelernt und wir hatten einen tollen und lustigen Sonntag - weswegen ich ein bisschen spät dran bin.

»Auch verspätet heute, was?«, begrüßt mich der Mann in dem verborgenen Verbindungsbüro.

»Auch? Wieso?«, frage ich etwas zerstreut, da ich bereits auf den Safe zusteuere.

»Na ja, 4.1.1.LC war bis jetzt ebenfalls noch nicht hier.«

Erstaunt richte ich mich auf. »Wann kommt er denn sonst?«

»Meistens gegen Mittag.«

»Kannst du ihn orten?«

Er lacht kurz auf. »Nein, dazu habe ich keine Befugnis. Er steht in der Rangliste über mir.«

Ich seufze, krame mein Handy hervor und wähle Lorcans Nummer, doch er geht nicht ran, obwohl ich es extra lange klingeln lasse. In meinem Magen breitet sich Sorge aus.

»Ich komme wieder«, sage ich zu dem Mann, nehme meine Tasche und verlasse das Büro.

Es dämmert bereits, als ich endlich bei Lorcan ankomme. Sein Pick-up steht wie gewohnt auf dem Hof. Ich springe die Stufen zur Veranda hoch und klingle stürmisch - nichts tut sich. Nachdem ich die Stufen wieder hinuntergelaufen bin, spähe ich durch eines der Fenster. Alles unauffällig. Ein Maunzen lässt mich zu Boden sehen.

»Hey Kitty!« Zur Begrüßung beuge ich mich zu ihr herunter und streiche über ihr weiches Fell. Sie presst ihren zierlichen Körper an mein Bein und schnurrt zufrieden. Dann prescht sie plötzlich nach vorne, dreht sich jedoch nach wenigen Metern zu mir um.

Ich folge ihr. Den Schwanz hoch erhoben geht sie ums Haus und bleibt vor dem großen Wohnzimmerfenster stehen. Zuerst werfe ich einen Blick hinein, dann klopfe ich anschließend energisch gegen die Scheibe. Lorcan liegt auf dem Sofa und schläft. Der Lärm scheint ihn nicht im Mindesten zu stören. Selbst auf mein Rufen reagiert er nicht.

Kitty streicht um meine Beine und verschwindet dann hinter der nächsten Hausecke. Wieder folge ich ihr. Gerade so mache ich aus, wie ihr Schwanz hinter einer Katzenklappe verschwindet. Da passe ich definitiv nicht durch. Versuchsweise drücke ich die Klinke und bin überrascht, als die Tür aufschwingt. Ich betrete die Küche durch die Hintertür und schleiche ins Wohnzimmer.

Dort liegt Lorcan ausgestreckt auf dem Sofa, Schweißperlen auf der Stirn, die Arme vor dem Oberkörper verschränkt, als wäre ihm kalt. Ich lege ihm eine Hand auf die Stirn und erschrecke, weil er glühend heiß ist. Vorsichtig gehe ich neben ihm in die Knie und berühre seine Schulter. Lorcan stöhnt.

»Kannst du mich hören?«, frage ich laut und deutlich, erhalte jedoch keine Reaktion. »Lorcan«, sage ich noch etwas lauter und rüttle wieder an seiner Schulter. Er dreht den Kopf in meine Richtung, sodass ich mit sanfter Stimme fortfahre: »Hey, ich bin hier, okay? Du bist nicht allein.«

Seine Lider flattern, er öffnet die Augen. Sein fiebriger Blick wandert ziellos im Zimmer umher.

»Lorcan?«, frage ich wieder, während mein Herz anfängt, schneller zu schlagen.

Seine Augen bewegen sich noch immer ruhelos, doch dann sieht er mich und versucht, mich zu fixieren. Ich setze ein zittriges Lächeln auf.

Lorcan flüstert etwas und erst verstehe ich ihn nicht richtig, doch dann setzt mein Herz einen Schlag aus, als ich das Wort schließlich erkenne: Kaitlin.

Schlagartig wird mir schlecht.

»Kaitlin«, krächzt er wieder. »Du bist hier.« Seine Hand bewegt sich schwerfällig auf mich zu. Ich ergreife sie und halte sie fest. Seine Mundwinkel ziehen sich nach unten und Tränen glitzern in seinen Augen.

»Du bist hier«, flüstert er wieder. »Ich habe dich so vermisst.«

Ich weiß nicht, was ich ihm antworten soll, und versuche stattdessen, den Kloß in meinem Hals herunterzuschlucken.

»Es tut mir so leid«, stößt Lorcan mit weinerlicher Stimme aus. »Ich wollte das nicht.« Er kneift die Augen zusammen, als ihm die ersten Tränen die Schläfen herunterlaufen. Das hier ist nur ein Wachtraum von ihm, und doch ist mir längst klar, dass er mit seinen Schuldgefühlen kämpft und um Vergebung bittet. Vergebung, die Kaitlin ihm nie wird geben können.

Aber ich kann es, stellvertretend für sie. Denn wenn sie ihn wirklich geliebt hat, und davon gehe ich aus, dann wird sie nicht wollen, dass er sich selbst die Schuld gibt. Sie würde wollen, dass er glücklich ist.

»Schon gut«, sage ich und lege behutsam einen Finger auf seine feuchten Lippen.

Sofort öffnen sich seine Lider und seine glänzenden Augen suchen mich.

»Es ist nicht deine Schuld«, sage ich mit ruhiger und sanfter Stimme. Ein leichtes Zittern kann ich trotzdem nicht unterdrücken.

»Doch«, stößt Lorcan hervor. »Ich hätte das nicht zulassen dürfen.« Wieder wimmert er.

»Du kannst nichts dafür. Egal, wie schnell du gewesen wärst, du hättest es niemals verhindern können. Dios Vorhaben stand fest, und wenn er es in diesem Moment nicht getan hätte, dann zu einem späteren Zeitpunkt. Dich trifft nicht die geringste Schuld.«

Lorcan verstummt und schließt erneut die Augen. Seine Atmung beruhigt sich. Ich frage mich gerade, ob er eingeschlafen ist, als er seine Lider noch einmal öffnet.

»Ich liebe sie«, sagt er mit leiser, bebender Stimme.

»Ich weiß«, antworte ich ihm.

»Ich liebe sie, Kaitlin«, wiederholt Lorcan eindringlich und greift nach meinem Handgelenk.

Ich stocke. Er meint nicht Kaitlin?

Mit klopfendem Herzen frage ich: »Wen meinst du mit *sie*?« Es ist nur ein Flüstern, aber Lorcan hat mich verstanden, denn er antwortet mir.

»Maeve.«

Ich habe das Gefühl, die Zeit bleibt stehen. Seine Augen fixieren mich und ich kann den Blick nicht abwenden. Sanfter Waldboden, die braunen Flecken zwischen dem sattgrünen Moos …

Und mit einem Mal wird mir mein kräftig schlagendes Herz bewusst, das so heftig gegen meine Rippen pocht, dass ich glaube, man müsse es von außen sehen.

»Es tut mir leid, Kaitlin. Aber ich liebe sie. Ich liebe sie.« Seine Stimme wird immer leiser.

Ich fühle mich schlecht, doch ich kann Lorcan nicht weiter leiden sehen.

»Es ist okay«, sage ich langsam und deutlich und lege meine Hand an seine heiße Wange. »Du musst dich nicht länger an mich binden. Ich gebe dich frei.«

Für eine winzige Sekunde sehe ich ein Lächeln auf seinem Gesicht, bevor er wieder die Augen schließt und seine Hand schlapp herunterfällt. Seine Atmung wird regelmäßig, sein Körper zittert, während sich weiterhin Schweißperlen überall auf seiner Haut bilden.

Nur einen Augenblick verharre ich in meiner Position, bevor ich meine Hand über seinen kurzen und kratzigen Bart bis hinunter zum Kinn führe. Meine Fingerspitzen prägen sich dieses Gefühl, diese Berührung ein. Dann ziehe ich meine Hand weg und stehe auf.

Lorcans Handy liegt auf dem Couchtisch. Inständig flehe ich, dass es nicht schwer ist, es zu entsperren. Zu meiner Verwunderung nutzt

Lorcan keinen PIN-Code. Vermutlich hat er einfach vergessen, diesen wieder zu aktivieren, nachdem er ihn vor einem halben Jahr gelöscht hat, um mir sein Handy zu leihen.

Während ich Connor anrufe, mache ich mich auf den Weg die Treppe hoch und ins Bad.

»Hey Lorcan, was geht? Müsstest du nicht längst wieder auf der Arbeit sein?«

»Connor, hier ist Maeve«, antworte ich schnell und öffne die Tür. Dann fällt mir ein, dass es im Bad keine Schränke gibt und dementsprechend auch keine Handtücher. Ich muss in seinem Schlafzimmer suchen.

»Maeve ... Ist irgendwas passiert?«

»Ja, Lorcan hat hohes Fieber. Er fantasiert. Ich will ihm gerade Wadenwickel machen, um sein Fieber zu senken. Aber ich muss zurück zur Arbeit und kann hier nicht mehr lange bleiben.«

»Hab verstanden, bin schon auf dem Weg.«

Noch bevor ich etwas antworten kann, hat Connor aufgelegt.

Ich reiße den Kleiderschrank auf und entdecke einen ordentlichen Stapel an Handtüchern. Ohne einen weiteren Blick auf den restlichen Inhalt zu werfen, schnappe ich mir einige und gehe wieder ins Bad.

Ich arbeite schnell und bedacht. Gerade als ich die Wickel ein zweites Mal anlege, klingelt es an der Tür. Erleichtert öffne ich und bringe Connor ins Wohnzimmer.

»Oha, der sieht wirklich nicht gut aus«, kommentiert er. »Ich kümmere mich um ihn. Danke, dass du nach ihm gesehen und mich angerufen hast.«

»Ruf einen Arzt, wenn es nicht besser wird, ja?«

»Na klar, das mache ich.«

Ich schnappe mir meine Handtasche. »Ach, und ich glaube, Kitty hatte noch kein Futter.«

»Kein Problem.«

»Danke, Connor.« Ich schenke ihm ein Lächeln, das sich allerdings eher verzweifelt anfühlt als aufmunternd. Er erwidert es trotzdem.

Es wundert mich nicht, dass meine Teamgefährten nicht mehr in der Eingangshalle sind. Bestimmt fragen sie sich, wo ich so lange bleibe. Doch erst habe ich noch etwas zu erledigen, deswegen steure ich auf die Mocas zu.

»9.1.3.ND«, sage ich atemlos und werfe mich in den Sitz, als sich die Moca auch schon in Bewegung setzt.

Nach wenigen Minuten hält sie, sodass ich aussteige und mich umsehe. Von Dios fehlt weit und breit jede Spur. Stattdessen fallen mir drei Fahrstühle auf. Beim Näherkommen erkenne ich an jeder Fahrstuhltür zwei Tastenfelder. Das eine ist gespickt mit etlichen Zahlen und Buchstaben, das andere besteht aus nur einer einzigen Taste. Ich drücke den nach unten zeigenden Pfeil und die Fahrstuhltüren gleiten auf. Kaum dass ich den Aufzug betreten habe, werde ich elektronisch nach meiner Kennnummer gefragt, die ich daraufhin nenne. Die Türen schließen sich und ich bewege mich unverkennbar nach unten.

Als die Türen sich wieder öffnen, geben sie den Blick auf einen langen und hell erleuchteten Flur frei. Hier gibt es nur eine Richtung, also mache ich mich auf den Weg. Nach wenigen Schritten kommt jemand auf mich zu. Ich erkenne Trayvon Bishop.

»9.4.2.TB. Wie ist deine Kennnummer?« Er versperrt mir den Weg und mir bleibt nichts anderes übrig, als ihm zu antworten.

»1.1.4.MD.LC. Ich muss zu Dios.«

Er zieht eine Augenbraue hoch. »Du hast keine Berechtigung, dich hier unten herumzutreiben.«

»Ich muss mit Dios sprechen«, wiederhole ich energischer.

»So wichtig?«

Ungläubig lege ich meinen Kopf schief. Nach einem letzten Blick auf mich tippt er auf seine Armbanduhr. Dann lässt er mich nicht mehr aus den Augen. Wieder bleibt mir nichts anderes übrig, als zu warten. Vielleicht könnte ich auch mit Bishop sprechen, aber Victor hat gesagt, dass Dios für uns Kämpfer zuständig ist und immerhin ist er derjenige, der mich und Lorcan jedes Mal maßregelt, wenn wir zu viel Zeit miteinander verbringen.

Endlich höre ich Schritte im Gang. Bishop dreht sich um und jetzt kann auch ich Dios sehen. Er wirkt überrascht, als er mich sieht.

»Was gibt es?«, fragt er Bishop, als er uns erreicht.

»Eine Eins verlangt, mit dir zu sprechen. Bei dieser Gelegenheit solltest du ihr auch noch mal die Leviten lesen. Wo kommen wir hin, wenn jede gottverdammte Nummer der Meinung ist, sich hier unten herumtreiben zu können?« Mit diesen Worten geht Bishop und lässt uns allein. Ich bin überrascht – war Bishop doch bislang auf allen Versammlungen immer freundlich und respektvoll.

»Was machst du hier unten, Dawson?« Mit zusammengezogenen Brauen mustert er mich.

»Ich muss dir mitteilen, dass Chester krank ist. Er konnte heute nicht ins Auge zurückkehren«, sage ich schnell.

»Und warum suchst du mich deswegen auf?«

Irritiert blinzle ich. »Aber du bist doch für uns zuständig und kontrollierst unsere GPS-Daten. Ich will nur nicht, dass Chester Ärger bekommt. Schließlich kann er nichts dafür, dass er krank ist.«

Einen Moment betrachtet Dios mich und ich fühle mich schlagartig unwohl.

»Ist gut«, sagt er dann. »Trotzdem muss ich dich bitten, nicht noch einmal den Fahrstuhl zu benutzen.«

»Und wie soll ich dich erreichen, wenn ich dich brauche?« Die Frage klingt komisch in meinen Ohren, weil ich nicht gedacht hätte, dass ich Dios irgendwann einmal brauchen würde. Ich habe das Gefühl, dass auch er über diese Formulierung stutzt.

»Benutz das Tastenfeld neben dem Fahrstuhl. Gib dort meine Kennnummer ein, dann komme ich zu dir.«

»Okay«, sage ich. Und weil ich es für angebracht halte, füge ich noch ein »Danke« hinzu.

»Gern geschehen.«

Dios wartet, bis ich mich wieder im Fahrstuhl befinde, bevor er sich zum Gehen wendet.

Nach seiner Niederlage lässt uns Dominik in den Vertretungsstunden richtig leiden. Ich habe sonst niemandem von Lorcans Krankheit erzählt und es hat mich zum Glück auch niemand gefragt. Obwohl ich weiß, dass er in guten Händen ist, mache ich mir von Tag zu Tag mehr Sorgen. Umso erleichterter bin ich, als er am Donnerstagmorgen in der Trainingshalle auf uns wartet. Er ist blass und ihm fehlt der übliche Elan, aber sonst scheint er wieder gesund zu sein. Um seine Kräfte offenbar noch etwas zu schonen, lässt er uns den bekannten Parcours absolvieren. Ungewollt stelle ich mir die ganze Stunde über die Frage, woran sich Lorcan erinnern kann, ob er sich überhaupt an irgendetwas erinnern kann. Auf den ersten Blick macht es jedenfalls nicht den Anschein.

Lorcan geht etwas früher als üblich zu den Entspannungsübungen weiter. Ich genieße die Ruhe und die Entschleunigung, die diese Übungen mit sich bringen. Sollte ich Lorcan nach dem Training ansprechen? Ich könnte ihn ganz unverfänglich fragen, ob es ihm wieder gut geht. Doch dann denke ich an unseren Beinahe-Kuss auf der Hochzeit und sofort verwerfe ich den Gedanken. Ich werde ihm nicht hinterherlaufen. So wie es aussieht, kann er sich sowieso nicht erinnern. Es hat sich also nichts verändert.

Als er die Übungen beendet, schickt er uns in die Umkleiden. Auf dem Weg dorthin legt Giulia mir ihren Arm um die Schulter.

»Endlich wieder vernünftiges Training ohne Anbrüllen und Beleidigungen.« Zufrieden grinst sie.

»Dawson?«

Mein Herz macht einen Sprung und wir bleiben wie angewurzelt stehen. Giulia zieht ihren Arm zurück, als ich mich umdrehe.

»Kannst du kurz kommen?«, fragt mich Lorcan.

Nervös gehe ich auf ihn zu und höre gleichzeitig die Tür der Umkleide hinter mir zufallen. Irgendwie fühle ich mich nach der Begegnung in seinem Haus unbehaglich, so allein mit Lorcan.

»Ich will nur kurz mit dir reden«, sagt er, als ich bei ihm angekommen bin. »Und dir danken. Connor hat mir erzählt, was passiert ist.« Er macht eine Pause und steckt seine Hände in die Taschen seiner Trainingshose. Ob er sich doch an etwas erinnert?

»Wie kommt es, dass du mich gefunden hast?«, will er schließlich wissen.

»Ich war spät dran. 3.2.2.KG meinte, dass du auch noch nicht zurück wärst. Und als du nicht ans Handy gegangen bist, hab ich mir Sorgen gemacht. Also bin ich zu dir nach Hause ...« Ich kann ihm nicht in die Augen sehen und richte meinen Blick deswegen auf seine linke Schulter.

Er macht eine Bewegung und dann spüre ich seinen Finger an meinem Kinn. Ich lasse zu, dass er meinen Kopf anhebt, und sehe ihm in die Augen.

»Danke«, sagt er noch einmal. Er zieht seine Hand zurück. »Dann darfst du dich jetzt auch umziehen.« Er dreht sich um und sammelt unsere Matten ein. Für einen Moment stehe ich einfach da, fühle mich schlecht, weil ich ein Geheimnis vor ihm habe und es nicht über mich bringe, ihm davon zu erzählen. Ich fühle mich, als hätte ich ihn betrogen. Dabei hat sich nichts verändert. Zumindest nicht von außen betrachtet.

KAPITEL 23

»Nicht mehr lange«, beginnt Lorcan die Trainingsstunde, »dann geht es in den Sommerurlaub. Nur noch vier Wochen.«

Wir jubeln, klopfen mit den Händen auf den Boden und machen einen unglaublichen Lärm. Lorcan grinst und lässt uns einen Moment, bis wir uns wieder beruhigt haben.

»Im nächsten Jahr geht es dann an die Prüfungen. Ihr müsst sieben bestehen, vier davon auf euch allein gestellt. Nach dem Urlaub werden wir uns also ausschließlich auf die Prüfungen konzentrieren und dafür trainieren. Damit ihr auch alle besteht, werden in drei Tagen eure Fähigkeiten verstärkt - oder besser gesagt, *eine* eurer Fähigkeiten, in der Regel eure schwächste. Mehrere zu verstärken hatte bisher immer unangenehme Auswirkungen ... Deswegen gestalten wir das Training heute etwas anders. Ich habe einen neuen Parcours aufgebaut. Den werdet ihr absolvieren, und wenn ihr fertig seid, fangt ihr von vorne an. Ich rufe jeden von euch einzeln auf und dann unterhalten wir uns über das vergangene Jahr, eure Fähigkeiten und eure Entscheidung, was verstärkt werden soll. Soweit alles klar?«

Ein leichtes Kribbeln setzt sich vor Aufregung in meinem Bauch fest. Nach der Aufwärmphase machen wir uns an den Parcours. Finn ist der Erste, den Lorcan zu sich ruft. Er lässt sich mit ihm auf die Bank bei den Umkleiden nieder, weit genug weg, sodass wir nicht hören können, was sie besprechen.

Der neue Parcours hat es in sich. Er ist deutlich schwieriger und kräftezehrender. Isaac hat gerade mal etwas mehr als die Hälfte geschafft, als Finn bereits zurückkommt.

»Isaac, du bist dran«, ruft er ihm zu, um dann ebenfalls mit dem Parcours anzufangen.

Ich sehe, wie Isaac leise vor sich hin flucht. So wie ich ihn kenne, ärgert es ihn, dass er den Parcours nicht erst zu Ende machen kann. Er lässt das Seil los, an dem er hängt, und landet leichtfüßig auf beiden Beinen. Dann sprintet er zu Lorcan hinüber.

Am liebsten würde ich Finn ausfragen, aber er ist zu weit weg, als dass er mich verstehen könnte. Also konzentriere ich mich wieder aufs Hindernis vor mir.

Nach Isaac ist Marc an der Reihe. Ich vermute, dass ich die Letzte sein werde, wahrscheinlich weil zwischen uns so viel passiert ist. Und tatsächlich: Als Marc zurückkommt, gibt er Giulia Bescheid. Irgendwie wurmt es mich. Vielleicht weil ich sowieso schon aufgeregt bin und am längsten warten muss. Vielleicht auch, weil ich das Gefühl habe, wieder in der Schule zu sein und im Mannschaftssport als letzte ausgewählt zu werden. Das habe ich immer so gehasst.

Dann endlich, nachdem ich den Parcours bereits ein zweites Mal fast beendet habe, sehe ich Giulia zu mir laufen. Erleichtert springe ich von dem Barren herunter und gehe ihr entgegen.

»Chester hat komische Laune«, informiert sie mich. »Er hat mich Giulia genannt. Das hat er noch nie gemacht.« Mit großen Augen sieht sie mich an, sodass ich grinse.

»Na, ist doch gut«, entgegne ich.

Fassungslos schüttelt sie den Kopf und läuft zum ersten Hindernis.

Das Kribbeln in meinem Bauch nimmt zu, je näher ich Lorcan komme.

»Setz dich«, sagt er zur Begrüßung.

Ich tue, was er sagt. Er hat sein Tablet vor sich und mehrere Zettel mit Notizen.

Er hört auf zu tippen und richtet seine Aufmerksamkeit auf mich. »Das hier ist sowas wie ein Reflexionsgespräch. Ihr bekommt keine Noten, sollt euch aber trotzdem einschätzen, insbesondere, was eure Fähigkeiten betrifft. Darüber hinaus müsst ihr euch für eine Fähigkeit entscheiden, die verstärkt werden soll. Dabei werde ich euch beratend zur Seite stehen. Bis hier hin irgendwelche Fragen?«

»Nein.«

»Gut. Wie würdest du dich einschätzen? Wo hast du am Anfang der Ausbildung gestanden und wo stehst du heute?«

Ich hasse es, mich selbst einzuschätzen. Das konnte ich in der Schule nicht leiden und hier in Gegenwart von Lorcan gefällt es mir erst recht nicht. Unbehaglich zupfe ich mir am Ohrläppchen.

»Hm ... Ich würde mich mittelmäßig einschätzen. Im Unterricht passe ich fast immer auf, ich schreibe vieles mit ... Und im Training würde ich sagen, dass ich mich verbessert habe. Am Anfang war ich eine der schlechtesten Schüler. Ich glaube, das ist jetzt nicht mehr so.« Plötzlich frage ich mich, wer denn von uns inzwischen der schwächste ist, und bin mir nicht sicher, ob meine Aussage überhaupt stimmt.

»Und ich glaube, du unterschätzt dich.« Ein Lächeln zeichnet sich auf seinen Lippen ab.

»Meinst du denn, dass du mich noch objektiv bewerten kannst?«, frage ich ihn skeptisch.

Für einen Moment erwidert er meinen Blick völlig verdutzt, dann lacht er laut los.

Ich bin etwas irritiert, immerhin war meine Frage ernst gemeint und bestimmt nicht zum Lachen. Aber Lorcan lacht trotzdem. Geduldig warte ich, bis er damit fertig ist. Mit einem Grinsen antwortet er schließlich auf meine Frage.

»Nun, ganz unvoreingenommen bin ich garantiert nicht mehr, das gebe ich zu. Aber was deine Bewertung betrifft, da orientiere ich mich an den Zahlen und Zeiten, die ich notiert habe. Somit würde ich behaupten, dass ich deine Fähigkeiten schon recht objektiv einschätzen kann.«

Sein Gesichtsausdruck wird wieder ernst, während er auf seinem Tablet eine Tabelle öffnet und mir zeigt.

»Hier habe ich deine Zeiten eingetragen. Wie lange du für welchen Parcours brauchst, wie gut deine Ausdauer ist ... Und hier sind die anderen Zahlen, die belegen, wie stark deine anderen Fähigkeiten ausgeprägt sind. Deine Treffsicherheit beim Schießen ... deine Kraft sowohl in den Armen als auch in den Beinen ... Ich habe für jeden von euch so eine Tabelle angefertigt.«

Er hat sich wirklich Mühe gemacht. Jede einzelne Stunde hat er dort eingetragen.

»Siehst du hier?« Er zeigt auf verschiedene Werte, jeweils zu Beginn der Ausbildung und zum jetzigen Zeitpunkt. »Du hast dich enorm gesteigert. Im Gesamten gesehen mehr als jeder andere hier. Wie schätzt du deine Kraft, Schnelligkeit, Geschicklichkeit und Ausdauer aktuell ein?«

»Hm«, mache ich und überlege. »Ich weiß, dass ich schnell bin. Das war ich schon immer. Ich würde mich auch als relativ geschickt einschätzen – immerhin verfehle ich ein Ziel nur selten.«

»Ja, du triffst die Ziele mitten ins Schwarze. Selbst wenn sie sich bewegen, sind deine Kugeln tödlich.«

Ein unbekanntes, dumpfes Gefühl macht sich in mir breit. Ich könnte stolz darauf sein, dass ich so gut schießen kann, aber ich will gar nicht, dass meine Kugeln irgendjemanden töten.

»Was ist mit den anderen beiden Fähigkeiten? Wie schätzt du deine Kraft und Ausdauer ein?«

Innerlich danke ich ihm für diesen Themenwechsel. »Ich bin auf jeden Fall deutlich stärker als zu Beginn.«

»Da gebe ich dir recht. Und deine Ausdauer?«

»Die hat sich auch verbessert.«

»Richtig. Du bist lange nicht mehr so schnell außer Atem.« Er grinst mich schief an, sodass sich lediglich auf seiner rechten Wange ein Grübchen bildet. »Trotzdem schätze ich deine Ausdauer noch immer als schwächste Fähigkeit ein. Ich würde dir raten, genau das zu verbessern, aber die Entscheidung liegt letztendlich natürlich bei dir.«

Ich überlege kurz. »Deine letzte Zahl ist eine Eins. Heißt das, dass bei dir die Kraft die schwächste Eigenschaft war?«

»Ja.« Er fängt wieder halb an zu lachen. »Ich war als Siebzehnjähriger total mickrig, spindeldürr. Für mich war von Anfang an klar, dass ich diese Fähigkeit verstärken lassen muss.« Gedankenverloren und mit einem Lächeln auf den Lippen streicht er sich übers Kinn. Unwillkürlich erinnert es mich daran, wie ich ihm die Hand an die Wange gelegt und danach über seinen Bart gestrichen habe. Es hat sich gut angefühlt. Aber Lorcan weiß nichts davon. Wahrscheinlich ist es auch besser so. Ganz bestimmt ist es besser so.

»Und hast du dich schon entschieden? Oder brauchst du noch Zeit?« Lorcan reißt mich aus meinen Gedanken und im ersten Moment bin ich mir nicht sicher, was er meint. Schnell wende ich meinen Blick von seinem Bart ab.

»Es ist nicht schlimm, wenn du dir noch Zeit nehmen willst. Du kannst eine Nacht darüber schlafen und mir morgen -«

»Nein, ich brauche keine Zeit mehr. Mir war es eigentlich von Anfang an klar. Ich will, dass meine Ausdauer besser wird.«

Er lächelt mir zu. »Okay.« Dann tippt er auf seinem Tablet, vermutlich meine Entscheidung. Da fällt mir noch etwas ein.

»Sag mal, gibt es eigentlich jemanden, der nicht seine schwächste Fähigkeit gewählt hat?«

Lorcan blickt auf. »Ja, den gibt es. Ich habe es bislang aber auch nur ein einziges Mal erlebt, dass jemand eine Fähigkeit verstärken lässt, die bereits gut ausgeprägt ist.«

»Und wer war das?« In meinem Kopf schwirrt Nikolas Dios umher.

»Dominik.«

Meine Augen werden groß. »Dominik Schwarz?«

»Guck dir doch mal seine Muskeln an. Kraft war vorher schon seine beste Fähigkeit. Durch die Verstärkung gibt es niemanden mehr, der ihm in Kraft und Stärke überlegen ist. Mit Ausnahme der AIs vielleicht.«

»Aber ist es dann nicht sinnvoll, die beste Eigenschaft zu verbessern?«

»Warum? Wenn Dom irgendwann vor ein paar AIs davonlaufen muss, kriegt er echte Probleme. Das wäre nicht so, wenn er sich damals für Schnelligkeit entschieden hätte.« Er macht eine Pause, bevor er fortfährt: »Weißt du, Maeve, es kommt auf das Zusammenspiel aller vier Fähigkeiten an. Es bringt nichts, sich nur auf eine zu konzentrieren, denn dann verkümmern die anderen. Ich würde dir also empfehlen, bei deiner Entscheidung zu bleiben.«

»Okay.«

»Gut, du kannst wieder zu den anderen gehen. Ich mache das hier noch fertig und dann komme ich zu euch.«

Kaum am Parcours angekommen, fragt mich Giulia: »Wie hast du das denn geschafft?« Mit riesigen Augen sieht sie mich an. Auch die anderen drei gesellen sich zu uns.

»Was?«, gebe ich irritiert zurück.

Finn mischt sich ein. »Man hat Chesters Lachen bis hierher gehört. Und ich habe ihn noch nie wirklich lachen gesehen!«

Schlagartig wird mein Gesicht heiß. »Ich habe nur einen blöden Spruch gemacht«, weiche ich schulterzuckend aus.

»Was für einen? Wenn sogar Chester darüber lacht, muss er echt gut sein.« Ähnlich wie die anderen sieht mich Finn erwartungsvoll an.

»Keine Ahnung, wir haben über so vieles gesprochen.« Die Wahrheit kann ich ihnen nicht sagen. Enttäuscht lassen sie von mir ab, widmen sich wieder dem Parcours und ich tue es ihnen gleich, auch wenn meine Gedanken ganz woanders sind.

Am Donnerstagmorgen ist es endlich soweit. Der Unterricht fällt für alle aus, stattdessen müssen wir nach dem Frühstück zur Krankenstation und warten dort in einem separaten Raum, bis wir aufgerufen werden. Unsere Ausbilder sind nicht dabei.

Dominiks Team begegnet uns wie gewohnt feindselig. Nur Tian schenkt uns ein Lächeln. Verstohlen beobachte ich ihn und bemerke, wie er Marc einen Blick zuwirft. Marc, der intelligente, unscheinbare Junge, und Tian, äußerlich eine Kampfmaschine, aber von Herzen aufgeschlossen und hilfsbereit. Wahrscheinlich haben sie sich gerade wegen dieser Gegensätze gefunden.

Weiter hinten im Raum haben sich die Schüler von Alice versammelt. Ich schenke Radu ein Lächeln und freue mich, als er es erwidert. Sonst kann ich zu keinem weiteren Blickkontakt herstellen.

Auch die anderen Schüler sitzen hier und warten. Sucher, Versorger und Verwalter.

»Sag mal, Paul«, beginnt Isaac eine Unterhaltung mitten in die unbequeme Stille hinein und sofort wenden sich ihm etliche Augenpaare zu. »Also, ich weiß ja, was wir für Fähigkeiten verstärken können, aber wie sieht das denn mit euch Versorgern aus? Ich nehme mal an, bei euch sind Kraft und Schnelligkeit nicht so wichtig, oder?«

Paul grinst. »Das ist richtig. Natürlich brauchen wir auch Kraft und wenn wir schnell arbeiten, schadet das ebenfalls nicht. Aber bei uns kommt es auf andere Werte an.«

»Und welche sind das?«

»Zum einen Geschicklichkeit, Achtsamkeit oder auch die Beobachtungsgabe, dann gibt es noch die Gewissenhaftigkeit und die Kreativität.«

»Kreativität? Wo müsst ihr denn kreativ sein?«

»Zum Beispiel beim Zubereiten der Mahlzeiten.«

»Ach, das fällt auch in euer Aufgabengebiet? Ich dachte, ihr kümmert euch nur um die Pflanzen ...«

»Unser Einsatzgebiet ist sehr vielseitig.« Paul lächelt stolz.

»Und wie sieht es bei euch aus?« Isaac wendet sich an eins der Mädchen, das ihm gegenüber sitzt. »Sucherin, richtig?«

Sie wird rot und richtet schnell ihre rahmenlose Brille.

»Bei uns kommt es auf die Sinnesorgane an«, antwortet sie mit leiser und ruhiger Stimme. »Sehen, Hören, Riechen, Fühlen. Auf eines davon müssen wir uns spezialisieren.« Sie starrt auf den Boden vor sich und nestelt am Saum ihres weißen Pullovers. Statt unserer roten Streifen am Ärmel hat ihr Oberteil gelbe.

Es kommt mir schon so lange her vor, dass wir gemeinsamen Unterricht hatten. Umso spannender finde ich es, etwas über ihre Bereiche zu erfahren. Allerdings traue ich mich nicht, bei so vielen Zuschauern die Initiative zu ergreifen und selbst jemanden anzusprechen. Also bleibe ich stumm und höre lieber zu.

Nach und nach werden die Schüler herausgerufen. Ich bin noch vor meinen Teamgefährten dran. Mit weichen Knien stehe ich auf und folge dem Arzthelfer in eines der Untersuchungszimmer.

»Bitte, nimm Platz.« Der Arzt weist auf einen Lederstuhl vor seinem Schreibtisch. Ich bin froh, dass ich mich wieder hinsetzen kann, denn ich bin so nervös, dass meine Beine sonst womöglich noch angefangen hätten zu zittern.

Der Arzt schaut kurz in seine Unterlagen, dann richtet er das Wort an mich.

»So, zukünftige Kämpferin, wie ich sehe.« Er lächelt mir zu und mit einiger Mühe schaffe ich es, zurückzulächeln. Über den Rand seiner Brille hinweg mustert er mich. »Bei dir wurde Ausdauer eingetragen, ist das richtig?«

»Ja.«

»Sehr schön. Die Verstärkung deiner Ausdauer geschieht auf zwei verschiedene Arten. Zum einen werde ich dir gleich eine Infusion legen. Keine Angst - du spürst nur einen kleinen Piks und ansonsten ist es völlig schmerzfrei. Parallel dazu bekommst du noch eine Atemmaske. Du musst die F-Materie inhalieren, damit sie deine Lungenbläschen dauerhaft weitet und du mehr Sauerstoff aufnehmen kannst.«

Er steht auf und bedeutet mir, mich auf die Liege zu legen. Das Kopfteil ist etwas erhöht, sodass ich eine bequeme Position einnehmen kann.

»Die ganze Prozedur dauert zwanzig Minuten, ich würde dich bitten, währenddessen ruhig und entspannt zu atmen. Wenn wir damit durch sind, ist es wichtig, dass du vierzehn Tage lang keinen Sport machst. Dein Körper muss sich erst umstellen und dafür braucht er Ruhe. Eure Unterrichtspläne sind dem bereits angepasst. Auch in der Freizeit muss ich dich bitten, auf Sport zu verzichten. Spaziergänge sind in Ordnung, aber kein Laufen, schweres Heben oder Ähnliches.

Hast du das verstanden?«

Ich nicke. Die nächsten zwei Wochen könnten interessant werden. Das tägliche Training bin ich mittlerweile so gewöhnt, dass es merkwürdig sein wird, auf einmal keinen Sport mehr zu machen.

Der Arzt bereitet meinen Arm für die Infusion vor und ich richte meinen Blick an die helle Zimmerdecke. Es ist tatsächlich nur ein kurzer Piks, dann schließt er den Beutel mit der Infusion an und fixiert den Schlauch mit einem Klebestreifen.

»Was ist in der Infusion drin?«, frage ich.

»Ebenfalls F-Materie. Nur in flüssiger Form.« Er holt einen Rollwagen mit einer Apparatur darauf an die Liege. Nachdem er die Schläuche entwirrt hat, reicht er mir die Maske. Ich setze sie auf und lege das Gummiband um meinen Kopf. Dann lehne ich mich wieder entspannt zurück. Das Gerät macht blubbernde Geräusche, aber während des Atmens merke ich keinen Unterschied.

»Gut, ich lasse dich jetzt hier liegen. Sollte etwas sein« - er legt mir einen roten Knopf in die offene Handfläche - »dann drückst du hier drauf. Und ansonsten befreie ich dich in zwanzig Minuten von den Schläuchen.«

Damit verschwindet er aus meinem Blickfeld und ich genieße die Ruhe und das einlullende Geräusch der Apparatur neben mir.

In den nächsten Tagen verspüre ich immer wieder ein ziehendes Gefühl, fast so, als hätte ich Muskelkater. Nur dass ich diese Art von Schmerzen nicht auf einzelne Muskeln begrenzen kann. Statt des Trainings machen wir Entspannungsübungen oder Spaziergänge durch den Garten. Außerdem kümmern wir uns um Dinge, die sonst auf der Strecke bleiben – zum Beispiel um die Inventur. Erst inspizieren wir die Gerätschaften in Trainingshalle 1 und sortieren alles aus, was kaputt oder eingerissen ist, dann wenden wir uns dem Waffenlager zu. Die Inventur hier ist wesentlich aufwendiger und wir arbeiten mehrere Tage daran. Alle Waffen müssen überprüft und gezählt werden, dazu kommt die Munition, die wir den richtigen Waffen zuordnen müssen. Ich bin froh, dass wir bereits zehn Tage hinter uns haben, denn – auch wenn ich das niemals für möglich gehalten hätte – ich vermisse das Training. Am Wochenende geht es endlich wieder los, bis dahin sind es noch vier Tage.

So in Gedanken beim Training komme ich beim Zählen durcheinander. Mit einem Seufzer hole ich alle Patronen wieder aus dem Karton und fange von vorne an.

Zumindest bis plötzlich eine Sirene schrillt. Erschrocken blicke ich auf. Ein grellorangerotes Licht blinkt durch den Raum. Auch die anderen schauen verdutzt von ihrer Arbeit auf.

»O scheiße!«, flucht Lorcan und wirft einen schnellen Blick auf seine Uhr.

»Was ist los?«, will ich wissen.

Er fährt sich mit der Hand erst durch die Haare, dann über den Nacken. »Ihr schnappt euch alle zwei Waffen, seht zu, dass ihr die richtige Munition einpackt! Anschließend geht's in die Eingangshalle.« Sein Ton lässt keine Widerrede und keine Diskussion zu. »Wir werden angegriffen.«

Mir stockt der Atem, Gänsehaut kriecht mir über den Rücken. Mit zittrigen Fingern greife ich mir eine Pistole, stopfe meine Taschen mit Patronen voll und werfe mir anschließend ein Maschinengewehr über die Schulter. Hastig hefte ich mich an die Fersen der anderen und hetze aus dem Raum. Eine Moca ist bereits voll, ich springe in die nächste zu Finn. Obwohl sie sich schneller zu bewegen scheint als sonst, kommt mir die Fahrt viel zu lang vor. Gelähmt vor Angst sprechen Finn und ich kein Wort miteinander.

Noch vor Finn springe ich aus dem Fahrzeug und laufe zur Eingangshalle. Sofort fällt mein Blick auf Dios, der in dessen Mitte steht und Anweisungen gibt. Von den Außerirdischen ist weit und breit keine Spur. Ist das hier vielleicht nur eine Übung?

»Herkommen!«, brüllt Lorcan über unsere Köpfe hinweg und winkt uns zu sich. Ich sehe, dass auch Alice und Dom ihre Schüler um sich scharen. Da wir bis eben in der Waffenkammer gearbeitet haben, sind wir am besten mit Gewehren und Pistolen ausgestattet.

»Soweit wir wissen, ist es fünf Tenalern gelungen, ins Gebäude einzudringen. Eine Drei hat wohl gesehen, wie sie runter zur zweiten Etage sind. Mehr Anhaltspunkte haben wir nicht. Deswegen müssen wir uns aufteilen und sie suchen. Finn und Marc, ihr geht Richtung Garten, Isaac und Maeve, ihr Richtung Schlaftrakt, Giulia, du kommst mit mir zu den Unterrichtsräumen. Wenn ihr einen seht, dürft ihr nicht zögern! Ansonsten überlebt ihr das nicht!« Ernst sieht er uns der Reihe nach an. Seine Atmung geht deutlich schneller und ich spüre, wie mir das eigene Herz davonläuft. »Wir haben noch einige Kämpfer hier, die keine Waffen tragen. Behaltet die Waffe, mit der ihr euch am wohlsten fühlt, und gebt mir den Rest, damit ich ihn an die anderen verteilen kann.«

Meine Handinnenflächen sind feucht. Ich hoffe, dass mir die Pistole beim Zielen später nicht aus Versehen aus der Hand gleitet. Hastig überreiche ich Lorcan das Maschinengewehr und die Patronen und laufe anschließend mit Isaac los.

Die Tenaler können unsere Mocas nicht nutzen, weswegen sie zu Fuß unterwegs sein müssen.

Meine Schnelligkeit macht sich bezahlt. Obwohl Isaac mich um einen Kopf überragt und dementsprechend auch größere Schritte macht, kann ich mit ihm mithalten. Wir schauen in jeden Gang, an dem wir vorbeikommen, doch weit und breit fehlt jede Spur der Tenaler. Während wir weiterlaufen, versuche ich, mir jedes Detail aus dem Unterricht ins Gedächtnis zu rufen.

Ich weiß, dass ihre Haut sehr dick und robust ist. Am besten zielt man auf ihren Hals. Man muss sich davor in Acht nehmen, ihnen zu nahe zu kommen, denn mit ihrem Reißzahn können sie einem lebensbedrohliche Wunden zufügen. Auch sollte man nicht in den Zweikampf gehen, da sie den Menschen kräftemäßig deutlich überlegen sind. Außerdem sind ihre Waffen äußerst gefährlich, weswegen man sofort schießen muss, sobald man einen von ihnen erblickt.

Mir wird heiß, als mir einfällt, dass ich meine Waffe noch gar nicht geladen habe. Im Laufen befülle ich das leere Magazin mit den Patronen aus meiner Hosentasche und lasse es anschließend in der Pistole einrasten.

»Verdammt, was machen wir jetzt?« Isaac bleibt atemlos stehen, sodass ich beinahe in ihn hineingerannt wäre.

»Was meinst du?«, frage ich ihn ebenfalls außer Atem.

Er deutet auf den vor uns liegenden Schlaftrakt, der sich in zwei Gänge aufteilt.

»Wir müssen uns trennen«, sage ich. »Du gehst in den Männerschlaftrakt und ich in den für Frauen.«

»Meinst du?«, fragt Isaac zweifelnd.

»Wir sollten die Tenaler unter keinen Umständen entkommen lassen. Also ja.«

Isaac sieht mich einen Moment nachdenklich an. »Gut«, sagt er schließlich und verschwindet im rechten Gang, während ich den linken nehme.

Ich lasse es etwas ruhiger angehen. Wenn ein Tenaler hier ist, muss er sowieso an mir vorbei. Ich atme tief durch. Erst jetzt wird mir bewusst, dass ich den Dauerlauf bis hierher durchgehalten habe. Die F-Materie scheint bereits zu wirken.

Vorsichtig spähe ich in jeden abzweigenden Gang, die Waffe schussbereit in meiner Hand. Irgendwo weit hinten in meinem Kopf hoffe ich immer noch darauf, dass das Ganze nur eine gut inszenierte Übung ist – doch da bemerke ich eine Bewegung in einem der Gänge. Mit dem Rücken presse ich mich an die Wand, halte den Atem an. Mein Herz pocht mir gegen den Kehlkopf und ich schaffe es nicht, meinen Puls zu kontrollieren. Egal. Ich drehe meinen Kopf nach rechts und spähe vorsichtig um die Ecke.

Da ist tatsächlich jemand. Jemand mit Glatze, weißen Markierungen und rotschimmernder Haut, eingekleidet in rote und braune Pflanzenteile, die sich bis über den Oberkörper ranken. Die Tenalerin ist am Ende des Ganges angekommen und macht wieder kehrt, kommt dadurch direkt auf mich zu.

Ich ziehe meinen Kopf zurück, bevor ich entdeckt werden kann. Ein Schweißtropfen rinnt mir die Schläfe herunter, meine Hände zittern unkontrolliert. Kurz presse ich meine Augen zusammen. Ich will nicht töten, aber nur so bleibe ich selbst am Leben! Irgendwie muss es mir gelingen, mich zu überwinden …

Innerlich zähle ich bis drei.

Eins.

Zwei.

Drei.

KAPITEL 24

Mit gezückter Waffe gebe ich meine Deckung auf und stelle mich in den Gang.

»1.1.4.MD.LC. Legen Sie Ihre Waffe nieder und heben Sie die Hände!«, brülle ich und bin gleichzeitig froh, dass meine Stimme nicht versagt.

Die Tenalerin bleibt überrascht stehen und mustert mich. Mein Blick fällt zuerst auf ihre Waffe - es sieht aus, wie ein biegsamer Stock, doch mit Sicherheit ist er um ein Vielfaches gefährlicher. Weiße Linien und Kreise zieren ihren kahlen Kopf, ihre Augen wirken schwarz. An ihrer Hüfte erkenne ich eine kleine Kugel, die aussieht wie unsere zum Reisen. Vielleicht sind sie damit hierhergekommen. Ganz langsam, so als wollte sie mich nicht erschrecken, dreht sie ihre Handinnenflächen zu mir. Ihre Finger öffnen sich ... und lassen ihre Waffe zu Boden fallen ... Beide Hände hält sie mir offen entgegen - und ergibt sich damit.

Verblüfft starre ich sie an. Erst jetzt merke ich, wie verkrampft ich bin. Ich richte mich auf, mache mich größer und helfe dadurch meinen Muskeln, sich zu entspannen. Die Pistole halte ich weiterhin auf sie gerichtet, doch ich schieße nicht. Schließlich greift sie mich nicht an.

»Was willst du hier?«, frage ich laut und sehr deutlich. Mein Herz pocht mir immer noch gegen den Kehlkopf.

Sie antwortet mir, nur leider kann ich sie nicht verstehen. Es hört sich erst an wie ein Zischen, dann wie abgehackte Laute. Ich drehe meinen Kopf etwas und wende ihr mein Ohr zu. Sie wiederholt das Wort. Langsam und deutlich.

»Xysadert.«

Fieberhaft überlege ich, was sie damit meinen könnte. Unsere Waffen? Technik? Oder unser Wissen?

Auf dem Gang nähern sich hastige Schritte. Wenn Isaac sieht, dass die Tenalerin unbewaffnet ist und ich die Situation im Griff habe, wird er nicht schießen. Ich brauche erst noch weitere Informationen.

»Was ist -«

Ein Knall ertönt direkt neben meinem Ohr und lässt meinen ganzen Körper zusammenfahren. Sofort macht sich ein lästiger Piepton in meinem Kopf breit. Die Tenalerin fällt zu Boden und regt sich nicht mehr.

Ich lasse die Waffe sinken und drehe mich wutentbrannt herum. Doch vor mir steht nicht Isaac - sondern Dios.

Er drückt einen Knopf an seiner Uhr. »Die letzte AI ist gefallen.«

Weitere Schritte nähern sich.

»Warum hast du nicht geschossen?«, zischt er mir zu. »Du hattest jede Menge Zeit.«

Ich habe meinen Schrecken überwunden und werde jetzt wieder wütend. »Woher willst du das so genau wissen?«

Dios macht einen Schritt auf mich zu, sodass ich zur Wand zurückweiche. Auch er sieht zornig aus. »Bei einem Angriff ist es meine Aufgabe, alle Kämpfer über GPS im Auge zu behalten. Ich habe gesehen, wie ihr vor dem Schlaftrakt stehengeblieben und euch schließlich aufgeteilt habt. Aber als du nicht mehr weitergegangen bist, habe ich mich auf dem Weg hierher gemacht. Immerhin hätte es sein können, dass dich jemand überwältigt hat! Stattdessen stehst du hier und hältst ein Schwätzchen, statt zu schießen, wie es dein Befehl ist!«

Seine Stimme ist immer lauter geworden, dicht steht er vor mir und ich habe keine Möglichkeit, auszuweichen.

»Was ist hier los?« Lorcan taucht hinter Dios auf und sieht zwischen ihm und mir hin und her. Er ist ungewöhnlich blass. Schnell entdeckt er die tote Tenalerin.

»Vielleicht solltest du etwas an deinem Unterricht feilen, Chester.« Dios' Stimme trieft vor Verachtung.

Lorcan blinzelt ihn überrascht an.

»Er hat damit überhaupt nichts zu tun!«, verteidige ich ihn.

»Ach nein? Und wie erklärst du mir dann, dass seine Schüler Befehle missachten?«

»Was?« Jetzt bin ich richtig aufgebracht. »Sie hat sich ergeben!«, schreie ich und deute überflüssigerweise auf die am Boden liegende Waffe. »Und sie hat zu mir gesprochen! Hättest du nicht so schnell geschossen, wüssten wir vielleicht, warum sie hierhergekommen sind!«

»Wir wissen längst, warum sie herkommen! Da brauchen wir sie nicht zu befragen!«

Tief atme ich durch, während ich Dios immer noch anfunkele. Deutlich ruhiger frage ich: »Dann weißt du also auch, was Xysadert ist?« Herausfordernd hebe ich mein Kinn.

Dios antwortet mir nicht, aber ich meine, in seinen Augen etwas wie Angst zu erkennen. Lorcan steht immer noch im Gang und verfolgt unseren Streit mit angespannter Miene. Nach ein paar Sekunden meldet sich Dios wieder zu Wort.

»Du hast Befehle missachtet und den Hauptsitz des Auges nicht erwartungsgemäß verteidigt. Ich muss dich mitnehmen.«

»Dios ...«, setzt Lorcan an, aber dieser fordert ihn bereits mit einer Handbewegung auf, Platz zu machen.

»Dawson, Waffe her.« Er streckt seine Hand aus.

Für den Bruchteil einer Sekunde denke ich daran, die Waffe zu benutzen statt auszuliefern, aber so schnell, wie dieser Gedanke gekommen ist, schiebe ich ihn beiseite. Mit bebenden Fingern nehme ich das Magazin heraus und lege beides in seine Hand.

»Hast du noch Patronen bei dir?«, will er wissen, während er meine Waffe einsteckt.

Ich hole die Patronen aus meiner Hosentasche, lasse sie jedoch als winzigen Akt der Rebellion zu Boden fallen. Dios bedeutet mir mit zwei Fingern, zu ihm zu kommen. Widerstrebend leiste ich seinem Befehl Folge. Wie zu erwarten holt er eine Reisekugel heraus und nimmt mich damit mit.

Wir landen in eben jenem Raum, in dem Dios mich schon einmal befragt hat. Immer noch wütend und enttäuscht lasse ich mich auf den Stuhl plumpsen, während Dios mir gegenüber Platz nimmt. Wenigstens meine Ohrgeräusche sind verstummt.

»Was genau hat sich zwischen dir und der Tenalerin abgespielt?«, will Dios wissen.

»Ich habe sie aufgefordert, ihre Hände zu heben, daraufhin hat sie ihre Waffe fallen gelassen und sich ergeben. Dann habe ich sie gefragt, was sie hier will und sie hat mir mit Xysadert geantwortet. Und gerade, als ich sie fragen wollte, was das ist, hast du sie erschossen.« Ich verschränke meine Arme vor der Brust und sehe ihn vorwurfsvoll an.

Dios hingegen lehnt sich entspannt nach hinten. »Dieses Verhalten ist untypisch. Ich habe noch nie gesehen, dass sich ein Tenaler ergibt.«

»Vermutlich, weil sie bei dir nie die Chance dazu haben«, antworte ich bissig.

Dios ignoriert meinen Vorwurf. »Zum Glück konnten wir den Schaden in Grenzen halten. Allerdings muss ich dich dazu auffordern, das

Wort sofort wieder zu vergessen. Wenn ich auch nur ein einziges Mal mitbekomme, wie du es noch einmal sagst - ganz egal ob in Gegenwart einer anderen Person oder nicht - werde ich zu drastischeren Maßnahmen greifen als eine simple Strafe in der Beruhigungszelle. Hast du mich verstanden?« Er beugt sich zu mir herüber und starrt mir unnachgiebig in die Augen.

»Du weißt, was es ist, oder?«, frage ich.

»Ich wiederhole meine Aufforderung nicht noch einmal.«

Meine Augen werden schmal. »Ich werde mit niemandem darüber reden.«

»Das reicht mir nicht.«

»Na schön, ich werde dieses Wort nie wieder in den Mund nehmen. Besser?«

»Ja. Dann steh auf.« Er schiebt seinen Stuhl mit knarzendem Geräusch zurück und stellt sich neben den Tisch.

Ich tue es ihm gleich und sehe ihm dabei zu, wie er erneut seine Reisekugel hervorholt.

Als wir zum Stehen kommen, ist es so finster, dass ich nichts erkenne, obwohl meine Augen definitiv geöffnet sind. Wo sind wir? Dios' Stimme erschreckt mich in der Stille.

»Das hier ist eine Beruhigungszelle. Auf der linken Seite befindet sich eine Wasserstation, falls du Durst bekommst. Gegenüber gibt es die Möglichkeit, sich zu erleichtern. Ich denke, dass vierundzwanzig Stunden angebracht sind.«

Mein Herz pocht schnell. »Vierundzwanzig Stunden? Aber wieso ist es hier so dunkel?« Ich drehe meinen Kopf nach links und nach rechts, doch es gibt nicht die kleinste Lichtquelle.

»Die Inhaftierten dieser Beruhigungszelle sollen dazu angehalten werden, über ihre Taten nachzudenken. Also haben wir dafür gesorgt, dass es keinerlei Ablenkung gibt. Ich hole dich morgen wieder ab.«

»Und wie soll ich auf Toilette gehen oder etwas trinken, wenn ich nichts sehe?«, frage ich aufgebracht.

Es bleibt still. Unbehaglich drehe ich mich um, auch wenn mir das überhaupt nichts bringt.

»Dios?«, frage ich in die Dunkelheit.

Keine Antwort. Wie es aussieht, bin ich allein.

Ich presse eine Hand auf meine Brust, um meinen Herzschlag zu beruhigen. Vierundzwanzig Stunden. Ein ganzer Tag. Lorcan war drei Wochen hier drin. Er muss halb verrückt geworden sein. Eine Welle der Empathie erfasst mich. So schnell geht es also, dass man in einer Beruhigungszelle landet.

Die Inhaftierten dieser Beruhigungszelle sollen dazu angehalten werden, über ihre Taten nachzudenken. Ich bin überzeugt davon, dass ich alles richtig gemacht habe. Gäbe es eine zweite Chance, würde ich an meinem Verhalten nichts ändern.

Ich soll das Wort vergessen. Aufgebracht schnaube ich durch die Nase. Wie war es doch gleich? Zys … Zystat … Xysadert! Dieses Wort ist der einzige Hinweis, den ich habe, deswegen ist es so wichtig, dass ich es mir merke. Ich muss herausfinden, was es damit auf sich hat. Zumal ich mir sicher bin, dass Dios weiß, was dieses Wort bedeutet.

Xysadert. Ich kenne kein Wort, das ansatzweise so klingt wie dieses. Vielleicht ist es eine besondere Waffe, die unter Verschluss gehalten wird. Oder etwas, das in den Forschungslaboren hergestellt wird. Doch wie soll ich herausfinden, was es mit diesem Wort auf sich hat? Schließlich darf ich mit niemandem darüber reden. Ich habe keinen Zutritt zu den Forschungslaboren und kenne auch niemanden, der dort hinein darf. Selbst wenn – was sollte ich überhaupt sagen?

Meine Suche wird sich schwierig gestalten, fast schon unmöglich. Ich muss subtil vorgehen, sodass es niemand mitbekommt. Aber ich habe keine Ahnung, wie ich das anstellen soll. Es gibt keine Bibliothek, in der ich Dinge nachlesen könnte, und auf dem Tablet sind nur die Texte gespeichert, die wir im Unterricht lesen mussten. Dort werde ich wahrscheinlich keinen Anhaltspunkt finden.

Geräuschvoll atme ich aus. Ich habe noch nicht mal mit der Suche nach Hinweisen begonnen, auf keinen Fall werde ich schon aufgeben. Ich will wissen, was die Tenaler wirklich wollen.

Doch zum aktuellen Zeitpunkt kann ich nichts tun. Nicht, so lange ich hier im Dunkeln gefangen bin. Stattdessen sollte ich mich lieber mit meiner Umgebung vertraut machen, immerhin werde ich die nächsten vierundzwanzig Stunden hier verbringen.

Mit den Händen befühle ich die gummiartige Beschaffenheit des Bodens und der Wände. Der Raum ist sehr klein, vielleicht drei Quadratmeter. Die Wasserstation ertaste ich als Erstes.

Sie besteht aus einem Schlauch, der in der Wand eingelassen ist und von der Decke gerade herunterführt, und der etwa auf Bauchhöhe in ein Ventil endet, das sich öffnet, sobald man es drückt. Mit dem Finger schiebe ich also das Ventil nach oben und halte gleichzeitig meinen Mund unter die Öffnung. Das Wasser spritzt in mein Gesicht und macht meine Kleidung nass. Es schmeckt außergewöhnlich gut. Ich trinke, bis mein Bauch voll ist.

Anschließend erkunde ich den Rest der Zelle. Die Toilette stellt sich als Loch heraus, das in eine der Ecken eingelassen wurde und an deren Stelle der Boden leicht abgesenkt ist.

Die Zeit vergeht quälend langsam. Ich habe mich in eine der Ecken gesetzt und lehne links und rechts an der Wand. Der Raum ist nicht groß genug, um sich viel bewegen zu können. Außerdem schmerzt mein Körper auf eine mir bisher unbekannte Art. Vermutlich steckt die F-Materie dahinter, die von meinem Körper noch nicht vollends verarbeitet, aber trotzdem schon beansprucht wurde. Deswegen soll man wohl keinen Sport machen.

Mein Kopf fällt nach hinten an die Wand. Ich habe die Beine angezogen und stütze meine Unterarme auf den Knien ab. Meine Augen sind geschlossen - warum sollte ich sie auch offen halten? Wenn Dios mich abholen kommt, ist er dabei wahrscheinlich genau so lautlos, wie er verschwunden ist. Ich werde ihn also erst bemerken, wenn er etwas sagt. Und das wird noch etliche Stunden dauern.

Unwillkürlich muss ich an seinen gruselig tätowierten Schädel denken. Mit einer schicken Kurzhaarfrisur würde er gar nicht so schlecht aussehen. Plötzlich frage ich mich, ob er eine Freundin hat, vielleicht sogar Familie. Er müsste immerhin ungefähr dreißig sein, da wäre eine eigene Familie nicht abwegig. Aber irgendwie kann ich mir das nicht richtig vorstellen. Und wenn doch, dann ist er privat bestimmt ein ganz anderer Mensch.

Auf einmal denke ich an Lorcan. Er war blass, als er im Schlaftrakt dazu kam. Ist er vielleicht vorher schon einem anderen Tenaler begegnet? Aber es war ja nicht der erste Angriff, bei dem er kämpfen musste. Warum sollte ihn das also mitnehmen? Auf der anderen Seite war er drei Jahre lang nicht hier. Und der letzte Kampf, den er miterlebt hat, war der, bei dem Kaitlin getötet wurde. Wahrscheinlich hat ihn die Erinnerung daran mitgenommen. Vielleicht muss er sich auch erst wieder ans Kämpfen gewöhnen. Und ich? Hätte ich wirklich geschossen, wenn die Tenalerin sich nicht ergeben hätte?

Ein dumpfes Gefühl macht sich in meinem Magen breit und ich stütze den Kopf auf meine Arme. Ich hätte mich gewehrt, ja, dessen bin ich mir sicher. Aber hätte ich aus der Entfernung auf sie schießen können? Letztendlich sind auch sie nur Lebewesen.

Xysadert. Wieder muss ich an das Wort denken, das die Tenalerin ausgesprochen hat. Wie soll es mir nur gelingen, herauszufinden, was es bedeutet?

Ich muss eingeschlafen sein. Mein Nacken schmerzt entsetzlich und lässt mich aufstöhnen, als ich mich aufrichte. Um meinen Körper zu entspannen, stehe ich auf und gehe ein paar Schritte im Kreis. Dabei lockere ich Arme und Beine. Ich vermisse richtige Bewegung. In diesem Raum fühle ich mich wie in einem Käfig eingesperrt.

Wie viele Stunden wohl vergangen sind? Dadurch, dass jegliches Licht fehlt, habe ich auch kein Zeitgefühl. Noch weniger kann ich sagen, wie lange ich geschlafen habe.

Was die anderen jetzt machen? Wundern sie sich, wo ich bleibe? Lorcan weiß bestimmt, dass ich hier bin. Er kennt Dios und seine Bestrafungsmethoden.

Mein Magen knurrt. Ich habe schon seit etlichen Stunden nichts gegessen, doch außer der Wasserstation gibt es hier nichts. Also trinke ich und merke, wie mein Hungergefühl nachlässt. Mir kommt der Gedanke, dass es vielleicht mehr als nur Wasser sein könnte. Vermutlich ist es mit Mineralien und Kohlenhydraten versetzt. Das würde erklären, warum Lorcan drei ganze Wochen hier drin sein konnte, ohne dabei zu verhungern.

Ob seine Brüder wissen, dass er in einer Beruhigungszelle war? Die Geschichte des Verlobungsrings hat Lorcan ihnen in abgewandelter Form erzählt. Gut möglich, dass sie von den weiteren Folgen keine Ahnung haben. Lorcan hat außerdem einmal angedeutet, dass sie sich nicht immer so gut verstanden haben. Umso schöner ist es, dass sie inzwischen nicht nur Brüder, sondern auch Freunde sind.

Meine Gedanken schweifen zu Connors Hochzeit. Wie ausgelassen Lorcan dort war. Mein Versuch, ihn zu küssen, ist mir heute noch peinlich. Ich kann verstehen, dass er zu viel Angst hat und deswegen keine Beziehung will. Er liebt mich und will mich schützen.

Als ich an den Moment bei ihm zu Hause denke, als er so hohes Fieber hatte, breitet sich ein warmes Gefühl in meinem Bauch aus. Das allein sollte mir eigentlich schon reichen - zu wissen, dass er mich liebt. Und trotzdem spüre ich diese Sehnsucht tief in mir, die Sehnsucht nach Nähe und Liebe.

Ich vergrabe das Gesicht in meiner Armbeuge, versuche, meinen Gedanken zu entfliehen, aber es gelingt mir nicht. Lorcans Gesicht taucht immer wieder vor meinem inneren Auge auf. Sein Lächeln, bei dem sich Grübchen auf seinen Wangen bilden, und diese Augen, die mich ständig an den Wald hinter seinem Haus erinnern ...

Wann sind die vierundzwanzig Stunden endlich um? Ich will nicht mehr grübeln und nachdenken. Ich will zurück zu meinen Freunden, ich will Ablenkung haben.

Wie gern hätte ich jetzt meinen Stein ... Wieder bereue ich es, dass ich ihn weggeworfen habe. Nie hätte ich gedacht, dass es mir so schwerfällt, auf ihn zu verzichten. Obwohl ich es immer noch nicht fassen kann, dass meine Mutter uns für einen anderen Mann verlassen hat. Aber je länger ich darüber nachdenke, umso weniger kann ich es glauben. Sie war so liebevoll und hat jedes Mal gestrahlt, wenn sie mich auf den Arm genommen hat. Sie war die beste Mutter, die man sich wünschen konnte. Was hat ihr gefehlt, dass sie sich von uns abgewandt hat?

Meine Augen brennen und ich reibe mir mit den Fäusten darüber. Demonstrativ lege ich mich auf den Boden, versuche, es mir einigermaßen bequem zu machen, und schließe meine Augen. Dem ewigen Strom des Nachdenkens kann ich nur entkommen, wenn ich schlafe. Mein Geist ist aufgewühlt, aber mit ein paar Entspannungs- und Atemübungen spüre ich, wie ich tatsächlich müde werde. Endlich kann ich meinen Kopf ausschalten und meinen Gedanken Ruhe gönnen.

Ich habe das Gefühl, die vierundzwanzig Stunden sind bereits um. Lässt mich Dios etwa länger hier drin? Ich raufe mir die Haare. Wann kann ich endlich raus? Endlich wieder Licht sehen, mit Menschen sprechen, meinen Körper durchbewegen, was essen, die Stimmen der anderen hören und frische Luft atmen ... Außerdem würde ich mich sehr über eine Dusche freuen, über Zahnpasta, selbst darüber, von Lorcan zurechtgewiesen zu werden. Meinetwegen stehe ich den gesamten Tag im Türrahmen und verfolge von dort aus seinen Unterricht. Mir ganz egal, ich will nur endlich hier rausgelassen werden.

Ein kurzes Schnalzen lässt mich zusammenzucken.

»Komm her, Dawson. Die Zeit ist um.«

Nie habe ich mich mehr gefreut, Dios' Stimme zu hören. Endlich hat diese dunkle Stille ein Ende.

Ich spüre das bekannte Gefühl des Reisens mit außerirdischer Materie und muss im nächsten Moment die Augen zusammenkneifen, weil es so unglaublich hell ist. Erst nach einiger Zeit gewöhne ich mich daran und kann sie allmählich öffnen.

»Ich habe das Licht extra gedimmt.« Er deutet zum Stuhl und ich setze mich darauf.

Mein Blick schweift durch den kahlen Verhörraum und bleibt schließlich an Dios hängen. Er sitzt mir gegenüber und hat seinen Kopf auf seine zusammengefalteten Hände gestützt. Ein Schmunzeln umspielt seinen Mund.

»Schön, wieder raus zu sein?«

Ich nicke und muss vor Erleichterung lächeln.

»Gut.« Er wird ernst und richtet sich auf. »Bevor ich dich gehen lasse … Ich will, dass du mir ein Versprechen gibst.«

Der ohnehin schon schale Geschmack in meinem Mund breitet sich noch weiter aus. Dios lehnt sich vor und sieht mir direkt in die Augen.

»Mach mir nie wieder solchen Kummer. Ich will dich kein zweites Mal dort reinstecken müssen. Okay?«

Die Aufrichtigkeit seiner Worte schockiert mich. Ich traue mich nicht, mit ihm zu diskutieren, also nicke ich ein weiteres Mal.

Dios lehnt sich in seinem Stuhl zurück und mustert mich eingehend.

»Gut, meinetwegen kannst du jetzt gehen. Ich habe zu den vierundzwanzig Stunden noch ein paar draufgepackt, zum einen weil abends überall die Nachtbeleuchtung brennt und es für dich nicht ganz so grell ist, und zum anderen kannst du, wenn du willst, neugierigen Fragen aus dem Weg gehen und direkt auf dein Zimmer verschwinden.«

Ich weiß nicht, was ich dazu sagen soll. Auf der einen Seite möchte ich ihm eine reinhauen, weil er mich länger dort hat schmoren lassen als festgelegt, auf der anderen Seite bin ich ihm dankbar, dass ich mich nicht durch den ganzen Trubel und die neugierigen Blicke zurückkämpfen muss.

Ich entscheide mich dafür, gar nicht darauf zu reagieren. Stattdessen stehe ich auf und gehe zur Tür.

»Einen Moment!« Dios hält mich auf. »Hiermit geht es deutlich schneller.« Er hebt seine Hand hoch und zwischen seinen Fingern erkenne ich die Kugel.

Es ist tatsächlich angenehm, durch die schwach beleuchteten Flure zu gehen, ohne dabei jemandem über den Weg zu laufen. Ich hoffe, dass Giulia noch nicht schläft, denn ich bin hellwach und brauche dringend jemanden zum Reden. Stille hatte ich die letzten Stunden genug.

Als ich bei unserem Zimmer ankomme, gleitet die Tür wie gewohnt beinahe lautlos zur Seite. Ich habe kaum einen Fuß in den Raum gesetzt, als ich schlagartig stehenbleibe. Mein Blick klebt an Giulias Bett. Sie bemerkt mich überhaupt nicht, denn sie ist schwer beschäftigt - mit Isaac. Er hat sein Oberteil bereits ausgezogen und ich vermute, dass Giulia ihre Kleidung auch nicht mehr lange anhaben wird.

Flach atmend trete ich rückwärts aus dem Zimmer und sehe zu, wie die Tür zwei meiner besten Freunde vor mir verbirgt. Giulia und Isaac. Ich kann es nicht fassen. Lorcan war immer davon überzeugt, dass Isaac auf *mich* steht. Ist er die ganze Zeit schon derjenige gewesen, in den sich Giulia verliebt hat? Wollte sie mir deswegen nichts erzählen? Irgendwie geht das alles zu schnell. Und obwohl ich mich für die beiden freuen müsste, kann ich es nicht. Mein Zimmer ist belegt. Mehr als einen ganzen Tag war ich weg und sie scheinen sich nicht darum zu kümmern. Ich habe eigentlich gedacht, dass Giulia ausflippen würde, wenn sie mich sieht, und dass wir unser Wiedersehen feiern würden. Aber sie ist eindeutig mit ihrem Kopf woanders und viel zu beschäftigt.

Ich mache mich auf in den Männerschlaftrakt. Wo Marcs Zimmer ist, weiß ich nicht, dafür kenne ich das von Finn. Und wenn ich schon nicht mit Giulia quatschen kann, dann wenigstens mit ihm.

Bei seiner Tür angekommen, gehe ich nah genug heran, damit mich im Innenraum die Computerstimme ankündigt. Angespannt und aufgeregt warte ich. Als sich auch nach mehreren Minuten nichts tut, muss ich einsehen, dass sich die Tür nicht öffnen wird. Entweder schläft er so fest, dass er es nicht mitbekommen hat, oder er ist nicht da.

Entmutigt drehe ich mich um. Wo soll ich hin? Es ist niemand da, mit dem ich reden kann. Niemand, der mir für diese Nacht Asyl gewähren kann. Es ist kindisch, das ist mir bewusst, und trotzdem kann ich meine Tränen kaum zurückhalten. Mit schnellen Schritten entferne ich mich von Finns Zimmer.

Mir ist egal, wohin ich laufe, ich werde einfach so lange herumwandern, bis die Tagbeleuchtung angeht und ich frühstücken gehen kann. Beinahe fühle ich mich wieder wie in der Beruhigungszelle. Der einzige Unterschied ist, dass ich mich endlich bewegen kann.

Während ich an den vielen Türen vorbeigehe, sehe ich auf die Schilder und lese die Nummern. Nicht, dass mir das etwas bringen würde, aber so bin ich nicht dazu gezwungen, über irgendetwas nachzudenken. Giulia und Isaac zum Beispiel.

Missmutig haue ich meine Faust gegen die Wand, bevor ich weitergehe. Bloß nicht nachdenken. Ich starre auf die verschiedenen Schilder, versuche, mir die Nummern einzuprägen. Doch spätestens nach der vierten habe ich die erste schon wieder vergessen.

Auf einmal höre ich meinen Namen. Abrupt bleibe ich stehen und drehe mich um. Mein Herz macht einen Satz. Lorcan steht im Gang, mit feuchten Haaren und seiner Sporttasche über der Schulter. Auf seinen Lippen bildet sich ein erleichtertes Grinsen.

»Hey, du bist wieder da! Dem Himmel sei Dank!« Er kommt auf mich zu und nimmt mich völlig überraschend in den Arm. Ich lasse es zu, traue mich aber nicht, seine Umarmung zu erwidern.

»O Mann, ich habe mir total Sorgen gemacht, weil ich nicht wusste, wann Dios dich wieder gehen lässt.«

Lorcan läuft ein Stück zurück in die Richtung, aus der er gekommen ist, und bedeutet mir, ihm zu folgen. Vor einer Tür einige

Meter entfernt hält er inne. Sie öffnet sich, Lorcan geht hinein, während ich unschlüssig davor stehen bleibe. Sein Zimmer sieht größer aus als unseres. Lorcan lässt seine Tasche auf den Boden fallen und bittet mich dann mit einer Handbewegung herein. Ehrfürchtig komme ich seiner Aufforderung nach und sehe, dass in seinem Zimmer sogar ein Sofa steht. Außerdem hängen Fotos an der Wand, Fotos von seinen Brüdern und von seinem Haus, als es sich noch im Bau befand.

»Interessant?« Lorcan schmunzelt, während er mich beobachtet.

Statt einer Antwort lächle ich. Mir wird bewusst, dass ich immer noch diesen schalen Geschmack im Mund habe.

»Kann ich mir die Zähne putzen?« Sofort spüre ich, wie mein Gesicht heiß wird. Aber wenn ich schon nicht duschen kann, will ich wenigstens einen frischen Atem haben.

»Na klar! Bedien dich. Im Bad findest du alles, was du brauchst.«

»Danke.« Sofort gehe ich durch die milchigverglaste Tür und schließe sie hinter mir. Mir ist eigenartig zumute. Es gefällt mir, hier zu sein, endlich jemanden zum Reden zu haben. Aber dass Lorcan hier im Auge so nett zu mir ist und mich mit auf sein Zimmer nimmt, ist ungewohnt.

Ich schnappe mir eine der noch verpackten Zahnbürsten, die an derselben Stelle liegen, wie auch bei uns, und putze mir endlich meine Zähne. Deutlich wohler verlasse ich das Bad. Lorcan steht mitten im Raum und scheint auf mich gewartet zu haben.

»Wie geht's dir?«, will er wissen.

»Viel besser«, antworte ich mit einem Lächeln.

Er erwidert es. »Ich bin einfach nur froh, dass es vorbei ist. Mir ist sonst so ziemlich alles egal, aber diese Kämpfe gegen die Tenaler gehen irgendwie immer an die Substanz. Und diesmal musste ich die ganze Zeit über an dich und die anderen denken und habe mich gefragt, wie ihr zurechtkommt und was ich mache, wenn einer von euch den Angriff nicht überlebt ... Ihr seid halt meine ersten Schüler.« Er zuckt mit den Schultern, bevor er wieder lächelt. »Egal. Komm her, ich will dir was zeigen.«

Erst jetzt sehe ich die Kugel in seiner Hand. Ich bin gespannt, wohin er mich bringen will, und trete mit klopfendem Herzen zu ihm. Er lässt in die zweite Hälfte etwas Sand rieseln und verschließt die Kugel.

KAPITEL 25

Im ersten Moment überkommt mich ein beklemmendes Gefühl wie in der Beruhigungszelle, weil es mit einem Mal wieder dunkel ist. Und doch hier ist so viel mehr. Über mir funkeln die Sterne, der Wind zerzaust mir die Haare und der Mond wirft seinen goldenen Schein auf den Sand, der unter meinen Füßen ein Stück nachgibt, als ich einen Schritt gehe. Die Luft ist heiß und der Boden strahlt zusätzlich Hitze ab. Sandkörner werden mir ins Gesicht geweht und bleiben an meinen Lippen haften.

»Das ist die Sahara«, höre ich Lorcans Stimme und drehe mich um. Da steht er, seine Haare ebenso zerzaust wie meine, und durch die vom Duschen verbliebene Feuchtigkeit jetzt schon voller Sand. Aber er lächelt.

»Nachts kann man es hier wenigstens aushalten. Tagsüber ist es unerträglich heiß.«

»Ich finde es immer noch heiß«, gestehe ich.

»Es kühlt schnell ab.« Lorcan dreht sich und blickt zum Horizont. »Hast du schon mal einen Sonnenaufgang in der Wüste gesehen?«

Mit dieser Frage entlockt er mir ein Lachen. »Wann sollte ich denn jemals die Chance dazu gehabt haben?«

Lorcan wendet sich wieder mir zu, ein breites Lächeln auf den Lippen. »Jetzt hast du sie.«

»Hast du schon mal einen gesehen?«

»Ja, deswegen weiß ich auch, dass es nirgendwo einen schöneren gibt.« Er seufzt und lässt sich schließlich auf dem heißen Sand nieder.

»Gibt es hier keine giftigen Tiere?« Skeptisch beäuge ich die Umgebung.

»Doch es gibt Schlangen und Skorpione, die giftig sind. Für diesen Fall habe ich etwas H-Materie in meiner Tasche.« Er klopft mit der flachen Hand neben sich und ich lasse mich ebenfalls nieder. Es tut gut, nach der erdrückenden Enge jetzt diese Weite um sich herum zu haben. Ich drehe meinen Kopf in die Richtung, in die der Wind bläst, und atme tief ein.

»Tut gut, oder?«

Ich wende mein Gesicht Lorcan zu. »Ja, und wie.«

Seine Augen werden ernst. »Willst du darüber reden oder lieber schweigen?«

Vor wenigen Minuten hätte ich einiges dafür gegeben, um endlich mit jemandem sprechen zu können. Doch hier und jetzt, in diesem Moment, würde es die schöne Atmosphäre nur kaputt machen.

»Lass uns später darüber reden.«

Lorcan nickt. »Ich bin froh, dass du wieder hier bist.« Er streicht mir mit der Hand über den Kopf. Es ist eine so ungewohnte Geste, dass ich nicht weiß, wie ich darauf reagieren soll.

Dann hebt Lorcan seinen Blick zum Himmel und ich folge diesem mit meinen Augen. Noch nie habe ich so viele Sterne gesehen. Für mehrere Momente schweigen wir, versunken im Anblick des Nachthimmels. Hier fühle ich mich frei, endlich nicht mehr eingesperrt.

Ich setze mich aufrecht hin und drehe mich zu Lorcan. »Du hattest im Übrigen unrecht.«

»Womit?« Auch er richtet sich auf und schlingt seine Arme um sein rechtes Knie.

Schmunzelnd sage ich: »Mit Isaac. Er steht gar nicht auf mich.«

»Ach nein?«

»Nein. Er ist in genau diesem Moment dabei, Giulia aufzufressen. Zumindest sah es danach aus.«

»Echt?« Lorcan lacht. »Ich vermute, deswegen bist du in den Gängen umhergestreunt.«

»Ja, ich wollte nicht unbedingt Zeugin ihrer ersten gemeinsamen Nacht werden«, gebe ich zu. »Als ich ins Zimmer gekommen bin, haben sie sowieso keine Notiz von mir genommen.« Enttäuschung schwingt in meiner Stimme mit.

»Lass sie nur. Dafür haben sie nicht diese grandiose Aussicht und nicht so eine tolle Gesellschaft.« Er lächelt mich an und ein warmes Gefühl breitet sich von meiner Brust über den ganzen Körper aus.

»Bevor es hell wird, habe ich noch eine Sache zu erledigen«, sagt Lorcan, steht auf und klopft sich etwas Sand aus der Kleidung.

»Was? Ist es schon so spät?« Ich stehe ebenfalls auf, auch wenn ich keine Ahnung habe, was Lorcan hier draußen tun will.

»Na ja, ein paar Stunden wird es wohl noch dauern.« Er sieht in den Nachthimmel, dann fangen seine Finger an, an seiner Kette herumzunesteln. Gespannt sehe ich ihm dabei zu. Er löst den Verschluss und lässt den Ring daran in seine Hand gleiten. Die Kette verschwindet in seiner Hosentasche. Ich habe eine Vorahnung, was passieren könnte, kann es aber nicht so richtig glauben.

Lorcan betrachtet den Ring im Mondlicht, dreht ihn in seinen Fingern und scheint sich jedes Detail einprägen zu wollen. Dann hebt er ihn an seine Lippen und küsst ihn mit geschlossenen Augen. Er öffnet sie wieder, verbirgt den Ring in seiner Faust, holt weit aus und wirft ihn von sich. Lautlos verschwindet er irgendwo in der Nacht.

Beim Anblick meiner geschockten Miene lacht Lorcan auf. »Guck nicht so. Das war längst überfällig.«

Ich versuche, meine Mimik wieder unter Kontrolle zu bekommen, aber ich bin mir nicht sicher, ob es mir gelingt.

»Ich denke, es wird Zeit für einen Neuanfang.« Lorcan macht ein paar Schritte auf mich zu. Völlig steif stehe ich da und lasse es einfach geschehen. Lasse geschehen, dass er mir immer näherkommt. Dass er seine Hände an meine Hüften legt und mir so nah ist, dass sich unsere Körper fast berühren.

Ich habe vergessen, wie man atmet, sehe nur Lorcan. Der Wind peitscht uns die Haare ins Gesicht, aber das stört mich nicht. Ich weiß, was jetzt kommt, und in Erwartung dessen schließe ich meine Augen. Sofort werde ich mir meines pochenden Herzens bewusst, dem Kribbeln in meinem Bauch ebenso. Und dann spüre ich seinen Mund auf meinem. Sein Bart kratzt über meine Haut, aber seine Lippen sind weich und sanft. Er zieht mich zu sich heran, umarmt mich, und ich lege ganz automatisch meine Hände in seinen Nacken.

Er küsst mich zärtlich weiter und ich reagiere darauf, passe mich den Bewegungen seiner Lippen an. Mit den Fingerspitzen streiche ich über seine Nackenhaare, während seine Hände über meinen Rücken wandern. Jede einzelne Berührung genieße ich. Je länger unser Kuss andauert, desto wärmer wird meine Seele.

Schließlich lösen wir uns voneinander. Mit einem tiefen Gefühl von Liebe schaut er mir in die Augen und ich erwidere sein Lächeln. Meine Lippen fühlen sich gut an - *ich* fühle mich gut und mein Lächeln wird breiter.

Lorcan drückt mich an sich, hält mich fest und ich erwidere die Umarmung. Seine Haare wehen mir immer wieder ins Gesicht und ich atme tief den Duft seines Shampoos ein. Als er sich von mir löst, gibt er mir noch einen Kuss auf den Mund. Seine Hand schiebt sich in meine und mit einem Lächeln auf den Lippen setzt er sich wieder auf den

Boden und zieht mich dabei mit.

Ich lehne mich an ihn und genieße die Nähe. Er legt seinen Arm um mich, während seine Hand beginnt, mit meinen Fingern zu spielen. Der Horizont ist dunkel und weit. Hier draußen müssen wir uns niemandem fügen, können einfach unseren Herzen folgen. Immer noch schlägt es schnell und fest in meiner Brust, doch es ist ein positives Gefühl. Trotz der Wärme kuschle ich mich näher an Lorcan und er streicht mir wieder über die Haare. Nie in meinem Leben habe ich mich so wohl gefühlt wie jetzt.

Plötzlich richtet sich Lorcan auf, sodass auch ich mich gerade hinsetzen muss.

»Da gibt es noch etwas«, sagt er und steckt seine Hand in die Hosentasche. Erst denke ich, dass er mir seine Kette zurückgibt, da er sie jetzt nicht mehr braucht, aber er legt einen anderen Gegenstand in meine Hand.

Im Mondlicht sieht die Oberfläche heller aus, weniger rot als am Tag, und ich weiß genau, wie sie sich anfühlt. Mein Stein.

Sofort steigen mir Tränen in die Augen. »Woher hast du den?« Ich richte meinen verschwommenen Blick auf Lorcan, der geheimnisvoll lächelt.

»Ich habe ihn aufgehoben, nachdem du ihn weggeworfen hast.«

Mein Herz klopft noch schneller, als ich mich zu ihm beuge und ihm einen Kuss auf die Lippen drücke. Dann besehe ich mir den Stein. Er ist es ohne Zweifel. Doch plötzlich fällt mir ein kleines Loch auf, das vorher nicht da war.

»Gefällt es dir? Du kannst ein Band durchziehen und den Stein als Kette tragen, wenn du willst. Oder du befestigst ihn irgendwo anders.«

»Das warst du?«

»Ja. Und ich habe noch etwas anderes gemacht.« Sein Gesichtsausdruck wird ernst.

»Was?«, frage ich skeptisch.

»Ich habe das kleine Stück, das ich herausgeschlagen habe, untersuchen lassen.«

Mir stockt der Atem. »Was hast du herausgefunden?«

»Im Grunde genommen hat es nur meine Vermutung bestätigt. Das ist kein Stein, sondern außerirdische Materie. Ich weiß nicht, was genau das für eine Materie ist. Das konnte mir niemand sagen. Fest steht, dass es von Tenal stammt. Also habe ich woanders weitergesucht: bei deiner Mutter.«

»Was meinst du damit?«, frage ich mit rauer Stimme.

»Ich habe mit diversen Leuten im Auge gesprochen. Aber niemand konnte mir etwas zu Juna Dawson sagen. Es gibt ein Verzeichnis, auf das nur wenige Zugriff haben. In diesem Verzeichnis stehen alle früheren und aktuellen Mitglieder drin. Victor hat gute Kontakte im Auge und mir bei der Suche geholfen. Allerdings steht sie nicht in diesem Verzeichnis.«

»Auf deiner Geburtstagsfeier hatte ich denselben Gedanken und habe Victor beauftragt, nach ihr zu suchen«, gestehe ich. »Als Dad mir von ihrem Brief erzählt hat, war ich so wütend und enttäuscht, dass ich die Möglichkeit, das alles könnte eine Ausrede sein, gar nicht in Betracht gezogen habe. Könnte es sein, dass sie meinen Dad angelogen hat und uns nicht wegen eines anderen Mannes sondern wegen des Auges verlassen hat? Aber warum sollte sie meinen Dad anlügen und wieso war sie im Besitz des Steines? Meinst du, das, was im Brief steht, stimmt doch, und sie hat den Stein bloß irgendwo gefunden?«

»Nein.« Lorcan schüttelt den Kopf. »Ich bin überzeugt davon, dass deine Mutter hier war. Irgendwann hat Dios von meiner Suchaktion nach ihr erfahren und mich zur Rede gestellt. Er hat mir gedroht, er würde mich wieder in die Beruhigungszelle stecken, wenn ich meine Suche nicht aufgebe.«

»Was?« Fassungslos springe ich auf. »Heißt das, Dios weiß von meiner Mutter? Und hält sie vor mir geheim?«

Lorcan schaut zu mir hoch. »Es scheint so.«

Wild schüttle ich den Kopf, um die aufsteigenden Tränen zu unterdrücken. Meine Lippen sind sandig. Schnell atmend gehe ich auf und ab, die Hände in die Hüften gestemmt.

»Er weiß, dass Juna meine Mutter ist, oder?«, frage ich, nachdem ich mich wieder zu Lorcan herumgedreht habe.

»Definitiv. Schließlich haben wir ja darüber gesprochen.«

»Ich fasse es nicht!« Erneut stapfe ich hin und her. Der Stein in meiner Hand fühlt sich warm und rau an. Sie war hier. Dios kennt sie. Hat er sie genau so bedroht wie Lorcan? Hat sie uns deshalb verlassen, um uns zu schützen?

Erneut bleibe ich stehen und sehe zu Lorcan herunter. »Warum droht Dios dir, aber Victor darf Nachforschungen anstellen?«

Ratlos zuckt Lorcan mit den Schultern. »Vielleicht weil Victor einen ganz guten Draht zu ihm hat.«

Ich beiße mir auf die Lippe und stelle schließlich die Frage, die mir schwer auf dem Brustkorb lastet. »Meinst du, sie könnte noch immer hier sein?«

Lorcan zögert. »Ich glaube nicht. Sonst wären wir ihr bestimmt irgendwann über den Weg gelaufen. Bei den Versammlungen kommen in der Regel alle Mitglieder des Auges zusammen. Ich glaube nicht, dass du dir Hoffnungen machen solltest.« Ruhig sieht er mich an.

Ich weiß, dass er recht hat. Trotzdem pocht mein Herz so rasend schnell, eben weil es doch die Hoffnung hat, meine Mutter noch einmal wiedersehen zu können.

»Meinst du, sie könnte bei den Forschern gearbeitet haben?«, frage ich. »Vielleicht haben sie den Stein untersucht, um seinen Nutzen herauszufinden.«

»Sie steht nicht im Verzeichnis. Auch die Forscher sind dort gelistet. Alle, selbst die Leibgarde. Ich glaube nicht, dass sie hier gearbeitet hat.«

»Und was glaubst du dann?«

Lorcans Blick richtet sich auf den Sand vor ihm. »Das weiß ich nicht.«

Ich setze mich wieder zu ihm, warte darauf, dass sich mein Puls beruhigt. Lorcan streckt eine Hand aus und ich ergreife sie. Wir verschränken unsere Finger und mit dem Daumen streicht er über meinen Handrücken. Diese beruhigende Geste tut unglaublich gut.

Ab jetzt hat die Suche nach meiner Mutter oberste Priorität. Es gibt zu viele Fragen, deren Antworten ich erfahren möchte. Ich sehe zu Lorcan und bin mir sicher, egal was ich herausfinden werde, selbst wenn ich nichts herausfinde, geht es mir besser, einfach weil er da ist.

In diesem Wissen lehne ich mich wieder an ihn, lasse ihn seine Arme um meinen Oberkörper schlingen und mich festhalten.

Die nächsten Stunden reden wir kaum. Es wird kühl in der Nacht, aber der Wind legt sich etwas und Lorcans Körper ist warm. Als die Sonne langsam über den Horizont kriecht, bewundere ich einen Himmel, wie ich ihn noch nie gesehen habe. Kein Baum, kein Haus stört die Sicht. Es gibt keine Wolken, nur einen Himmel, der seine Farben von Dunkelblau zu Tieflila, Pink und Orange wechselt und schließlich immer blasser wird, bis er sich hellblau über uns erstreckt.

Ich spüre, wie mich Lorcan näher an sich drückt und ich schmiege meine Wange an seine, den Blick weiterhin auf den Horizont gerichtet. Tief atme ich seinen Duft ein, vermischt mit dem Geruch nach Sand, und speichere diesen Moment in meinem Kopf ab. Damit er mir nie abhandenkommt und ich mich immer daran zurückerinnern kann, wenn ich mal wieder mit meinen Gedanken allein bin. Damit ich dieses Gefühl weiterhin in mir trage. Das Gefühl von Geborgenheit und Liebe.

Nachdem die Sonne komplett aufgegangen ist, stehen wir beide auf.

»Wir sollten unsere Beziehung für uns behalten.«

Nickend reiche ich ihm meine Hand. »Ja, ich glaube, das wäre besser.« Ich mag mir gar nicht vorstellen, mit was für ungläubigen Mienen meine Freunde auf so eine Neuigkeit reagieren würden. Definitiv ist es sinnvoll, unsere Beziehung vorerst geheim zu halten.

»Was machen wir mit Dios? Der wird früher oder später dahinter kommen.«

Lorcan kratzt sich am Kinn. »Ja, das wird er mit Sicherheit, wenn er nicht sogar jetzt schon bemerkt hat, dass wir die ganze Nacht hier draußen waren. Wir müssen Beziehung und Ausbildung klar voneinander trennen. Wir dürfen keine Angriffsfläche bieten, vielleicht lässt er uns dann in Ruhe. Sollte er dich bedrohen, werde ich mit Bishop reden. Er ist der Einzige, von dem Dios sich etwas sagen lässt, zumindest war das früher so. Wenn du ausgelernt hast, können meinetwegen auch die anderen davon wissen. Aber wenn sie es zu früh erfahren, werden sie uns vorwerfen, dass ich dir bei den Prüfungen helfe, und das will ich nicht.«

Ich schlucke meine Zweifel bezüglich Bishop herunter. »Das kriegen wir schon irgendwie hin«, sage ich.

»Das kriegen wir hin«, wiederholt Lorcan deutlich zuversichtlicher als ich. »Vertrau mir.« Er streicht über meine Wange, dann beugt er sich vor und küsst mich noch einmal. Seine Lippen schmecken nach Sand. Das ist es auf jeden Fall wert, sage ich mir. Dieses neue Gefühl, von jemandem so geliebt zu werden, ist es wert, das Risiko einzugehen, Dios könnte von uns erfahren.

Lorcan öffnet die Reisekugel und legt ein abgebrochenes Stück Stein hinein. Kaum, dass er sie geschlossen hat, befinden wir uns auch schon wieder in seinem Zimmer.

»Was ist das für ein Stein, den du -«

Lorcan legt seine Finger an die Lippen und zeigt unter sein Bett. Ich knie mich hin, um darunter zu schauen, und erkenne an der hinteren Wand ein kleines Loch. Mit großen Augen richte ich mich wieder auf.

»Du darfst eigentlich -«

Mit einem Grinsen legt er mir einen Finger an die Lippen.

»Du solltest duschen gehen, man sieht, dass du in der Wüste warst.«

»Ich habe keine Kleidung.«

»Tja, ich würde dir ja meine geben, aber ich fürchte, das fällt auf, wenn du plötzlich Rot trägst anstatt Weiß. Allerdings solltest du dich so auch nicht auf dem Gang blicken lassen.«

»Hm, na schön, ich werde das Gröbste ausschütteln und mir später frische Sachen anziehen.« Mir behagt der Gedanke nicht, dieselbe Kleidung anzuziehen, die ich bereits seit zwei Tagen trage, aber eine andere Lösung fällt mir nicht ein.

Lorcan wartet in seinem Zimmer, bis ich fertig bin. Gefühlt hat es eine Ewigkeit gedauert, um meine Haare vom Sand zu befreien. Jetzt fühle ich mich deutlich sauberer und wohler. Nur meine Kleidung ist trotz des Ausklopfens noch staubig. Aber ich bin so oder so schon spät dran und sollte allmählich zum Frühstück.

»Danke für diese wundervolle Nacht«, sage ich, als ich aus dem Bad komme. Lorcan lächelt und will mich zu sich heranziehen.

»O nein!«, wehre ich lachend ab. »Schau dich an und dann schau mich an. Sonst kann ich gleich noch mal duschen.«

Lorcan grinst. »Na schön, verzieh dich zum Frühstück. Wir sehen uns im Unterricht. Und wehe, du versuchst, mich mit deinem Augenaufschlag zu betören. Sowas fällt auf.«

Ich grinse ebenfalls und gebe ihm einen schnellen Kuss auf den Mund, bevor ich verschwinde.

Mit meinem Tablett in der Hand suche ich die Kantine nach meinen Freunden ab. Endlich entdecke ich sie und steure auf sie zu. Sie haben ihr Frühstück schon fast beendet.

»Guten Morgen!« Ich stelle mein Tablett am freien Platz ab und setze mich.

»Maeve!« Giulia kreischt, als sie mich sieht. Sie springt auf und drückt mich ganz fest. Genau so, wie ich es mir vorgestellt habe. Dieser Gedanke lässt mich strahlen.

»Hey Maeve! Wo bist du gewesen?« Finn schlägt mir leicht mit der Faust gegen die Schulter. »Chester meinte, du wärst von dieser Neun bestraft worden.«

Ich sehe ihre halb erfreuten und halb angespannten Mienen reihum an. Obwohl mir das Thema unangenehm ist, kann es mein Lächeln heute nicht vertreiben.

»Ja, ich habe zu lange gezögert, um auf eine der AIs zu schießen«, gestehe ich die halbe Wahrheit. »Die Neun war schneller und hat mein Zögern als Befehlsverweigerung gedeutet.«

»Wie bitte?« Isaac ist außer sich. »Ist der irgendwie blöd? Das war unser allererstes Mal! Was erwartet er denn?«

Es macht mich glücklich zu sehen, wie sich Isaac für mich aufregt. Sowieso macht es mich glücklich, sie alle hier um mich zu haben.

»Und was hat er dann mit dir gemacht?«, will Finn wissen.

»Ich musste in eine Beruhigungszelle.«

»Eine was? Was ist das?«, fragt er.

Bevor ich antworten kann, meldet sich Marc zu Wort. »Eine Beruhigungszelle hat in etwa dieselbe Funktion wie eine Weichzelle. Ziel ist es, dass man zur Ruhe kommt und sich beruhigt. Der Unterschied besteht darin, dass es in der Beruhigungszelle keine Lichtquelle gibt, sodass der Insasse keinerlei Ablenkung hat und sich voll und ganz auf sein Inneres konzentrieren kann.«

Erstaunt mustere ich ihn. »Woher weißt du das alles?«

Er zögert, dann sagt er: »Von Tian.«

Ein Grinsen legt sich auf meine Lippen. Marcs Blick hingegen wirkt gequält, als er mich betrachtet.

»Wie lange weißt du es schon?«, fragt er.

Mein Grinsen wird breiter. Doch bevor ich ihm antworte, nehme ich einen Schluck von meinem Tee. Die anderen verfolgen unser Gespräch mit gerunzelter Stirn und fragendem Blick.

»Eigentlich schon seit unserem Gespräch in der Moca.«

»So lange?«

»Was für ein Gespräch?«, mischt sich Finn ein und mustert abwechselnd mich und Marc.

Anstatt zu antworten, schiebe ich mir einen Happen Brot in den Mund.

Etwas nervös blickt Marc in die Runde. »Hm, na ja, früher oder später werdet ihr es ja sowieso bemerken. In Anbetracht dessen und der Tatsache, dass ihr meine Freunde seid, denke ich, kann ich euch anvertrauen, dass ... Tian und ich seit geraumer Zeit ein Paar sind.«

Fröhlich kauend beobachte ich die Reaktion der anderen. Erst sind sie völlig verdattert, dann stiehlt sich langsam aber sicher ein Grinsen auf ihre Lippen.

»Mit Tian?« Isaac ist fassungslos. »Respekt. Der Kerl ist eine

Maschine!«

Marc lächelt in sich hinein, ich klopfe ihm freundschaftlich auf die Schulter und hoffe dabei, dass sie irgendwann genau so entspannt reagieren, wenn sie von mir und Lorcan erfahren. Allerdings ist das eine ganz andere Sache, schließlich ist er unser Ausbilder und der Verdacht, er würde mir Vorteile bei den Prüfungen verschaffen, wäre nicht abwegig. Doch noch ist nicht die Zeit, sich darüber Sorgen zu machen.

»Wie ist es euch ergangen, während ich eingesperrt war?«, frage ich stattdessen in die Runde.

Giulia und Isaac tauschen bedeutungsvolle Blicke.

»Die AIs wurden erfolgreich in die Flucht geschlagen, nicht zuletzt dank meiner Wenigkeit«, erzählt Finn.

»Du hast einen von ihnen erwischt?«, frage ich überrascht.

»Mitten im Lauf. War ein erstklassiger Schuss. Na ja, zumindest für einen Anfänger wie mich. Du hättest wahrscheinlich einen sauberen Kopfschuss gelandet.« Er grinst mich an, aber ich finde daran gar nichts zum Grinsen.

»Ist es dir überhaupt nicht schwergefallen zu schießen?«

»Ich habe meinen Kopf ausgeschaltet. Ich glaube, eine andere Möglichkeit hast du nicht, sonst würdest du niemals abdrücken.«

Ich nicke. »Das habe ich nicht geschafft. Und weiter?«

»Na ja ...« Finn wuschelt sich durch die Haare. »Wir haben ein bisschen gebraucht, um wieder klarzukommen. Uns von dem Schrecken zu erholen. Und dann haben wir auch noch das mit dir erfahren. Da haben wir uns natürlich Sorgen gemacht. Gestern ist der Unterricht ausgefallen, um uns allen Zeit zu geben, das Erlebte zu verdauen. Außerdem hätten wir eh nicht viel gemacht, weil wir ja noch ein paar Tage warten müssen, bis wir wieder trainieren können. Auch wenn ich glaube, dass das Bullshit ist. Tja, und der gestrige Abend ist für mich fantastisch gelaufen.« Seine Zähne blitzen auf, als er grinst.

»Los, erzähl!«, drängle ich ihn. Bei den anderen kann ich es mir immerhin schon denken.

»Wusstest du, dass Radu ein begnadeter Pokerspieler ist? Und nicht nur er. Lynn ist auch verdammt gut.«

»Die Blonde aus Alices Team?« Ich mustere Finn und sehe, wie seine Augen aufleuchten.

»Genau die. Sie hat es echt drauf. War auf jeden Fall eine sehr spannende Nacht. Das perfekte Kontrastprogramm, um sich abzulenken.« Zufrieden grinsend lehnt er sich in seinem Stuhl zurück.

Isaac räuspert sich, wodurch ich meine Aufmerksamkeit auf ihn richte.

»Lass mich raten: Du hattest auch einen wundervollen Abend?«, frage ich.

»Ja ...« Plötzlich ist er ganz ernst. Sieht er mich gerade schuldbewusst an?

»Was ist los?«, will ich wissen.

»Ähm ...« Sein Blick gleitet zu Giulia, bevor er ihre Hand ergreift. »Giulia und ich sind zusammen.«

Mein Lächeln kehrt zurück. »Das ist wunderbar. Ich freue mich für euch.«

»Ehrlich?« Selbst Giulia sieht mich skeptisch an.

»Natürlich! Warum nicht?«

»Ich dachte, du interessierst dich vielleicht auch für Isaac?«

»Hast du mir deswegen nie verraten, in wen du dich verliebt hast?«

Giulia verzieht ihren Mund zu einem entschuldigenden Lächeln.

»Keine Sorge. Ich mag Isaac sehr – aber eben nur als guten Freund«, sage ich und schenke ihm ein Lächeln, das er erwidert.

»Ehrlich gesagt, wusste ich bis gestern gar nicht, dass mir Giulia so wichtig ist. Aber bei dem Angriff musste ich die ganze Zeit an sie denken und habe mir entsetzliche Sorgen um sie gemacht.« Er schaut ihr tief die Augen und ich wende mich lächelnd wieder meinem Essen zu.

Die anderen warten, bis ich aufgegessen habe, bevor wir gemeinsam zum Unterricht gehen.

Bei den Mocas bittet Marc darum, mich zu ihm zu setzen. Ich wundere mich und bin gespannt, was er von mir will.

»Nun weißt du, wie es um meine Beziehung steht«, sagt er ohne Umschweife. »Aber was ist mit deinen Gefühlen?«

Ich spüre, wie ich rot werde. »Die sind immer noch vorhanden«, antworte ich ausweichend. Weil die nächste Frage so brennend auf meiner Zunge liegt, überwinde ich meine Hemmungen und stelle sie. »Hast du denn inzwischen einen Verdacht, wer es sein könnte?«

»Ich dachte, ich hätte es herausgefunden, aber ich habe mich getäuscht.«

Mit einem Mal wird mir schlecht. »Was hast du denn geglaubt und was glaubst du jetzt?«

»Ich dachte, es wäre die Neun«, gibt er zu.

»Dios?«, frage ich entsetzt.

»Wenn so sein Name lautet ...«

»Wie kommst du darauf?«

»Auf der gesamten Stufe der Einser bist du die Einzige, die jemals Kontakt zu einer Neun hatte. Giulia hat mir erzählt, dass er dich auf dem Flur angesprochen und mit dir unter vier Augen sprechen wollte. Das kam mir höchst verdächtig vor. Und dann hast du davon geredet, dass es kompliziert wäre, weil er höherrangig ist. Das passte einfach zusammen.«

»Und wie bist du darauf gekommen, dass es nicht Dios ist?«

»Durch Chester. Als er uns mitgeteilt hat, dass du von diesem Dios bestraft wirst. Das hätte er nicht gemacht, wenn er dich lieben würde.«

Ich bin mir nicht sicher, ob Dios überhaupt dazu fähig ist, zu lieben. Immerhin hat er Kaitlin umgebracht, obwohl er sie geliebt hat. Zumindest hat Lorcan das erzählt.

»Und was glaubst du jetzt, wer es ist?« Meine Stimme ist leise. Ich fürchte mich vor der Antwort.

»Ich habe keinerlei Anhaltspunkt mehr. Und ich vermute, dass du noch immer nicht bereit bist, dein Geheimnis mit mir zu teilen, oder?«

Schweigend sehe ich ihn an. Leicht schüttle ich meinen Kopf. »Leider nein.«

»Nicht weiter schlimm. Ich muss mich sowieso auf andere Dinge konzentrieren. Zum Beispiel auf meine Beziehung.« Zufrieden lächelt er. »Es ist alles so neu. Da gibt es so viele Gefühle, die mir vorher unbekannt waren.«

»Ja, und wie ich dich kenne, musst du erst alles gründlich analysieren und kategorisieren, bevor du es richtig genießen kannst.«

»Genau das hat Tian auch gesagt.« Schmunzelnd schaut Marc aus dem Fenster.

Glücklich und entspannt lehne ich mich in meinem Sitz zurück. Es werden schöne Zeiten auf uns zukommen. Zeiten voller Liebe und Freude. Lorcan wird mir die Kraft geben, die ich brauche, um hinter die Wahrheit all dessen zu kommen, was momentan noch im Verborgenen liegt. Und bis es so weit ist, werde ich jeden einzelnen Moment mit ihm genießen. Jeden einzelnen Moment mit ihm und jeden einzelnen mit meinen Freunden.

EPILOG

»Nun, ich denke, dass wir vorerst wieder etwas Zeit haben, bis der nächste Angriff stattfindet.« Ein Mann mit sonnengebräunter Haut hebt sein Wasserglas an die Lippen und trinkt einen Schluck. Die anderen Männer und Frauen an dem langen Konferenztisch verhalten sich ruhig, lediglich einer mit Glatze und tätowiertem Schädel mustert ihn aufmerksam.

»Danke für deinen Bericht, Bishop.« Der Mann, der zu Bishops linker Seite am Kopfende des Tisches sitzt, nickt nachdenklich mit dem Kopf. Er hat sehr klare Augen und seine Haut ist ungewöhnlich blass, jedoch mit einem leichten rötlichen Schimmer. Sein Haar ist kurz und dick, doch einen Bartwuchs hat er nicht. Sein Alter ist schwer einzuschätzen, allerdings bilden sich bereits die ersten Falten an der Stirn und am Hals.

»Ich stimme dir da zu. Auch wenn sie diesmal nur in geringer Zahl anwesend waren, vermute ich ebenfalls, dass wir ein bis zwei Jahre an Zeit gewonnen haben. Meine Pläne sehen vor, dass sie bis dahin abgeschlossen sind. Nun denn, fahren wir mit der Tagesordnung fort.« Mit seinen ebenso blassen, aber kräftigen Fingern trommelt er auf die dunkel glänzende Tischplatte.

»Die BeLi. Fangen wir zu meiner Linken an. Dios, was gibt es Neues?«

Der Mann mit dem tätowierten Schädel räuspert sich. Lange hat er überlegt, ob und wie er diese Information verpackt. Er hat sich Argumente zurechtgelegt und muss diese nun so vortragen, dass er am Ende an sein Ziel gelangt. »Nun«, beginnt er seinen Bericht, »es gibt in der Tat Neuigkeiten. Seit letzter Woche führt 4.1.1.LC eine Beziehung mit einer seiner Schülerinnen.«

Empörtes Raunen macht sich entlang des Tisches breit. Die Augen des blassen Mannes wandern von einem zum nächsten, bis er schließlich seine Hand hebt und das Gemurmel damit zum Verstummen bringt.

»Sprich weiter«, fordert er Dios auf. »Um welche Schülerin handelt es sich?«

»Um 1.1.4.MD.LC. Beziehungsweise wird sie schon bald 2.1.4.MD.LC sein.«

»Die Nummer kommt mir bekannt vor. Hilf mir auf die Sprünge.«

»Sie war erst letzte Woche in einer der Beruhigungszellen, weil sie bei dem Angriff gezögert hat zu schießen.«

»Ah ja, ich erinnere mich. Bei ihr muss man besonders vorsichtig sein, wie mir scheint. Nun, wie schätzt du die Situation ein? Sollte man sie ebenfalls auf die BeLi setzen?« Interessiert mustert er den Mann namens Dios.

»Ich glaube nicht, dass das zum aktuellen Zeitpunkt notwendig ist. Da 4.1.1.LC bereits unter meiner Beobachtung steht, werde ich mitbekommen, wenn sich in dieser Hinsicht etwas ändert.«

»Es könnte gefährlich werden, wenn zwei Rebellen so viel Zeit miteinander verbringen«, gibt der blasse Mann zu bedenken.

»Das will ich nicht abstreiten, Sir«, stimmt Dios ihm zu. »Tatsache ist jedoch, dass beide frisch verliebt sind. Ich vermute also, dass sie ihre neue Liebe ganz auskosten wollen und sich deswegen weniger um andere Dinge kümmern werden.«

»Du bist der Meinung, man solle sie gewähren lassen?« Skeptisch zieht er eine Augenbraue hoch.

»Solange der Unterricht nicht darunter leidet ... Immerhin gibt es keine Regel, die solch eine Beziehung untersagt. Natürlich müssen wir aufpassen, dass 4.1.1.LC kein Fehler unterläuft und er keine Dinge ausplaudert, die 1.1.4.MD.LC nicht wissen darf. Diesbezüglich bin ich jedoch zuversichtlich.«

»Nun, wenn du so zuversichtlich bist, dann belassen wir es dabei. Sollten aber doch Fehler passieren, mache ich dich persönlich dafür verantwortlich.«

»Jawohl, Sir.« Dios verneigt seinen Kopf vor dem Mann am Tischende.

»Bisher hast du deine Aufgaben zufriedenstellend ausgeführt. Nicht umsonst bist du einer meiner besten Männer in der Leibgarde. Ich vertraue dir also.«

»Danke, Sir.« Noch einmal neigt Dios sein Haupt, bevor er sich in seinem Stuhl zurücklehnt.

»Gut, machen wir weiter. Wer steht als Nächstes auf der BeLi?«

Während die Frau zwei Plätze von Dios entfernt mit ihrem Bericht beginnt, zeichnet sich ein kaum wahrnehmbares Lächeln auf seinen Lippen ab. Er ist sehr zufrieden. Immerhin verläuft bislang alles so, wie er es geplant hat. Und er ist sich sicher, dass der Regent neben ihm nicht die geringste Ahnung davon hat.

Weiter geht es in

Maeve

Tod und Tränen

Band 2 der Maeve-Tetralogie

Die wichtigsten Personen und ihre Kennnummern:

Maeve Dawson: 1.1.4.MD.LC, Schülerin
Lorcan Chester: 4.1.1.LC, Maeves Ausbilder
Nikolas Dios: 9.1.3.ND, Mitglied der Leibgarde, zuständig für die Kämpfer
Giulia Aurora Mariani: 1.1.3.GAM.LC, Freundin und Zimmergenossin von Maeve
Isaac Reza: 1.1.1.IR.LC, Freund von Maeve
Finlay »Finn« Sutherland: 1.1.4.FS.LC, Freund von Maeve
Marc Nolan: 1.1.2.MN.LC, Freund von Maeve
Susan Wood: 3.2.1.SW, Sucherin
Joyce Huntington: Maeves beste Freundin
Dylan Dawson: Maeves Vater

Weitere Personen:
Dominik »Dom« Schwarz: Ausbilder im Auge
Alice Stone: Ausbilderin im Auge
Samira Merizadi: Mitschülerin im Auge
Alexej: Mitschüler im Auge
Victor Ibramovic: Kämpfer im Auge und Freund von Lorcan
Cedric Chester: Lorcans Bruder
Percival »Percy« Chester: Lorcans Bruder
Connor Chester: Lorcans Bruder

Die drei Kämpferteams:

Team Lorcan Chester:
Maeve Dawson
Giulia Aurora Mariani
Isaac Reza
Finlay »Finn« Sutherland
Marc Nolan

Team Alice Stone:
Radu
Lynn
Und weitere

Team Dominik »Dom« Schwarz:
Samira Merizadi
Alexej
Sandra
Und weitere

Die hierarchischen Strukturen im Auge:

Das wichtigste einer Kennnummer ist die erste Zahl. Diese zeigt an, auf welcher Stufe sich ein:e Mitarbeiter:in in der Hierarchie der Geheimorganisation befindet.

10: Regent
9: Leibgarde, Mitglieder werden vom Regent auserwählt
8: Interne und externe Kontrollen
7: Forscher:innen
6: Entsorger:innen
5: Verwalter:innen
4: Ausbilder:innen (Kämpfer:innen, Sucher:innen, Versorger:innen, Verwalter:innen)
3: Arbeiter:innen (Kämpfer:innen, Sucher:innen, Versorger:innen)
2: Prüflinge (Kämpfer:innen, Sucher:innen, Versorger:innen, Verwalter:innen)
1: Schüler:innen (Kämpfer:innen, Sucher:innen, Versorger:innen, Verwalter:innen)

Jeder Stufe ist eine bestimmte Kleidungsfarbe zugeordnet:

Leibgarde: Mitternachtsblau
Kontrolleur:innen: Pfirsichfarben
Forscher:innen: Violett
Entsorger:innen: Zimtfarben
Verwalter:innen: Anthrazit
Kämpfer:innen: Blutrot
Sucher:innen: Sonnengelb
Versorger:innen: Blattgrün
Prüflinge und Schüler:innen: Elfenbeinweiß mit einem für den jeweiligen Ausbildungsbereich farbigen Streifen am Ärmel.

Grundriss des Hauptgebäudes

EBENE 1

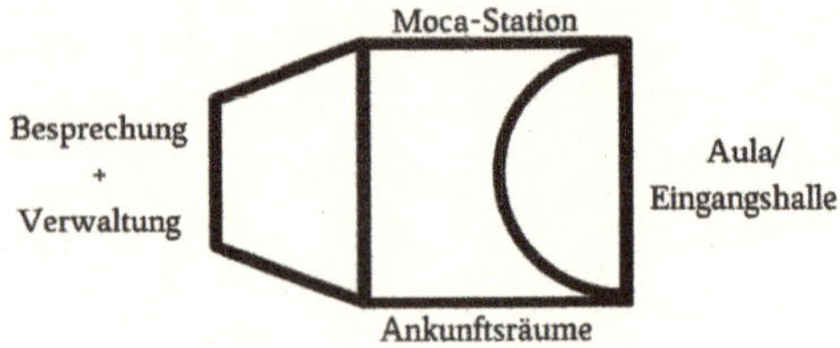

EBENE 2

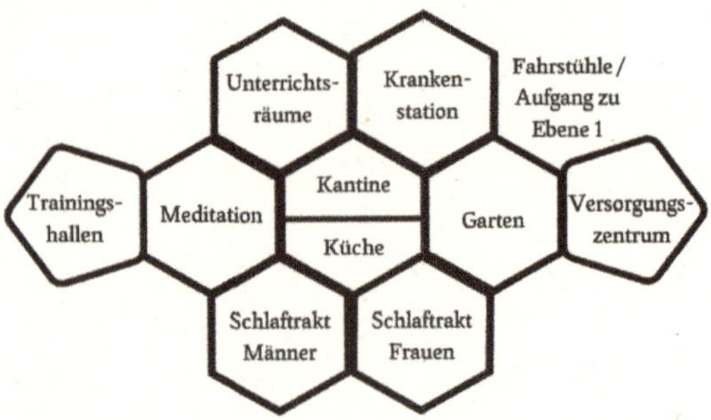

EBENE 3

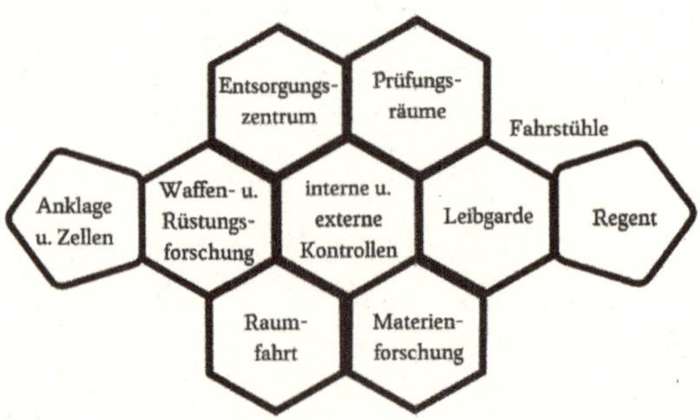

Triggerwarnung

Dieses Buch beinhaltet folgende Themen:
Alkoholsucht
Depression
Psychische Erkrankungen
Mobbing
Gewalt
Suizidversuch

Spotify-Playlist

Patrice: Angels vs. Demons (Kapitel 1)
All Good Things: Fight (Kapitel 1)
Imagine Dragons: Warriors (Kapitel 2)
Patrice: Red or blue (Kapitel 3)
Michael Patrick Kelly feat. Gentleman: iD (Kapitel 6)
Mal Élevé: Résistance Mondiale (Kapitel 9)
Nneka: Focus (Kapitel 10)
Dennis Lloyd: Alien (Kapitel 10)
Christina Aguilera: Beautiful (Kapitel 10)
Patrice feat. Mr Eazi, Jugglerz: Tall Shade (Kapitel 11)
Sara Kays: Where are you? (Kapitel 12)
Parov Stelar: All night (Kapitel 13)
Deprés: The past (Kapitel 13)
Seeed: Respectness (Kapitel 14)
Eiro Nareth: Observe (Kapitel 14)
Nea: Some say (Kapitel 15)
Seether feat. Amy Lee: Broken (Kapitel 16)
Ed Sheeran: Kiss me (Kapitel 16)
James Morrison feat. Nelly Furtado: Broken Strings (Kapitel 16)
Tones and I: Dance Monkey (Kapitel 18)
Asa: Until we try (Kapitel 18)
Frei.Wild: Verbotene Liebe, verbotener Kuss (Kapitel 18)
Volbeat: A Warrior's Call (Kapitel 21)
Patrice: Is it me? (Kapitel 22)
Disturbed: Warrior (Kapitel 23)
Eminem: Darkness (Kapitel 24)

Tiwayo: Full Moon (Kapitel 25)
Jake Isaac: Till the sunrise (Kapitel 25)
Mark Forster: Übermorgen (Kapitel 25)

Und last but not least möchte ich einigen großartigen Menschen danken:

Als Allererstes sind da meine Eltern. Mein Vater hat mich immer ermutigt, das Träumen nie aufzugeben. Meine Mutter steht mir stets mit guten Ratschlägen und einem offenen Ohr zur Seite. Auch meinen fünf Geschwistern möchte ich danken – was wäre unsere Kindheit nur gewesen, wenn wir uns nicht gehabt hätten? Unsere gemeinsamen Spiele, die Streits, aber vor allem unser gegenseitiges Vertrauen – das alles hat uns zusammengeschweißt. Danke ebenfalls an meine Oma, die seit der ersten Stunde an der Entstehung dieses Buches interessiert war. Ebenso möchte ich meinen Schwiegereltern danken, denn auch sie unterstützen mich in jedweder Hinsicht.

Dass dieses Buch so und in dieser Form erscheinen kann, ist nicht nur mein Verdienst, denn es haben viele andere tolle Menschen an diesem Projekt mitgewirkt.

Ein riesengroßes Danke geht an meine Lektorin Sarah. Durch dich habe ich »Laufen gelernt«. Du hast mir meine Stärken und Schwächen bewusst gemacht und einen wesentlichen Teil dazu beigetragen, das Beste aus dieser Geschichte herauszuholen. Du hast mir so krass geholfen, mich weiterzuentwickeln, Szenen zu hinterfragen und vor allem mehr Authentizität in die Geschichte zu bringen.

Ein weiteres riesengroßes Danke an Christin, die die Cover zu allen vier Büchern designt hat. Nie werde ich das Gefühl vergessen, als ich das Cover zum ersten Mal gesehen habe. Vor Glück habe ich geweint und zum ersten Mal wurde mir bewusst, dass der Traum vom eigenen Buch nicht länger nur ein Traum ist. Du hast dabei geholfen, meinen Traum Realität werden zu lassen.

Marie, ich danke dir von Herzen, dass du mir dabei geholfen hast, das Innenleben meines Buches perfekt zu machen.
Auch Asuka möchte ich danken. Du hast eine unbeschreiblich schöne Illustration angefertigt. Schon bei der Skizze habe ich mich haltlos darin verliebt. Du hast meinen Protagonisten Leben eingehaucht und sie lebendig werden lassen.
Danke auch an meine Testleser: allen voran Sophie und Rhea, Janin, Julia und Alisa, Hartmut, Joana und Susanne sowie die Rückmeldungen von Sandy, die mich völlig geplättet haben. Ihr alle habt mir geholfen, Schwachstellen aufzudecken, Unlogisches zu streichen und mich unglaublich motiviert, weiterzuschreiben.
Außerdem möchte ich gern den Brainstormingbuddies Anna und Jenny für ihre Ideen und Sarah für die Umsetzung meines Logos danken – es ist einfach absolut perfekt geworden!
Danke an Jenny, Marie und Sarina – dafür, dass ihr mir eure Hilfe angeboten und eure Erfahrungen mit mir geteilt habt.
Ein riesengroßer Dank und eine fernschriftliche Umarmung an meinen Buchzwilling Corinna – es macht unglaublich Spaß, sich mit dir auszutauschen, mit dir zusammen zu verzweifeln, aber auch die Freude und das Glück mit dir zu teilen. Ich bin so froh, dich kennengelernt zu haben, und so gespannt auf deine Veröffentlichung. Außerdem freue ich mich total auf unser gemeinsames Marketing. Wir werden eine Menge Spaß haben und das Ding zusammen rocken!
Und last but not least möchte ich natürlich auch dem wichtigsten Menschen in meinem Leben danken: meinem Mann. Er ermutigt mich immer, baut mich auf, wenn ich zweifle, und motiviert mich, weiterzumachen. Komme, was wolle – er steht wie ein Felsen hinter mir und stärkt mir den Rücken. Danke Schatz.

Doch was wäre ich ohne euch Leser? Mein Buch würde in den Regalen verstauben. Lorcan und Maeve hätten niemals die Chance, sich in eure Herzen zu stehlen. Das Geheimnis um das Verschwinden ihrer Mutter würde nicht aufgedeckt, Tenal 14b nie erkundet werden ... Und was es mit Dios auf sich hat, würde auch niemand erfahren. Ohne euch wäre meine Geschichte bloßes Papier mit aneinandergereihten Buchstaben ohne Bedeutung. Ihren Stellenwert bekommt die Geschichte erst durch euch. Deswegen gilt ein ganz besonderer Dank an jeden einzelnen von euch. Ich hoffe sehr, dass euch das Buch gefallen hat und ihr später Band 2 aufschlagt, um Maeve in ihren Prüfungen zu begleiten. Und vielleicht auch, um herauszufinden, was hinter Dios' Verhalten steckt, warum Maeves Mutter verschwunden ist und ob es Lorcan und Maeve gelingt, ihre Beziehung geheimzuhalten.

In Liebe
Kio Moonfleur

Das bin ich:

Kio Moonfleur, Autorin, Elefantenliebhaberin (was unschwer an meinem Logo zu erkennen ist), Bücherwurm und Grammatik-Monk. Meine Leidenschaft, mir Geschichten auszudenken und mir die Frage zu stellen, was wäre, wenn, habe ich kurzerhand in ein erfüllendes Hobby verwandelt: das Schreiben. Neben meinem Vollzeitjob als Heilerziehungspflegerin habe ich die Welt von Maeve erschaffen, eine Tetralogie, die endlich ihren Weg in die Öffentlichkeit gefunden hat.

Und zu guter Letzt:

Meine persönlichen Buchempfehlungen

Corinna Carter: Der Omaturikrieger

Ein Omaturikrieger.
Ein tyrannischer Herrscher.
Ein Wald voll unentdeckter Geheimnisse.

ISBN:
9783754344248

Vor Jahrhunderten wurde die Magie aus dem Königreich Faerda verbannt und ist nun nichts mehr als eine Legende. Lange Zeit lagen die Geschicke des Landes in den Händen der Omaturikrieger, doch seit diese entmachtet wurden, droht es, in Krieg und Elend zu versinken.

Die Herrschaft des Königs Pravdan scheint unanfechtbar, doch Erik bleibt nicht verborgen, in welcher Verfassung sein Land ist. Als er ins Kreuzfeuer eines Anschlags gerät, flieht er vor dem Geheimdienst in die Wildnis des Tösewaldes. Dort trifft er nicht nur auf die verbannten Omaturikrieger, sondern auch auf die mysteriösen Waldläufer. Beide Völker haben Geheimnisse, die Eriks Leben unwiderruflich verändern und in Gefahr bringen werden. Doch zum ersten Mal scheint eine Veränderung im Königreich greifbar.

Schon bald wird der offene Kampf um die Krone Faerdas entflammen. Auf der Suche nach der Wahrheit muss Erik sich sowohl seiner Vergangenheit stellen als auch dem Erbe, das in ihm schlummert.

Der erste Teil der epischen Fantasy-Dilogie.
Fesselnd. Magisch. Gewaltig.

Sarah Nierwitzki: Kirschblütenmädchen (Blütentrilogie 1)

Wenn Gut und Böse plötzlich verschwimmen, wem wirst du vertrauen? Dem Ninja-Krieger, der nicht nur dein Herz in Aufruhr versetzt, sondern auch mit deinem Leben spielt – oder nur dir selbst?

ISBN:
978-3966989855

»Am Tag der ersten Knospe des immerblühenden Kirschbaums wird die Erste geboren. Sie wird der Anfang und das Ende sein.«

Von einem Fremden nach Japan entführt zu werden, war das Letzte, womit Clara gerechnet hat. Zusätzlich von ihm offenbart zu bekommen, dass er der letzten Ninja-Gilde der Welt angehört, bringt ihr Leben endgültig durcheinander. Doch Jarik und die Gilde sorgen für ihren Schutz, denn abtrünnige Ninja haben ihren Vater verschleppt und ihre Forderung ist deutlich: Clara soll im Austausch für ihn ausgeliefert werden.

Während Clara sich langsam in der für sie völlig fremden Welt einfindet, hält Jarik sie auf Abstand, obwohl das aufgeladene Kribbeln zwischen ihnen deutlich spürbar ist. Aber als Clara das Geheimnis enthüllt, das hinter Jariks abweisender Art liegt, ist durch ihn nicht nur ihr Herz in Gefahr – sondern auch ihr Leben.

Eine mysteriös-magische Liebesgeschichte mit Setting in Japan, voller knisternder Romantik, unvorhergesehener Überraschuungen, Intrigen, Gut und Böse, Liebe – und vielleicht auch mit einem Happy End.

Anna Konelli: Lovely Faces: How Blue. How Beautiful (Dystopischer Roman)

London 2099: Die Welt hat sich verändert. Kriege sind Vergangenheit und die Makellosen schufen ein Leben voller Frieden, der mit allen Mitteln gewahrt wird. Doch eine Tragödie bringt die perfekte Fassade zum Einsturz und die Grenze zwischen richtig und falsch verschwimmt.

ISBN:
978-3752627404

Jadelyn Lovelace ist Verfechterin der Makellosen, die 2099 frei von Religionen im Londoner Zentrum leben. Als Gesicht ihrer Gesellschaft unterstützt sie deren Prinzipien Frieden, Disziplin und Perfektion.

Doch ein tragisches Ereignis macht sie zu einer Abtrünnigen und zwingt sie zur Flucht in die Viertel. Mitten in die Fänge ihrer Feinde. Und in die von William D'Lain, der nichts mehr will als Rache. An dem Makellosen, der ihm alles nahm, und an der Regierung, die dabei zusah. Als Sergeant der Viertel und Mitglied einer Geheimorganisation, kämpft er für Gerechtigkeit - was es auch kostet. Aber mit dem Auftauchen von Jadelyn, die alles symbolisiert, was er ablehnt, beginnt, ein Damoklesschwert auf ihn herabzustürzen.

Gefangen zwischen Vorurteilen, wachsenden Zweifeln und unbekannten Gefühlen müssen sie sich nicht nur fragen, ob sie einander, sondern auch ihrem eigenen Instinkt trauen können.

EINZIGARTIG. DÜSTER. HOFFNUNGSVOLL. DER AUFTAKT DER LOVELY FACES DILOGIE.

Jennifer Ebbinghaus: CHASING AFTER past & future

ISBN:
978-3966986205

Fünf Jahre nachdem alle Staatssysteme wie ein Kartenhaus in sich zusammen gefallen sind, hat sich die Welt verändert. Die Menschen streifen als Einzelkämpfer durch die verwahrlosten Straßen, plündern als Clan verbliebene Ressourcen oder leben wie die Protagonistin Alessandria, in einer Kolonie. Alessandria ist aus ihrem früheren Leben nur ein Mensch geblieben, der ihr etwas bedeutet, aber in der Kolonie hat sie eine neue Familie und Hoffnung auf eine Zukunft gefunden. Erneut gerät ihre Welt ins Wanken, als jemand ihren Weg kreuzt - eine Begegnung, mit der sie niemals gerechnet hätte. Wird Alessandria an der Vergangenheit festhalten können, oder holt sie ihre Zukunft ein?

Band 1 der dystopischen New Adult-Trilogie.

Christin Thomas: Clicks

Ein Account
Hundert Tote

ISBN:
978-3969667224

Die Brüder Lio und Josh wollen nicht länger in Armut leben und beschließen, ihrem Glück auf die Sprünge zu helfen. Doch als sie sich auf der neusten Social Media Plattform »Clicks« anmelden, ahnen sie nicht, dass die digitale Welt ihre Realität zerstören wird.

Ein Jugendbuch über Freundschaft, der Suche nach Anerkennung und die Gefahren sozialer Netzwerke.